Charles Martin

DAS ZIRPEN DER GRILLEN

Charles Martin

Das Zirpen der Grillen

francke

Über den Autor:

Charles Martin studierte Englisch und Journalistik und hat einen Doktortitel in Kommunikationswissenschaften. 1999 gab er seinen Beruf auf, um sich ganz dem Schreiben zu widmen. Der von der Presse gefeierte, preisgekrönte Autor lebt mit seiner Frau Christy und drei Söhnen in Jacksonville, Florida.

Bibliografische Information Der Deutschen Bibliothek
Die Deutsche Bibliothek verzeichnet diese Publikation
in der Deutschen Nationalbibliografie;
detaillierte bibliografische Daten sind im Internet über
http://dnb.ddb.de abrufbar.

ISBN 978-3-86827-401-1

Originally published in English under the title:
When Crickets Cry
Published in Nashville, Tennessee by WestBow Press,
a division of Thomas Nelson Inc.

35037 Marburg an der Lahn
Deutsch von Kathrin Schultheis
Umschlagbild: © iStockphoto.com / small_frog
Umschlaggestaltung: Verlag der Francke-Buchhandlung GmbH /
Sven Gerhardt
Satz: Verlag der Francke-Buchhandlung GmbH
Druck & Bindung: CPI Moravia Books, Korneuburg

www.francke-buch.de

Prolog

Ich stieß die Fliegengittertür auf und trat hinaus auf die Veranda. Zwei Kolibris, die sich eben noch lautstark um den besten Platz an der Vogeltränke gestritten hatten, wurden von dem Geräusch der hinter mir zuschlagenden Tür aufgescheucht und flatterten aufgeregt von dannen. Während das Sirren ihres hektischen Flügelschlags mit dem Rauschen der Bäume verschmolz, begrüßte mich der Morgen mit den ersten, die Dunkelheit durchbrechenden Sonnenstrahlen. Sekunden zuvor hatte Gott das tiefe Schwarz des Himmels mit einem intensiven Blau durchzogen, die beiden Farben mit Hilfe einiger dahinziehender Schäfchenwolken vermischt und sein Kunstwerk mit gleißenden Lichttupfern unterschiedlicher Größe verziert. Es fiel mir schwer, meinen Blick von dem wunderbaren Schauspiel über mir zu lösen. Erst als ich zu der Überzeugung gelangt war, dass der Himmel wie eine riesige Küchenarbeitsplatte aus Granit aussah, konnte ich den Kopf wegdrehen. Vielleicht saß Gott auch gerade hier unten und trank seinen Kaffee. Der einzige Unterschied war, dass er den Brief in meiner Hand nicht lesen musste. Er wusste bereits, was darin stand.

Am unteren Ende meines Grundstücks verschmolz der Tallulah River nahtlos mit dem Lake Burton zu einer glatten, grün schimmernden Fläche, die noch unberührt war von den Bootskielen und Jetskis, die spätestens um 7:01 Uhr über sie dahinjagen und sie aufwühlen würden. In wenigen Minuten würde Gott die Sonne am Himmel aufgehen und westwärts ziehen lassen. Sie würde die Erde langsam aber sicher mit ihren Strahlen erwärmen und die Wasseroberfläche gegen Mittag in ein derart helles Licht tauchen, dass sie beinah schmerzhaft blenden, dem See aber gleichzeitig eine malerische Ausstrahlung verleihen würde.

Mit dem Brief in der Hand ging ich in den Garten hinunter und lief barfuß über die Steinstufen, die zum Dock führten. Auf dem Bootssteg angekommen spürte ich, wie der kühle Nebel an meinen Beinen und meinem Gesicht hochkroch. Ich stieg die Stufen zur Veranda des Bootshauses hoch und ließ mich dort in die Hängematte sinken. Mein Blick wanderte über mein linkes Knie hinweg über die Südseite des Sees. Schließlich schob ich einen Finger durch den kleinen Messingring, den ich an das Ende eines kurzen Seils gebunden hatte, und setzte die Hängematte durch ein sanftes Ziehen in Bewegung.

Falls Gott tatsächlich hier unten saß und seinen Kaffee trank, dann war er mittlerweile bestimmt bei der zweiten Tasse angelangt, denn er hatte den Himmel bereits sauber gewischt. Nur die Streifen waren geblieben.

Emma hatte einmal zu mir gesagt, dass einige Menschen ihr ganzes Leben lang versuchten, Gott zu überholen und an einen Ort zu gelangen, wo er noch nie gewesen sei. Kopfschüttelnd hatte sie sich gefragt, warum das so war. Das Problem sei, so sagte sie, dass diese Menschen ihr Leben lang suchten und rannten, und wenn sie dann endlich angekommen seien, müssten sie feststellen, dass Gott schon vor ihnen dort gewesen sei.

Ich lauschte auf die Stille und wusste doch, dass sie nicht von Dauer sein würde. In einer Stunde würden sich lachende Kinder mit Schwimmreifen, Teenager in Wasserski-Montur und Rentner in Ruderbooten im See tummeln. Sie würden die kanadischen Schneegänse und die Karpfen vertreiben, die das Gewässer momentan noch als ihr Revier betrachteten. Am Spätnachmittag würden dann auf den unzähligen Anlegestegen, die in den See ragten, Holzkohlegrills glühen und den Duft von Hotdogs, Steaks und gegrillten Austern verbreiten. Auf den an den See angrenzenden Grundstücken würden Menschen aller Altersgruppen Wasserrutschplanen entlangschlittern, Hufeisenweitwurf unter den Bäumen veranstalten, Minzgetränke und Margaritas schlürfen und vom Bootssteg aus ihre Füße in den See baumeln lassen. Gegen 21 Uhr würden fast alle Hausbesitzer am See das einstündige Feuerwerk starten, das den See alljährlich in roten, blauen und grünen Regen tauchte. Die Erwachsenen würden fasziniert gen Himmel starren, die Kinder würden lachen und vor Freude in die Hände klatschen, Hunde würden anfangen zu bellen, an ihren Ketten zerren und tiefe Kerben in die Rinde der Bäume schneiden, an denen sie festgebunden waren; Katzen würden sich verstecken, bei den Kriegsveteranen würde die Erinnerung aufflackern, und Liebende würden sich an den Händen halten. Alles Töne in der Symphonie der Freiheit.

Es war der 4. Juli – Unabhängigkeitstag.

Im Gegensatz zu den anderen Bewohnern von Clayton, einem Städtchen im wunderschönen Bundesstaat Georgia, hatte ich keine Feuerwerkskörper oder Hotdogs besorgt, und ich hatte auch nicht vor, mich an dem Spektakel zu beteiligen. Mein Bootssteg würde still und dunkel daliegen, mein Grill so kalt, verrußt und voller Spinnweben bleiben, wie er es momentan war. Für mich war Freiheit ein Fremdwort. Sie war mir so fern wie ein Geruch, den ich früher einmal gekannt hatte, jetzt aber nicht mehr einordnen konnte. Wenn ich die Wahl gehabt hätte, hätte ich den ganzen Tag einfach verschlafen und erst morgen wieder die Augen geöffnet, um dann mit dem befriedigenden Gefühl, allem entronnen zu sein, das heutige Datum aus meinem Kalender zu streichen. Aber Schlaf war ein ebensolches Fremdwort für mich wie Freiheit. Nur ganz selten konnte ich überhaupt schlafen, und wenn, dann immer nur kurz. Bestenfalls zwei oder drei Stunden.

Ich lag in meiner Hängematte, allein mit meinem Kaffee und meinen vergilbten Erinnerungen. Vorsichtig stellte ich die Tasse auf meine Brust und betrachtete den verknitterten, ungeöffneten Umschlag. Hinter mir zogen die Nebelschwaden über das Wasser und fanden sich zu Miniatur-Wirbelstürmen zusammen, die sich wie tanzende Geister langsam drehten, durch die überhängenden Weidenzweige nach oben stiegen und sich schließlich in der Luft auflösten.

Die von ihrer Hand auf den Umschlag geschriebenen Worte gaben mir Anweisungen, wann ich den darin liegenden Brief lesen sollte. Wenn ich mich danach gerichtet hätte, dann hätte ich ihn bereits vor zwei Jahren geöffnet. Doch ich hatte es nicht getan und würde es auch heute nicht tun. Vielleicht konnte ich es nicht.

Abschiedsworte sind schwer zu hören, wenn man genau weiß, dass sie endgültig sind. Und ich wusste es genau. Vier Jahrestage waren gekommen und vergangen, seitdem ich hier mitten im Nirgendwo verharrte. Selbst die Grillen schwiegen.

Ich drückte den Brief an meine Brust und presste die Ecken des Umschlags wie kleine Papierflügel an meine Rippen. Ein bitterer Ersatz.

Hier in der Gegend sitzen die Leute in Schaukelstühlen auf der Veranda, trinken Minzgetränke und diskutieren hitzig darüber, zu welcher Tageszeit man sich am besten am See aufhält. In der Morgendämmerung liegen die Schatten vor einem, strecken sich nach dem kommenden Tag aus. Mittags steht man auf seinem eigenen Schatten, gefangen irgendwo zwischen dem, was war, und dem, was noch sein wird. In der Abenddämmerung fallen die Schatten hinter einen und verdecken die Spuren. Meiner Erfahrung nach haben die Menschen, die sich für die Abenddämmerung entscheiden, meistens etwas zu verbergen.

Kapitel 1

Sie war klein für ihr Alter. Vermutlich war sie sechs, vielleicht sogar sieben Jahre alt, doch sie sah eher aus wie vier oder fünf. Das Herz eines Wildfangs im Körper einer Porzellanpuppe. In ihrem kurzen gelben Kleid, den weißen Lackschühchen und dem Strohhut, von dessen Krempe ein gelbes Band herunterbaumelte, das bis zu ihrer Taille reichte, wirkte sie blass und dünn. Doch sie hüpfte lebhaft herum und zog die Aufmerksamkeit auf sich. Ihr Stand befand sich mitten in der Stadt, an der nordwestlichen Kreuzung der Hauptstraße mit der Savannah Street. So laut sie konnte rief sie: „Limonaaaaaaade! Limonaaaaaaade, nur fünfzig Cents!“ Aufmerksam behielt sie den Bürgersteig und die Fußgänger im Blick, aber da sich augenscheinlich niemand für ihr Angebot interessierte, reckte sie den Hals, stellte sich auf die Zehenspitzen, legte die Hände an den Mund und rief noch einmal. „Limonaaaaaaade! Limonaaaaaaade, nur fünfzig Cents!“

Der Limonadenstand war schon ziemlich ramponiert und sah so aus, als ob er in aller Eile zusammengezimmert worden sei. Vier Kanthölzer und eine Sperrholzplatte bildeten den Tisch. Hinter ihm ragten zwei Pfosten ungefähr zwei Meter in die Höhe, zwischen die ein Transparent gespannt worden war. Jemand hatte das ganze Gestell gelb angesprüht. Auf dem Transparent stand in großen Buchstaben LIMONADE – 50 CENTS – KOSTENLOSES NACHSCHENKEN. Doch der Blickfang war weder der Tisch, das Plakat oder die riesige gelbe Thermoskanne, in der die Limonade kühl gehalten wurde, noch das Mädchen, sondern der Plastikbehälter, der unter dem Tisch stand. Ein Wasserkanister mit einem Fassungsvermögen von 20 Litern – ihr persönlicher Wunschbrunnen, in den offensichtlich die ganze Stadt ihr Kleingeld und ihre stillen Gebete einwarf.

Ich blieb stehen und beobachtete eine ältere Frau, die mit einem Sonnenschirm aus Spitze in der Hand die Hauptstraße überquerte und zwei Vierteldollarstücke in den Styroporbecher auf dem Tisch fallen ließ.

„Vielen Dank, Annie“, raunte sie dem Kind zu, als sie den bis an den Rand gefüllten Becher aus den ausgestreckten kleinen Kinderhänden entgegennahm.

„Bitte schön, Miss Blakely. Ihr Sonnenschirm ist sehr hübsch.“ Eine sanfte Brise strich über den Bürgersteig hinweg, spielte mit den gelben Bändern auf dem Rücken des kleinen Mädchens und trug seine klare, unschuldige Stimme über die Straße.

Miss Blakely schnalzte mit der Zunge und fragte: „Fühlst du dich wieder besser, mein Kind?“

Das Mädchen blickte zu ihr hoch. „Ja, Madam, ganz bestimmt.“

Miss Blakely führte den Becher an die Lippen, und die kleine Limonadenverkäuferin wandte ihre Aufmerksamkeit wieder der Straße zu. „Limonaaaaaaade! Limonaaaaaaade, fünfzig Cents!“ Ihr Südstaatenakzent war spritzig süß, weich und zugleich kratzend. Er war so niedlich, so typisch kleines Mädchen und zog die Aufmerksamkeit ebenso unweigerlich auf sich wie das Feuerwerk am 4. Juli.

Ich konnte es nicht mit hundertprozentiger Gewissheit erkennen, aber nachdem Miss Blakely ihren Becher abgestellt und dem Kind zugenickt hatte, warf sie einen Schein in den Plastikkanister zu ihren Füßen, der aussah wie eine Zwanzig-Dollar-Note.

Das musste ja eine unglaubliche Limonade sein.

Das Geschäft des kleinen Mädchens lief scheinbar ziemlich gut. In dem 20-Liter-Kanister lag ein riesiger Berg Geldscheine, und doch schien sich niemand Sorgen zu machen, dass ihm Beine wachsen könnten, am wenigsten das kleine Mädchen. Abgesehen von dem Transparent, auf dem die Limonade angepriesen wurde, gab es keine Handzettel und auch sonst keine Erklärung. Offensichtlich war das nicht nötig. So ist das eben in Kleinstädten. Alle wissen Bescheid. In diesem Fall, alle außer mir.

* * *

Früher an diesem Morgen hatten Charlie – mein Nachbar von der anderen Seite der Bucht und früherer Schwager – und ich begonnen, das Mahagonideck einer 1947er Greavette abzuschmirgeln, als uns das Schmirgelpapier und der Bootslack ausgingen. Wir warfen eine Münze, und ich verlor. Also fuhr ich in die Stadt, während Charlie sich am Bootssteg vergnügte und den kreischenden Mädchen in Bikinis hinterherpfiff, die auf Jetskis vorbeisausten. Charlie fährt eigentlich nie Auto, aber da er gern wettet, bestand er darauf, dass wir eine Münze warfen. Ich verlor.

Die Fahrt an diesem Tag war wegen der Tageszeit so ungewöhnlich. Vormittags, wenn sich so viele Menschen auf den Bürgersteigen drängen, weil sie gerade auf dem Weg zur Arbeit oder auf dem Heimweg sind, meide ich die Stadt normalerweise tunlichst. Eigentlich komme ich überhaupt nur selten in die Stadt. Ich mache meist einen weiten Bogen um sie und fahre in eine der Nachbarstädte. Alle paar Monate wechsle ich die Lebensmittel- und Haushaltswarenläden. Ich bin nirgendwo Stammkunde.

Wenn ich doch einmal hierher komme, dann in der Regel am späten Nachmittag, fünfzehn Minuten vor Ladenschluss, gekleidet wie ein Einheimischer in ausgeblichenen Jeans und mit einer Baseballkappe auf dem Kopf, die für elektrisches Werkzeug oder landwirtschaftliche Geräte wirbt. Ich parke immer hinter dem Laden, ziehe mir meine Kappe tief ins Gesicht, schlage den Kragen hoch und hefte meinen Blick auf den Boden. Ich schlüpfe in den Laden, hole mir, was ich brauche, und verschwinde wieder. Während ich im Geschäft bin, verschmelze ich regelrecht mit der Einrichtung und mache mich so unsichtbar wie möglich. Charlie nennt das verdecktes Einkaufen. Ich nenne es Leben.

Mike Hammermill, ein pensionierter Fabrikant aus Macon, hatte Charlie und mir den Auftrag erteilt, seine 1947er Greavette für die in diesem Jahr zum zehnten Mal am Lake Burton stattfindende Ausstellung antiker und klassischer Boote fitzumachen. Das war unsere dritte Möglichkeit in genauso vielen Jahren, die Jungs von der Blue Ridge Bootswerft zu übertrumpfen. Doch dafür brauchten wir dringend das Schmirgelpapier. Seit fast zehn Monaten arbeiteten wir bereits an der Greavette. Jetzt, einen Monat vor der Ausstellung, war die Fertigstellung endlich in Sicht. Allerdings mussten wir noch die Steuerung mit dem Bootswendegetriebe verbinden und acht Schichten Bootslack auf das Deck und die Bodenplanken auftragen, bevor das Schiff so weit war, dass es zu Wasser gelassen werden konnte.

* * *

Mit trockenem Mund und zunehmend neugierig überquerte ich die Straße und warf fünfzig Cents in den Becher. Das Mädchen drückte seine kleinen Finger so fest und lange auf die Pumpe der Thermoskanne, dass die Knöchel schließlich weiß hervortraten und seine Hand zu zittern begann. Die Kleine überreichte mir einen Becher frisch gepresster Limonade, in der jede Menge Fruchtfleisch und Zucker schwammen.

„Vielen Dank", sagte ich.

„Ich heiße Annie", stellte sie sich vor. Sie schob einen Fuß hinter den anderen und knickste tief. „Annie Stephens."

Ich nahm den Becher in die andere Hand, schlug die Hacken zusammen und erwiderte: „Dank für die Ablösung! 's ist bitter kalt, und mir ist schlimm zumut."

Sie lachte. „Hast du dir das gerade ausgedacht?"

„Nein." Ich schüttelte den Kopf. „Ein Mann namens Shakespeare hat das geschrieben, in einer Geschichte mit dem Titel *Hamlet*." Während die meisten meiner Freunde sich Fernsehserien wie *Die Waltons* oder *Drei Engel für Charlie* ansahen, verbrachte ich einen großen Teil meiner Kindheit mit Lesen. Bis heute besitze ich keinen Fernseher, und so kommt es, dass sich viele längst verstorbene Schriftsteller in meinem Kopf tummeln und mir ihre Worte einflüstern.

Ich lüpfte meine Kappe und reichte ihr die Hand. „Reese. Ich heiße Reese."

Mein Schatten fiel über den Bürgersteig und schützte die Augen der Kleinen vor der Sonne, die jetzt am späten Vormittag schon ziemlich hoch stand und immer wärmer wurde.

Sie überlegte einen Augenblick. „Reese ist ein guter Name."

Dann bemerkte sie, dass ein Mann mit zwei Einkaufstüten in der Hand den Bürgersteig entlanghastete. Schnell drehte das Kind sich um und rief so laut, dass die Menschen drei Straßenzüge entfernt es noch hören konnten: „Limonaaaaaaade!"

Der Mann nickte und sagte freundlich: „Morgen, Annie. Bin gleich zurück."

Sie wandte sich wieder mir zu. „Das ist Mr Potter. Er arbeitet hier unten. Er mag seine Limonade mit extra viel Zucker, aber bei ihm ist es anders als bei einigen anderen meiner Kunden. Manche brauchen mehr Zucker, weil sie selbst nicht besonders süß sind." Sie lachte über ihren eigenen Scherz.

„Stehst du jeden Tag hier?", fragte ich zwischen zwei Schlucken. Eines hatte ich im Laufe der Zeit gelernt, und zwar, die richtigen Fragen zu stellen. Die Art von Fragen, die den Sachverhalt, der einen tatsächlich interessierte, lediglich streiften, aber nicht direkt ansprachen. Wenn man genug solche Fragen stellte, bekam man fast immer die Information, die man erhalten wollte. Man musste nur wissen, was man fragen sollte und wann der richtige Zeitpunkt gekommen war, und vor allem, wie man ein nettes Gespräch in Gang brachte.

„Außer am Sonntag, wenn Cici die lebenden Köder drüben in *Butch's Angelshop* verkauft. An den anderen sechs Tagen arbeitet sie da drüben."

Sie deutete auf den Eisenwarenladen, in dem eine blonde Frau mit dem Rücken zu uns an der Kasse stand und die Einkäufe eines Kunden eintippte. Die Frau musste sich nicht umdrehen, um uns zu sehen. An der Wand gegenüber von ihrer Kasse hing ein riesiger Spiegel, der ihr genau zeigte, was am Limonadenstand vor sich ging. Auf diese Weise konnte sie Annie die ganze Zeit über im Auge behalten.

„Cici?"

Das Mädchen lächelte und deutete erneut zu dem Laden hinüber. „Cici ist meine Tante. Sie und meine Mama waren Schwestern, aber meine Mama hätte ihre Hand niemals in einen Topf mit Kriechtieren oder Larven gesteckt." Annie bemerkte, dass mein Becher leer war, und goss mir nach, bevor sie weitersprach. „Meistens bin ich den ganzen Vormittag über hier. Gegen Mittag gehe ich dann nach oben, sehe ein wenig fern und mache ein kurzes Schläfchen. Was ist mit dir? Was machst du?"

Ich gab meine übliche Erklärung ab, die einerseits wahr war, andererseits aber auch wieder nicht. Während mein Mund sagte: „Ich arbeite mit Booten", wanderten meine Gedanken ab und bekannten still: *Denn wahrhaftig, wenn mein Gesicht und meine äußerlichen Handlungen die wahre innerliche Gestalt meines Herzens zeigten, so würde mein Herz in kurzem den Krähen zum Futter dienen. Ich bin nicht, was ich scheine.*

Die Augen der Kleinen zogen sich plötzlich zusammen und starrten auf einen Punkt über meinem Kopf. Ihre Atmung wurde schwerfällig und angestrengt, klang ein wenig rau und wurde unterbrochen von einem beharrlichen Husten, den sie zu unterdrücken versuchte. Vorsichtig wich sie Schritt für Schritt zurück, bis ihre Kniekehlen gegen den Klappstuhl stießen, der hinter ihr stand. Dann ließ sie sich auf ihn herabsinken, faltete die Hände und atmete ganz bewusst ein und aus, während ihre Hutbänder im Wind tanzten.

Ich beobachtete, wie sich ihre Brust hob und senkte. Das obere Ende einer Narbe, an deren Seiten man deutlich die von den Klammern stammenden Vertiefungen erkennen konnte und die mit Sicherheit weniger als ein Jahr alt war, ragte einen Zentimeter aus dem V-Ausschnitt ihres Kleides heraus. Sie endete kurz unter der kleinen Pillendose, die an einer Kette um den Hals des Kindes hing. Auch ohne dass Annie es mir verriet, wusste ich, was sich darin befand.

Mit meinem linken Fuß stieß ich vorsichtig gegen das 20-Liter-Behältnis auf dem Boden. „Wofür ist dieser Kanister?"

Sie schlug sich leicht gegen die Brust, wodurch ein weiteres Stück ihrer Narbe sichtbar wurde. Mehrere Fußgänger passierten den Limonadenstand, doch seine Besitzerin war müde geworden und nicht mehr so redselig. Ein grauhaariger Herr im Anzug kam aus dem Immobilienbüro fünf Türen weiter, lief den Berg hinauf, schnappte sich einen Becher, drückte auf die Thermoskanne und grüßte die Kleine mit: „Morgen, Annie." Er legte einen Dollar in den Becher und einen anderen in den Plastikkanister zu meinen Füßen.

„Hallo, Mr Oscar", flüsterte Annie leise. „Danke. Bis morgen."

Er tätschelte ihr das Knie. „Bis morgen, Süße."

Sie sah mich kurz an und beobachtete ihn dann dabei, wie er weiter die Straße hinauflief. „Er nennt alle ‚Süße'."

Ich nutzte die Gelegenheit, dass sie abgelenkt war, und ließ unauffällig zwanzig Dollar in den Kanister zu ihren Füßen fallen.

Seit ungefähr achtzehn Jahren, vielleicht sogar länger, trage ich mehrere Gegenstände permanent mit mir herum. Ich habe zum Beispiel immer ein Messingfeuerzeug dabei, obwohl ich nie geraucht habe, zwei Taschenmesser mit kleinen Klingen, einen Beutel mit unterschiedlich großen Nadeln und verschiedenen Arten von Fäden, außerdem eine kleine Taschenlampe. Vor ein paar Jahren kam noch ein weiterer Gegenstand hinzu.

Annie deutete mit dem Kopf auf die Taschenlampe, die an meinem Gürtel hing. „George, der Sheriff hier am Ort, hat eine Taschenlampe, die genauso aussieht wie deine da. Und in einem Krankenwagen habe ich auch mal so eine gesehen. Bist du sicher, dass du kein Polizist oder Sanitäter bist?"

Ich nickte. „Ganz sicher."

Ein Stück die Straße hinunter verließ Dr. Sal Cohen gerade seine Praxis. Der Mann ist eine feste Institution in Clayton. Jeder kennt und liebt ihn. Er ist Mitte siebzig und seit seinem Examen vor fast fünfzig Jahren der Kinderarzt dieser Stadt. Von seiner kleinen Praxis aus hat er fast alle Bewohner von Clayton aufwachsen sehen. Tweedjacke, passende Weste, eine Krawatte, die bestimmt schon fast dreißig Jahre alt ist, dichter Schnurrbart, buschige Augenbrauen, zu viele Haare in Nase und Ohren, lange Koteletten, große Ohren, Pfeife – das ist Sal Cohen. Und er hat immer Bonbons in seinen Taschen.

Sal schlurfte zu Annie hinüber, schob seinen Tweedhut in den Nacken und zog seine Pfeife aus dem Mund, als sie ihm einen Becher Limonade reichte. Nachdem er ausgetrunken hatte, drehte er sich zur Seite. Annie griff in seine Jackentasche, zog ein Pfefferminzbonbon heraus, umklammerte es mit beiden Händen und kicherte, als hätte sie etwas völlig Einmaliges gefunden.

Sal tippte mit dem Finger an seinen Hut, steckte seine Pfeife zurück in den Mund und ging zu dem alten Cadillac, der am Bürgersteig gegenüber geparkt stand. Bevor er die Tür öffnete, blickte er mich an. „Sehen wir uns am Freitag?"

Ich nickte lächelnd.

„Ich schmecke ihn jetzt schon", sagte er und leckte sich genüsslich die Lippen.

„Ich auch." Und das war tatsächlich so.

Seine Augen strahlten, als er mit seiner Pfeife auf mich deutete und mich bat: „Halten Sie mir einen Platz frei, wenn Sie zuerst da sind."

Ich nickte, und Sal fuhr seinem Alter gemäß davon – mitten auf der Straße und in aller Gemütsruhe.

„Du kennst Dr. Cohen?", fragte Annie.

„Ja." Ich dachte einen Augenblick lang nach und überlegte, wie ich es ausdrücken sollte. „Wir … teilen eine Vorliebe für Cheeseburger."

„Oh", meinte sie nickend. „Du sprichst vom *Wellspring*."

Ich nickte.

„Immer wenn ich ihn sehe, erzählt er entweder vom letzten Freitag oder freut sich auf den nächsten. Dr. Cohen liebt Cheeseburger."

„Da ist er nicht der Einzige", meinte ich.

„Mein Arzt erlaubt mir nicht, Cheeseburger zu essen."

Ich vertrat in diesem Punkt eine andere Auffassung, aber das sagte ich ihr nicht. Zumindest nicht so direkt. „Ich finde es beinah kriminell, einem Kind zu verbieten, Cheeseburger zu essen."

Sie lächelte. „Genau das habe ich ihm auch gesagt."

Während ich meine Limonade trank, beobachtete sie mich ohne

Ungeduld oder Sorge. Irgendwie wusste ich, dass sie mir, auch wenn ich ihr keinen einzigen Penny geben würde, trotzdem immer wieder von der Limonade nachschenken würde – so lange, bis ich entweder gelb würde oder davonschwämme. Das Problem war, mir blieb viel mehr Zeit als ihr. In jenem Kanister zu meinen Füßen lag möglicherweise Annies Hoffnung. Ich hatte das Gefühl, dass ihr Glaube an Gott den Mount Everest versetzen und die Sonne stillstehen lassen könnte, aber ohne ein neues Herz wäre sie tot, noch bevor sie in die Pubertät käme.

Sie musterte mich eingehend von oben bis unten.

„Wie alt bist du?", fragte sie.

„In Menschen- oder in Hundejahren?", wollte ich wissen.

Sie lachte. „In Hundejahren."

Ich dachte kurz nach. „Zweihundertneunundfünfzig."

Sie taxierte mich. „Wie viel wiegst du?"

„In englischer oder metrischer Einheit?"

Sie verdrehte die Augen und antwortete: „In englischer."

„Vor dem Frühstück oder nach dem Abendessen?"

Das verblüffte sie, und so kratzte sie sich am Kopf, blickte den Bürgersteig entlang und überlegte eine Weile, bevor sie schließlich entschied: „Vor dem Frühstück."

„Einhundertvierundsiebzig Pfund."

Sie starrte mich eine Sekunde lang an. „Und wie groß bist du?"

„Ein Meter sechsundneunzig", verriet ich ihr ohne Umschweife.

„Welche Schuhgröße hast du?", wollte sie als Nächstes wissen.

„Europäische oder amerikanische?"

Sie presste die Lippen aufeinander und versuchte erneut, ihr Lächeln zu unterdrücken. Dann stemmte sie die Hände in die Hüften. „Europäische."

„Fünfundvierzig."

Sie starrte auf meine Füße und schien sich zu fragen, ob ich ihr die Wahrheit sagte. Schließlich strich sie ihr Kleid glatt, erhob sich und streckte die Brust raus. „Also gut, ich bin sieben. Ich wiege fünfundvierzig Pfund. Ich habe Schuhgröße sechsunddreißig und bin einen Meter fünfundzwanzig groß."

In meinen Innern meldete sich erneut William Shakespeare zu Wort: *O Tigerherz, in Weiberhaut gesteckt.*

„Tatsächlich?“, fragte ich.

„Du bist größer als ich.“

Ich lachte. „Nur ein wenig.“

„Aber –“ Sie streckte den Finger in die Luft, als wolle sie wissen, aus welcher Richtung der Wind kam. „Wenn ich ein neues Herz bekomme, dann wachse ich bestimmt noch um einiges. Das meint zumindest mein Arzt.“

Ich nickte langsam. „Die Chancen stehen gut.“

„Und weißt du, was ich dann tun würde?“

„Mit dem Herz oder mit den zusätzlichen Zentimetern?“

Sie dachte eine Weile nach. „Mit beidem.“

„Nein, was denn?“

„Ich würde Missionarin, genau wie meine Mama und mein Papa.“

Es war ein Ding der Unmöglichkeit für die Empfängerin eines Herztransplantats, durch den heißen Dschungel Afrikas zu laufen, Hunderte Kilometer weit entfernt von einem fachlich geschulten Mediziner und ohne die Möglichkeit einer kontinuierlichen medikamentösen Versorgung. Ich wusste das zu gut, um darauf auch nur zu hoffen oder daran zu glauben. „Sie wären bestimmt stolz darauf.“

Sie blinzelte mich an. „Sie sind im Himmel.“

Ich schwieg eine Weile und meinte dann: „Nun, sie vermissen dich bestimmt.“

Annie drückte mit dem Daumen auf den Ausgießer der Thermoskanne und schenkte mir Limonade nach. „Oh, ich vermisse sie auch, aber ich werde sie ja wiedersehen.“ Sie reichte mir den Becher. „In etwa achtzig oder neunzig Jahren.“

Ich trank und berechnete die Unwahrscheinlichkeit.

Sie blickte wieder mit ihren vor Neugier blitzenden Augen zu mir auf. „Was willst du werden, wenn du groß bist?“

Ich trank meinen Becher leer und schaute zu ihr hinunter. „Machst du das mit allen deinen Kunden?“

Annie verschränkte die Hände hinter ihrem Rücken und klackte unbewusst die Fersen aneinander. Sie erinnerte mich dadurch an Dorothy in *Der Zauberer von Oz*. „Was denn?"

„So viele Fragen stellen."

„Nun … ja, ich glaube schon."

Ich beugte mich zu ihr hinunter, bis sich unsere Augen auf einer Höhe befanden. „Meine Liebe, wir sind die Musikmacher und wir sind die Träumer der Träume."

„Wieder Mr. Shakespeare?"

„Nein. Willy Wonka in *Charlie und die Schokoladenfabrik*."

Sie lachte fröhlich.

„Also dann", sagte ich, „vielen Dank, Annie Stephens."

Sie knickste erneut und erwiderte: „Auf Wiedersehen, Mr. Reese. Und bitte komm mal wieder."

„Das mache ich."

Ich überquerte die Straße, suchte an meinem Schlüsselbund nach dem richtigen Schlüssel für meinen Wagen und stieg ein. Anstatt loszufahren, saß ich noch eine Weile mit dem Schlüssel in der Hand da und dachte an all die anderen wie sie. Jeder Einzelne von ihnen strahlte diese sprudelnde Hoffnung aus, eine Hoffnung, die keine Macht der Hölle oder der Erde jemals auslöschen könnte.

Und plötzlich musste ich daran denken, dass ich früher einmal richtig gut gewesen war und die Liebe gekannt hatte. *Ich bin ausgeschüttet wie Wasser, alle meine Knochen haben sich voneinander gelöst; mein Herz ist in meinem Leibe wie geschmolzenes Wachs*, hallte es in mir wider.

Eine steife Brise fegte von den Bergen hinunter und die Savannah Street entlang. Sie stürmte an den alten Ziegelhäusern vorbei, rollte über den Bürgersteig, spielte mit den quietschenden Wetterfahnen und klingenden Windspielen und erfasste schließlich Annies Limonadenstand. Ohne Vorwarnung riss sie den Styroporbecher der Kleinen um, und die annähernd zehn Dollar in Scheinen und Münzen, die darin gesteckt hatten, rollten davon. Annie sprang von ihrem Klappstuhl auf und jagte den Geldscheinen nach, die auf die Straße flatterten.

Ich entdeckte ihn zu spät, und sie sah ihn überhaupt nicht.

Der Lieferwagen einer Bäckerei fuhr an mir vorbei die Hauptstraße hinunter, sah, dass die Ampel grün war und beschleunigte so heftig, dass weißer Qualm aus seinem Auspuff stieß. Laute Musik dröhnte aus dem Radio, und ich beobachtete, wie der Fahrer sich beim Überqueren der Kreuzung einen Schokoriegel in den Mund stopfte und die Hand hob, um seine Augen gegen die Sonne abzuschirmen. In diesem Augenblick entdeckte er anscheinend Annies gelbes Kleid. Er trat mit aller Kraft auf die Bremse. Die Hinterräder blockierten, der Wagen geriet ins Schleudern und brach zur Seite aus. Je stärker sich der Lieferwagen zur Seite drehte, desto mehr hüpften die Reifen über den Asphalt.

Annie drehte sich um, um nach der Ursache für die merkwürdigen Geräusche zu suchen, und erstarrte. Das Geld fiel ihr aus der Hand. Es flatterte über die Straße wie ein ganzer Schwarm Schmetterlinge. Sie gab keinen einzigen Ton von sich, vermutlich weil ihre Kehle so zugeschnürt war, dass jeder Ton darin erstickte, und verlor die Kontrolle über ihre Blase.

Der Fahrer schrie: „Ach du meine Güte, Annie!“ Er riss das Lenkrad weit herum und stieß mit einem geparkten Honda Accord zusammen. Der Lieferwagen prallte von dem Honda ab und erfasste Annie mit der Seite. Die Kollision ihres Körpers mit der Seitenfront des Lieferwagens dröhnte wie ein Kanonenschuss.

Es gelang ihr, eine Hand zu heben und den Aufprall ein wenig abzumildern, doch dann wurde sie wie eine gelbe Bowlingkugel zurückgeschleudert. Ihr Hut flog in die eine, ihr Körper in die andere Richtung. Mit einem dumpfen Knall kam sie auf der anderen Straßenseite zum Liegen. Ihr linker Unterarm zerbrach wie ein Zahnstocher in zwei Teile. Die immer noch ihr Unwesen treibende österliche Brise erfasste den Saum ihres Kleides und riss ihn hoch über ihr Gesicht. Reglos blieb sie mit dem Kopf bergab auf der Straße liegen, das gelbe Kleid nun rot gepunktet.

Ich erreichte sie als Erster, unmittelbar gefolgt von der Frau aus dem Eisenwarenladen, die völlig außer sich war und hysterisch schrie. Innerhalb kürzester Zeit hatte sich eine Menschentraube um uns versammelt.

Annies Augen waren geschlossen, ihr Körper schlaff und ihre Haut durchsichtig und weiß. Ihre Zunge war schlaff nach hinten gefallen und blockierte ihre Atemwege. Aufgrund der mangelnden Luftzufuhr verfärbte sich ihr Gesicht bereits blau, und ihr Körper verlor jegliche Farbe. Obwohl ich nicht wusste, ob ihre Wirbelsäule verletzt war, stabilisierte ich ihren Hals und zog mit meinem Taschentuch ihre Zunge nach vorne, damit ihre Luftröhre frei wurde und sie wieder atmen konnte. Ich wusste, dass selbst die kleinste Bewegung ihres Halses ihre Wirbelsäule noch weiter schädigen konnte, falls sie tatsächlich verletzt war, aber ich musste die Atemwege frei machen. Keine Luft, kein Leben. Und so traf ich meine Entscheidung.

Als Annies Brust sich wieder hob und senkte, überprüfte ich mit der einen Hand ihren Puls und knipste mit der anderen meine Taschenlampe an, um ihr damit in die Augen zu leuchten. Während ich ihre Pupillen beobachtete, klemmte ich mir die Taschenlampe zwischen die Zähne, riss mir das Herzfrequenz-Messgerät meiner Pulsuhr von der Brust und platzierte den Sender auf ihrem Brustbein. Die Herzfrequenz, die ich von meiner Uhr ablas, wechselte sofort von 62 auf 156. Ich suchte den Punkt, an dem ich den maximalen Impuls fühlte, und klopfte dann mit meinen beiden Händen den Umriss ihres Herzens ab. Es bestätigte sich, was ich bereits vermutet hatte – ihr Herz war beinah 50 Prozent größer als normal.

Die Frau aus dem Eisenwarenladen sah, wie ich die Hände auf Annies Brust legte, und schlug mir fest ins Gesicht. „Nehmen Sie die Hände von ihr weg, Sie Perversling!"

Ich hatte keine Zeit für Erklärungen, daher drückte ich stillschweigend weiterhin den Sender auf Annies Brust und beobachtete ihre Pupillen. Der Blick der Registrierkassendame fiel auf Annies Augen und ihre geschwollene Zunge. Hastig hockte sie sich neben sie, riss ihr die Kette vom Hals und leerte den Inhalt der Pillendose auf Annies Bauch aus. Ein glänzender Gegenstand, vermutlich aus Gold, rollte unter den Lieferwagen und versank neben dem Gully im Schlamm. Die Blondine schnappte sich zwei Pillen und wollte sie unter Annies Zunge legen. Während ich mit der einen Hand unbeirrt den Puls kontrollierte und meinen Blick auf Annies Augen fixiert hielt, packte ich blitzartig mit der anderen Hand die der Frau, schloss meine Finger um ihr Handgelenk und erklärte ganz ruhig: „Wenn Sie ihr die in den Mund legen, bringen Sie sie um."

Die Augen der Frau flackerten auf, und ihre Panik steigerte sich so sehr, dass die Adern an ihrem Hals deutlich hervortraten. Sie war stark, und beinah wäre es ihr gelungen, mir ihre Hand zu entreißen, aber ich hielt sie fest umklammert, ohne dabei Annie aus den Augen zu lassen.

„Lassen Sie sofort meine Hand los. Sie werden sie umbringen." Sie blickte zu der Menschenmenge auf, die sich um uns geschart hatte. „Er bringt sie um! Er bringt Annie um."

Zwei große Männer in ausgeblichenen Overalls, die nach dem Unfall aus dem Café gestürmt waren, traten auf mich zu.

„Mister, Sie nehmen besser Ihre Hände von dem kleinen Mädchen. Wir kennen Annie, aber Sie kennen wir nicht."

Der Mann, der mir diesen Ratschlag erteilte, war mindestens zwei Köpfe größer als ich, und jetzt war wirklich nicht der richtige Zeitpunkt für Diskussionen, aber das wusste nur ich. Ohne die Hand der Frau loszulassen, drehte ich mich um und trat dem größeren der beiden mit dem Fuß in die Leistengegend. Er knickte ein und sank auf die Knie.

Der zweite Mann ließ seine riesige Pranke auf meine Schulter fallen und sagte: „Kumpel, das ist mein Bruder, und das hättest du nicht tun sollen."

Ich bohrte ihm meine freie Faust so fest ich konnte in den gut gefüllten Magen, und auch er ging keuchend in die Knie und verteilte sein Frühstück auf dem Bürgersteig.

Ich drehte mich zu der Frau um, die immer noch schrie und die Menge anflehte. „Er wird sie umbringen! Annie stirbt! Du meine Güte, tut doch was!"

Die Situation geriet immer mehr außer Kontrolle. Ich öffnete mit meiner freien Hand die zur Faust geballten Finger der Frau, machte aber keinen Versuch, ihr die Tabletten abzunehmen. Stattdessen blickte ich ihr in die Augen und sagte ruhig: „Nehmen Sie eine halbe."

Sie wirkte verwirrt und war unfähig, meiner Anweisung nachzukommen.

Der größere Bruder hatte sich inzwischen aufgerichtet und wollte nach mir greifen, doch ich trat ihm kräftig in den Bauch, allerdings nicht so fest, dass eine Rippe brach.

Die Frau blickte auf Annie hinunter, dann auf die Kraftprotzen zu meinen Füßen. Ihr Gesichtsausdruck sagte mir, dass das, was ich ihr sagte, nicht mit dem übereinstimmte, was sie in der Vergangenheit gelesen oder gehört hatte.

„Aber …", wandte sie ein.

Ich nickte ihr aufmunternd zu. „Beginnen Sie mit einer halben Tablette, dann sehen wir, was geschieht. Wenn Sie so viel Nitroglycerin unter die Zunge eines Kindes legen, sinkt der Blutdruck so stark ab, dass wir ihn nie wieder hochbekommen." Ich ließ ihre Hand los. „Nehmen Sie eine halbe."

Die Frau biss die Tablette durch, spuckte die eine Hälfte aus und legte die andere Hälfte unter Annies Zunge. Annie war bei Bewusstsein, allerdings konnten ihre Augen nicht richtig fokussieren und ihr Arm lag so schlaff da wie der einer Marionette. Um mich herum herrschte hektisches Treiben – Menschen, Hupen und in der Ferne eine Sirene –, aber ich konzentrierte mich auf drei Dinge: den Puls, die Pupillen und die Atemwege.

Das Nitro löste sich auf, und sofort kam Farbe in Annies Wangen – die Folge von erweiterten Blutgefäßen, verstärktem Blutfluss und erhöhter Sauerstoffversorgung der Extremitäten.

Die Frau sprach leise mit ihr. „Annie? Annie?" Sie tätschelte die Hand der Kleinen. „Halte durch, Schatz. Hilfe ist schon unterwegs. Halte durch. Sie kommen. Ich höre sie schon."

Annie nickte und versuchte zu lächeln. Ihr Pulsschlag hatte sich leicht beschleunigt, war aber immer noch ein wenig unregelmäßig.

Die Sirene kam näher, und ich versuchte einzuschätzen, wie lange es dauern würde, bis der Rettungswagen eintraf und die Rettungssanitäter sie untersucht, stabilisiert und ins Krankenhaus transportiert hatten. Etwa zwölf Minuten, schätzte ich, bis Annie in der Notaufnahme ankäme.

Da Annie blinzelte und die Menschen um sie herum anschaute, wandte ich mich wieder der Registrierkassendame zu. „Jetzt die andere Hälfte."

Annie öffnete den Mund, und die Frau legte die andere halbe Tablette unter ihre Zunge. Sobald sie sich aufgelöst hatte, zog ich mein Tablettenröhrchen aus der Tasche, leerte den Inhalt in meine Hand und reichte ihr ein Babyaspirin.

„Und jetzt das hier."

Sie tat, was ich ihr sagte. Ich löste den Empfänger meines Herzfrequenz-Messgeräts von meinem Handgelenkt und befestigte ihn an Annies Arm. Selbst im letzten Loch saß er noch sehr locker.

Während die Sirenen näher kamen, blickte ich die Frau mir gegenüber an und deutete auf den Empfänger und dann auf den Sender auf Annies Brust. „Das gehört zusammen. Es zeichnet auf, was mit ihrem Herz los ist. Der Notarzt wird, wenn er gut ist, wissen, was er damit zu tun hat."

Sie nickte und strich Annie die verschwitzten und verschmutzten Haare aus dem Gesicht.

Zehn Sekunden später trafen die Sanitäter ein und sprangen neben mich. Als sie bemerkten, dass ich die Erstversorgung übernommen hatte, sahen sie mich fragend an.

Ich vergeudete keine Zeit. „Stumpfes Trauma. Rippenserienfraktur linker Brustkorb, Luftröhre frei, Spontanatmung, Atemfrequenz 37. Spürbares Knistern, was auf ein subkutanes Emphysem schließen lässt. Verdacht auf Pneumothorax links."

Der junge Rettungssanitäter blickte mich verwirrt an.

Ich erklärte: „Ich vermute, dass ein Lungenflügel kollabiert ist."

Er nickte, und ich fuhr fort: „Herzfrequenz 155, aber unregelmäßig. Kurze Bewusstlosigkeit, jetzt GCS 12."

Er unterbrach mich. „Das war knapp."

Ich fuhr fort: „Sie hat zweimal 0,2 Nitro sublingual bekommen, im Abstand von fünf Minuten." Ich deutete auf die Narbe auf ihrer Brust. „Operation am offenen Herzen. Vermutlich vor zwölf Monaten. Und –", ich blickte auf meine Uhr, „Herzfrequenzmessgerät läuft und zeichnet auf seit sieben Minuten."

Er nickte, übernahm und legte ihr eine Sauerstoffmaske an.

Die Muskelprotze hinter mir starrten mich mit aufgerissenen Augen und offenstehendem Mund an. Jetzt, nachdem sie mich in Aktion erlebt hatten, machten sie keinen Versuch mehr, auf mich loszugehen. Und das war auch gut so. Denn ich hatte das Gefühl, dass sie mich, wenn sie es wirklich wollten, problemlos überwältigen könnten. Das Überraschungsmoment war auf meiner Seite gewesen, aber das hatte sich mittlerweile verflüchtigt.

Der Sanitäter überprüfte Annies Pupillen, forderte sie auf, normal zu atmen und befestigte die Blutdruckmanschette an ihrem rechten Oberarm, während der zweite Rettungssanitäter mit einer Halskrause und einer Vakuummatratze zurückkehrte. Zwei Minuten später hatten sie ihr eine Infusion mit Kochsalzlösung angelegt, um ihren Blutdruck zu stabilisieren, und sie in den Rettungswagen geschoben. Annies Tante stieg hinten mit ein und begleitete sie zum *Rabun County Hospital.* Als die Rettungssanitäter die Tür schlossen, strich sie Annie über die Haare und flüsterte ihr etwas ins Ohr.

Nachdem der Rettungswagen abgefahren war, begann die Polizei den Fahrer des Lieferwagens zu befragen. Die Einheimischen standen in kleinen Gruppen zusammen, die Hände in den Taschen vergraben. Kopfschüttelnd deuteten sie auf die Kreuzung und in den Wind.

Ich drehte mich zu den beiden Männern hinter mir um und streckte die Hand aus, um dem ersten aufzuhelfen. „Sie nehmen es mir doch hoffentlich nicht übel?"

Der größere der beiden schüttelte den Kopf, und ich zog ihn auf die Beine.

Er deutete in Richtung des davonfahrenden Rettungswagens. „Wir dachten, Sie wollten unserer Annie wehtun."

Mein Blick folgte dem Rettungswagen, der langsam in der Ferne verschwand. „Nein, Sir. Ganz bestimmt nicht“, murmelte ich leise. Ich half dem anderen auf die Beine, und die beiden Brüder gingen kopfschüttelnd davon. Unterwegs rückten sie ihre Kappen gerade und richteten die Träger ihrer Overalls.

Hinter mir murmelte ein älterer Mann, der ebenfalls einen Overall trug und dessen Stiefel nach Dieselöl rochen: „Wann bekommt dieses Mädchen endlich mal eine Pause?“ Er spuckte gezielt in einen Gully. „Warum ausgerechnet sie? Es gibt doch so viele Menschen in dieser Stadt. Warum sie? Das Leben ist einfach nicht fair. Es ist überhaupt nicht fair.“ Er spuckte erneut aus, diesmal auf die Straße, und ging über den Bürgersteig davon.

Nachdem sich die Menge zerstreut hatte, kroch ich über den Boden, fand, was ich gesucht hatte, und steckte es in meine Tasche. Es war schon ziemlich abgegriffen und hatte auf der Rückseite etwas eingraviert. Das Heulen der Sirene war in der Ferne verklungen, und in der Luft hingen Duftwaben von Zimt, Pfirsichkompott, Barbecue und Dieselöl. Und vielleicht ein Hauch von Jasmin. Als ich davonfuhr, hatte sich vor dem 20-Liter-Kanister eine Schlange gebildet. Stumm legten die Menschen auf dem Rückweg zur Arbeit ihre Geldscheine hinein.

Kapitel 2

Neun Monate vergingen, bevor ich den Schlüssel fand. Sie hatte ihn in einer Holzkiste deponiert, die ich seit meiner Kindheit besaß, unter einer zerlesenen und staubigen Ausgabe von Tennyson. Der Name der Bank war in den Schlüsselanhänger eingraviert, ebenso wie die Nummer des Schließfachs.

Charlie und ich fuhren gemeinsam zur Bank. Der Bankangestellte holte seinen Vorgesetzten, der meinen Ausweis überprüfte, uns in einen kleinen Raum führte, der abgesehen von einem Tisch und vier Stühlen unmöbliert war, und dann verschwand. Kurz darauf trat er mit bleichem Gesicht und einigen Papieren, die ich unterzeichnen sollte, wieder in den Raum. Ich unterschrieb, und er verschwand erneut. Wenig später kehrte er mit einem kleinen, verschlossenen Kasten zurück. Als er diesmal ging, zog er den Vorhang hinter sich zu. Charlie saß die ganze Zeit über reglos auf einem der Stühle, die Hände auf den Knien, in perfekter Haltung, und wartete geduldig ab. Ich steckte den Schlüssel ins Schloss und drehte ihn um. Als das Klicken des sich öffnenden Schlosses ertönte, drehte Charlie den Kopf in meine Richtung. Ich klappte den Deckel hoch und fand im Inneren des Kastens drei Briefe, alle an mich adressiert. Die Handschrift war unverkennbar.

Auf dem ersten Brief stand: *Sofort zu öffnen*. Auf dem zweiten stand: *Nach einem Jahr zu öffnen*. Und auf dem dritten: *Nach zwei Jahren zu öffnen*.

Ich nahm den ersten Umschlag in die Hand, fuhr mit dem Finger unter die Lasche und zog zwei Blätter heraus. Das erste Blatt war die Police einer Lebensversicherung in Höhe von 100.000 Dollar, die Emmas Vater für sie abgeschlossen hatte, als sie noch ein Kind war. Offensichtlich hatte er sie abgeschlossen, bevor jemand über ihren Zustand Bescheid wusste. Keiner von ihnen hatte mir jemals von dieser Versicherung erzählt. Das zweite Blatt war ein Brief. Ich ließ mich auf den Stuhl neben Charlie sinken und begann zu lesen.

Reese,
wenn du das hier liest, dann hat es nicht geklappt. Das bedeutet, ich bin tot, und du bist allein …

Mein Blick verschwamm, mein Gesicht wurde taub, und ich stürzte wie ein Kartenhaus in mich zusammen. Charlie und einer der Wachmänner trugen mich aus dem Gebäude und setzten mich auf eine Parkbank, wo ich mich wie ein Embryo zusammenrollte und fast eine Stunde lang unkontrolliert zitterte.

Später an diesem Tag las ich den Brief zu Ende. Ich las ihn wieder und immer wieder. Das Wissen, dass sie ihn im Voraus geschrieben hatte, lag mir wie ein Stein im Magen. Am Ende des Briefes stand:

Reese, bewahre diesen Brief nicht auf. Ich kenne dich, und ich möchte nicht, dass du so lebst. Lass ihn frei. Übergib ihn einer sanften Brise und lass ihn so davonsegeln, wie wir damals, als wir noch Kinder waren, Odysseus so häufig haben davonsegeln lassen.

Ich schloss die Augen und konnte ihre zarte, beinah durchsichtige Hand an meinem Gesicht spüren, die versuchte, mir Kraft zu geben – Kraft trotz ihrer Schwachheit.

Gehorsam suchte ich mir ein dünnes Brett, schnitt es zurecht, bohrte ein Loch hindurch und steckte als Mast einen Zweig hinein. Dann faltete ich den Brief als Segel, durchbohrte ihn mit dem Mast, befestigte eine zwei Zentimeter hohe Kerze auf dem Brett und tränkte das Floß mit Flüssiggas. Schließlich zündete ich die Kerze an und überließ das Segelboot der sanften, aber breiten Strömung des Tallulah. Es trieb davon, fünfzig Meter, dann einhundert, bis die Kerze niedergebrannt war, die Flüssigkeit sich entzündete und schließlich das ganze Floß in Flammen aufging. Die Flamme schoss fast zwei Meter in die Höhe, ein dünner Strahl aus Asche und weißem Rauch stieg noch höher, und dann kippte das kleine Boot um. Es legte sich zur Seite, versank blubbernd im Wasser und fand seine letzte Ruhestätte etwa 20 Meter tiefer in der vor langer Zeit gefluteten Stadt Burton auf dem Grund des Sees.

Ich zählte die Tage bis zum ersten Jahrestag. Als es endlich so weit war, erwachte ich noch vor Sonnenaufgang und flog förmlich hinunter zum Bootssteg, wo ich den Umschlag aufriss, mein Gesicht in den Brief vergrub und tief einatmete. Ich verschlang jedes Wort, jeden noch so kleinen Hauch ihres Duftes. Ich stellte mir ihre Stimme vor, die Art, wie ihr Mund diese Worte geformt hätte, die Neigung ihres Halses und die Einladung in ihren Augen. Ich konnte ihr Flüstern hören, das die Brise, die vom See herüberwehte, gerade so übertönte.

Lieber Reese,
ich habe heute Morgen gelesen, bevor Du aufgewacht bist. Die Worte haben eine Erinnerung in mir wach gerufen. Ich wollte Dich aufwecken, aber Du hast so fest geschlafen. Ich habe beobachtet, wie Du geatmet hast, habe auf Deinen Herzschlag gehört und den meinen gefühlt. Zum wohl zehntausendsten Mal habe ich versucht, meinem Herzen den Rhythmus von Deinem aufzuzwingen. Immer so gleichmäßig, so stark. Ich bin mit dem Finger über die Falte in Deiner Handfläche gefahren und habe über ihre Kraft und Zartheit gestaunt. Von dem Moment an, als ich Dich kennenlernte, und heute noch mehr, wusste ich, dass Gott Dich berührt hat. Versprich mir, dass Du das nie vergisst. Versprich mir, dass Du Dich stets daran erinnern wirst. ‚Die zerbrochenen Herzen zu verbinden' – das ist Deine Aufgabe. Das ist es, was Du tust. Mein Tod ändert nichts daran. Du hast mich schon vor Jahren geheilt.
„Mehr als alles andere …"
Für immer die Deine,
Emma

Ich verbrachte den Tag damit, auf den See hinauszustarren, fuhr mit den Fingern über die Zeilen des Briefes und schrieb die Wörter an die hundert Mal nach in dem Wissen, dass ihre Hand dieselben Bewegungen gemacht hatte. Bei Einbruch der Dunkelheit schnitt ich schließlich ein neues Brett zurecht, befestigte den Mast, tränkte Bug und Heck mit brennbarer Flüssigkeit, zündete die Kerze an und versetzte dem Boot einen Stoß. Das Licht trieb in die Dunkelheit davon und verwandelte sich nach knapp zweihundert Metern in ein Feuerinferno. Dann, ohne Vorwarnung, kippte die Flamme und verschwand wie ein brennender Pfeil, der über eine Mauer geschossen wird.

Ein weiteres Jahr verging, und wie ein Kind, das auf Weihnachten wartet, zählte ich die Tage – oder wie ein zum Tode Verurteilter, der auf seine Hinrichtung wartet. Diesmal brauchte ich nicht aufzuwachen, denn ich hatte gar nicht geschlafen. Als der Morgen endlich anbrach, ging ich langsam zum Bootssteg und steckte den Finger unter die Lasche. Nachdenklich. Gefangen irgendwo zwischen Hoffnungslosigkeit und dem Gefühl, in der Hölle gelandet zu sein. Wenn ich den Brief aufriss, dann würde ich die letzten Worte kennen, die sie an mich geschrieben hatte. Ein letzter zärtlicher Augenblick allein. Ein Augenblick, den wir nie gehabt hatten. Alles, was mich von ihren letzten Worten trennte, waren ein wenig getrockneter Kleber und die Furcht vor einem Leben in der Endgültigkeit.

Ich hielt den Brief in die Sonne, erkannte die Umrisse ihrer Schrift, konnte jedoch keines der Wörter entziffern. Schnell zog ich meinen Finger aus dem Umschlag heraus, fuhr den Knick mit Daumen und Zeigefinger nach und steckte den Brief wieder in meine Hemdtasche.

Ein weiteres Jahr verging und brachte einen weiteren vierten Juli. Der Briefumschlag war mittlerweile vergilbt und zerknittert. Er roch nun nach meinem Schweiß, und die Handschrift war verblichen und von einem Kaffeefleck unterhalb der Umschlaglasche verwischt. Vier Jahre waren inzwischen vergangen, seitdem ich die Briefe gefunden hatte, aber in all der Zeit hatte es kaum fünf Minuten gegeben, in denen ich nicht an sie gedacht hatte, an diesen Tag oder jenen Abend, oder wie sie mir mit den Fingern durch die Haare gefahren war und mir gesagt hatte, ich solle doch etwas schlafen. Wie sehr wünschte ich mir, ich könnte die Zeit zurückdrehen, wie Superman um die Erde fliegen, wie Josua oder Hesekiel beten und die Sonne still stehen lassen.

Aber im Leben gibt es kein Zurück.

Gegen Abend stimmte ein Kardinalsvogel auf einem Ast sein Lied an und erinnerte mich an meine Aufgabe. Nur widerstrebend steckte ich den Brief in meine Hemdtasche zurück und faltete die Zeitung auf. Ich befestigte den Mast, steckte das Ersatzsegel daran fest, tränkte das Schiff mit Flüssiggas und stellte vorsichtig die Kerze darauf. Über mir und bis zur nördlichen Spitze des Sees erhellte das Feuerwerk den Nachthimmel, und der Lärm der Kracher ließ die Grillen verstummen. Irgendwo am See schrien kleine Kinder vor Begeisterung laut auf und schwenkten völlig hingerissen ihre Wunderkerzen.

Fünf Jahre sind inzwischen vergangen, seitdem ich den Schlüssel gefunden habe. Meine einzige Verbindung zur Außenwelt ist jetzt ein Postfach in Atlanta, von dem aus meine Post an ein anderes Postfach in Clayton geschickt wird. Aber erst, nachdem sie über ein Nachsendezentrum in Los Angeles gegangen ist, in dem keine Fragen gestellt werden. Wenn mir jemand eine Eilsendung schickt, durchquert sie zweimal das Land und erreicht mich etwa zwei Wochen später. Nach allen praktischen Gesichtspunkten existiere ich nicht, und niemand weiß, ob ich komme oder gehe. Außer Charlie. Aber was er über mein Geheimnis weiß, ist bei ihm sicher.

In meinem Haus gibt es keine Spiegel.

Ich setzte mein kleines Boot aufs Wasser, versetzte ihm einen Stoß, und der stumme Tallulah fing es ein. Eine sanfte Brise erfasste es, trieb es hin und her, doch es richtete sich aus und wendete nach steuerbord. Die Kerze brannte nieder, ihre Flamme sprang auf das Deck über und erhellte den Himmel wie eine blaue Sternschnuppe. Das Boot verbrannte und versank in der stillen Tiefe des Sees, während das Echo der Erinnerung in einem leeren und zerbrochenen Herzen widerhallte.

Kapitel 3

Nach zehn Minuten im Wartezimmer der Notaufnahme des *Rabun County Hospitals* hatte ich so ziemlich alles, was es über Annie Stephens zu wissen gab, in Erfahrung gebracht. Fast alle Bewohner von Clayton kannten ihre Geschichte. Ihre Eltern waren Missionare gewesen und zwei Jahre zuvor während eines Bürgerkriegs in Sierra Leone ums Leben gekommen. Annie hatte noch eine Zwillingsschwester gehabt, aber sie war ein Jahr vor ihren Eltern gestorben – an einer erblich bedingten Herzkrankheit. Annie wohnte jetzt bei ihrer Tante Cindy und war bereits vor Monaten auf die Warteliste für eine Herztransplantation gesetzt, da sich ihr Zustand nach der letzten Operation nur wenig verbessert hatte. Eine Transplantation war jetzt der letzte Strohhalm. Ihre Ärzte in Atlanta hatten ihr nur noch sechs Monate zu leben gegeben. Das war vor fast achtzehn Monaten gewesen. Und da sie keine Krankenversicherung hatte, hatte sie diesen 20-Liter-Wasserkanister bereits sieben Mal gefüllt und so mehr als 17.000 Dollar zur Deckung ihrer eigenen Operationskosten zusammengetragen.

Ich hatte recht gehabt mit meiner Prognose, dass sie die Pubertät wohl nicht mehr erleben würde.

Es war unüblich, in einem kleinen Krankenhaus wie diesem ein hochmodern ausgestattetes Traumazentrum zu finden, aber ein schneller Blick durch den Raum zeigte mir, dass die Existenz dieses Zentrums größtenteils Sal Cohen zu verdanken war. Auf einer Messingplakette an der Wand stand *Sal-Cohen-Zentrum für Notfallmedizin*. Die Geschichte, die dahintersteckte, sei legendär in Clayton und Umgebung, wurde ich von den Mitarbeitern informiert. Vor fast vierzig Jahren verlor Dr. Sal ein Kind, weil das Krankenhaus nicht mit den nötigen Geräten ausgestattet war. Zwei Kinder, zu früh geborene Zwillinge, und nur ein Brutkasten. Das machte ihn furchtbar wütend, und aus zwei Inkubatoren war im Lauf der Jahre das beste Traumazentrum nördlich von Atlanta geworden.

Cindy McReedy stieß die beiden Schwingtüren mit der Aufschrift *Nur für medizinisches Personal* auf, kam in das Wartezimmer und stellte sich auf einen Stuhl. Unbewusst zupfte sie an den Ärmeln ihrer karierten Baumwollbluse, verschränkte dann die Arme, als würde sie frieren oder als hätte sie Angst, vor einer Gruppe zu sprechen, und wartete, bis es im Zimmer still geworden war. Sie sah aus, als habe sie über sechs Monate hinweg zu wenig geschlafen und als jongliere sie mit acht Bällen mehr, als sie handhaben konnte. Ich hatte diesen Ausdruck schon mehrfach gesehen; es würde nicht besser werden, sondern eher noch schlimmer. Sie schwenkte die Arme über der Menge, und die Muskelprotze fingen an, alle mit einem „Schschsch" zum Stillschweigen zu bringen.

Cindy fuhr sich über die Augen und steckte ihre Haare hinter den Ohren fest. „Annie kommt wieder in Ordnung. Die Sache mit ihrem Arm ist eher unkompliziert … sie haben ihr eine Narkose gegeben, ihn gerichtet und eingegipst. Vor ein paar Minuten ist sie aufgewacht und hat nach einem Eis gefragt."

Alle grinsten.

Cindy berichtete weiter: „Der Arm wird heilen, wenn auch langsam. Doc Cohen ist jetzt bei ihr und lässt sie in seiner Jackentasche kramen."

Wieder grinsten alle. Fast jede Hand in diesem Raum hatte bereits in dieser Jackentasche gesteckt.

„Was ihr Herz angeht, so werden wir erst in ein paar Tagen Näheres erfahren. Annie ist zäh, aber …" Sie hielt inne. „Wir … die Ärzte … sie wissen es einfach nicht. Wir müssen abwarten." Sie verschränkte erneut die Arme vor der Brust und blickte über die Menge hinweg. „Annie kann von Glück sagen, dass dieser Fremde vor mir bei ihr gewesen ist. Wenn er nicht gewesen wäre … nun, dann wäre Annie jetzt nicht hier."

Ein paar Augen richteten ihren Fokus auf mich.

Jemand aus der Menge rief: „Cindy, hast du mit den Leuten im St. Joes gesprochen, damit die sie auf der Warteliste nach vorne rücken? Wird ihr Zustand denn immer noch nicht als kritisch eingestuft?"

Cindy schüttelte den Kopf. „Das Problem liegt nicht bei ihnen, sondern bei uns … oder besser, bei Annie. Nach ihrer letzten Operation und der ganzen Sache –", Cindy fuchtelte hilflos mit den Händen. „Annie will nicht höher eingestuft werden, bis sie den richtigen Arzt gefunden hat."

Ein großer Mann, der in meiner Nähe stand, ergriff das Wort. „Aber Cindy, um Himmels willen! Du musst das kleine Häschen einfach übergehen! Es ist doch zu ihrem Besten. Wenn alles vorbei ist, wird sie dir dankbar sein."

Cindy nickte. „Das würde ich gern, Billy, aber leider ist das nicht so einfach."

Das ist es nie, dachte ich bei mir.

Cindy senkte die Stimme. „Annie kann nur noch eine einzige Operation verkraften. Noch eine Weitere würde sie bestimmt nicht mehr überstehen. Bei der Nächsten muss einfach alles stimmen, denn …" Sie senkte den Blick zu ihren Füßen, dann blickte sie wieder Billy an. „Es wird die Letzte sein."

Eine kleine untersetzte Frau, die neben dem großen Mann stand, versetzte ihm einen Schlag mit ihrer Handtasche, und er vergrub die Hände in seinen Hosentaschen.

Cindy fuhr fort. „Ihr Kardiologe ist jetzt von Atlanta hierher unterwegs und müsste eigentlich in etwa einer Stunde hier eintreffen. Wenn er sie untersucht hat, werden wir mehr wissen. Aber wir stehen immer noch vor denselben Problemen: Wir brauchen ein passendes Herz, und wir müssen einen ganz besonderen Arzt finden. Einen, der nicht nur Annie als Patientin akzeptiert, sondern den Annie als ihren Arzt akzeptiert. Ihre Chancen sind selbst mit den besten Ärzten verschwindend gering und …" Cindy warf einen Blick über ihre Schulter und senkte erneut die Stimme. „Sie werden nicht besser."

Es wurde ganz still im Zimmer. Falls es noch ein Fünkchen Hoffnung gegeben hatte, dann war es jetzt erloschen.

Cindy war jedes einzelne ihrer geschätzten fünfunddreißig Lebensjahre anzusehen, und ich nahm an, dass ihre Nüchternheit zum Teil ihrer natürlichen Persönlichkeit entsprach, sicherlich aber auch das Resultat aus den Lektionen war, die das Leben sie gelehrt hatte. Vielleicht war dies ihre Art, das Ganze zu verarbeiten. Sie hatte bereits einige Kämpfe durchfochten, das konnte man an ihrer Stimme hören, von ihrem Gesicht ablesen. Ihr sandblondes, schulterlanges Haar war mit einem einfachen Gummiband zu einem Pferdeschwanz zusammengefasst.

Kein Make-up. Starker Rücken, klare Linien. Unbeugsam und streng, aber auch anmutig. Kalt, doch von einer stillen Schönheit. Schwierig und geschäftig, aber auch bedürftig. Eher eine Zwiebel als eine Banane. Ihre Augen waren von dem gleichen Grün wie das Fruchtfleisch, das unmittelbar unter der Schale einer Avocado zu finden ist, und das Rot ihrer Lippen erinnerte an den roten Teil des Pfirsichs, der direkt neben dem Kern sitzt. Ihre karierte Bluse, ihre verschlissene Jeans, der Pferdeschwanz und die verschränkten Arme zeigten, dass sie Zweckmäßigkeit über Aussehen stellte, aber ich hatte das Gefühl, dass sie, wie jede Frau in ihrer Situation, ihr Aussehen vernachlässigte, weil ihre Zeit von Wichtigerem aufgefressen wurde. Sie erinnerte mich an Meryl Streep, wie sie in *Jenseits von Afrika* auf der Kaffeeplantage arbeitete. *Schrecklich ist, dass Schönheit nicht nur etwas Furchtbares, sondern auch etwas Geheimnisvolles ist. Hier ringen Gott und der Teufel, und der Kampfplatz – ist des Menschen Herz.*

Cindy stieg vom Stuhl herunter und sagte: „Wenn es neue Informationen gibt, hänge ich sie im Ladenfenster aus." Sie sah den älteren Herrn an, der an der Seite stand und aufmerksam zuhörte. „Ist Ihnen das recht, Mr Dillahunt?"

Er nickte und meinte: „Rufen Sie einfach Mabel an, sie wird schreiben, was Sie ihr diktieren."

Als sich die Menge zerstreute, ging Cindy zum Getränkeautomat und suchte in ihren Taschen nach den passenden Münzen. Sie war wie betäubt. Die Münzen glitten ihr aus der Hand und fielen zu Boden, doch sie schien nicht in der Lage, sie aufzuheben.

Die Stimmen in meinem Kopf stritten miteinander. Während

sie in meinem Inneren noch dabei waren, ihren Streit auszufechten, nahm ich vier Vierteldollarstücke aus meiner Tasche und hielt sie Cindy hin.

Als sie sich zu mir umdrehte und mich anschaute, sah sie aus, als kämpfe sie gegen ein Zittern an. Sie strich sich ein paar Haarsträhnen aus dem Gesicht, nahm die Münzen und drückte auf den Knopf für Cola light. Die Ringe unter ihren Augen verrieten mir, dass sie müde war. Deshalb öffnete ich die Plastikflasche für sie und reichte sie ihr. Sie trank einen Schluck, sah mich über die Flasche hinweg an und sagte: „Noch einmal vielen Dank." Anschließend starrte sie zu Boden, grub ihre Schuhspitze in eine Einkerbung in der Fliese und sah schließlich erneut zu mir auf. „Doc Cohen meint, ich müsse mich bei Ihnen entschuldigen."

Ich schüttelte den Kopf. „Ärzte haben nicht immer recht."

„Sal in der Regel schon", meinte sie.

Wir blieben eine Weile schweigend stehen und suchten nach Worten.

„Annies Arzt in Atlanta ist sehr gut. Ich habe gerade mit ihm gesprochen, und er sagte, er könne es kaum erwarten, die Informationen von diesem wie ein Gürtel aussehenden Ding abzulesen, das Sie auf Annies Herz gelegt haben. Er meinte, es sei recht ungewöhnlich, dass Leute mit so etwas herumliefen."

„Es kann ganz praktisch sein."

Sie verschränkte fröstelnd die Arme, schob ihr Kinn vor und starrte zum Fenster hinaus. „Sal sagte mir, ich hätte sie umbringen können."

„Reese", stellte ich mich vor und hielt ihr die Hand hin. „Auf der Straße haben wir diesen Schritt sozusagen übersprungen."

„Es tut mir leid." Sie putzte sich die Hand an ihrer Jeans ab, bevor sie meine schüttelte. „Früher hatte ich tatsächlich mal ein paar Manieren. Cindy McReedy." Sie deutete zu der Doppeltür. „Ich bin Annies Tante. Sie ist die Tochter meiner Schwester."

„Cici. Ich weiß."

Wir schwiegen, während die anderen Besucher im Wartezimmer miteinander plauderten. Sie deutete auf meine Kleidung. „In den vergangenen Jahren habe ich viele Sanitäter kennengelernt, aber Sie sehen ganz anders aus. Woher wussten Sie, was zu tun ist?“

In dem bodenlangen Spiegel neben dem Getränkeautomat konnte ich mein Spiegelbild sehen. Sie hatte recht. Ich sah aus wie jemand, der gerade Rigipsplatten angebracht hatte. Darüber hinaus hatte ich mich seit mehr als fünf Jahren nicht rasiert, was auch nicht gerade zur Verbesserung meines Aussehens beitrug. Abgesehen von den Augen konnte ich mich beinah selbst nicht mehr erkennen.

„Als Kind habe ich häufig auf der Feuerwache herumgehangen. Ich habe sauber gemacht, oder was auch immer anfiel. Schließlich durfte ich im Löschwagen mitfahren, und wir waren in der Regel immer zuerst beim Unfallort. Sie wissen schon, Sirenen, Löschfahrzeuge, große Kettensägen.“

Sie lächelte, was bedeutete, dass sie mir entweder glaubte oder zu müde war, um es nicht zu tun.

„Während des Studiums arbeitete ich in der Nachtschicht der Rettungswache mit, um mir Geld für Bücher und die Studiengebühren zu verdienen.“ Ich zuckte die Achseln. „Es ist wie Fahrradfahren.“ Das zumindest stimmte. Ich log nicht – noch nicht.

„Ihr Erinnerungsvermögen ist besser als meines“, meinte sie.

Ich musste das Gespräch unbedingt wieder in andere Bahnen lenken. „Um ganz ehrlich zu sein“, lächelte ich, „es waren die Sirenen und das Blaulicht, die mir besonders gefielen. Das fasziniert mich noch immer.“ Wieder stimmten beide Aussagen, gaben aber nur einen Schimmer der Wahrheit preis.

„Nun …“ Sie legte die Arme noch fester um sich, als hoffte sie, damit die Kälte vertreiben zu können. „Vielen Dank für heute … für das, was Sie getan haben.“

„Oh, das hätte ich beinah vergessen.“ Ich griff in meine Tasche und hielt ihr die kleine goldene Sandale hin, die an Annies Hals gehangen hatte, bevor sie in den Rinnstein geflogen war. „Das hier ist Ihnen heruntergefallen … auf der Straße.“

Cindy streckte mir die Hand hin, und als sie den Gegenstand erkannte, kämpfte sie erneut mit den Tränen. Ich reichte ihr mein

Taschentuch, damit sie sich die Augen trocknen konnte. „Das gehörte meiner Schwester. Es wurde uns aus Afrika zugeschickt, nachdem sie … nachdem die Leichen gefunden worden waren."

Sie hielt inne und ließ ihre Haare über die Augen fallen. Diese Frau hatte in den letzten zehn Jahren einiges durchgemacht … und das war nicht spurlos an ihr vorübergegangen.

„Annie hat ihn seit dem Tag, an dem er mit der Post kam, immer bei sich getragen." Vorsichtig steckte sie den Anhänger in die Tasche. „Vielen Dank … zum dritten Mal." Dann blickte sie zu den Schwingtüren hinüber. „Ich gehe jetzt besser zurück. Annie wird sich schon fragen, wo ich bleibe."

Ich nickte, und Cindy entfernte sich. Schnell rief ich ihr nach: „Wäre es in Ordnung, wenn ich in ein paar Tagen mal vorbeikomme, vielleicht mit einem Teddybär oder so etwas?"

Sie drehte sich um und kam die wenigen Schritte zu mir zurückgelaufen. „Ja sicher, aber …" Sie blickte sich im Wartezimmer um und flüsterte: „Bitte keine Teddybären. Alle bringen Teddys. Erzählen Sie es nicht weiter, aber ich verschenke sie schon." Sie nickte. „Sie können gern wieder herkommen, aber seien Sie kreativ. Vielleicht eine Giraffe, aber keine Bären."

Ich ging zum Parkplatz und versuchte, den Krankenhausgeruch in meiner Nase zu ignorieren.

Kapitel 4

Mein Wecker klingelte um zwei Uhr morgens. Ich lief hinunter zum Bootssteg und sprang in den See. Das Wasser war kalt, ja, aber es brachte meinen Kreislauf in Schwung. Nachdem ich meine gewohnte Strecke geschwommen war, entsaftete ich einige Möhren, Äpfel und Rote Bete, ein Stück Sellerie und fügte etwas Petersilie hinzu. Ich trank diese „Schutzmaßnahme" in einem Zug aus, danach schluckte ich eine Babyaspirin. Um drei Uhr hatte ich meine hellbraunen Haare dunkelbraun, fast schwarz, getönt und meine Koteletten und den Bart mit genug Grau durchzogen, dass ich fünfundzwanzig Jahre älter aussah. Um kurz vor halb vier fuhr ich mit vollkommen verändertem Aussehen los, um noch rechtzeitig vor dem Einsetzen des Berufsverkehrs in Atlanta am Flughafen zu sein. Mein Flug ging um halb sechs.

Ich saß am Gate in Terminal B und wartete darauf, dass die Flugbegleiter meine Reihe aufriefen. Flughäfen sind mir verhasst. Ich konnte sie noch nie ausstehen. Wenn ich darüber nachdenke, wie die Hölle wohl aussehen mag, dann stehen mir die Terminals in Atlanta vor Augen. Tausende Menschen, von denen sich die meisten nicht kennen, auf einem begrenzten Raum zusammengepfercht, alle in Eile und alle von dem verzweifelten Wunsch beseelt, die Abfertigungshallen zu verlassen. Keiner ist freiwillig dort, der Flughafen ist ein Mittel zum Zweck, ein Nicht-Ort – keiner ist dort zu Hause. Alle sind nur auf der Durchreise. In gewisser Weise ähnelt er einem Krankenhaus.

Das Flugzeug landete pünktlich in Jacksonville in Florida. Ich mietete mir einen Wagen und fuhr nach Jacksonville Beach, wo die Konferenz um Punkt 8 Uhr im Sea Turtle Inn begann. Nachdem ich mich angemeldet hatte, verschwand ich im Waschraum, strich meine Haare zurück, fügte noch ein wenig Grau an den Rändern hinzu, spritzte mir etwas Rasierwasser ins Gesicht und band einen doppelten Windsorknoten, der bewirkte, dass meine

Krawatte bereits fünf Zentimeter oberhalb des Gürtels endete. Die Ärmel meines Jacketts waren viel zu kurz, und meine Hosenbeine waren unterschiedlich lang. Die Hose und das Jackett waren beide marineblau, passten aber nicht zusammen. Sie stammten von zwei unterschiedlichen Anzügen, die ich in einem Ramschladen erstanden hatte. Meine Budapester waren doppelt gesohlt und vielleicht vor fünfundzwanzig Jahren einmal modern gewesen. Ich setzte meine dicke Hornbrille mit Fensterglas wieder auf, hielt den Blick gesenkt und stützte mich auf den alten, arg strapazierten Spazierstock.

Ich blieb im Toilettenraum, bis alle anderen ihre Plätze bereits eingenommen hatten, und betrat den Saal erst, nachdem alle Ankündigungen gemacht worden waren. Ich suchte mir einen Platz in der letzten Reihe, sprach mit keinem Menschen und gab auch niemandem Gelegenheit, mich anzusprechen. *Was ist am Ende eine Lüge? Sie ist nichts anderes als die Wahrheit im Maskenstaat.*

Der Hauptredner war ein Mann, über den ich viel gelesen hatte. Er hatte auch selbst viel veröffentlicht und galt mittlerweile als eine der führenden Persönlichkeiten auf diesem speziellen Fachgebiet. Ich hatte ihn bereits bei einigen anderen Konferenzen im Land gehört, doch trotz meines Interesses und der Tatsache, dass er bei einigen Punkten nicht ganz richtig lag, war ich mit den Gedanken woanders. Durch das Fenster zu meiner Linken sah ich auf den Atlantik hinaus. Das Meer war ruhig. Sanfte Wellen brachen sich am Strand, und Pelikane und hier und da einmal ein Delfin oder ein Surfer tummelten sich auf dem Wasser. Als ich meinen Blick wieder dem Podium zuwandte, musste ich feststellen, dass sich die Gruppe bereits zum Mittagessen zurückgezogen hatte. Ich hätte nicht wiedergeben können, worüber der Redner gesprochen hatte, denn ich hatte den ganzen Morgen an ein kleines Mädchen in einem gelben Kleid denken müssen, an den Geschmack der Limonade und die Gravur auf der Rückseite der Sandale.

Diese Konferenzen dienten zum einen dem Zweck, Leute wie mich über die neuesten Praktiken und Techniken auf dem Laufenden zu halten, die in den wissenschaftlichen Zeitschriften nicht diskutiert, aber in der Praxis zunehmend angewendet wurden. Zum anderen boten sie Kollegen die Gelegenheit, sich zu treffen, sich auszutauschen und besser kennenzulernen. Viele der Teilnehmer kannte ich. Oder vielmehr, ich *hatte* sie gekannt. Mit einigen von ihnen hatte ich sogar ziemlich eng zusammengearbeitet. Zum Glück würden sie mich jetzt nicht einmal mehr erkennen, wenn sie direkt neben mir säßen.

Und genau das geschah nach dem Mittagessen. Ich saß in der drittletzten Reihe in einem spärlich besetzten und schlecht beleuchteten Teil des Raumes, als Sal Cohen zu meiner Reihe kam und fragend auf den Platz neben mir deutete. *Was um alles in der Welt machte er hier?*

Ich nickte, hielt meinen Blick aber fest auf das Podium gerichtet. In den nächsten zwei Stunden zeigte Sal abwechselnd höchstes Interesse und versank in einen tiefen, von gelegentlichem Schnarchen begleiteten Schlaf.

Um drei Uhr nachmittags bestieg ein neuer Redner das Podium. Er hatte die letzten vier Jahre in die Erforschung einer neuen Methode investiert, die die „Mitch-Purse-Prozedur" genannt wurde. Dieser Begriff war inzwischen zu dem beliebtesten Modewort der meisten Frauen und Männer in diesem Raum avanciert. Die Prozedur war gerade jetzt von besonderem Interesse, weil ein Arzt aus Baltimore sie erfolgreich angewendet hatte. Diese Diskussion interessierte mich nicht, und es war mir vollkommen egal, ob jemand herausgefunden hatte, wie diese Methode funktionieren konnte, darum gab ich mir selbst frei und gönnte mir eine Tasse Kaffee in der Lobby. Um kurz nach fünf endete die eintägige Konferenz. Ich erhielt eine Teilnahmebestätigung und fuhr zurück zum Flughafen, um nach Hause zu fliegen. Und ja, ich war besorgt, Sal könnte für den Heimflug dieselbe Maschine gebucht haben. Bevor ich an Bord ging, überprüfte ich die Passagierliste, doch Sals Name stand nicht darauf. Wenn er daraufgestanden hätte, hätte ich meine Buchung storniert und mir ein anderes Transportmittel gesucht. So jedoch landete ich noch am selben Abend planmäßig in Atlanta und war kurz nach Mitternacht wieder zu Hause. Charlies Haus auf der anderen Seite des Sees lag im Dunkeln. Aber das hatte nichts zu bedeuten. Sein Haus war meistens dunkel. Ich hörte die leisen Klänge seiner Mundharmonika durch die Fenster zu mir hereindringen. Wenige Minuten nachdem ich angekommen war, brach die Melodie ab, und es wurde still. Vollkommen still, bis auf das Zirpen der Grillen. Sie stimmten ihr Lied an und sangen mich in den Schlaf – was ungefähr dreißig Sekunden dauerte.

Kapitel 5

Als ich am nächsten Morgen um fünf Uhr die Tür des Bootshauses aufstieß, drang mir der Geruch von Penatencreme in die Nase. Charlie mochte es nicht, wenn sein Hinterteil wund wurde, darum rieb er immer Penatencreme auf das Leder seiner Hose, bevor wir ins Boot stiegen. Es war dunkel, doch ich konnte seine Umrisse auf dem Fußboden des Bootshauses ausmachen. Er war gerade dabei, seine Dehnübungen zu machen. Seit Jahren praktizierte er bereits Pilates, und wenn er wollte, konnte er seine Ferse an seinen Hinterkopf legen. Er war wirklich der beweglichste Mensch, den ich kannte. Und einer der stärksten.

Neben ihm saß Georgia, seine gelbe Labradorhündin. Ohne sie ging er nie fort. Ihr Schwanz klopfte auf den Holzboden und teilte mir mit, dass sie sich freute, mich zu sehen.

Der Holzboden knackte und verriet Charlie meine Ankunft, aber vermutlich hatte er mich schon gehört, bevor ich durch die Tür getreten war. Das Seewasser klatschte gegen die Betonpfeiler und hallte in der Halle wider. Ich knipste die Neonröhre über der Werkbank an, und Charlie lächelte, sagte aber kein Wort.

An der einen Innenseite des Bootshauses lehnte ein Doppelzweier. Ich klopfte dagegen und Charlie nickte. Das Boot wog nur knapp achtzig Pfund, aber wegen der fast neun Meter Länge konnten wir es nur zu zweit zu Wasser bringen. Charlie nahm den Bug, ich das Heck. Er ging rückwärts zur Rampe und ließ sein Ende in das glasklare, ruhige Wasser gleiten.

Ich zog das Boot parallel zum Bootssteg und klopfte Charlie auf die Schulter.

Er sagte: „Auch dir einen guten Morgen.“

Dann griff er nach der Leiter, tastete mit dem Zeh nach dem Boot, kletterte hinunter und schob seine Füße in die Bindungen vor ihm. Ich schnappte mir die Ruder und ließ mich vorsichtig auf den hinteren Sitz gleiten. Während ich mir noch mein Ersatz-Herzfrequenzmessgerät umband, trommelte Charlie bereits mit den Fingern auf den Rudern – sein Morsecode für *Ich bin jetzt fertig!* Wir stießen uns ab, tauchten die Ruder ins Wasser und ruderten aus dem kleinen Finger, der die Nordspitze des Lake Burton markierte.

Die Stille umfing uns warm. Charlie flüsterte mir halb grinsend über die Schulter zu: „Du hattest gestern einen langen Tag."

„Allerdings." Eintauchen, durchziehen, anheben.

Es war interessant, das Zusammenspiel von Charlies Muskeln vom Hals abwärts über die Schultern bis hin zu den Rippen zu beobachten.

„Was hattest du an?", fragte er jetzt grinsend.

„Wieder dasselbe", erwiderte ich.

Charlie schüttelte den Kopf und sagte nichts mehr. Schweigend fanden wir unseren Rhythmus.

Von der Jones Brücke bis zum Burton Damm sind es fünfzehn Kilometer. Meistens rudern wir morgens die ganze Strecke. Hin und wieder zurück. Charlie und ich sind ein ziemlich gutes Team. Während ich groß und schmal bin, ist er breit und stämmig. Ich würde ihm nicht allein in einer dunklen Gasse begegnen wollen. Während meine maximale Sauerstoffaufnahme größer ist – was bedeutet, dass ich ein größeres Herz und eine größere Lungenkapazität habe und über einen längeren Zeitraum mehr Sauerstoff aufnehmen kann –, hat Charlie einen anderen Antrieb in seinem Körper, der nicht den Gesetzen der Physik oder Anatomie unterliegt. Die Art Antrieb, die tief im Inneren vergraben liegt und es gewöhnlichen Menschen ermöglicht, außergewöhnliche Dinge zu tun. Wie zum Beispiel einen nationalen Wettkampf im Ringen zu gewinnen, indem man den Nummer-eins-Ringer des Landes besiegt – und das gleich zweimal.

Das erste Mal brachte er ihn in der zweiten Runde auf die Matte, und im zweiten Wettkampf verknotete er seinen Gegner gleich in der ersten Runde wie eine Brezel und schaltete ihn damit aus. Besonders beeindruckend daran war, dass er erst das zweite

Highschooljahr absolvierte, während sein Gegner bereits in der Abschlussklasse war.

Da die Strömung des Tallulah uns vorantrieb, tauchte Charlie seine Ruder tief ins Wasser, zog mit aller Kraft und lenkte uns mit Macht nach Süden. Sein Elan verriet mir, dass er sich gut fühlte und der heutige Tag anstrengend werden würde. Und wenn ich schon flussabwärts so zu kämpfen hatte, dann würde der Rückweg erst recht schlimm werden.

Rudern ist eine ungewöhnliche Sportart, die mit keiner anderen vergleichbar ist. Oberflächlich betrachtet ist es der einzige Sport, bei dem man nicht nach vorne schaut. Meistens erkennt man erst in der Rückschau, wohin man unterwegs ist. Beim Wettlauf und Hürdenlauf sind die Sprinter und Hürdenspringer wie Lokomotiven in voller Fahrt unterwegs – ihre Beine hämmern wie Eisenstäbe die Bahnen entlang, und ihre Arme stoßen wie Kolben durch die Luft. Beim Football schieben die Spieler sich selbst wie Rammböcke oder Autoskooter über das Spielfeld. Und Fußballspieler sind in einer Choreografie gefangen, die sowohl an Ballett als auch an einen Stierkampf denken lässt. Aber beim Rudern bewegt sich der Mann im Boot wie eine Feder.

Um dies zu verstehen, muss man einmal die Rückseite einer Armbanduhr öffnen und sich anschauen, wie sich die Windungen der Feder öffnen und schließen. Beim Rudern fällt der Körper in einen bestimmten Rhythmus, in dem der Ruderer dieselben Bewegungen ununterbrochen wiederholt. Er kauert sich wie eine Feder zusammen, drückt die Knie gegen seine Brust und hält die Ruder angehoben, seine Lunge so gut wie möglich gefüllt. Dann taucht er die Ruder ein, drückt seine Beine durch und zieht mit den Armen die Ruder durch, während er mit voller Kraft ausatmet. Wenn die Ruder voll durchgezogen sind, hebt der Ruderer sie an und zieht die Knie wieder an die Brust. Dabei atmet er so tief ein, wie seine Lungen es zulassen, nur um sich dann wieder zu strecken und völlig uneigennützig erneut leer zu machen.

Dieser Bewegungsablauf gleicht dem Schlagen des menschlichen Herzens. Die Tätigkeit des Ruderns ist für den menschlichen

Körper so anstrengend, dass einige Ruderer während eines Rennens eineinhalb Mal so viel Luft durch ihre Lungenflügel pumpen wie fast jeder andere Sportler auf der Welt. Darum sind Ruderer häufig sehr groß, haben einen breiten Brustkorb und eine Lunge so groß wie ein Zeppelin.

Genau so lässt sich Charlie beschreiben. Wenn er ein Vogel wäre, dann bestimmt ein Condor. Oder noch besser, ein Albatross.

Der Spaß am Rudern kommt mit der Bewegung. Das Ruderboot ist lang und schmal und gleitet mit einer unglaublichen Geschwindigkeit über das Wasser. Auch wenn man mit dem Rücken zur Fahrtrichtung sitzt, nimmt man seine Umgebung irgendwie wahr. Man steuert den Bug mit den Augen in seinem Hinterkopf. Steuern ist genauso sehr ein Gefühl wie eine Reaktion. Alle paar Züge dreht man sich kurz um und prägt sich das Panorama wie ein Foto ein. Wenn man sich dann wieder nach vorn wendet, beobachtet man die Spur, die der Kiel im Wasser hinterlässt, und die großen runden Löcher, die die Ruderblätter in den See gebohrt haben. Mit jedem gelungenen Ruderschlag werden die Kreise, die man hinterlässt, größer, bis sie schließlich ineinander übergehen und sich miteinander verbinden.

Wir fanden in unseren Rhythmus hinein und glitten den Fluss entlang. Schweißtropfen fielen von meiner Nase. Mein Herzfrequenzmessgerät verriet mir, dass ich die Spitze meiner Leistungsfähigkeit beinah erreicht hatte, und Charlies schweißnasser Rücken und seine geweiteten Lungenflügel zeigten mir, dass es ihm ähnlich erging. Das Gefühl, im Einklang mit einem Partner zu rudern, schweißüberströmt, mühevoll, aber zufrieden mit der eigenen Leistung, ist einfach unvergleichlich. Es ist das „High“ des Läufers hoch zwei. Vielleicht sogar hoch drei.

Die Tatsache, dass ich hinten sitze und technisch gesehen für die Steuerung verantwortlich bin, bedeutet nicht, dass Charlie nicht auch weiß, wo er ist. Wir hatten die Murray Bucht und Billy Goat Island hinter uns gelassen und ruderten am Cherokee Creek vorbei, als er mich fragte: „Siehst du schon den Damm?“

„Noch fünf oder sechs Züge.“

„Wir werden langsamer. Ich denke, wir müssen noch etwas zulegen, wenn wir dieses Jahr die Burton Rallye gewinnen wollen. Ich habe gehört, dass die Jungs aus Atlanta auch wieder mit von der Partie sind."

Die Burton Rallye war ein Rennen von der Brücke bis zum Damm, an dem Charlie und ich in den letzten vier Jahren teilgenommen hatten. Im ersten Jahr waren wir Dritte geworden und seither jeweils Zweite. Unsere Nemesis waren zwei Olympiateilnehmer aus Atlanta. Sie waren gut, aber wir wurden immer besser. Zumindest ließen sie uns in dem Glauben. Ihr Vorteil war, abgesehen von der Tatsache, dass sie eben einfach besser waren, ein Kevlarboot, das nur etwa halb so schwer war wie unseres. Aber uns gefiel unser Boot. Für einen Wettkampf im Jahr genügte die HMS *Emma* völlig.

Charlie griff hart in die Riemen und brachte uns ein gutes Stück vorwärts.

Ich fragte: „Fühlst du dich heute Morgen ausgeruht?"

Charlie beugte sich weiter vor und hielt einen Finger in die Luft. „Ich bin nur einer, aber ich bin immerhin einer. Ich kann nicht alles tun, aber ich kann etwas tun. Ich werde mich nicht weigern, das Etwas zu tun, das ich tun kann."

Ich lächelte. Was Shakespeare für mich war, war Helen Keller für Charlie.

Über das Wasser zu gleiten ist eine befreiende Erfahrung – es ist ganz Zukunft und voller Chancen, da die Aufzeichnung der Vergangenheit nur ein paar Sekunden dauert und dann alles für immer vorbei ist. Beim Damm setzten wir uns normal hin, lenkten das Boot ans Ufer und atmeten tief durch. Das einzige Geräusch weit und breit war der Alarm meines Herzfrequenzmessgeräts, der mir sagte, dass mein Limit überschritten war. Charlie hörte den Alarm und lächelte, sagte aber nichts, weil auch sein Alarm losgegangen war. Ich wendete das Boot, als die Sonne langsam über dem Wasser aufstieg und den morgendlichen Nebel vertrieb. Er wirbelte wie Minitornados um uns herum, bildete kleine Wolken und legte sich auf den warmen Schweiß, der uns einhüllte wie eine flüssige Decke.

Es war ein gewohnter Anblick, einer, der mich stets daran erinnerte, dass ungeachtet aller Abscheulichkeiten und alles Entsetzens das Schöne weiterhin existierte. Emma hätte ihn geliebt. Er erinnerte mich an einen anderen Morgen wie diesen, an dem ich früh erwacht war, Wasser gekocht, ihr eine Tasse Tee gebracht und sie dann hinunter auf die Bank begleitet hatte. Sie hatte ihre Knie wärmend an die Brust gezogen und den einen Arm um mich gelegt, während sie mit der anderen Hand ihren Becher hielt. Bei dem Anblick, der sich ihr bot, hatte sie nur fassungslos den Kopf schütteln können. Nachdem sie einen Schluck Tee getrunken hatte, hatte sie mich geküsst, ihren Kopf an meine Schulter gelehnt und geflüstert: „Wovon man nicht sprechen kann, darüber muss man schweigen."

Damals hatte ich Wittgenstein noch nicht gekannt, doch mittlerweile hatte ich ihn mehrmals gelesen.

Charlie spürte, dass ich in Gedanken war, und flüsterte mir zu: „Ein wunderschöner Morgen."

„Ja." Ich hielt inne und gab mich dem Anblick erneut hin. „Sie hätte ihn geliebt."

Charlie nickte und atmete geräuschvoll ein, während wir über Wasser und Vergangenheit hinwegglitten.

Wieder am Bootssteg angekommen, stieg er aus dem Doppelzweier und tastete sich an der Wand des Bootshauses entlang, bis er sich orientiert hatte.

„Alles klar?", fragte ich.

„Jep, mir geht's gut. Ich fühle nur, wo ich bin."

Charlie sieht in erster Linie mit seinen Händen und Ohren, weil seine Augen nutzlos sind. Außer einem Blitz wenn es gewittert, dem Feuerwerk am 4. Juli oder wenn er direkt in die Sonne blickt, kann er überhaupt nichts sehen. Er ist blind wie eine Fledermaus. Auch das geschah vor fünf Jahren, aber wir reden nie darüber. Den Grund für seine plötzliche Blindheit kennen wir ganz genau, den Grund hinter dem Grund hingegen nicht.

Und das erklärt auch Georgia. Sie ist eine Blindenhündin, die ich ihm zu Weihnachten geschenkt habe, nachdem klar war, dass sein Augenlicht nicht wieder zurückkehren würde. Ich setzte sie unter den Weihnachtsbaum, und Charlie war bereit, sie zu behalten. Er verliebte sich sofort in sie. Sie soll ihn eigentlich führen, aber das braucht sie nur selten. Charlie besitzt auch einen Blindenstock, einen weißen mit einer roten Spitze, aber er benutzt ihn kaum. Er steht meistens irgendwo in seinem Haus in einer Ecke oder steckt zusammengeklappt in seiner hinteren Hosentasche. Auch wenn Charlie blind ist, so ist er doch nicht so blind. Was mich betrifft: *Nein, weinen will ich nicht. Wohl hab ich Fug zu weinen; doch dies Herz soll eh' in hunderttausend Scherben splittern, bevor ich weine.*

Charlie fand das Ende des Bootsstegs und ließ sich zu dem Seil hinunter, das wir zwischen unsere Bootsstege gespannt hatten. Bevor er die vierzig Meter zu seinem Haus hinüberschwamm, drehte er sich noch einmal um und fragte: „Hast du immer noch diesen Traum?"

„Ja."

„Weißt du mittlerweile, was er bedeutet?"

„Nicht wirklich."

„Brauchst du einen Traumdeuter?"

„Denkst du, du kommst für den Job in Frage?"

Charlie schüttelte den Kopf. „Nein, aber wenn du noch weniger schläfst, wirst du dich in eine Eule verwandeln."

„Danke."

Charlie lächelte, während er mit den Füßen im Wasser in Bewegung blieb. „Nun, wann immer ich in der Nacht aufstehe, um zu pinkeln, höre ich dich hier mit irgendetwas herumhantieren."

„Ja … na ja, an der Uni habe ich einiges gelernt, unter anderem auch, wie man ohne Schlaf auskommt."

„Ja, aber das ist nicht gesund. Das ist unnormal."

„Wem sagst du das."

„Mir ist schleierhaft, wie sie es mit dir ausgehalten hat."

„Vielen Dank. Lass dich nicht von dem Hai da beißen."

Charlie summte die Titelmelodie von *Der weiße Hai* vor sich hin und setzte sich wieder in Bewegung. Er hatte noch mehr auf dem Herzen, das merkte ich, aber er sprach es nicht aus. Doch wie so häufig sprach das, was Charlie *nicht* sagte, ganz besonders laut.

Kapitel 6

Ich wuchs in einem einhundert Jahre alten Haus in Vinings auf, das nur wenige Straßenzüge vom Marktplatz entfernt lag. Es war ein ganz einfaches, zweistöckiges Holzhaus, das so hoch und schmal in den Himmel hinaufragte, als wäre es während des Bauens an den Seiten zusammengedrückt worden. Zwei Veranden zogen sich um das Haus herum – eine um jedes Stockwerk. Acht Magnolienbäume spendeten den ganzen Tag hindurch Schatten und sorgten dafür, dass das Haus von der Straße aus kaum zu sehen war.

Das Haus war nicht groß, es verfügte gerade einmal über drei Schlafzimmer. Doch die beiden Veranden waren von der Fläche her fast genauso groß wie die Innenräume. Die langen, ausladenden Zweige der Magnolien streckten sich wie riesige Arme nach dem Haus aus. Wenn die Bäume in Blüte standen, öffnete meine Mutter jedes Fenster, atmete tief ein und genoss den Duft, der von dem Baldachin ausging, unter dem wir lebten. Einige der Zweige verbogen sich und krochen unter die obere Veranda oder schmiegten sich an sie – Haus und Bäume waren beinah wie ein altes Ehepaar, das sich an die Gesellschaft des Partners gewöhnt hatte und sich darin wohl fühlte. Wir spielten immer sehr viel auf der kühlen Veranda oder kletterten in den zahllosen Zweigen der Magnolien herum.

Mein Vater hängte in jedem Baum Vogelhäuschen auf, sodass wir die unterschiedlichsten Vögel beobachten konnten. Finken, Rotkardinäle, Spottdrosseln, Blaumeisen, Krähen, Kolibris, Schwalben, und ab und zu nistete sich sogar eine Eule oder ein Rotschwanzbussard in unseren Bäumen ein. Unser Leben auf der Veranda war eine einzige Schulung in Flug-, Sing-, Nestbau- und Paarungsgewohnheiten jeder im Nordwesten Georgias lebenden Vogelart. Die häufigsten waren die Rotkardinäle; einmal zählten wir elf Nester. Im Frühling war unser Haus erfüllt von dem

Konzert der männlichen und weiblichen Rotkardinäle, die ihre Stimmen erschallen ließen wie U-Boote, die Sonar-Töne von den Tiefen des Meeresbodens aussandten.

* * *

Emma und ich lernten uns in der zweiten Klasse auf dem Spielplatz kennen. Ich hatte gerade das Kletternetz überwunden, ohne den Boden zu berühren, und hing immer noch in den Seilen, als ich bemerkte, dass sie mich beobachtete. Sie war die Neue, gerade erst hergezogen, still und hielt immer einen Malblock in der Hand. Und sie beobachtete die Vorgänge in ihrer Umgebung aus den Augenwinkeln heraus stets ganz genau. Sie war klein für ihr Alter, vielleicht sogar ein bisschen schwächlich, und in der Pause, wenn die anderen Kinder Fußball spielten oder im Kletternetz turnten, setzte sich Emma an den Picknicktisch, klappte ihren Malblock auf und begann zu zeichnen. Was sie innerhalb von fünfzehn Minuten mit ihrem Bleistift auf ein leeres Blatt Papier zauberte, war unglaublich.

An diesem Tag reichte sie mir am Ende der Pause lässig eine Skizze und kehrte wortlos wieder zu ihrem Platz am entgegengesetzten Ende des Klassenzimmers zurück. Das war ich auf dem Bild; wie ein Affe baumelte ich mit einem dämlichen Gesichtsausdruck am Kletternetz. Und sie hatte recht, ich hatte tatsächlich versucht, Eindruck zu schinden. Ihre Skizze hatte das eingefangen. Am nächsten Tag bot sie mir beim Mittagessen ihren Schokoladenkeks an, und ich überließ ihr meine Milch. In der folgenden Woche setzten wir uns in Mrs Wilsons Musikunterricht nebeneinander, und ich ließ sogar ein Fußballspiel ausfallen, um ihr beim Zeichnen zuzuschauen. Zum Beginn des dritten Schuljahres zogen ihre Eltern in ein Backsteinhaus ganz in unserer Nähe. Auf dem Weg zur Schule kam ich nun immer an ihrem Haus vorbei und rannte meistens unterwegs irgendwann in Emma und ihren kleinen Bruder Charlie hinein.

Charlie war vier Jahre jünger als wir und hatte für ein Kind seines Alters ungewöhnlich lange und kräftige Arme, was erklärte, warum Emma ihn liebevoll Popeye nannte. Charlie baute für sein Leben gern Sachen zusammen, doch noch lieber bearbeitete er irgendwelche Materialien mit dem Hammer. Und dank der Länge seiner Arme konnte er gut damit ausholen. Für seine große Schwester spielte er den starken Beschützer, und in den ersten Jahren beobachtete er auch mich argwöhnisch aus den Augenwinkeln heraus.

Charlie war abenteuerlustig und handelte häufig, ohne vorher nachzudenken. Sein Versuch, sich von einer unserer Magnolien mithilfe seiner Stretch-Armstrong-Actionfigur abzuseilen, endete mit einer hässlichen Amputation und einer riesigen Sauerei. Er landete in einem Haufen Magnolienblätter neben der Veranda, in einer Hand Stretchs Arm und überall verschmiert mit der Armstrong Klebemasse und blickte hilfesuchend zu mir hoch.

„Neugierig“ und „spielt auch gut allein“, so wurde ich als Kind beschrieben. Sobald ich gelernt hatte, wie man Legosteine zusammensteckte, hatte ich mein Zimmer in einen Irrgarten aus meinen eigenen Bauprojekten verwandelt. Irgendwann gab meine Mutter den Versuch auf, mich dazu zu bringen, mein Zimmer aufzuräumen. Modellflugzeuge hingen in den an der Decke befestigten Fischernetzen, fünf und sechs Stockwerke hohe Blockhäuser standen in den Ecken, verschiedene Forts aus Zahnstochern fanden ihren Platz in überfüllten Bücherregalen, und mit Kleber zusammengehaltene Kartenhäuser beanspruchten viel zu viel Raum auf meinem Schreibtisch. Ich hatte kaputte Matchboxautos auseinandergenommen und aus den Teilen von fünfzehn unterschiedlichen Autos neue zusammengebaut; aus Operationsschläuchen bastelte ich mir meine eigenen Schleudern, verbesserte die Kurbeln, das Zahnradgetriebe und die Bremsen an meinem Fahrrad, steigerte die Höchstgeschwindigkeit des Ventilators in meinem Zimmer und veränderte die Anzahl der Windungen eines Slinkys so, dass es tatsächlich die in der Werbung versprochene Menge an Stufen hinunterstieg. Kurz gesagt, ich war ein Tüftler, getrieben von dem unersättlichen Bedürfnis zu erfahren und zu begreifen, wie alles funktionierte.

Vor allem der menschliche Körper. Während Gebäude und Fahrzeuge mich interessierten, sogar faszinierten, war der menschliche Körper für mich eine alles umfassende Obsession. Die Wände in meinem Zimmer waren zugekleistert mit Postern und Diagrammen, auf denen alles, was mit dem menschlichen Körper und seiner Funktionsweise zu tun hatte, zu sehen war, vom Knochenaufbau und dem Muskelwachstum bis hin zum Organsystem und den Nervenbahnen im Gehirn. Weil ich mir Sachen besser einprägen konnte, wenn meine Hände in Bewegung waren und die entsprechende Tätigkeiten durchführten, hatte ich im Alter von sieben Jahren bereits zwei große Frösche, einen Fisch, die Nachbarskatze, ein Gürteltier und eine lange schwarze Schlange seziert und wieder zusammengenäht – die alle tot waren, oder schnell starben, bevor ich mich ihrer bemächtigte.

In diesem Alter konnten meine Sektionen passender beschrieben werden als ein Herumwühlen, aber die Nähte waren vielversprechend. Um meine Fähigkeiten zu verbessern, übte ich. Ich schlitzte die Haut einer Orange auf und nähte sie wieder zusammen, wobei ich genau darauf achtete, keinen Saft zu verspritzen. Als ich mit den Orangen klarkam, wandte ich mich dem Baguette zu, da dessen Kruste sehr dünn und spröde ist und leicht reißt.

Da Charlie meine Arbeit an einem der Frösche und der Siamkatze des Nachbarn beobachtet hatte, vertraute er mir seinen schlaffen Helden an, und ich machte mich daran, seinen Arm anzunähen und die zähe Flüssigkeit wieder hineinzudrücken, damit er in Form kam. Nachdem ich meinen letzten Knoten geknüpft hatte, übermalte ich die Naht mit Superkleber, um die Wunde zu versiegeln. Hässlich, ja, aber es funktionierte, und Stretch überlebte und war bereit für einen weiteren Tag als Held. Ich überreichte ihn Charlie, der daran zerrte und riss und dann sagte: „Danke, Stitch." Der Name blieb an mir haften, und auch meine Freundschaft zu Charlie war von Dauer.

Kapitel 7

Am letzten Tag vor den Weihnachtsferien trottete ich meinen gewohnten Schulweg entlang, völlig versunken in den Gedanken, wie sehr ich mir ein Luftgewehr wünschte. Im Gegensatz zu meinen Eltern fand ich, dass es das perfekte Weihnachtsgeschenk für einen Drittklässler war. Als ich am Haus der O'Connors vorbeiging, sprang vor mir wie aus dem Nichts Charlie aus einem der Büsche und erzählte mir, dass Emma einen „Anfall" gehabt habe und seine Eltern sie ins Krankenhaus gebracht hätten. Ich hörte mir an, was passiert war, und sagte dann: „Charlie, ich gehe heute nicht in die Schule. Ich sehe nach Emma. Wie steht's mit dir?"

Er blickte abwägend zurück zum Haus und dann die Straße entlang, die zur Schule führte. Schließlich warf er kurzentschlossen seinen Rucksack ins Gebüsch und verkündete: „Ich komme mit."

Wir rannten den ganzen Weg zum Krankenhaus und platzten ziemlich außer Atem in die Notaufnahme hinein. Doch wir konnten weit und breit kein bekanntes Gesicht entdecken. Wie ein Kind, das sich verirrt hatte, erzählte ich der Dame am Informationsschalter, ich hätte meine Mutter und meine Schwester verloren und fragte, ob sie mir bitte sagen könne, wo sie sich aufhielten. Sie glaubte mir.

Charlie und ich stiegen im dritten Stock aus dem Aufzug und sahen sofort Emmas Mama, die weinend an einem Getränkeautomaten lehnte. Sie führte mich in Emmas Zimmer, aber Emma lag unter einem Plastikzelt. Sie winkte mir zu und lächelte, doch ich durfte nicht näher heran. Und so verbrachte sie Weihnachten. Ich auch, bis auf den Weihnachtsmorgen.

Kurz vor Silvester durfte sie wieder nach Hause, und ich musste Steine an ihr Fenster werfen, damit ich ihr mein neues Gewehr zeigen konnte. Emma ging es langsam besser, und einige Wochen nach den Osterferien kam sie auch wieder in die Schule. Aber ihr Gang war jetzt langsamer, ihre Atmung anders und ihre Eltern behandelten sie wie ein rohes Ei.

Eines Nachmittags, als wir drei von der Schule nach Hause kamen, zog sich Emma gleich auf ihr Zimmer zurück, um sich ein wenig auszuruhen. Ihre Mutter nutzte die Gelegenheit, nahm mich beiseite und drückte mir ein Tablettendöschen in die Hand. „Emma muss diese Tabletten einnehmen. Sie sind wie Vitamine und …“ Sie hielt inne. „Sie sind sehr teuer, aber … Emma braucht sie.“ Vorsichtig legte sie ihre Hand unter mein Kinn, und ich blickte zu ihr hoch. Ihre Augen waren müde und gerötet, und die Tränensäcke darunter waren fast so groß wie ihre Augen. „Schätzchen, achte bitte darauf, dass Emma jeden Mittag nach dem Essen eine Tablette schluckt.“

Ich legte meine Finger um die Dose und nickte.

„Du musst es mir versprechen.“

„Ja, Mrs O'Connor, ich verspreche es.“

Von da an öffnete ich jeden Mittag beim Mittagessen die Pillendose und reichte Emma eine. Sie fuhr mit den Fingern über ihre Lippen, als würde sie ihren Mund mit einem Reißverschluss verschließen, verschränkte die Arme vor der Brust und schüttelte den Kopf.

Ich wartete dann geduldig ab.

Mit zusammengebissenen Zähnen und aufeinandergepressten Lippen zischte sie: „Das Ding ist riesig. Ich muss immer würgen, wenn ich versuche, sie hinunterzuschlucken.“

Um es ihr leichter zu machen, teilte ich die Tablette mit meinem Schweizer Taschenmesser in der Mitte durch und bat die Frau an der Essensausgabe um einen Nachschlag Schokoladenpudding oder Joghurt. Auf diese Weise war die Tablette leichter zu schlucken.

Sie blickte mich dann flehend an, und ich flüsterte: „Emma, ich habe es versprochen.“

Daraufhin steckte sie die Tablette in den Mund, nahm einen Löffel Pudding und murmelte: „Ja, aber ich nicht.“ Mit einem drohenden Unterton in der Stimme sagte sie dann: „Nimm dein Versprechen zurück."

Ich schüttelte den Kopf.

„Nimm es zurück, Reese."

„Ich kann nicht."

„Kannst du nicht, oder willst du nicht?"

„Beides."

Emmas Augen sprühten Funken, aber sie schluckte die Tablette gehorsam hinunter. Sie sprach fast einen ganzen Monat lang kein Wort mit mir, abgesehen von unserem permanenten Kampf beim Mittagessen, der immer nach dem gleichen Muster ablief. Von der dritten Klasse an verwandelte ich mich in die Tabletten-Polizei, und Emma hasste mich dafür.

Zumindest dachte ich das.

Kapitel 8

Zum ersten Mal hatte ich den Traum, kurz nachdem ich den Schlüssel gefunden hatte. Er lässt mich seither nicht mehr los, ist unauslöschlich in mein Gedächtnis eingeprägt und blendet sich immer wieder ein. Wie alle Träume sind auch meine seltsam und ergeben nicht immer Sinn. Dieser spezielle Traum hat keinen klaren Anfang und kein klares Ende. Er ist immer gleich und überfällt mich, wann immer ich die Augen schließe.

Ich stehe in einem Haus aus dem achtzehnten Jahrhundert. Steinmauern, Holzboden, offener Kamin, und auf dem Tisch vor mir liegt jemand, vielleicht der Besitzer des Hauses, der in einer Schlacht tödlich verletzt wurde und um Luft ringt. Dieser Mensch hat schlimme Schmerzen und stirbt einen langsamen und schrecklichen Tod. Ich glaube, ich habe ebenfalls an dieser Schlacht teilgenommen, aber nicht als Soldat. Und vermutlich nicht als Sanitäter. Vielleicht war ich Fahnenträger, aber das ist nur eine Vermutung, die ich daraus ableite, dass ich in eine Flagge eingehüllt bin.

In meinen Händen halte ich einen Krug mit Wasser. Der Krug hat Risse, und ein Stück ist herausgebrochen, und wenn ich ihn hochhalte, leckt er wie ein Sieb. Das Wasser strömt überall heraus. Ich habe nicht genügend Finger, um alle Löcher zu stopfen, und auf dem Boden vermischt sich sein Blut mit meinem Wasser. Aber wenn ich den Krug umdrehe und gieße, dann hört er auf zu lecken. Und obwohl ich ihn gieße und gieße und sogar auf den Kopf drehe, wird er niemals leer. Ich stehe über diese Person gebeugt, die ich nicht kenne, und gieße Wasser auf ihren Körper. Und obwohl ich gieße, kann ich nicht sagen, was mit dem Mann los ist. Verzweifelt versuche ich herauszufinden, wo er verwundet ist, aber ich kann keine Wunde entdecken. Ich weiß nur, dass er, wenn ich gieße, atmen kann und es ihm besser zu gehen scheint. Doch je länger ich gieße, desto schwerer wird der Krug, und schon bald kann ich ihn nicht mehr halten, obwohl ich ihn mit beiden

Händen umklammere und meine ganze Kraft einsetze. Erschöpft breche ich über dem Tisch, von dem das ausgeschüttete Wasser heruntertropft, zusammen, und der Mann auf dem Tisch beginnt wieder zu schreien und zu sterben.

Es ist jede Nacht dasselbe. Kurz bevor der sterbende Mann seinen letzten Atemzug tut, wache ich auf, schweißgebadet und mit verkrampften Händen und Armen. Ich habe schrecklichen Durst, meine Ohren klingeln von seinen Schreien und ich bin erfüllt von der Angst, dass er an etwas ganz Einfachem stirbt. Etwas, das mittlerweile jeder hätte erkennen müssen, was aber niemand gesehen hat. An etwas, das ich nicht erkenne, weil auch ich blind bin.

Kapitel 9

An Emmas Grundstück floss ein etwa drei Meter breiter Fluss vorbei, der normalerweise nur knöcheltief war, doch je nach Regen auch mal ansteigen konnte und mit sanfter Strömung über Sand und abgerundete, baseballgroße Steine rauschte. Der Fluss hatte seinen Ursprung in den Bergen, wand sich durch die niedrigeren Hügel und kam auf dem Weg zu einem See an Emmas Haus vorbei. Manchmal entdeckten wir kleine Forellen darin, fingen sogar einige mit einem Schmetterlingsnetz, aber besonders gern bastelten wir aus Brettern und Zeitungen Boote, die wir auf das Wasser setzten, anzündeten und brennend über den Fluss schickten. Charlie schnitt ein flaches Brett so zu, dass wir es als den Bauch des Bootes verwenden konnten, und dann bohrten wir Löcher und steckten Holzdübel als Mast in den vorderen Teil und die Mitte des Bootes. Aus der Mülltonne holten wir uns die Morgenzeitung und falteten einen Teil mehrmals zusammen als Segel, das zum Schluss mehr als zwanzig Seiten dick war. Es war ein stabiles und haltbares Segel. Oben und unten ritzten wir einen Schlitz hinein und schoben es schließlich über den Mast. Danach tränkten wir das Deck des Bootes mit Benzin. Wir zündeten eine kleine Kerze an, stellten sie auf das Heck und übergaben das Boot dem Fluss. Es trieb langsam flussabwärts, und wir folgten ihm barfuß. Nach etwa dreißig Metern brannte die Kerze nieder, steckte das Benzin in Brand, und das ganze Boot ging in Flammen auf. Im Laufe der Jahre bauten und verbrannten wir eine ganze Flotte.

* * *

Ich wartete in der Küche, während Emma sich oben umzog. Ihre Mutter stand am Herd und backte Pfannkuchen. Ich saß am Tisch, nippte an meinem Orangensaft und nahm allen Mut zusammen. Meine Frage hatte ich unzählige Male geprobt, und ich war zuversichtlich, dass ich sie hervorbringen konnte, ohne zu stocken. Schließlich fragte ich: „Miss Nadine?"

„Ja, mein Lieber?"

„Darf ich Ihnen eine Frage stellen?"

„Sicher."

„Also, warum muss Emma diese Tabletten nehmen?"

Ihre Mutter legte den Pfannenwender aus der Hand. Tränen traten ihr in die Augen. Sie riss sich ein Stück von der Küchenrolle ab und setzte sich zu mir an den Frühstückstisch. Während sie sich mit dem Küchentuch die Nase putzte, suchte sie nach Worten. „Emma hat ein Loch in ihrem Herzen."

Das schien mir ziemlich schlimm zu sein, und ich dachte eine Weile darüber nach.

„Schläft sie deshalb mehr als andere Kinder? Und macht sie deshalb keinen Sport wie wir anderen?"

Emmas Mutter nickte.

Es war mir immer leicht gefallen zu lernen, vor allem, wenn das Wissen aus Büchern stammte. Wenn ich etwas gelesen oder auch nur überflogen hatte und man fragte mich ein Jahr später danach, konnte ich das Gelesene fast Wort für Wort wiedergeben. Und was ich einmal gelernt hatte, blieb in meinem Kopf und wirbelte dort oben mit den anderen zehn Trilliarden Dingen herum, die ich abgespeichert hatte. Dieses Wissen steuerte meine Handlungen, bestimmte, was ich tat und wie ich es tat.

Emmas Wissen dagegen wanderte von ihrem Kopf in ihr Herz und bestimmte, wer sie war – ich habe das immer die endlose Wanderung genannt. Während meine Gedanken über das Leben wissenschaftlicher Natur waren, sich auf Experimente und physikalische Entdeckungen stützten, neigten sich Emmas eher den Herzensdingen zu. Während ich die physikalischen Ursachen für einen Regenbogen begriff und erklären konnte, nahm Emma seine Farben wahr. Wenn es um das Leben ging, so sah ich jedes einzelne Puzzlestück und wie sie alle zusammenpassten, und Emma sah das Gesamtbild. Und hin und wieder nahm sie mich an der Hand, zog mich durch die Eingangstür in ihre Welt und zeigte sie mir.

Ich dachte eine Weile über diese Information nach. „Können die Ärzte es nicht einfach zunähen?“

Ihre Mutter schüttelte den Kopf. „Sie wissen nicht, wie. Es ist … es ist ziemlich kompliziert.“

Ich sah zur Treppe, lauschte dem Geräusch von Emmas leichten Schritten, das mir zeigte, dass sie im Zimmer über uns umherlief, und blickte dann wieder ihre Mutter an. In diesem Augenblick ertönte ein Donnerschlag in meinem Kopf, und das Leben wurde sehr einfach. Eindeutig in Bestimmung und Vision.

„Miss Nadine“, sagte ich mit einem aufmunternden Kopfnicken. „Ich kann das reparieren. Ich meine, ich kann Emmas Herz reparieren.“

Ihre Mutter wischte sich die Tränen aus dem Gesicht und tätschelte mir das Knie. Sie schwieg eine ganze Weile und meinte dann: „Junge, wenn ich je ein Kind kennengelernt habe, das das zuwege bringen könnte, dann bist du das. Du hast Gaben, die ich bei anderen Menschen noch nicht gesehen habe. Und darum …“ Sie schloss kurz die Augen und blickte mich schließlich wieder an. „Tu das, Junge. Tu das, hörst du?“

Niemand brauchte mir zu sagen, dass Emma etwas Besonderes war. Schon mit acht Jahren hatte sie die seltene Fähigkeit, entweder durch Worte oder durch Taten sichtbar zu machen, was ihr Herz empfand. Während ich alles für mich behielt und meinen Mund nicht dazu bringen konnte auszusprechen, was mein Herz empfand, war das bei Emma ganz anders.

Später an jenem Nachmittag, als die Sonne tief über den Zaunreihen stand, packte mich Emma unter dem Ahornbaum in ihrem Vorgarten an der Hand, zog mich näher an sich heran und tauchte mit mir in den Schatten seiner Zweige ein. Sie schniefte und blickte zum Haus zurück, um sicherzugehen, dass niemand aus den Fenstern sah und uns beobachtete. In ihren Augen entdeckte ich etwas, was am Morgen noch nicht dagewesen war. Jahre später identifizierte ich es als den Keim der Hoffnung.

Noch einmal schaute sie zu den Fenstern hinüber und gestand dann: „Ich habe gehört, wie du vorhin mit Mama gesprochen hast.“

Mein Kopf nickte, während in meinem Herzen etwas Merkwürdiges vonstatten ging. Emma legte ihre Hand an meine Wange, beugte sich vor und küsste mich auf den Mundwinkel. Und als sie das tat, lüftete sich der Schleier.

Von da an achtete ich nicht mehr wegen meines Versprechens darauf, dass sie täglich ihre Tablette nahm, sondern aus dem Bedürfnis heraus, sie zu beschützen.

Kapitel 10

Ich war auf dem Nachhauseweg von Ingles, wo ich ein paar Lebensmittel eingekauft hatte. Der Highway 76 führte mich am Rathaus, der Bücherei, der Grundschule und am Krankenhaus vorbei. Ich musste Annie dringend einen Besuch abstatten und ihr etwas vorbeibringen, was nicht die geringste Ähnlichkeit mit einem Teddybären aufwies. Dabei könnte ich auch gleich mein Herzfrequenzmessgerät wieder mitnehmen. Doch dieser Besuch würde noch etwas warten müssen. Als ich am *Wellspring*, Davis Stipes' Bar, vorbeikam, stieg mir der Duft von gegrilltem Fleisch in die Nase, aber leider hatte ich keine Zeit für einen Cheeseburger.

Bei Davis bekommt man das kälteste Bier und die besten Cheeseburger in ganz Georgia. Seine Speisekarte hängt an der Wand und hält mit der Wahrheit nicht hinterm Berg. Vom „Leichten Herzrasen" mit nur einer Rinderhackscheibe und wenig anderen Zutaten über „Herzrhythmusstörung" mit seinen drei Käsesorten und den gebratenen Zwiebeln, „Blutgerinnsel" mit den zwei Rinderhackscheiben sowie den Chili- und Japalenostücken, „Herzstillstand" mit dem ein Pfund schweren Hacksteak, das in geräucherten Speck eingewickelt und mit drei Käsesorten belegt wird, den „Vierfachen Bypass" mit den vier saftigen Rinderhackscheiben, die vor gesättigten Fettsäuren und Davis' Spezialsauce geradezu triefen, bis hin zum „Transplantat", der aus einem riesigen Hamburgerbrötchen, hoch beladen mit allen oben genannten Zutaten, besteht, ist jeder einzelne von Davis' Burgern nichts anderes als ein Herzinfarkt auf einem Teller. Und ich esse jeden Freitag Abend einen, egal, ob ich ihn brauche oder nicht.

Nicht weit vom *Wellspring* gibt es eine doppelte S-Kurve, die Harley's Kurve genannt wird und schon mehr als genug Opfer gefordert hat. Vor etwa sieben Jahren kam ich auf dem Weg zurück nach Atlanta dort vorbei, nachdem ein Mann auf einer japanischen Höllenmaschine die beiden Kurven nicht geschafft hatte.

Er lag mit dem Gesicht nach oben auf der Straße. Blut sickerte aus seiner Nase und den Ohren. Ich kniete neben ihm nieder und versuchte, ihn wiederzubeleben, aber als ich das erste Mal auf seine Brust drückte, merkte ich, dass seine gesamte Brusthöhle Brei war und sein Helm nur noch dem Zweck diente zu verhindern, dass sich sein Gehirn über die Straße ergoss. Die Harley, die ich mir eigentlich hatte zulegen wollen, kaufte ich danach nicht mehr.

Ich ließ das *Wellspring* hinter mir, durchfuhr Harley's Kurve und setzte meinen Heimweg fort. Charlie hatte mich bestimmt bereits aufgegeben. Als ich endlich zu Hause eintraf, war mein Haus kalt und Charlie nirgendwo zu entdecken, aber ich hörte ihn auf der anderen Seite des Sees Mundharmonika spielen. Er blies ziemlich laut, und es würde bestimmt nicht mehr lange dauern, bis er mit dem Fuß den Rhythmus mitstampfte. Charlie kennt Hunderte von Liedern, Country ebenso wie Klassik, und er kann nahtlos von einem zum anderen überleiten.

* * *

Der Lake Burton grenzt direkt an meinen Garten an. Burton war früher eine wohlhabende Stadt, doch sie wurde überflutet, um Elektrizität für den Staat zu gewinnen. Den Einheimischen war das egal. Sie nahmen das Geld, packten ihre Siebensachen und sahen zu, wie der Wasserpegel stieg und die Bürgersteige und die Grabsteine auf dem Friedhof verschlang.

Zu Beginn des neunzehnten Jahrhunderts, nach dem Abzug der Cherokee-Indianer, hatte sich Burton zu einer florierenden Goldgräberstadt entwickelt. Sie lag an der Stelle, wo der Tallulah und der Moccasin Creek ineinanderflossen. Relativ unberührt vom Bürgerkrieg wurde die Stadt ein Glied in der Kette des Eisenbahnnetzes, das sich in den achtziger und neunziger Jahren des neunzehnten Jahrhunderts explosionsartig ausdehnte. Um die Jahrhundertwende wurde Burton bekannt als Schauplatz der zweitgrößten Touristenattraktion im Land. Sie wurde nur durch die Niagarafälle übertrumpft. Die Tallulah Schlucht, auch das Niagara des Südens genannt, lockte wohlhabende Touristen genauso an wie die Georgia Stromgesellschaft.

Die steilen Felswände, die Hunderte Meter in die Tiefe abfielen, waren perfekt für ein Staudammprojekt zur Erzeugung von Elektrizität geeignet. Im Jahr 1917 kaufte die Georgia Eisenbahn- und Stromgesellschaft die Stadt Burton auf – in der es damals bereits drei Kaufhäuser gab. Ein Damm wurde gebaut, und am 22. Dezember 1919 wurde mit der Flutung begonnen. Als der See aufgefüllt war, lagen die Spitzen der zwanzig Meter hohen Tannen etwa zehn bis fünfzehn Meter unter dem Wasser, das so klar war wie grünes Eis. In gewisser Weise wurde Burton zu einem nassen Grab – vieles fand dort seine letzte Ruhestätte.

An ihrem höchsten Punkt fallen die Klippen der Tallulah Schlucht vierhundert Meter in die Tiefe ab. Zweimal haben sich Menschen über die Schlucht gewagt. Professor Leon schaffte es am 24. Juli 1886, und Karl Wallenda folgte seinen Spuren am 18. Juli 1970. Nachdem die Dämme gebaut waren, haben die Ingenieure den mächtigen Tallulah auf ein kleines Rinnsal verkleinert. Alte Männer lassen nachts auf der Toilette mehr Wasser als der Fluss an diesem Punkt führt. Doch das zurückgestaute Wasser musste ja irgendwohin abfließen, und darum besitzt der See dank dieses Rinnsals eine Fläche von etwa elf Quadratkilometern und eine Uferlänge von etwa einhundert Kilometern.

Berühmt wurde Burton jedoch erst, als Jon Voight in dem Film *Beim Sterben ist jeder der Erste* aus der Schlucht hinauskletterte und der Staat Georgia den Highway 400 baute, der in dem Burt-Reynolds-Klassiker *Ein ausgekochtes Schlitzohr* so romantisch dargestellt wird.

Heute ist Burton der bevorzugte Wochenendausflugsort für die Millionäre aus Atlanta und ihre Kinder. Beinah jeder Zentimeter des mit Eichen, Kiefern, Hemlocktannen und Berglorbeer bewachsenen Uferstreifens ist mit Wochenendhäusern bebaut. Wenn der See nicht von den Jetskifahrern überrannt wird, bietet er umherziehenden Stockenten, Wildgänsen und Seetauchern eine Heimat. Im Frühling zeigen sich Finken und Spottdrosseln in ihren schönsten Balzfarben und bauen ihre Nester am See. Und ich habe gehört, dass es dank des Lake Burton-Brutbetriebs im See von Regenbogen- und Bachforellen nur so wimmelt. Insgesamt leben in diesem Gewässer zweiundvierzig Fischarten, und dennoch habe ich nie auch nur einen einzigen Fisch gefangen, trotz Hunderter Versuche und Charlies unermüdlicher Ermutigung.

Oh ja, ich kann sie sehen. Ich sehe sie sehr gut, aber ich kann sie einfach nicht dazu bringen, meinen Köder zu schlucken. Die meisten Leute, so zum Beispiel auch Charlie, nehmen Grillen als Köder. Was der Kern des Problems ist. Ich fische nicht mit Grillen. Doch trotz meiner Unfähigkeit und meiner Überspanntheit bittet Charlie mich immer, ihm seine Knoten zu binden, denn darin bin ich ziemlich gut. Im Knotenbinden habe ich sehr viel Übung.

Wer die nähere Umgebung von Burton erkundet, trifft auf Obstgärten, verfallene Mühlen, Geräteschuppen, Plakattafeln mit Werbung für Wabenhonig, geräucherten Speck, Coca-Cola, kaltes Bier und den Marlboromann. Alte, verrostete Autos verunzieren die von kleinen Bächen durchzogenen Weiden, auf denen Kühe und Pferde grasen. Den Sommer über liegen riesige, mit weißer Plastikfolie abgedeckte Heuballen wie geschmolzene Schneemänner auf den Wiesen, bis ihre Hauben dann im Winter abgenommen werden und sie den Tieren als Futter dienen. Und die Farmer, diejenigen, deren Leben mit dem See verbunden ist, die sich jedoch nicht dafür interessieren, sitzen auf grünen oder roten Traktoren, einen staubigen, breitkrempigen Hut auf dem Kopf, eine selbst gedrehte Zigarette im Mund und pflügen die Erde für das kommende Jahr.

Und Gott? Er lebt in diesen Bergen, weil wir hier leben. Egal, wie weit man läuft, man kann ihn nicht abschütteln. Vielleicht wissen Davis und ich das am besten, aber Emma wusste es vor uns, und Augustinus hat es am besten ausgedrückt: *Du bewegst den Menschen dazu, dich zu preisen, denn du hast uns für dich selbst geschaffen, und unser Herz ist ruhelos, bis es Ruhe findet in dir.*

Kapitel 11

Es war ein klarer Sommerabend, und es hatte bereits abgekühlt. Ich konnte riechen, dass Regen in der Luft lag. Dunkle Wolken zogen auf, gefolgt von einem starken, feuchten Wind, der an den Magnolienzweigen rüttelte. Die ganze Stimmung ließ einen Regenschauer erahnen. Tatsächlich fielen wenige Minuten später ganz sanft die ersten leichten Tropfen, dann prasselten größere Tropfen auf die handgroßen, wachsartigen Magnolienblätter. Emma und ich saßen auf der Veranda vor meinem Zimmer im ersten Stock und schauten abwechselnd durch das Teleskop hinaus auf die Milchstraße, bis uns die Wolken die Sicht versperrten.

Unter dem Stativ lagen unzählige Puzzleteile, die ich auf dem Boden der Veranda ausgebreitet hatte. Die Sterne waren für mich eine Faszination und Puzzlespiele mein Hobby. Während ich sieben Puzzles gleichzeitig legte, verbrachte Emma ihre Zeit mit Lesen oder Malen. Inmitten des stereofonen Gezwitschers der Vögel, das uns umgab, las Emma *Große Erwartungen* und zeichnete die Vögel, die in den Bäumen saßen.

Ich hatte alle siebentausend Puzzleteile in einen Korb geworfen und sie dann durcheinandergemischt wie die Lose in einer Glückstrommel. Nun griff ich hinein und begann die Außenränder von sieben verschiedenen Bildern zu legen. Um diese Puzzles zusammenzusetzen, würde ich bestimmt zwei Wochen brauchen, aber ich mochte gerade diesen Entstehungsprozess besonders gerne. Ein Puzzle zusammenzusetzen war schon schwierig genug, aber richtig lustig wurde die Sache erst durch den Versuch, die anderen sechs gleichzeitig zu legen.

Das Puzzeln war, glaube ich, meine Einführung in den wissenschaftlichen Prozess. Bei jedem Teil musste ich überlegen: Wenn nicht hier, dann dort, und wenn nicht dort, dann woanders, und so weiter. Das Puzzeln zwang mich, ein Teil aus verschiedenen Blickwinkeln zu betrachten, bevor ich weitermachte, immer und immer wieder hinzuschauen und dann möglicherweise noch einmal, weil jedes Teil – egal, wie klein oder scheinbar unbedeutend – wichtig für das Ganze war. Als ich die Randstücke gefunden und zusammengefügt hatte, ließ ich meine Hände und Augen weiterarbeiten, während meine Gedanken über die Grenzen der Veranda hinauswanderten und über die Oberfläche des Mondes schweiften, der voll und schön am Himmel stand.

Später an diesem Abend, nachdem das Gewitter vorübergezogen war, hörte ich einen Kardinalvogel zwitschern. Doch sein Gezwitscher klang ganz anders als sonst, viel hohler und eindringlicher. Ich sah aus dem Fenster meines Zimmers und entdeckte auf der Veranda den kleinen Schreihals, einen männlichen Kardinalvogel, der neben seiner hilflos flatternden Partnerin stand. Anscheinend war sie gestürzt oder von dem Sturm zu Boden gedrückt worden und hatte sich den Flügel gebrochen oder zumindest angeknackst. In unserer Nachbarschaft gab es jede Menge Katzen. So hilflos wie das Weibchen war, würde es nicht mehr lange auf dieser Erde weilen. Und ihr Herumhüpfen machte alles nur noch schlimmer – das war beinah wie Angeln mit einem lebenden Köder.

Das Männchen stand über ihr, neben ihr, umkreiste sie und sang und rief so laut es konnte. Als ich auf die Veranda hinaustrat, hüpfte es auf das Geländer und beäugte mich mit aufgeplustertem Gefieder voller Zorn und Misstrauen. Und als ich sein Weibchen vorsichtig vom Boden aufhob, flog er in Kreisen, nur knapp dreißig Zentimeter von mir entfernt, zwischen der Veranda und den Magnolienzweigen hin und her.

„Ist ja gut, mein Mädchen", sagte ich. „Ich bringe dich hinein, damit ich mir deinen Flügel mal genauer anschauen kann."

Das Kardinalmännchen ließ sich auf einem Zweig nieder und stimmte einen Alarmruf an. Bereits halb durch die Tür getreten, drehte ich mich um und beruhigte es: „Keine Sorge, mein Herr. Ich werde ihr nichts tun. Du kannst durch mein Fenster ins Zimmer schauen, wenn du möchtest."

Ich brachte das Tier ins Haus, legte es unter mein Mikroskop und sah sofort, was los war. Während des Sturms war scheinbar etwas durch seinen Flügel gedrückt worden. Was immer es gewesen war, es hatte ein paar Federn verbogen, die Haut verletzt und dem Flügel einen tiefen Schnitt zugefügt. Der feine Knochen war nicht sichtbar verdreht, aber ich hätte mein Mikroskop verwettet, dass er gebrochen war. Schnell säuberte ich die Wunde und fixierte den Flügel, aber nicht so fest, dass das Tier sich gefangen fühlte. Dann holte ich meinen Vogelkäfig vom Regal, füllte die Wasserflasche und legte meine kleine Patientin hinein.

Währenddessen saß ihr feuerroter Partner draußen vor meinem Fenster, sang aus voller Kehle und beobachtete mich wie ein Habicht. Ich wusste, dass Kardinalvögel ihr Leben lang zusammenblieben, er würde also hier ausharren. „Keine Sorge, mein Herr. Sie wird wieder gesund. Ich werde gut für sie sorgen."

Nie habe ich einen einsameren Schrei gehört als den eines Kardinalvogels, der nach seinem Weibchen schreit, das nicht antwortet. Und er blieb tagelang auf diesem Ast sitzen und sang so laut, wie er konnte.

Emma flüsterte: „Er weint."

„Bist du sicher?"

„Ich weiß es", erwiderte sie im Brustton der Überzeugung.

„Woher? Woher weißt du das? Für mich klingt das nicht wie Weinen."

Sie blickte den Kardinalvogel an und erklärte, ohne die Notwendigkeit zu sehen, ihre Aussage zu belegen: „Das liegt daran, dass du mit den Ohren hörst und nicht mit dem Herzen."

„Was sie wohl tun, wenn sie wieder vereint sind?"

„Sie singen gemeinsam."

Emma kroch über den Boden, setzte sich im Schneidersitz hin und drückte ihr Knie gegen meines. Mit hochgezogenen Augenbrauen flüsterte sie: „Kein Mensch ist eine Insel, in sich selbst vollständig …" Sie legte ihren Finger auf meine Nasenspitze. „Jedes Menschen Tod ist mein Verlust, weil ich der Menschheit angehöre … und darum verlange nie zu wissen, wem die Stunde schlägt …" Sie tippte mich zweimal an. „Sie schlägt für dich."

Ich stellte den Vogelkäfig auf einen kleinen Tisch neben mein

Fenster, damit das Weibchen und das Männchen sich sehen konnten. Alle paar Tage wechselte ich den Verband meiner Patientin, wobei ich genau darauf achtete, dass ich ihr keine Federn ausrupfte, und ließ sie den Flügel strecken. Und jeden Tag stand das Kardinalsmännchen Wache, wie ein Wächter vor dem Buckingham Palace, und sang für sein Weibchen. Nachmittags suchte ich immer einige Samen, legte sie in den Käfig und auf das Fensterbrett und ließ sie zusammen fressen. Das schien ihnen zu gefallen, denn sie machten sich sofort über ihr Futter her. Nach einiger Zeit flog das Männchen dann meistens zunächst auf den Käfig, um kurz darauf neben den Futternapf zu flattern und durch die Gitterstäbe mit seinem Weibchen zu schnäbeln.

Nach drei Wochen der Genesung nahm ich meiner Patientin die Schiene ganz ab und ließ sie im Käfig den Flügel strecken. Dann öffnete ich die Käfigtür und drehte sie zum Fenster. „Na los, Mädchen. Alles in Ordnung."

Sehr anmutig flog sie durch die Tür und ließ sich auf einem kleinen Zweig neben dem Männchen nieder. Die beiden bauten sich ein Nest vor meinem Fenster und blieben dort, bis ich die Highschool abgeschlossen hatte. Und jeden Tag sangen sie füreinander ihr Liebeslied. Wenn sie zum Fenster zurückkehrten, sagte Emma immer zu mir, sie sängen für mich.

Kapitel 12

Von meinem Grundstück aus kann ich direkt zu Charlie hinübersehen. Uns gehören die gegenüberliegenden Uferseiten einer kleinen Einbuchtung an der Ostseite des Sees. Ich blicke auf sein Haus und er auf meines, allerdings gibt es auf seinem Grundstück eine Stelle, von der aus seine Gäste, wenn er denn mal welche hat, einen besseren Rundumblick auf den See haben.

Mein zweistöckiges Haus bietet Platz für vier Schlafzimmer. Es ist aus Zedernholz gebaut und hat ein rotes Blechdach. Innen ist es mit Kiefernholz verkleidet. Emma und ich kauften das Anwesen, auf dem ursprünglich eine alte Anglerhütte stand, vor sieben Jahren, nachdem Charlie erfahren hatte, dass die beiden Grundstücke zum Verkauf standen. Es sollte unsere Wochenendzuflucht werden, ein Ort, an dem ich mir eine Auszeit nehmen und Emma nach ihrer Operation pflegen konnte. Emma hatte gehofft, mehr Zeit hier verbringen zu können. Sie wollte unseren Kindern im See das Schwimmen und Wasserskifahren beibringen. Sie hatte große Pläne und konnte sie dank ihres künstlerischen Talents detailliert zu Papier bringen.

In Emmas Plänen waren drei Gebäude vorgesehen, ein Wohnhaus, eine Werkstatt und ein Bootshaus. Vor etwa fünf Jahren fingen Charlie und ich mit dem Bau der Werkstatt an. Wegen Charlies Blindheit blieb natürlich ein großer Teil der Arbeit an mir hängen, aber es war keinesfalls so, dass Charlie nicht auch seinen Beitrag leistete. Ich bin überzeugt davon, dass er in einem früheren Leben Zimmermann in Herodes' Werkstatt gewesen ist, so gut kann er mit Werkzeug umgehen. Während ich schwitzte, brummte und bei jedem Hammerschlag meinen Daumen traf, stand er neben mir, fuhr mit den Fingern über die Maserung und den Schliff des Holzes, erspürte, wie sich beides miteinander verband, hielt die Bretter fest oder legte einen Raum damit aus. An die elektrischen Leitungen wagten wir uns nicht heran, denn ich kenne meine Grenzen, aber alles, was mit fließendem Wasser oder Abwasser zu tun hatte, oder mit dem Zuschneiden, Abschmirgeln oder sonstigen Gestalten des Holzes, machten wir selbst. Ich schätze, dabei kamen mir meine Zimmermanns- und Klempnerwurzeln zugute.

Unzählige Male ließ Charlie mich etwas noch einmal neu machen, was ich bereits zwei- oder dreimal geschnitten hatte, weil eine Lücke klaffte und die Bretter nicht richtig aneinanderstießen oder ineinandergriffen. Und so wurde ich mit der Zeit besser, doch längst nicht vollkommen.

Mein Grundstück weist zum See hin einen Neigungswinkel von etwa dreißig Grad auf. Als wir es kauften, gaben wir einem Typen hier aus der Gegend den Auftrag, das bestehende Gebäude mithilfe eines Frontladers abzureißen und die Trümmer der zweistöckigen Hütte abzutransportieren. Nachdem das Grundstück geräumt war, hatten wir eine etwa drei Meter über dem Wasserspiegel gelegene ebene Fläche, die sich zwanzig Meter in den Hügel hineinfraß, bevor sie von einer großen Felswand gestoppt wurde. Wir sprengten die Felswand, planierten die Fläche und fingen an zu bauen.

Nachdem wir das Geröll von der letzten Sprengung fortgeschafft hatten, entdeckten wir eine kleine L-förmige Höhle im Fels. Sie war so groß, dass mein Truck hineinpasste, und so hoch, dass wir aufrecht darin stehen konnten. Wir säuberten sie, hängten einige Laternen auf und bauten auf beiden Seiten eine Schlafkoje ein. In den heißen Sommermonaten schliefen wir in unserer „Höhle", denn dort war es immer schön kühl. Als stiller und sicherer Rückzugsort war sie hervorragend geeignet.

Das Erdgeschoss der Werkstatt lag zur Hälfte unter der Erdoberfläche, der erste Stock erhob sich darüber. Da das Erdgeschoss tief ins Erdreich hineinragte, war die Werkstatt im Winter, zumindest nachdem wir den dickbäuchigen Ofen eingebaut hatten, mollig warm. Und im Sommer waren wir recht gut vor der Hitze geschützt. Die beiden Schiebetüren der Werkstatt ließen sich so weit öffnen, dass zwei Autos nebeneinander hindurchfahren konnten.

Charlie könnte einem Laien in fünf Minuten mehr über Werkzeuge und das Bauen erzählen, als ich in meinem ganzen Leben wissen werde, aber wie viele andere gute Lehrer, die ich kenne, stülpte er mir sein Wissen nicht über, sondern stellte sich auf mein Tempo ein.

Wir verkleideten die Wände mit Zedernholz und zogen einen Stahlträger quer durch den Raum, um mithilfe eines Flaschenzuges schwere und große Gegenstände wie zum Beispiel Boote heben zu können. An der Decke installierten wir vier Ventilatoren und verstärkten die Beleuchtung, dann schoben wir den dickbäuchigen Ofen in die Ecke und schlossen insgesamt zehn Lautsprecher an.

Ich fuhr mehrere Dutzend Male in die verschiedenen Baumärkte und bestückte die Regale mit Werkzeug jeder Art und Größe. Ich kaufte zwei Bandsägen, einen Abrichthobel, drei Schleifmaschinen, mehrere Raspeln und Feilen, Gummihämmer, Holzhämmer, Schraubzwingen, einige Kanister Holzleim, zwei Bohrmaschinen, einen Dremel, zwei Stichsägen, zwei vollständige Sets Kleinwerkzeuge wie Schraubenzieher, Schraubenschlüssel, Schrauben und Muttern, vier rollende, fast zwei Meter lange Werkzeugkisten und jede Menge kabellose elektrische Werkzeuge, die gerade im Angebot waren. Kurz gesagt, als ich schließlich mit vier Angestellten und fünf voll beladenen Einkaufswagen zur Kasse ging, wurde die Geduld der hinter mir stehenden Kunden auf eine harte Probe gestellt.

Ich hatte zwar großen Spaß an unserem Werkzeug, aber Charlie liebte es. Dennoch schafften es diese Einkäufe genauso wenig wie Georgia, meine Schuldgefühle zu besänftigen.

Drei Tage lang überlegte ich, wie ich das Werkzeug anordnen und verstauen sollte. Dann jedoch hatte alles seinen Platz. Durch mein Ordnungssystem war jedes Werkzeug entweder sofort greifbar oder mit wenigen Schritten zu erreichen. Das bedeutete, dass wir bei der Arbeit kaum Kraft für unnötige Wege vergeudeten.

Während ich mich mit dem Inneren der Werkstatt beschäftigte, heuerte Charlie ein Team talentierter Maurer an, die ihm helfen sollten, eine Kaimauer und die Stufen, die vom Wohnhaus hinunter zum Steg führen sollten, zu bauen. Ich unterbrach meine Arbeit an der Werkstatt kurz, um ausgehend von der Ecke des ursprünglichen Gebäudes den Grundriss des Wohnhauses abzustecken, damit die Betonmischer kommen und das Fundament gegossen werden konnte. Abends tauschten Charlie und ich uns immer über den Fortschritt der Arbeiten aus.

Charlie meinte, das Zentrum eines jeden guten Hauses sei der Kamin. Daher ließ er seine Männer, nachdem sie die Kaimauer innerhalb einer Woche fertiggestellt hatten, einen Kamin hochziehen. Dort, wo das Wohnzimmer hinkommen würde, direkt neben der Küche. Bevor sie abzogen, meinte der Polier mit Blick auf die übrig gebliebenen Steine zu Charlie: „Sie haben noch genug Steine für eine Grube. Wollen Sie eine?"

Charlie wusste sofort, was er meinte. „Ja." Er wies auf eine Stelle. „Gleich dorthin."

Die Männer räumten eine viermalvier Meter große Fläche zwischen dem Haus und der Werkstatt frei und baute eine Grillgrube, die groß genug war, um ein ganzes Schwein und eine beliebig große Menge an Hähnchen und anderen Fleischstücken zu grillen.

Nachdem die Werkstatt eingerichtet war, wandte ich meine Aufmerksamkeit dem Bootshaus zu. Obwohl wir damals noch keine Boote besaßen, planten wir voraus und bauten ein zweistöckiges Bootshaus mit drei Stellplätzen, in die man direkt hineinfahren konnte, per Fernbedienung zu öffnenden Toren und einer elektrischen Hebevorrichtung. Etwa einen Meter über dem normalen Wasserstand im Sommer bauten wir eine große Plattform, auf die wir sechs Schaukelstühle stellten. Das zweite Stockwerk war abgesehen von einem Geländer zu den Seiten hin offen und hatte ein grünes Aluminiumdach. Direkt neben dem großen Picknicktisch in der Mitte hing Emmas Hängematte. Von dort aus hatte man den schönsten Blick über die Südseite des Sees.

Nachdem wir unsere Fähigkeiten an der Werkstatt und dem Bootshaus geschärft hatten, die zugegebenermaßen nicht die gleiche handwerkliche Kompetenz erforderten wie das Wohnhaus, und nachdem das Fundament gegossen und der Kamin gemauert waren, beschäftigten wir uns mit Emmas Skizzen von dem Haus. Nach ihren Plänen sollte der Grundriss der alten Anglerhütte in das zweistöckige Haus integriert werden. Wir hielten uns daran und planten die Küche, das Wohnzimmer und die Veranda an der ursprünglichen Stelle ein.

Schließlich war es uns ein Herzensanliegen, Emmas Zeichnungen in die Realität umzusetzen. Es sollte das schönste Haus werden, das wir uns vorstellen konnten.

Nachdem die Wände standen, liefen wir durch das leere Innere des unfertigen Hauses, und Charlie erinnerte mich an das, was Emma gesagt hatte, als sie in der alten Anglerhütte gestanden hatte. *Wann immer ich in unser Haus hineinkomme, möchte ich das Gefühl haben, es würde in jeder Ecke eine Kerze brennen. Die Räume sollen leuchten … in einem goldenen Schimmer.* Sie hatte auf die alten Kiefernböden in der ursprünglichen Küche gedeutet. *Wie diese Böden.*

„Wie sollen wir einen ‚goldenen Schimmer' hinbekommen?", fragte ich.

„Kiefer", erwiderte Charlie und deutete auf die Böden. „Alte Kiefer. Vorzugsweise den Kern, aber solches Holz bekommst du nicht im Handel. Zumindest nicht das gute. Das, was du brauchst – ", er deutete erneut auf den Boden, „ist vor ein paar hundert Jahren verlegt worden."

So stiegen wir in meinen Pickup und klapperten sechs Monate lang alte Farmen ab, klopften an Türen und fragten argwöhnische Farmer, ob wir ihre verfallenen Scheunen und Schuppen zerlegen und das Holz mitnehmen könnten. Die meisten nickten, verriegelten die Tür und holten ihr Gewehr vom Schrank, während wir unser Zelt aufschlugen und ungefähr drei Tage lang Bretter auseinandernahmen und die Handwerkskunst der Männer studierten, die sie vor fast zweihundert Jahren zusammengenagelt hatten.

Da wir das ganze Holz schließlich irgendwo unterbringen mussten, kaufte ich eine ungenutzte Lagerhalle. Charlie und ich schnitten das Unkraut fort, fegten den Boden und stapelten unsere Holzbretter auf Gestellen, damit sie nicht feucht wurden. Nach sechs oder acht Monaten hatten wir genügend Holz für mein Haus und noch ein paar weitere zusammen. Alles – Dielen, Wandverkleidungen, Zimmerdecken, sogar den Geschirrschrank in der Küche – bauten wir aus dem Holz, das wir aus den Scheunen und Schuppen in den Pekannusshainen und Eichenwäldern Georgias ausgegraben hatten.

Nach achtzehn Monaten und mehr verletzten Daumen, als ich zählen konnte, reichte ich Charlie den Hammer, und er schlug die letzten Nägel in die Deckenverkleidung ein. Wir zogen den Stecker des Kompressors aus der Steckdose, hängten unsere Werkzeuggürtel an den Nagel, fegten den Sägestaub aus der Werkstatt, teilten uns ein Bier und traten zurück, um unser Werk zu „betrachten". Charlie fuhr mit den Fingern über die Wände wie ein Mann, der im Dunkeln eine Höhle erkundet. Er breitete die Hände über dem Holz aus und hielt seine Nase daran, um den Geruch in sich aufzunehmen. Als er damit fertig war, nickte er und schwieg.

Ein paar Tage vor Ostern breitete ich meinen Schlafsack auf dem Boden des leeren Hauses aus, legte mich hin und schaute aus dem Fenster. Zum ersten Mal bemerkte ich, dass ich von Hartriegelbäumen umgeben war. Am folgenden Morgen standen sie in Blüte. Ich öffnete das Fenster unseres Schlafzimmers im ersten Stock, lehnte mich hinaus zu den Zweigen und schüttelte fassungslos den Kopf. Emma hatte es die ganze Zeit gewusst.

Kapitel 13

Wir schwammen gerade in dem Fluss hinter dem Haus der O'Connors, als Emma in die Pubertät kam. Ich war zwölf, sie elf, und Charlie erst acht, was vielleicht eine Erklärung für seine Reaktion war. Emma robbte wie ein Seehund sorglos durch das dreißig Zentimeter tiefe Wasser, als sich das Wasser um sie herum auf einmal verfärbte. Ich brauche das wohl nicht näher zu beschreiben. Verwirrt und vollkommen verängstigt stand sie auf, und in diesem Augenblick wurde deutlich, dass Emma blutete – sehr stark sogar.

Charlie rannte schreiend ans Ufer: „Mama! Mama! Emma stirbt! Emma stirbt!", was seiner Mutter vermutlich einen riesigen Schrecken einjagte. Ich war zwar nicht ganz sicher, was los war, aber ich hatte nicht das Gefühl, dass sie sterben würde. Es schien ihr gut zu gehen, und als sie aufstand, wirkte sie ebenso überrascht wie wir.

Charlie verschwand im Haus, während ich Emma ans Ufer half und versuchte, nicht auf ihre Beine zu starren. Sie hatte Angst, und meine Blicke hätten ihr auch nicht weitergeholfen. Ich drehte mich um, während sie ihren Badeanzug auszog und sich mein Handtuch umwickelte. Dann ergriff ich ihre Hand, und wir blieben einfach abwartend stehen. Sie wollte sich nicht hinsetzen, weil sie Angst hatte, das Handtuch zu beschmutzen.

„Alles in Ordnung?"

Sie nickte und versuchte zu lächeln.

„Bist du sicher?"

Sie nickte erneut und drückte meine Hand fester. Miss Nadine kam nach draußen gerannt, dank Charlies Geschrei völlig außer sich vor Angst. Sie sah den Badeanzug, Emmas Beine und uns beide, die wir regungslos dastanden. Natürlich brauchte sie nicht lange, um zwei und zwei zusammenzuzählen. Sofort beruhigte sie sich, atmete tief durch und legte lächelnd den Arm um Emma. „Schatz, du wirst es überleben."

„Aber Mama", erklärte Emma, „ich fühle mich doch gar nicht schlecht."

„Ich weiß, Schatz, es gehört einfach zum Leben dazu."

Miss Nadine brachte Emma ins Haus, doch kurz darauf kam sie mit meinem Handtuch über dem Arm wieder heraus. Sie setzte sich auf die Bank, die auf der Veranda stand, rief Charlie und mich zu sich und legte ihre Hände auf unsere Knie. „Ich möchte euch beiden etwas erklären …"

Charlie zitterte, schniefte und wirkte tief besorgt.

„Emma geht es gut, aber …" Sie suchte nach Worten. „Sie ist … jetzt eine Frau."

An diesem Abend vertiefte ich mich in meine Bücher und verbrachte Stunden damit, mich über den Körper der Frau und seine Funktionsweise zu informieren. Sicher, anfangs fand ich die Abbildungen abstoßend, das würde wohl jedem 12-jährigen Jungen so gehen. Emma sah nicht so aus wie die Frauen auf diesen Bildern, aber ich wusste, wenn ich sie gesund machen wollte, wenn ich wollte, dass sie am Leben blieb, dann musste ich das alles begreifen. Und so riss ich mich zusammen. Ich las weiter und erfuhr, dass ihre Medikamente ein vorzeitiges Einsetzen ihres Zyklus' bewirkt hatten – eine häufige Begleiterscheinung bei jungen Mädchen.

Das würde nicht meine letzte derartige Entdeckung bleiben.

Kapitel 14

In den vergangenen Monaten hatte Charlie gelernt, mit einem Hammer und Nägeln umzugehen, und er machte guten Gebrauch von seinen neuen Fähigkeiten. Der Garten der O'Connors lag im Schatten einer riesigen Eiche. Charlie zog alle Bretter, die er finden konnte, aus den Müllcontainern der umliegenden Baustellen und dem Abfall der Nachbarn und fing an, daraus ein Haus zu bauen. Über Monate hinweg galt sein ganzes Denken und Planen seinem Baumhaus, und er verbrachte jeden Nachmittag damit, es ein wenig umzubauen und zu erweitern. Es war drei Stockwerke hoch, und es gab mehrere Leitern und Stangen, über die man hochklettern oder hinunterrutschen konnte, und dank der Hilfe seines Vaters sogar richtige Fenster, zwei Deckenventilatoren, Licht und fließendes Wasser.

Sein Baumhaus war wirklich eine Welt für sich, und er wurde nie fertig damit. Fertig war ein Wort, das Charlie in Bezug auf dieses Baumhaus nicht kannte.

* * *

Emma war schon seit etwas mehr als einer Woche nicht mehr in die Schule gekommen, und ich fing an, mir Sorgen zu machen. Also stattete ich ihr eines Nachmittags zusammen mit Charlie einen Besuch ab. Dr. Hayes und seine Sprechstundenhilfe Miss Lou unterhielten sich gerade flüsternd mit Emmas Eltern. Danach nahm Miss Lou Charlie in ein angrenzendes Zimmer mit. Miss Nadine rief meine Mutter an, wechselte auch mit ihr flüsternd ein paar Worte, bedankte sich schließlich und legte auf. Ein paar Minuten später rief die Schwester mich zu sich ins Nachbarzimmer. Charlie drückte sich einen Tupfer auf seine Fingerspitze und sah ziemlich verwirrt aus. Miss Lou beugte sich zu mir herunter und erklärte mir, sie wolle mir in den Finger stechen, um meine Blutgruppe zu bestimmen.

„Blutgruppe 0 negativ", verriet ich ihr.

Verblüfft starrte sie mich an. „Bist du sicher?"

„Ganz sicher, aber –", ich hielt ihr meinen Finger hin, „überzeugen Sie sich ruhig selbst."

Sie nickte, schaute mich skeptisch an und stach mir dann vorsichtig in den Finger.

Blut ist ein erstaunlicher Saft. Ein flüssiges Wunder. Wie unser Körper ist es ein lebendiger Organismus mit lebenden Zellen, und wenn man es aus seinem Träger herausnimmt – aus unserem Körper –, dann stirbt es. Ein erwachsener Mensch verfügt im Durchschnitt über fünf Liter Blut. Es gibt vier Blutgruppen, aber nur eine, die Blutgruppe 0, kann jedem anderen Menschen auf der Erde gegeben werden. Aus verständlichen Gründen werden darum die Menschen mit der Blutgruppe 0 als Universalspender bezeichnet. Auf der anderen Seite gibt es nur eine Blutgruppe, die von jedem anderen Menschen auf der Erde Blut empfangen kann, die Blutgruppe AB, die Universalempfänger. Wie sich herausstellte, hatte Emma die Blutgruppe AB positiv, was gleichzeitig gut und schlecht war. Gut für Emma, aber schlecht für Charlie und mich.

Ich hatte noch nie Blut gespendet, aber ich hatte eine Vorstellung von dem, was mich erwartete. Ich streckte mich also auf der Liege aus und legte meinen Arm auf die Lehne. Die nette Miss Lou machte sich an die Arbeit. Sie zog das Gummiband an meinem Oberarm fest und säuberte meine Armbeuge mit Alkohol. Charlie hatte Angst vor den Nadeln und war beunruhigt durch das viele Geflüster. Er fing an zu zittern und floh in sein Baumhaus.

Durch viel gutes Zureden schaffte es Miss Nadine schließlich, ihn wieder herunterzulocken. Sie kehrte mit ihm ins Haus zurück, wo sie sich mit uns zusammensetzte, um uns alles zu erklären. Wie es schien, wirkte sich die zusätzliche Belastung durch den monatlichen Blutverlust ungünstig auf Emmas Gesundheitszustand aus. Der Blutverlust hatte sie geschwächt, und ihr Körper war kaum noch in der Lage, gegen Infektionen anzukämpfen. Es kam so weit, dass sie sich von einem Monat zum nächsten gar nicht mehr richtig erholte. Der Arzt hoffte nun, durch gelegentliche Bluttransfusionen den Stress der Monatsblutung für Emmas Körper abfangen zu können und ihm so die Gelegenheit zu geben, sich von einem Monat zum nächsten besser zu erholen. Es war eine Art Blutdoping. Doch es sollte nicht einem gut trainierten Athleten zu höheren Leistungen, sondern Emma zu einem normalen Leben verhelfen. Die Theorie war gut, und Emma ging es danach auch tatsächlich besser, aber trotzdem war allen klar, dass die Besserung nur vorübergehender Natur war.

Charlie allerdings verstand das alles nicht richtig. Er hatte viel mehr Ahnung von Baumhäusern und Werkzeugen als von Menschen und ihrem Blut.

Dr. Hayes war ins Zimmer getreten, während Miss Nadine uns den Vorgang erklärte. Er hockte sich neben Charlie.

„Junge", sagte er, „deine Schwester ist sehr krank. Dein Blut könnte ihr helfen, dass es ihr besser geht. Vor allem jetzt, wo sie sich oft so schlapp fühlt. Sieh mal …" Er nahm Charlies Arm, klopfte darauf und deutete auf die Venen. „In deinem Blut gibt es diese kleinen Lastwagen, die man rote Blutkörperchen nennt. Sie transportieren die Dinge, die dein Körper braucht, durch ihn hindurch – sie fahren wie die Wagen auf einer Rennbahn immer den gleichen Parcours. Hast du eine Rennbahn?"

Charlie nickte lächelnd.

„Wenn du Blut verlierst", fuhr der Doktor fort, „oder nicht genug Blut in deinem Körper hast, oder wenn du ein schwaches Herz hast, das nicht genügend Benzin in diese Lastwagen füllen kann, damit sie die ganze Strecke schaffen, dann bekommst du eine Krankheit, die sich Anämie nennt. Im Augenblick ist Emma ziemlich schwer daran erkrankt." Er blickte Charlie in die Augen. „Bist du bereit, ihr einige deiner Lastwagen zu geben?"

Charlie sah hinüber zur Treppe, die ins Obergeschoss führte, und ich wusste, dass ihm seine Schwester vor Augen stand, die blass und schwach im Bett lag und zu müde war, um in sein Baumhaus zu klettern und sich seine neuesten Verbesserungen anzuschauen.

„Emma braucht mehr Lastwagen?“, fragte er.

Der Arzt nickte.

Charlie schaute seine Mutter an, und auch sie nickte, während Tränen über die dunklen Ringe liefen, die sich unter ihren Augen gebildet hatten, und ihr Augenmake-up verwischten. Sie sah aus wie ein Waschbär.

Charlie rollte seinen Ärmel ganz nach oben. „Kann ich ihr nicht alle geben?“, fragte er.

Drei Tage später weinte Miss Nadine immer noch.

Kapitel 15

Annie schlief, als ich am Freitag Nachmittag vorsichtig die Tür öffnete und ihr Krankenzimmer betrat. Mein Blick fiel auf das einzige Fenster, und ich erblickte eine mit Dung und Löwenzahn überzogene Kuhweide, durch die sich ein kleiner Bach schlängelte. Bis auf den alten Bullen, der wie ein Wächter mitten in diesem Bach stand, hatten sich alle Kühe um einen Haufen Heu versammelt.

Cindy saß eine Armlänge von Annie entfernt auf einem Stuhl und hatte die Füße auf das Bett gelegt. Der Kopf war ihr im Schlaf zur Seite gekippt. Auf ihrer Brust ruhte ein Buch, das in einen alten Plastikeinband eingebunden war und die Signatur einer Bibliothek trug. Der Titel lautete: *Wie man mit einem kleinen Geschäft großes Geld macht.* Auf dem Boden lagen fünf oder sechs Bücher und Broschüren mit demselben Plastikeinband und einer ähnlichen Signatur. Alle hatten mit Darlehensbeschaffung und Geldmanagement zu tun. Auf dem Tisch neben dem Bett entdeckte ich einen roten Aktenordner. Darauf standen in einer weiblichen Handschrift die Worte *Burton Bank, Darlehensantrag* geschrieben.

Ein Hauch von Sals Aftershave, das nach Zitronen duftete, stieg mir in die Nase und sagte mir, dass er gerade hier gewesen war. Die beiden Pfefferminzbonbons neben dem Telefon bestätigten meine Vermutung. Ich legte den grünen Frosch aus Plüsch auf das Bett, drehte mich um und wollte gerade auf Zehenspitzen das Zimmer wieder verlassen, als Annie flüsterte: „Hallo, Sh-sh-shakespeare.“ Sie sprach langsam und zittrig, ihre Zunge war schwer von den Medikamenten.

Cindy richtete sich auf, fuhr sich mit der Hand über die Augen und fing an, die Bücher mit dem Fuß unter Annies Bett zu schieben. Den Aktenordner bedeckte sie mit einer Zeitung.

Ich drehte mich um und tätschelte Annies Fuß. „Wenn du ihn so lange kennst wie ich, dann darfst du ihn Billy nennen.“

Annies Augenlider waren schwer und ihre Augen verschleiert. Zweifellos wussten ihre Ärzte, sowohl die aus Clayton als auch die aus Atlanta, dass sie Ruhe brauchte, und hatten sie in den vergangenen Tagen stark sediert. Ich hätte das auch so gemacht.

Ich schob den volleyballgroßen Frosch näher an sie heran und nahm eine kleine Schachtel aus der Tasche, die die Verkäuferin in Rovers Eisenwarenladen für mich mit einer Schleife umwickelt hatte. Annie lächelte mich träge an, zog mit ihrer gesunden Hand die Schleife auf und löste das Band, während ich die Schachtel festhielt. Sie hob den Deckel ab und nahm eine große Messingglocke heraus, die aussah, als hätte sie einmal am Hals einer Kuh gehangen.

„Ich dachte, sie könnte dir helfen“, meinte ich. „Vielleicht kannst du so die Aufmerksamkeit der Leute auf dich lenken.“

Sie lächelte, klingelte einmal mit der Glocke und blinzelte langsam. „Ich glaube, das habe ich schon getan.“ Sie schaute mich wieder an. „Hast du noch mehr schöne Sprüche für mich?“

Ich kratzte mich am Kinn und schaute zum Fenster hinaus. Dann ließ ich mich auf einem Stuhl neben dem Bett nieder, nahm die Glocke in die Hand und sagte: „Liebelei, sag, was entflammt sie, vom Herz, vom Hirn, woher wohl stammt sie, was ernährt sie, was verdammt sie? Antwort darauf, Antwort darauf. Sie hat das Aug zum Sitz erkorn, nährt sich vom Schaun und stirbt verlorn, in der Wieg, drin sie geborn: der Liebelei den Toten sang, ich beginne, Glockenklang. Ding, dong, dang.“

Cindy setzte sich auf und musterte mich neugierig.

„Ist das auch Hamlet?“, fragte Annie, die Mühe hatte, das *M* zu bilden.

„Nein. Das stammt aus einer kleinen Geschichte mit dem Titel *Der Kaufmann von Venedig.*“ Sie schloss die Augen, schwieg eine Weile und entschwand wieder in die wundervolle Welt der durch Medikamente hervorgerufenen Sedierung. Argwöhnisch beobachtete Cindy Annies Atmung.

„Das sind die Medikamente“, beruhigte ich sie. Ich warf einen Blick auf die Maschinen über Annies Bett, die ihren Zustand protokollierten. „Der Blutdruck sieht ganz gut aus, der Pulsschlag ist kräftiger, als ich erwartet hatte, und ihre Sauerstoffsättigung ist nicht schlecht, wenn man bedenkt, was sie durchgemacht hat." Ich tätschelte erneut Annies Fuß. „Sie ist zäh."

Cindy nickte, musterte mich jetzt aber mit verstärkter Neugier. Ich konnte förmlich sehen, wie die Fragen in ihrem Kopf herumwirbelten. Meine Tarnung begann zu bröckeln.

Annie erwachte erneut, und nachdem ihr Blick zweimal durch den Raum geschweift war, blieb er wieder an mir hängen. „Der Doc sagt, dass ich in ein paar Tagen nach Hause kann."

„Ich habe die gute Nachricht schon gehört. Das ist schön. Bestimmt vermisst du dein Bett."

„Das kannst du laut sagen." Mit zittriger Hand deutete sie im Raum umher. „Du solltest dir mal die vielen Plüschbären ansehen, die ich im Lauf der letzten Jahre bekommen habe."

Ich schaute mich im Zimmer um, das überquoll vor lauter Blumen, Luftballons und zehn bis fünfzehn Stofftieren – meistens Teddybären.

„Ich bekomme eine leise Vorahnung."

Cindy ergriff nun das Wort. „Annie und ich haben uns überlegt, dass wir Sie gern zum Abendessen haben würden." Mit der Hand bedeckte sie ihre Augen und schüttelte den Kopf. „Ich meine natürlich, zum Abendessen *einladen* würden."

„Ich habe es schon verstanden." Ich lächelte.

„Das ist das Mindeste, was wir tun können." Sie drehte sich zu Annie um, die langsam nickte. „Annie ist eine ziemlich gute Köchin und sie sagte, sie wolle Ihnen eine Pfirsichpastete backen."

Annie nickte erneut. „Im Ernst", beteuerte sie mit geschlossenen Augen. „Ich kann wirklich kochen. Obwohl", sie streckte ihren Gipsarm in die Höhe, „es im Augenblick etwas schwierig sein wird, den Teig auszurollen."

Annie klang, als wäre sie gerade beim Zahnarzt gewesen und hätte vier Füllungen auf einmal bekommen.

Es war schon lange her, dass ich eine Einladung zum Abendessen angenommen hatte. Und noch länger, dass ich eine Mahlzeit in weiblicher Gesellschaft eingenommen hatte.

Ich nickte. „Dann komme ich aber nur, wenn du mir erlaubst, den Teig auszurollen."

„Du kannst kochen?", fragte Annie erstaunt. Ihr Kopf kippte zur Seite, als wäre er gerade von der Stange gefallen.

„Nein, aber ich lerne schnell."

„Die Leute hier erzählen sich, dass Sie ziemlich gute Boote bauen", sagte Cindy. „Stimmt das?"

„Eigentlich restauriere ich sie eher, als dass ich sie baue. Ich versuche nur, den Entwurf eines anderen aufzubessern."

„Nach dem, was die Leute sich erzählen, sind Sie gut im Aufbessern. Auch von Häusern. Ich dachte mir schon bei unserem ersten Zusammentreffen, dass Sie bestimmt in der Baubranche tätig sind."

„Ach, ich verrichte meine Arbeit wie jeder andere auch", wich ich aus, dankbar, dass sie mich mit dem Stempel „Baubranche" versehen hatte. „Wenn man es erst einmal gelernt hat, ist es nicht mehr so kompliziert. Mit dem richtigen Lehrer, gutem Werkzeug und ein wenig Geduld könnten Sie das auch."

„Das bezweifle ich", widersprach Cindy. „Ohne Annies Hilfe kann ich kaum eine Glühbirne auswechseln."

„Na ja, manchmal ist man eben erst im Team zu Höchstleistungen fähig."

Cindy richtete sich auf und wand ein zweites rosa Gummi um ihren Pferdeschwanz. Ihre Neugier war gewachsen, was eigentlich nicht weiter verwunderlich war. Schließlich hatte ich ihr durch unser Geplauder ein paar bruchstückhafte Informationen geliefert, aber genauso viele Fragen aufgeworfen, wie ich beantwortet hatte. „Sie scheinen zu wissen, wovon Sie reden." Zielstrebig tastete sie sich weiter vor.

Zu meiner Erleichterung fielen Annies Augenlider zu und boten mir die Gelegenheit, mich zu verabschieden. Leise flüsterte ich Annie zu: „Du schläfst jetzt ein wenig, und ich komme dann nächste Woche zum Abendessen zu euch."

Annies Hand wanderte zu der Sandale, die mittlerweile wieder an ihrer Kette hing und unmittelbar oberhalb des Narbenendes auf ihrer Brust lag. Ihr Daumen fuhr sanft über die Rückseite, während sie langsam in den Schlaf glitt.

Cindy wirkte verlegen. Scheinbar befürchtete sie, mich zu hart bedrängt zu haben. Sie begleitete mich zur Tür, fingerte an ihrem Haar herum und meinte: „Ich glaube, der Frosch gefällt ihr. Danke."

Ich winkte ab, als wollte ich sagen: *Nicht der Rede wert.*

Immer noch verlegen, reichte Cindy mir mein Herzfrequenz-Messgerät. „Annies Arzt hat daran einige sehr hilfreiche Informationen ablesen können. Er sagte, es sei gut gewesen, dass Sie es Annie angelegt haben. Es habe ihm geholfen, den Zustand ihres Herzens unter Stress zu kontrollieren und … abzuschätzen, wie lange wir noch haben, um ein neues für sie zu finden."

Der Anblick von Annie, angeschlossen an die piependen und blinkenden Geräte, die von zwei bis drei Krankenschwestern in einem anderen Zimmer überwacht wurden, brachte viele Erinnerungen zurück. Alles war vertraut. Der Geruch der antibakteriellen Seife, die Temperatur im Raum, die so niedrig war, dass man Fleisch hätte abhängen können, die Art, wie die Infusionsnadel in Annies Arm befestigt war, die ununterbrochene Überwachung jeder Lebensfunktion. Ich öffnete den Mund und sprach aus, was mein Herz mir eingab, bevor mein Kopf Zeit hatte, ihm den Befehl zu geben, besser zu schweigen.

„Mag Annie den See?", fragte ich.

Cindy wirkte verwirrt. „Ja, sie kann ihn von ihrem Schlafzimmerfenster aus sehen, und manchmal geht sie zum Baden hinein."

„Wie wäre es, wenn wir nächste Woche eine Bootstour machen würden? Mein Partner Charlie und ich müssten das Boot, an dem wir gerade arbeiten, bis dahin eigentlich fertig haben. Ich muss eine Testfahrt machen, bevor der Eigentümer es abholt."

Cindy blickte lächelnd auf Annie. „Ich denke, das würde ihr Spaß machen. Aber natürlich darf es nicht zu anstrengend für sie werden, und es geht nur, wenn ihr Arzt der Meinung ist, dass sie das schaffen kann." Sie zupfte einen Moment an einem Stück Nagelhaut herum, das sich gelöst hatte, und streckte dann einen

Finger in die Luft. „Am besten sage ich Ihnen noch Bescheid." Nervös steckte sie sich die Haare wieder hinter die Ohren. „Wir sind nicht … sonderlich mobil."

„Das scheint eine lange Geschichte zu sein", erwiderte ich in dem Versuch, ihr über ihre offensichtliche Verlegenheit hinwegzuhelfen.

„Allerdings, und sie beginnt mit den hohen Kosten für die medizinische Versorgung."

Das Herz hat seine Gründe, die der Verstand nicht kennt. Ich trat durch die Tür, während mir allmählich unbehaglich zumute wurde, da die Stimme der Vernunft in meinem Kopf langsam, aber sicher zu meinem unvernünftigen Herz durchdrang.

„Keine Sorge. Ich hole Sie ab." Hastig kritzelte ich auf die Rückseite eines Pizzacoupons, der an der Tür geklebt hatte, meine Telefonnummer. „Hier ist meine Nummer. Reden Sie mit Annies Arzt und rufen Sie mich am Dienstagmorgen an, um mir zu sagen, ob sie die Bootstour machen möchte und kann."

Cindy nickte und machte leise die Tür hinter mir zu. Als sie geschlossen war, fiel mein Blick auf Annies Krankenblatt, das in einer Wandhalterung neben ihrer Tür steckte. Ohne nachzudenken, nahm ich es heraus und blätterte die Seiten durch.

Ich war gerade dabei, mir einen Überblick zu verschaffen, als eine Krankenschwester mich entdeckte. Sie schoss auf mich zu und riss mir das Krankenblatt aus der Hand. „Kann ich Ihnen helfen?"

Ihre etwa dreißig Zentimeter in die Höhe ragende Frisur ließ mich an einen fest gewundenen Bienenstock denken. Sie hatte auch das letzte Härchen ihrer Augenbrauen ausgezupft, und ihre ganze Haltung warnte: *Leg dich nur nicht mit mir an!*

Das hatte ich auch nicht vor.

„Äh … nein. Danke. Ich war auf der Suche nach …"

„Was?", fragte sie drohend, eine Hand auf ihre Hüfte gestützt.

„Pizzagutscheinen", erwiderte ich und gab mir größte Mühe, ein wenig beschränkt zu erscheinen.

Ohne ihren Blick von mir abzuwenden, griff sie in die Tasche ihres Schwesternkittels und zog einen Coupon für zwei große Pizzen heraus. „So, kann ich sonst noch etwas für Sie tun?"

Vermutlich war sie eine ausgezeichnete Krankenschwester. Ich schüttelte den Kopf und wedelte mit dem Gutschein in der Luft herum. „Vielen Dank."

Sie blickte mir nach, als ich die Station verließ.

Auf dem Parkplatz angekommen, schloss ich meinen Wagen auf und blieb einen Augenblick regungslos darin sitzen, bevor ich den Motor anließ. Es war Freitag Abend und Zeit, um zum *Wellspring* zu fahren. Ich konnte das Transplantat schon schmecken.

Kapitel 16

Da Dr. Hayes so versessen darauf gewesen war, Charlics und mein Blut zu bekommen, suchte ich mir in der Bibliothek alle Bücher zusammen, die etwas mit dem menschlichen Organismus zu tun hatten. Wenn sie unser Blut wollten, dann musste es einen besonderen Grund dafür geben. Ich las jedes Buch, in dem das menschliche Herz oder auch nur Blut erwähnt wurde. Und das bedeutete, dass ich viele Bücher las.

Als ich eines Tages umringt von fast einem Dutzend Bücher in der Bibliothek saß, tippte mir plötzlich Miss Swayback, die Bibliothekarin, auf die Schulter. „Junge, hast du wirklich vor, alle diese Bücher zu lesen?", fragte sie mich und betrachtete prüfend mein von schwerer Akne verunstaltetes Gesicht.

„Ja, Madam."

„Hast du was dagegen, wenn ich dich frage, warum?"

„Ich studiere das Herz."

Kopfschüttelnd stemmte sie die Hände in die Hüften. „Junge, ich bin nicht von gestern." Erneut schüttelte sie den Kopf, und ein wissendes Lächeln umspielte ihre Lippen. „Also, willst du mir jetzt den wahren Grund sagen?"

„Ich will Emma gesund machen. Und deshalb muss ich herausfinden, wie dieses Loch in ihrem Herzen zugenäht werden kann."

„Ach so, das erklärt natürlich alles." Sie knickte ihre ausladenden Hüften ein und stützte sich mit ihren Händen auf meinem Tisch ab. „Jetzt hör mir mal zu, du kleiner Wicht, werd nicht frech. Und ich kann dir nur raten, jedes einzelne dieser Bücher tatsächlich zu lesen und es danach wieder an seinen Platz zu stellen. Ich habe nicht vor, meine Zeit mit dem Einsortieren all der Bücher zu vergeuden, die du wahllos herausgenommen hast, weil du nach Nacktfotos suchst. Ich kenne solche Typen wie dich."

Ich wusste zwar nicht so genau, was sie meinte, aber ich erwiderte trotzdem: „Ja, Madam." Eine Woche später, nachdem ich alle

Bücher wirklich gelesen und anschließend wieder an ihren Platz gestellt hatte, erkannte Miss Swayback, dass sie sich geirrt hatte und ich anders war als die Typen, die sie kannte. Von da an half sie mir, die Bücher, die ich einsehen wollte, zu finden, und bestellte sie mir notfalls sogar per Fernleihe aus anderen Bibliotheken, selbst wenn diese am anderen Ende des Landes lagen.

Sie war nicht die Einzige, die mein ausuferndes Selbststudium anfangs mit Skepsis betrachtete. Meine Eltern dachten, ich hätte den Verstand verloren, aber als sich meine Note in Naturwissenschaften von einer 3- auf eine 2+ verbesserte, hörten sie auf, mich mit Fragen zu löchern und erlaubten mir sogar, bis zur Schließung in der Bibliothek zu bleiben, wenn Miss Swayback mich anschließend nach Hause brachte.

Die Menschen bewundern Mozarts Genie, weil er, wie man annimmt, bereits im Alter von drei Jahren sein erstes Kinderlied und im Alter von zwölf Jahren seine erste Symphonie komponierte. Und ja, natürlich war er ein Genie, aber man könnte es auch so sehen, dass er einfach nur sehr früh entdeckte, wozu Gott ihn geschaffen hatte. Das ist alles. Aus irgendeinem Grund begabte Gott ihn ein wenig mehr, oder mit etwas anderem. Mozart fand heraus, was seine Begabung war, und machte sich daran, sie zu nutzen. Natürlich war er brillant, aber darum geht es nicht. Es geht darum, dass er um sein Talent wusste und sich an die Arbeit machte.

Ich war kein Mozart, und ich musste hart arbeiten, aber mir war von Anfang an klar, wozu Gott mich erschaffen hatte. Meine Zweifel kamen erst sehr viel später.

Der Gedanke an Emma und ihr jämmerlich schlecht pumpendes Herz trieb mich morgens aus dem Bett und hielt mich abends lange wach. Schon bald eignete ich mir außerhalb der Schule sehr viel mehr Wissen an als in der Schule. Ich lernte alles, was mir über die Funktion des Herz-Kreislauf-Systems unter die Finger kam: Dunkles, blau-schwarzes, dickflüssiges, sauerstoffarmes Blut floss ins Herz, von wo aus es sofort in die Lunge gestoßen wurde, wo das Kohlendioxid herausgefiltert und das Blut mit frischem Sauerstoff angereichert wurde. Als blubbernde, dünnflüssige, hellrote Flüssigkeit floss es wieder ins Herz zurück, das das sauerstoffreiche Blut sofort in den Körper zurückpumpte, der bereits danach hungerte.

Und das geschah nicht nur einmal, sondern mehr als hunderttausend Mal am Tag. Ich dachte lange darüber nach. Und als ich diesen Prozess verstand, nicht nur den physischen Vorgang, sondern die Idee dahinter, seine Auswirkung, die Tatsache, dass ein Mensch, wenn dieser Vorgang normal vonstatten ging, lebte und wenn er unterbrochen wurde starb, war ich fassungslos angesichts der Einfachheit des Systems und konnte nur den Kopf schütteln.

Bereits im Jahr 3000 v. Chr. bezeichneten die Chinesen das Herz als den König der Organe. Dennoch verbringen seit Urzeiten Menschen ihr ganzes Leben mit der Suche nach dem Heiligen Gral, der Quelle ewiger Jugend und Lebenskraft. Doch warum in die Weite schauen, wenn das Gesuchte so nah, nämlich in der Mitte eines jeden Menschen liegt, der über diese Erde wandelt? Je mehr ich dies verstand, desto näher glaubte ich Emmas Heilung zu kommen.

Ich legte die Hand auf meine Brust, schaute in mich hinein und flüsterte: „Leben ist da, wo das Blut fließt.“

Kapitel 17

Eines Tages brachte einer meiner Klassenkameraden den *Playboy* seines Vaters mit in die Schule. In der Pause ließ er die Zeitschrift herumgehen. Ich warf nur einen Blick darauf und hatte sofort ein ungutes Gefühl. Mir kam das falsch vor. Ich fühlte mich schmutzig und verspürte das Bedürfnis, unter die Dusche zu gehen, um mich gründlich zu säubern. Tief in meinem Inneren wusste ich, dass wer immer diesen Mädchen das angetan hatte, wer immer diese Fotos gemacht hatte, ziemlich krank sein musste. Das sagte mir mein Herz.

Ich gab die Zeitschrift zurück. *Das könnte Emma sein*, dachte ich.

Ich will nicht wie ein Heiliger erscheinen. Natürlich interessierte auch ich mich für nackte Frauen, aber unter dem Teil von mir, der davon fasziniert war, existierte ein anderer Teil, und dieser Teil wusste es besser. Er wusste, dass ich hier war, um Emma zu heilen. Dieser Teil von mir, in dem meine Seele lebte, würgte, erbrach sich und empfand Ekel vor dem glänzenden Poster in der Mitte des Heftes.

Schweigsam lief ich an jenem Tag von der Schule nach Hause, seltsam verlegen und peinlich berührt. Emma fragte mich, was los sei, und ich erklärte es ihr. Als wir ihr Haus erreichten, war ich gerade am Ende meines Berichts angekommen. Sie zog mich schweigend zu sich heran und küsste mich auf die Wange – ihr Herz sprach zu meinem in einer Sprache, die nur die beiden verstanden.

Emma hatte von allen Menschen, denen ich je begegnet war, das kränkste Herz, doch aus ihm floss mehr Liebe als aus irgendwelchen anderen zehn Herzen zusammen.

* * *

Schon bald konnten meine Lehrer meine Fragen nicht mehr beantworten, daher verbrachte ich noch mehr Zeit in der Bibliothek und saugte alles, was ich über den menschlichen Körper finden konnte, wie ein Schwamm in mich auf. Gegen Ende der elften Klasse hatte ich mehrere umfangreiche Lehrbücher für Medizinstudenten im Grundstudium durchgearbeitet und dazu sogar einige Lehrwerke, die auf der von *Harvard* herausgegebenen Literaturliste standen. Ich konnte mühelos daraus zitieren, und die darin abgebildeten Diagramme standen mir vor Augen. Aber im Zuge meines Selbststudiums kristallisierte sich für mich immer deutlicher ein Problem heraus: Wenn ich nach Leben suchte und begreifen wollte, wie ein sterbendes, krankes menschliches Herz wieder gesund gemacht werden konnte, dann war die Wissenschaft nicht das Richtige für mich.

Für die Wissenschaft war das Herz nur ein Organ, das seziert, etikettiert und anschließend in Essig eingelegt auf ein Regal gestellt wurde, damit es von einem Kind mit Brille und Zahnspange bestaunt werden konnte. Die wissenschaftliche Herangehensweise an das Herz war kalt, gefühllos, und selbst das Vokabular, mit dem es beschrieben wurde, wirkte steril. Als bestünde das Herz nur aus einer Reihe von Zellen, die mit anderen Zellen ein Zellgefüge bildeten.

In den Büchern fanden sich Beschreibungen wie: „Das Herz ist ein Organ von der Größe einer doppelten Faust, das von einer Muskelmembran, dem Septum, in zwei Hälften geteilt wird. Jede Hälfte verfügt über eine dünnwandige Kammer aus Muskelgewebe, das Atrium, und eine zweite, größere Kammer, den Ventrikel, von dem aus das Blut durch die Lunge und den Körper gepumpt wird. Durch die Herzklappen gelangt das Blut in die Herzkammern und wieder hinaus, die Tricuspidal- und Pulmonalklappe in der rechten Herzkammer und die Mitral- und Aortenklappe in der linken Herzkammer. In den Lungen wird das Blut mit Sauerstoff angereichert, d. h. das Kohlendioxid wird gegen Sauerstoff ausgetauscht, danach wird es durch die Pulmonalarterien ins Herz zurückgeschickt und schließlich über die Arterien durch den ganzen Körper geleitet. Der Prozess wiederholt sich mehr als einhunderttausendmal am Tag. Mehr als siebentausend Liter Blut werden auf diese Weise täglich aufbereitet und weitergepumpt. Rauchen, Bluthochdruck, Geburtsfehler und erhöhte Cholesterinwerte können die Fähigkeiten des Herzens, das Blut durch den Körper zu leiten, beeinträchtigen."

All diese Beschreibungen waren schrecklich steril. Die Bücher sprachen über das menschliche Herz, als wäre es eine Pumpe, die tief im Schlamm und Morast irgendeines Gartens feststeckte. In diesen Büchern stieß ich nie auf eine Auseinandersetzung mit dem gebrochenen Herzen. Nie las ich etwas darüber, was das Herz fühlte, wie es fühlte oder warum es fühlte. Gefühle und ihre Auslöser waren nicht wichtig, nur das Verständnis des mechanischen Prozesses. Nach der Lektüre all dieser nüchternen Abhandlungen über die Funktionsweise des Herzens sehnte ich mich danach, dass endlich einmal jemand das Herz beschrieb, als wäre es lebendig und nicht tot. Ich wünschte mir, dass jemand über ein solches Herz schrieb, wie Emma es besaß. Emma wusste das.

Während ich mich in der Bibliothek mit Diagrammen und lateinischen Begriffen herumschlug, bemerkte sie meine zunehmende Niedergeschlagenheit. Wir saßen wie üblich an einem langen Tisch, nur durch unsere Bücherstapel voneinander getrennt. Wegen ihrer Erkrankung waren Emmas Möglichkeiten, sich mit körperlichen Aktivitäten die Zeit zu vertreiben, ziemlich eingeschränkt, sodass sie sich stets auf unsere Bibliotheksbesuche freute und wir beinah täglich dorthin gingen. Auf meiner Seite des Tisches lagen Dutzende wissenschaftliche Abhandlungen und Handbücher von Professoren, Doktoren und wissenschaftlichen Mitarbeitern, die alle als Experten auf ihrem jeweiligen Fachgebiet galten. Auf Emmas Seite hingegen lagen Dutzende alter Bücher, die meisten von Menschen verfasst, die schon lange tot waren: Von Schriftstellern wie Coleridge, Wordsworth, Milton, Keats, Tennyson und Shakespeare.

Als sie meine wachsende Frustration bemerkte, legte sie Miltons *Das verlorene Paradies* aus der Hand und zog ein in Geschenkpapier eingewickeltes Päckchen aus ihrem Rucksack heraus. Es hatte etwa die Größe eines dicken Buches. Sie versteckte es hinter ihrem Rücken, nahm mich an der Hand und zog mich hinter die Bücherregale, wo die Bibliothekarin uns nicht sehen konnte. Inmitten einer riesigen Ansammlung von Fachwissen und den Veröffentlichungen der besten Wissenschaftler, die die westliche Welt und die moderne Medizin aufzuweisen hatte, tippte mir Emma auf das Brustbein und zeigte mir, dass sie, die nie eines dieser Bücher gelesen hatte, mehr wusste als alle anderen zusammen.

Sie strich mir die Haare aus der Stirn, legte ihre Hand auf meine Brust und sagte: „Reese, in deinen Büchern wird vielleicht nicht darüber gesprochen, darum sage ich es dir. Jedes Herz hat zwei Teile, den Teil, der pumpt, und den Teil, der liebt. Wenn du dein Leben damit zubringen willst, gebrochene Herzen zu heilen, dann musst du beide im Blick haben. Du kannst den einen Teil nicht heilen, ohne dich mit dem anderen zu beschäftigen." Lächelnd legte sie meine Hand auf ihr Herz. „Glaub mir, ich weiß das."

Dann zog sie das Buch hinter ihrem Rücken hervor, drückte es mir an die Brust und ging davon. Ich blieb mit meinem Geschenk zurück. Neugierig riss ich das Päckchen auf und entdeckte darin eine Gesamtausgabe der Werke von William Shakespeare.

In den nachfolgenden Monaten stellte Emma sicher, dass wir uns gegenseitig regelmäßig laut aus meiner Shakespeare-Ausgabe vorlasen. Mit der Zeit begannen wir, uns miteinander in den Versen, die uns im Gedächtnis geblieben waren, zu unterhalten. Emma hatte in dieser Hinsicht ein viel besseres Gedächtnis als ich. Wir taten das so häufig, dass irgendwann sogar Charlie, der es leid war, uns im Englisch des sechzehnten Jahrhunderts reden zu hören, mitmachte.

Eines Samstagnachmittags gingen wir drei ins Kino. Als Emma mich kommen sah, warf sie die Hände in die Luft und rief: „O Hamlet, du zerspaltest mir das Herz."

Charlie blickte über die Schulter zurück und sagte: „O Bruder!"

Ohne zu zögern sprang ich auf die Stufen, kniete nieder, ergriff

Emmas Hand und erwiderte: „O werft den schlechtern Teil davon hinweg und lebt so reiner mit der anderen Hälfte."

Und das wünsche ich mir bis zum heutigen Tag.

Kapitel 18

Vier Leuchtreklamen, die Lust auf ein frisch gezapftes Bier machten, hingen im Fenster vom *Wellspring* und erhellten an diesem Freitagabend die Dunkelheit. Vom Dachgiebel lockte die mit Neonröhren eingefasste Silhouette einer üppig ausgestatteten Frau, die außer hochhackigen Schuhen und einem Cowboyhut nichts am Leib trug.

Das *Wellspring* ist in Clayton eine Ausnahmeerscheinung. So deplatziert wie ein Baseball bei einem Fußballspiel oder ein Pokerchip in einer Kirche. Das Gebäude ist aus mächtigen Steinen erbaut, die einst am Ufer des Lake Burton lagen. Einige dieser Steine sind so groß wie Wasserbälle. Sie wurden zurechtgeklopft, ineinandergepasst, aufeinandergeschichtet und bilden heute die mindestens sechzig Zentimeter dicken Wänden des *Wellspring*. Der Dachstuhl wurde aus Zedernbalken gezimmert und mit Zedernschindeln gedeckt, die mittlerweile fast vollständig mit Moos bewachsen sind. Das Moos hängt von der Dachrinne herab und macht auf die riesige Eingangstür aufmerksam, die früher einmal zu einem Nordsee-Dampfer gehörte. Die Tür ist sechzehn Zentimeter dick, ungefähr drei Meter breit und besteht aus fast dreißig Zentimeter breiten Planken, die durch drei dicke Eisenbeschläge zusammengehalten werden. Sie läuft auf Gleitschienen, und man braucht viel Kraft, um sie zu öffnen und zu schließen.

Das Haus stammt aus den fünfziger Jahren und wurde von einem Eremit erbaut, der anscheinend Angst vor einem Nuklearkrieg mit Kuba hatte, denn der Keller ist genauso solide gemauert wie das Gebäude darüber. Nachdem der Eremit eines Nachmittags zusammen mit seinem Hund auf dem Appalachian Trail, einem der längsten Fernwanderwege der Welt, die Stadt verließ und man nie wieder von ihm hörte, übernahm der Bezirk die Verwaltung des Gebäudes. Die Steinmauern halten das *Wellspring* den ganzen

Sommer über schön kühl und dank des zwei Meter breiten Kamins im Winter mollig warm.

Jahrelang stand das Haus leer, bis Davis Stipes es übernahm. Und Davis, oder Mönch, wie wir ihn nennen, ist ein genauso großes Mysterium wie das spurlose Verschwinden des früheren Besitzers. Davis ist etwas über vierzig und mag Hawaiihemden, abgeschnittene Jeans, Flip-Flops und die Tatsache, dass kaum ein Mensch ihm einen Doktortitel in Theologie zutrauen würde. Dabei kann er in Wirklichkeit sogar zwei vorweisen. Als Kind eines Militärangehörigen wurde er in England geboren, da sein Vater dort beim Special Air Service stationiert war. Er ist mehr umhergereist als fast jeder andere Mensch, den ich kenne, und hat Universitäten und Seminare in ganz Europa besucht. Im Alter von zwanzig verschwand er für fast zehn Jahre vom Radarschirm und verbrachte anschließend fünf Jahre in einem spanischen Kloster, wo er, wie man munkelt, ein Schweigegelübde abgelegt – und es auch gehalten – haben soll. Er hat nie geheiratet, obwohl er, wie er sagt, einer Ehe gegenüber nicht ganz abgeneigt ist.

Über sein verlorenes Jahrzehnt ist wenig bekannt, aber geheimnisumwitterte Menschen sind in Clayton und Umgebung ja nichts Ungewöhnliches. Oberhalb und unterhalb der Wasseroberfläche des Lake Burton gibt es eine Menge Geheimnisse. Davis' Eltern starben, während er in dem spanischen Kloster studierte. Er begrub sie in London, am Ufer der Themse. Aus dem Testament seines Vaters erfuhr er, dass seine Eltern ein kleines Stück Land am Lake Burton besaßen. Offensichtlich hatten sie vorgehabt, sich nach der Pensionierung seines Vaters dort niederzulassen und ein Haus zu bauen. Davis flog in die Staaten zurück, um das Land zu verkaufen, doch als er am See entlangfuhr und auf den Kiesweg neben dem Burtoner Campingplatz einbog, änderte er seine Meinung.

Das *Wellspring* entdeckte Davis auf dem Weg zum Eisenwarenladen in Clayton, wo er einige Bolzen für den Bootssteg kaufen wollte, an dem er gerade baute. Er fuhr durch Harley's Kurve, entdeckte das Schild und erkundigte sich sofort im Immobilienbüro der Stadt nach dem Preis. Man riet ihm, ein Angebot abzugeben. Die Stadt wollte das Objekt unbedingt loswerden, daher rief Davis einige seiner Freunde zusammen, entwarf auf einer Serviette ein Konzept und erklärte ihnen seinen Plan.

„Ich liebe die Geschichte aus der Bibel, wo Jesus die Frau am Brunnen trifft. Man stelle sich das einmal vor. Sie war ein ‚leichtes Mädchen', als solches stadtbekannt, und in dem Bruchteil einer Sekunde wusste er alles über sie: Er wusste von ihren fünf Ehemännern, ihrem gegenwärtigen Freund und allem anderen, was sie jemals falsch gemacht hatte. Und dennoch sprach er sie an. Er liebte sie trotz des Ballasts, den sie mitbrachte. Seine Art, sie zu behandeln und mit ihr zu reden, zog sie an. Sie wollte dort sein. Wie wir alle war sie durstig, und als er den Eimer mit seinem klaren, kühlen Wasser hochzog, tauchte sie ihr ganzes Gesicht hinein und trank ihn leer.

Menschen, die schlimmen Durst haben, gehen sonntags nicht in die Kirche. Sie fahren um diesen See, laufen vor ihren Geheimnissen davon, suchen nach einem guten, ruhigen Ort, wo sie ihren Magen füllen können. Sie versuchen, dieses von Gott geformte Loch in ihrem Herzen mit einem größeren Haus, einem Boot, einer Geliebten und was sonst nicht allem zu füllen. Also lasst uns den Eimer zu ihnen bringen. Sprich das Herz an, und der Kopf wird folgen. Und der schnellste Weg zum Herz geht durch den Magen. Ich möchte Cheeseburger herstellen und dabei auf Gott hinweisen."

Davis' Freunde nickten, beschlossen, Teilhaber zu werden und schlugen ein. Die fünf Männer kauften das Haus für 100.000 Dollar. Nach etwa sechs Monaten Renovierungszeit öffnete das *Wellspring* seine Pforten. Am ersten Tag betrug die Wartezeit vor der Tür eine Stunde, und seither ist das Lokal immer überfüllt. In den vergangenen drei Jahren hat Davis an sieben Tagen die Woche seine Burger geformt und an der Bar ausgeschenkt. An seinen wenigen freien Tagen verschwindet er in die Berge.

Das *Wellspring* ist nicht der örtliche Biker-Treff. Über der Tür hängt ein kleines, unauffälliges Schild, auf dem steht: *Ich aber und mein Haus wollen dem Herrn dienen.* Das ist die Grundlage. Alles in diesem Lokal weist auf Gott hin. Die Cocktailservietten sind mit verschiedenen Bibelversen aus dem Alten und dem Neuen Testament bedruckt, auf jedem Tisch liegt eine Bibel, die Mixgetränke sind nach den zwölf Aposteln benannt, und auf den Tafeln rund um die Bar stehen die unterschiedlichsten Bibelstellen, von den Zehn Geboten bis hin zur Bergpredigt.

Und auch wenn die Beschriftung der Musikbox auf die üblichen Rock-'n'-Roll-Titel hoffen lässt, so sind diese doch längst von Davis gegen Gospelmusik ausgetauscht worden. Unter G5 steht vielleicht „Hell's Bells" von AC/DC, doch wenn der Vierteldollar durch den Schlitz fällt und der nichts ahnende Barbesucher wieder zu seinem Bier zurückkehrt, um die Schrift an den Wänden mit einem guten alten Hardrocksong zu bekämpfen, dann wird er vom Atlanta Gospelchor mit dem Lied „Ain't No Rock Gonna Cry in My Place" begrüßt.

Die Bedienung übernehmen Jugendliche aus den umliegenden Kirchengemeinden, und dienstags, donnerstags und sonntagsmorgens schart Davis Ex-Junkies, geständige Ehebrecher und sich abstrampelnde Fußballmütter zur morgendlichen Bibelstunde um sich. Im Augenblick arbeiten sie sich durch die Evangelien.

Davis lässt seine Bar für sich sprechen. Sie ist weder sein Podium noch seine Kanzel, aber er hört immer zu, und er ist bereit zu reden, wenn ihm jemand die richtige Frage stellt oder den Eindruck erweckt, dass er einen Freund braucht. Und obwohl er sowohl Bier als auch Cocktails ausschenkt, habe ich nie erlebt, dass er das eine oder das andere angerührt hätte. Nur bei seinen kulinarischen Kreationen ist er weniger abstinent. Angesichts der Atmosphäre und des Essens können die Leute gar nicht anders als immer wiederzukommen. Charlie und mir geht es da nicht anders.

Und da wir gerade vom Erfolg des Lokals sprechen: Zweimal die Woche holt ein gepanzerter Geldtransporter die Einnahmen ab. Bei einem so hohen Ertrag fragt sich manchmal einer vermutlich: *Ja, und was passiert mit dem Geld? Das ist doch bestimmt nur eine Masche von ihm … er benutzt den Glauben und die Bibelverse, um sich persönlich zu bereichern.* Aber jeder hier am Lake Burton weiß, dass das nicht stimmt. Davis hat seine stillen Teilhaber, die sich um die Finanzen kümmern, sodass er sich auf das konzentrieren kann, was ihm am meisten liegt – den Eimer hochzuziehen. Er selbst rührt keinen einzigen Penny von den Einnahmen an; er bekommt einen anständigen Lohn mit einem vierteljährlichen Bonus, der vom Nettogewinn abhängt, und könnte sich selbst nicht einmal dann etwas stehlen, wenn er es versuchte.

Als Charlie und ich vor dem *Wellspring* eintrafen, war der Parkplatz halb gefüllt und Davis' leistungsstarke, verchromte Harley stand neben der großen Eingangstür. Ich stellte den Wagen neben Sal Cohens uraltem Cadillac ab, und wir gingen hinein. Um den Billardtisch im hinteren Teil des Raumes hingen vier Jungs mit Baseballkappen herum. Sie stützten sich auf den Queues ab und unterhielten sich mit zusammengekniffenen Augen, eine Zigarette zwischen den Lippen. Die Rauchwolke über ihren Köpfen wurde von dem Deckenventilator durcheinandergewirbelt. Die aufgestapelten Vierteldollarstücke auf dem grünen Filzrand des Billardtisches verrieten mir, dass sie planten, den ganzen Abend über hierzubleiben.

Ein Pärchen, das nicht von hier stammte, saß händchenhaltend an einem Tisch an der Wand. Die beiden trugen eine auf Hochglanz polierte Motorradkluft aus Leder, neue Stiefel, Bandana-Kopftücher und schwarze T-Shirts, die ihre Teilnahme an der Bike Week im Jahr zuvor bestätigten. Sie verkörperten genau das, was die Einheimischen als „Wochenend-Krieger aus Atlanta" bezeichneten.

In einer weißen, fettbespritzten Schürze stand Davis am Grill und drehte mit einer Hand die Rinderhackscheiben um, während er mit der anderen Fleischklopse zurechtklopfte. Als wir durch die Tür traten, winkte er uns mit seinem Pfannenwender zu. Charlie tastete sich mit seinem Stock über den Boden und informierte sich über die Anordnung der Stühle zwischen ihm und der Bar.

„Hungrig?", fragte Davis über die Schulter zurück.

„Ich könnte das Hinterteil eines Pferdes vertilgen", erwiderte Charlie.

„Ahh." Davis lächelte und schüttelte den Kopf, um dem Rauch zu entgehen. „Ein Mann nach meinem Herzen."

Ich entdeckte Sal, schlug ihm auf die Schulter, und wir setzten uns neben ihn an die Bar. Davis stellte ein Glas Sprite vor mich und bereitete Charlie einen Petrus zu – Johnny Walker Black Label mit Soda.

Davis hatte kein Problem damit, dass jemand Alkohol trank. Wenn jedoch ein Gast ein Alkoholproblem hatte und er das merkte, dann bediente er ihn zwar, aber der Gast hatte keine Freude daran. Für mich war Trinken nie eine Option gewesen. Berufsrisiko, könnte man sagen. Und nachdem ich meinen Beruf aufgegeben hatte, fing ich auch nicht mehr damit an.

Sal, der links von uns saß, war bereits dabei seinen Cheeseburger zu verzehren. Da er extrem langsam aß und sehr lange kaute, würde er bestimmt noch eine gute Stunde beschäftigt sein. Auf den Barhockern rechts von mir hing ein schmieriger, dürrer Fremder, der auf drei leere Biergläser stierte und versuchte, aus den Bibelversen auf seinen Servietten schlau zu werden. Auf der Theke vor ihm hatte Davis Popcorn, Erdnüsse und Servietten aufgebaut, und er bearbeitete ihn, wie es schien, ziemlich gut.

Was die leeren Gläser betraf – der Gast hatte nicht wirklich drei Gläser Bier getrunken. Er dachte das zwar, aber der Alkoholgehalt war ein wenig abgesenkt worden. Eigentlich sogar ziemlich viel. Fremden, die „rechtlich alt genug sind", gibt Davis, was sie verlangen. Richtiges Bier. Zumindest bis sie ein Bedürfnis danach signalisieren. Dann verwässert er es ein wenig, indem er es unter der Bar mit einem alkoholfreien Bier mischt. Es sieht aus wie richtiges Bier. Wer es trinkt, hat keine Ahnung von der Panscherei. Es hat eine starke Schaumkrone, die sich aber schnell setzt. Diejenigen, die noch nicht alt genug sind, was Davis aus einer Meile Entfernung erkennt, bekommen von Anfang an alkoholfreies Bier ausgeschenkt.

Der Fremde neben mir war ein typisches Beispiel. Davis hatte ihn gleich, als er durch die Tür trat, richtig eingeschätzt, und der Ausdruck auf dem Gesicht des Jugendlichen sagte mir, dass er sich langsam Sorgen machte. Normalerweise hätte er nach drei Gläsern Bier eine leichte Benommenheit spüren müssen, aber an diesem Abend war das irgendwie anders.

„Was macht das Boot?“, fragte Davis, ohne von den Tomaten, die er gerade in Scheiben schnitt, aufzublicken.

Sal wurde ein wenig munterer, beugte sich neugierig in unsere Richtung und schob mit der Gabel sein Essen auf dem Teller herum, während seine Kiefer im Rhythmus mit dem langsamen Gospelsong aus der Musikbox mahlten. Er erinnerte an eine Kuh, die ihr Futter kaute. Sal kannte nur eine Geschwindigkeit – seine eigene –, aber in seinem Alter schien das niemanden mehr zu stören. Er war vielleicht langsam, dafür aber sehr effektiv. Und man konnte sich auf ihn verlassen. Alle verließen sich auf ihn.

„Es wird langsam“, erwiderte Charlie. „Noch ein paar Tage. Das heißt“, er deutete mit dem Daumen auf mich, „falls ich unseren Superhelden dazu bringen kann, den Ball im Auge zu behalten.“

Davis drehte eine der Rinderhackscheiben um und sah mich an. „Ich habe gehört, dass du bei dem Trubel neulich in der Stadt mittendrin dabei gewesen bist. Habe auch gehört, dass du dein Cape anhattest.“

Angesichts des Leuchtschildes auf dem Dach in der Form einer nackten Frau, der Werbeplakate mit Sprüchen wie „Wir ziehen alles aus“ und „Spielzeug für Erwachsene“ in den Schaufenstern und Davis’ geheimer Ausschankpraktiken könnte man ihm vorwerfen, dass er seine Gäste täuscht, ihnen das eine vorgaukelt und ihnen etwas ganz anderes bietet. Es wäre gerechtfertigt zu behaupten, das alles wäre nur eine Vorspiegelung falscher Tatsachen, eine Lüge. Denn in Davis’ Bar gibt es keine nackten Menschen, und die einzigen Spielzeuge für Erwachsene sind der Billardtisch und ein paar Dartscheiben. Und die Chancen stehen ziemlich gut, dass man, wenn man ein Budweiser bestellt, kein 100-prozentiges Budweiser bekommt.

Davis würde, wenn man ihn damit konfrontierte, all dies zugeben, aber er kennt sein Zielpublikum und weiß genau, was es anspricht. Ich sage nicht, dass er recht oder unrecht hat, und ich will nicht andeuten, dass der Zweck die Mittel heiligt, aber Davis' größter Wunsch ist es, die Menschen in den Himmel zu bringen. Und wenn man sich die Anzahl der Teilnehmer an seinen Bibelstunden ansieht, scheint er Erfolg damit zu haben. Wenn es, um diese Menschen zu erreichen, notwendig ist, sie über ihre Schwachpunkte anzulocken und sie hinsichtlich ihres Bieres zu hintergehen, dann hat er kein Problem damit, sich eines Tages vor Gott hinzustellen und seine Vorgehensweise zu rechtfertigen. So ist Davis eben.

Er hat stets das große Ziel vor Augen und betrachtet alles von diesem Gesichtspunkt aus. Kurz gesagt, Davis interessiert sich nun einmal vorrangig für die Menschen, die sich von einem großen Busen oder einem kalten Bier anlocken lassen. Seine Zielgruppe sind die Menschen, die denken, sie könnten ohne das nicht leben.

Davis füllte das Glas des Jugendlichen neben mir auf, gab ihm eine neue Serviette und trat zurück an den Grill, auf dem sechs oder acht Hackscheiben brutzelten. Der Fremde lächelte Davis an, warf mir einen Blick zu und konzentrierte sich auf den Vers auf seiner Serviette.

Ich nahm mir einen Zahnstocher und kaute darauf herum. Auf den drei großen Bildschirmen über der Bar wurden zwei Baseballspiele und ein Boxkampf im Mittelgewicht übertragen.

Als Davis uns den Rücken zuwandte, beugte sich der dürre Fremde zu mir herüber und begann zu schimpfen. „Hey, Kumpel, ist das hier nun eine richtige Bar oder nicht? Ich glaube, der Kerl da ist nicht ganz dicht. Redet wie ein Prediger. Und was hat es mit diesen Servietten und dem religiösen Kauderwelsch an den Wänden auf sich?"

Ich wusste nichts über ihn, aber der Fremde sprach wie jemand, der mit seinem Schimpfen von seinen eigenen Unzulänglichkeiten ablenken wollte.

Ich nickte, deutete auf Davis und flüsterte: „Mönch hat eine ziemlich gute Vorstellung davon, was seine Aufgabe ist, aber lass dich nicht von ihm abschrecken. Hast du seine Burger schon probiert?"

Der Fremde schüttelte den Kopf.

„Probier einen. Der ist all den verbalen Missbrauch wert, den du vom Besitzer ertragen musst."

„Das habe ich gehört", erklärte Davis, ohne sich zu uns umzudrehen.

Der Fremde grinste und sagte: „Hey, Barkeeper, ich nehme dasselbe wie er."

Davis trat neben den Grill und erwiderte: „Drei Transplantate, kommen sofort."

Charlie und ich plauderten ein wenig mit dem Fremden, der, wie sich herausstellte, ein sechzehnjähriger Jugendlicher mit dem Namen Termidus Cain war.

„Aber", raunte er uns zu, „alle nennen mich Termite."

Er sah aus wie fünfundzwanzig, und seine Bartstoppeln, die Narben an den Knöcheln und sein gefälschter Ausweis bestärkten einen in dieser Annahme. Doch seine Augen verrieten ihn. Er erzählte, er sei gerade in die Stadt gezogen, auf der Flucht vor dem Ehemann einer Frau unten am Lake Lanier und suche hier Arbeit. Seine Nase war lang und spitz und zog sich wie ein Gebirgspfad durch sein Gesicht. An einer Stelle war sie gebrochen, ziemlich heftig sogar, und jetzt verlief sie wie ein *S*. Die Nasenspitze stand fast zwei Zentimeter weiter rechts als die Nasenwurzel. Ich vermutete, dass er nicht einmal mit klitschnassen Klamotten mehr als 60 Kilo auf die Waage brachte. Und er hatte einen Tick, vermutlich allerdings erst seit kurzem, nämlich ständig über die Schulter zurückzublicken.

„Termite", unterbrach Davis unser Gespräch und stellte einen Teller vor ihn, „lass es dir schmecken."

Termite machte sich über den Teller her wie jemand, der drei Tage gefastet hatte.

Mir fielen seine Hände auf, schwielig und voller Schmierfettflecken. Im Vergleich zu seinem dürren Körper waren die Größe und Stärke seiner Hände auffallend. Ich schluckte den Bissen in meinem Mund hinunter und fuchtelte mit meiner Gabel in seine Richtung.

„Was machst du eigentlich, wenn du nicht gerade Bier trinkst, Cheeseburger isst und vor zornigen Ehemännern auf der Flucht bist?"

Termite blickte sich schnell noch einmal um und inspizierte zum hundertsten Mal den Raum. Als er niemanden sah, der ihn beunruhigte, stopfte er sich einen riesigen Bissen in den Mund und murmelte: „Motoren."

„Baust du sie?", fragte ich.

Er zuckte mit den Achseln. „Was auch immer."

„Kennst du dich auch mit Bootsmotoren aus?", wollte Charlie wissen.

Der Kleine bedachte uns mit einem herablassenden Blick. „Mit jedem Motor. Egal, was für einen. Wahrscheinlich könnte man sagen, dass Jet Skis, Motorräder und Rennboote meine Spezialität sind, weil ich Fahrzeuge mag, die schnell sind." Er fuchtelte mit seiner Gabel in der Luft herum und spritzte noch etwas Senf auf seinen Burger. „Aber im Prinzip ist das egal."

Ich deutete in südliche Richtung. „Wenn du wirklich gut bist ... die Jungs am Jachthafen sind immer auf der Suche nach Mechanikern. Sie scheinen auch ziemlich gut zu zahlen. Und an diesem See gibt es jede Menge reiche Jugendliche, die die Jet Skis und Motorboote ihrer Daddys zerfetzen."

Termite nickte und registrierte diese Information ohne aufzublicken. Er schien nicht beweisen zu müssen, dass er sich gut mit Motoren auskannte, was darauf schließen ließ, dass er es tatsächlich tat. In diesem Bereich schien es keine Unzulänglichkeiten zu geben.

Innerhalb von zehn Minuten hatte Termite den Burger vertilgt, für den ich normalerweise selbst dann mehr als vierzig Minuten brauchte, wenn ich mich beeilte. Er kratzte seinen Teller sauber und klopfte wie ein erfahrener Trinker mit der Gabel an sein Bierglas.

Davis servierte ihm sein sechstes „Bier", und Termite trank mit der Zuversicht eines minderjährigen, anmaßenden Bengels, der dringend eine Kurskorrektur brauchte, bevor er in einer Gefängniszelle landete und sich dort mit einem Zellengenossen namens Butch auseinandersetzen musste, der ein Gewicht von fünfhundert Pfund stemmen konnte. Nachdem Termite sein Bier ausgetrunken hatte, zog er eine Zigarette aus der Packung in seiner Hemdtasche, steckte sie sich nach James-Dean-Art zwischen die Lippen und zündete sie mit einem silbernen Feuerzeug an, das er anschließend mit einer lässigen und gut einstudierten Geste zuklappte, bevor er es wieder in seine Tasche stopfte.

Im Lauf der vergangenen vier Jahre hatte Davis häufig genug gebohrt und sich vorgetastet, sodass er mittlerweile wusste, dass ich ein Geheimnis hatte, und auch, dass Charlie es kannte. Nach etwa drei Jahren, in denen er immer wieder versucht hatte, es mir zu entlocken, und abgeblitzt war, musste er einsehen, dass ich nicht reden wollte, und er war freundlich genug, mich so ziemlich in Ruhe zu lassen. Wobei er es nicht lassen konnte, immer wieder kleine Seitenhiebe auszuteilen, wenn sich ihm die Gelegenheit dazu bot.

„Also ...“, Davis beugte sich so weit über die Bar, dass seine Nase nur etwa zehn Zentimeter von meiner entfernt war. „Wie geht es uns heute?“ Er legte eine Serviette auf meinen Teller und wartete darauf, dass ich den aufgedruckten Vers las.

Ich nahm sie zur Hand und hielt sie ins Licht. *1. Johannes 1,8 + 9.* Ich musste nicht weiterlesen. Davis hatte mir diese Verse schon einmal gegeben.

Termite schlug mir auf die Schulter, beugte sich herüber, als versuche er, bei einem Multiple-Choice-Test von mir abzuschreiben, und flüsterte: „Wie heißt deiner?“

Ich legte die Serviette auf die Bar und trank einen Schluck von meiner Sprite. Ohne Termite oder der Serviette einen Blick zu gönnen, zitierte ich: „Wenn wir sagen, wir haben keine Sünde, so betrügen wir uns selbst, und die Wahrheit ist nicht in uns. Wenn wir aber unsere Sünden bekennen, so ist er treu und gerecht, dass er uns die Sünden vergibt und reinigt uns von aller Ungerechtigkeit.“

Termite kippte den Rest seines Biers in einem Zug hinunter,

wischte sich mit dem Ärmel den Mund ab und sagte: „Ihr Jungs braucht wirklich dringend mal eine Beruhigungspille."

Charlie schüttelte nur lächelnd den Kopf. Sal grinste, stocherte in seinem Essen herum, nickte zustimmend und kaute gleichmäßig weiter.

Ich zerteilte mit der Gabel den riesigen Berg auf meinem Teller in mundgerechte Portionen, während Davis eine Flasche Wasser für sich öffnete und Termite zublinzelte, der gar nicht so genau begriff, was hier vor sich ging.

Ich putzte mir mit der Serviette die Mundwinkel ab und hielt den Blick auf meinen Teller gerichtet. „Mönch", sagte ich, „meine Sünden sind zahlreich und gut dokumentiert, aber ich werde sie mit mir ins Grab nehmen."

Davis beugte sich weiter vor. „Mal sehen, bei unserem letzten Gespräch hast du mir erzählt, wo du zur Highschool gegangen bist."

Das hatte ich nicht, und Davis wusste das nur zu gut.

Charlie beugte sich zu Termite hinüber und sagte: „Junge, lass dir nicht von unserem Mönch hier zublinzeln. Er hat mit etwa hundert anderen Kuttenmännern im Kloster gelebt und ... na ja, du weißt schon, was man sich erzählt."

Termite sah Davis an. „Im Ernst?"

Davis nickte, konzentrierte sich aber auf seine Hackscheiben, die jetzt fast durchgebraten waren. „Etwa zwei Stunden von Sevilla entfernt oben in den Bergen."

Charlies Ablenkungsmanöver bewirkte zweierlei: Zum einen brachte es mich aus Davis' Schusslinie, und zum anderen verschaffte es Davis einen Einstieg. Charlie gab mir gewissermaßen Rückendeckung. Ich fragte mich, ob er das auch täte, wenn er die ganze Wahrheit wüsste.

„Ein Kloster", wiederholte Termite. „Warum haben Sie freiwillig so etwas Dummes gemacht?"

Davis drehte sich um und überlegte sich seine Antwort gut, bevor er sie gab. „Ich habe mit Gott gestritten."

Charlie meldete sich zu Wort. „Was sehr viel schwieriger ist, wenn man fünf Jahre lang kein Wort redet."

Termite wirkte verwirrt.

„Er hatte ein Schweigegelübde abgelegt", erklärte ich.

Termites Augen wurden groß. Er starrte zunächst den Boden und dann uns an, bevor er sich erneut Davis zuwandte. „Fünf Jahre lang haben Sie kein einziges Wort zu einem anderen Menschen gesagt? Nicht einmal geflüstert?"

„Ganz so war das nicht. Zu bestimmten Zeiten und an bestimmten Orten darf auch in einem Schweigekloster gesprochen werden. Es geht mehr darum, in einer Atmosphäre des Schweigens zu leben. Aber ja, das habe ich. Fünf Jahre, vier Monate, drei Tage, achtzehn Stunden und …" Davis dachte einen Augenblick lang nach. „Ein paar Minuten."

Termites Interesse war geweckt, aber er warf uns einen misstrauischen Blick zu, der signalisieren sollte, dass er nicht bereit war, sich von uns an der Nase herumführen zu lassen. „Und als Sie dann endlich wieder reden konnten, was haben Sie als Erstes gesagt?"

Davis' Blick wanderte in die Ferne. Schließlich erwiderte er: „Entschuldigen Sie, können Sie mir einen Zwanziger wechseln?"

Termite lachte und zündete sich eine weitere Zigarette an. In den nächsten zehn Minuten erzählte ihm Davis die verkürzte Version seiner Geschichte, wie er sie bereits Hunderten anderen Termites erzählt hatte. Das Erstaunliche an Davis' Geschichte war, wie sehr sie sich von jeder anderen Geschichte unterschied, die ich je gehört hatte. Sie wuchs nicht mit jedem Erzählen. Sie blieb wahr. Ein Zeugnis von Davis' Überzeugung, dass die Wahrheit gut genug ist.

Termite hörte fasziniert zu, als Davis von seinen Reisen in ferne exotische Länder erzählte und davon, wie er mit dem Rucksack Bibeln hinter den Eisernen Vorhang geschmuggelt hatte, als dieser noch existierte. Termite dachte eine Weile nach. „Sie waren auch in Spanien?"

Davis nickte.

„Das ist doch in der Nähe von Italien, oder?"

„Ganz in der Nähe."

„Dann gibt es dort auch Nacktbadestrände?"

Davis nickte. „Ja, obwohl ich nicht aus eigener Erfahrung sprechen kann."

„Sie wollen mir weismachen, dass Sie auf all Ihren Reisen nicht einmal an einen Nacktbadestrand gegangen sind?"

Davis nickte.

„Aber denken Sie denn nicht, dass die Menschen dort auch Bibeln brauchen?"

„Doch, aber es gibt bestimmt auch einen Weg, diese Menschen mit Bibeln zu versorgen, während sie ihre Kleider noch anhaben." Davis stellte eine Schüssel vor ihn auf den Tresen und forderte ihn auf: „Probier mal die Zwiebelringe."

Während sich Termite über die Zwiebelringe hermachte, erzählte Davis davon, wie er vor der ostdeutschen Polizei geflohen war, wie er sicher zurückgekehrt war und dann seine Eltern begraben hatte, wie er hierhergekommen war und diese Bar gekauft hatte, von seinen stillen Teilhabern, seinen Bibelstunden am Vormittag und – Davis klopfte mit dem Pfannenwender gegen Termites Glas – von seinem alkoholfreien Bier.

Termite blickte sich um, nahm die ganzen Informationen in sich auf, starrte auf die sieben leeren Biergläser vor sich und schaute schließlich Charlie und mich an, die diese Geschichte schon ein Dutzend Mal gehört hatten. Er schlug mit der Faust auf die Bar. „Ihr macht Witze, oder?"

Irgendwie war Termites Kopf nicht in der Lage, das, was er hörte – dass ein Mann sein Leben riskierte, um Bibeln in ein kommunistisches Land zu bringen –, mit dem Ort in Einklang zu bringen, an dem er es hörte – einer Striptease-Bar. Er kam nicht so ganz klar mit der barbusigen Frau auf dem Dach, der Leuchtreklame in den Fenstern, dem Billardtisch, den Aschenbechern, der Harley vor der Tür und der Tatsache, dass den Gästen nackte Frauen und kaltes Bier versprochen wurden. Er blickte uns an und hob die Hände. „Das ist ein Witz, und schon bald werde ich hier einige richtig große Brüste über den Tresen tanzen sehen und nur noch betrunken lallen, richtig?"

Charlie legte den Arm um mich und ergriff das Wort: „Junge, die einzigen Brüste, die du hier zu sehen bekommst, sind die von Reese oder mir, falls wir unsere Hemden ausziehen. Aber –", er klopfte mit seinem zusammengeklappten Blindenstock auf die Bar, „ich könnte auf dem Tresen tanzen, wenn es dich glücklich macht."

„Also das", sagte ich, „solltest du dir auf keinen Fall entgehen lassen. Nichts ist unterhaltsamer, als wenn Charlie seinen Bauch mit Lippenstift bemalt und seine Bauchtanz-Nummer abzieht."

Termite lehnte sich zurück, und seine Augen wurden so groß wie Butterkringel. „Ihr Jungs wollt mir sagen … ihr mögt Männer?"

Charlie legte mir den Arm um den Hals und gab mir einen Kuss auf die Wange.

„Ich fasse es nicht. Ich bin in einer Schwulenbar gelandet. Das werden mir die Jungs zu Hause nie glauben." Termite stand auf und schob den Barhocker zwischen sich und uns, während er mit den Augen die Bar nach einer brauchbaren Waffe absuchte. „Ich brauche eine Pause. Eine lange." Termite machte sich auf den Weg zu den Toiletten, nicht ohne uns über die Schulter zurück zu warnen: „Und dass mir keins von euch süßen Mädels nachkommt."

Termite verschwand im Waschraum, und wir brachen in Gelächter aus. Sogar Sal, der Davis ansah und sagte: „Ich glaube, eure unorthodoxe Art hat euch gerade in Schwierigkeiten gebracht."

Davis lächelte, zuckte mit den Achseln und wischte den Tresen blank. Nach einer kurzen Weile meinte er: „Menschen, die in der Wüste verdursten, tun fast alles für einen Schluck Wasser. Und dieses Kind –", er deutete zu den Toiletten hinüber, „ist ausgedörrt."

Kurz darauf kam Termite wieder zurück. Er war sehr nervös. Sein Hemd war fest in die Hose gesteckt, und seinen Gürtel hatte er bis zum letzten Loch zusammengezogen. Er ging zum anderen Ende des Tresens, zog ein Bündel Ein-Dollar-Noten aus seiner Tasche und rief: „Hey, schweigsamer Mann, was schulde ich Ihnen?"

Davis wischte unverdrossen weiter über seinen Tresen. „Mal sehen, für ein Transplantat und sieben Glas Bier …" Davis blickte zur Decke hoch und schien zu rechnen. „Das macht einen Dienstagmorgen."

„Was?" Verwirrt wich Termite zurück, deutete auf uns und schwenkte seinen Finger wie eine Pistole. „Seht ihr, ich wusste doch, dass ihr Jungs schwul seid."

„Junge", beruhigte ihn Davis, „das Essen spendiere ich dir. Aber wenn du interessiert bist, wir haben hier an jedem Dienstag-, Donnerstag- und Sonntagmorgen eine Bibelstunde. Wir beschäftigen uns mit den Evangelien, besonders mit dem, was Jesus gesagt hat, und du bist herzlich eingeladen. Jedes Mal, wenn du vorbeischaust, bekommst du eine kostenlose Mahlzeit." Davis hielt lächelnd ein Glas in die Höhe. „Und so viel Bier, wie du trinken kannst."

Termite schüttelte den Kopf. „Nee, Evangelien hin oder her, ich bezahle meine Rechnung. Ich will euch armseligen Gestalten nichts schuldig bleiben. Ihr wollt mich nur zu irgendeinem komischen Schwulenfest herlocken. Ich habe so was im Fernsehen gesehen, und darauf falle ich nicht rein. Ihr ködert mich mit Essen und Bier, und ehe ich mich versehe, habt ihr mir was ins Glas getan und ich wache in einem Kleid auf und posiere für Fotos."

Termite warf ein paar Dollarnoten auf den Tresen und zählte sie dabei so schnell ab, wie seine Finger es erlaubten. „Hier. Das sind dreißig Dollar." Er sah Davis an. „Reicht das?"

„Junge, du brauchst nichts zu bezahlen."

„Ich bin nicht Ihr Junge, und ich bin auch nicht Ihr Mädchen. Also, reicht das?"

Davis nickte. „Das reicht."

Rückwärts verschwand Termite durch die offen stehende Tür. Von der Bar aus beobachteten wir, wie er seinen Wagen startete und mit durchdrehenden Reifen davonbrauste. Aus seinen geöffneten Fenstern dröhnte Lynyrd Skynyrds „Sweet Home Alabama".

Davis schüttelte enttäuscht den Kopf. „Ich habe diesen Song immer gemocht", sagte er.

Charlie versuchte ihn aufzuheitern. „Er kommt wieder. Du hast doch mitbekommen, wie er das Transplantat hinuntergeschlungen hat."

Davis nickte. „Das ist bestimmt ein guter Junge, der, wie wir alle, an einer Kreuzung angekommen ist. Er steht ganz kurz davor, einen Weg einzuschlagen, der wirklich steil bergab geht und den er nur unter großen Schwierigkeiten wieder zurückgehen kann, wenn er endlich erkannt hat, dass er in eine Sackgasse gelaufen ist."

Charlie und ich legten zwanzig Dollar auf den Tresen, und ich sagte: „Wir haben das Boot von Hammermill fast fertig. Er kann also gegen die Jungs von der Blue Ridge Werft antreten und ihnen einen harten Wettkampf bieten."

Davis goss mir zum Abschied noch einen Becher Sprite zum Mitnehmen ein und zapfte dann Bier für drei Stammgäste, die die Bar kurz nachdem Termite hinausgerannt war betreten hatten.

„Was hat der denn?", fragte einer der Männer Davis. Er deutete nach draußen, wo Termites Staubwolke noch in der Luft hing. „Hast du ihm sein Spiegelbild vorgehalten?"

Davis zuckte mit den Achseln und blickte mich aus den Augenwinkeln heraus an. „Brauchte ich nicht. Ich glaube, davor rennt er ohnehin schon davon."

* * *

Ich hielt neben dem Führungsseil an, das wie ein elektrischer Zaun aussah und Charlie den Weg zu seinem Haus weisen sollte. Aber eigentlich brauchte er es gar nicht.

Er wendete sich zu mir um. „Hast du schon von dieser Frau gehört? Der mit dem kleinen Mädchen? Ich glaube, es heißt Annie."

„Woher weißt du von ihr?"

„Stitch, ich bin zwar blind, aber nicht taub."

Ich schüttelte den Kopf. „Nein. Ich habe ihr gesagt, sie soll mich nächste Woche anrufen, dann machen wir eine Spritztour mit dem Hammermill-Boot."

„Denkst du, sie meldet sich?"

„Woher soll ich das wissen?"

Charlie lächelte, stieg aus und drehte sich nach einem Moment des Zögerns noch einmal zu mir um. Dann endlich sprach er aus, was er schon den ganzen Tag hatte sagen wollen. „In ein paar Tagen ist der Vierte."

„Ich weiß", erwiderte ich leise.

„Hast du schon all deinen Mut zusammengenommen?"

„Ich arbeite daran."

„Wie lange ist es jetzt her?"

„Das weißt du doch selbst am besten."

Charlie nickte und blickte über den See hinweg, als könnte er ihn tatsächlich sehen. Schließlich zog er seinen Blindenstock aus dem Rucksack, warf ihn wie ein Jo-jo, um ihn auszuziehen, und klopfte damit gegen die Wagentür. „Briefe sind dazu da, gelesen zu werden, weißt du. Deshalb schreiben die Leute sie."

„Ich weiß", antwortete ich und starrte auf meinen Schoß.

Charlie lächelte. „Soll ich ihn für dich lesen und dir dann sagen, was drinsteht?"

Ich legte den Gang ein und warnte ihn: „Hey, Georgia hat dir ein hübsches dampfendes Geschenk vor deiner Haustür hinterlassen. Viel Glück beim Suchen."

Charlie hielt die Nase in die Luft, grinste und marschierte davon. Seine Fragen hatten genug gesagt.

Ich setzte rückwärts aus seiner Einfahrt auf die Straße zurück, um mich auf den Heimweg zu machen, fuhr dann jedoch kurzentschlossen in die entgegengesetzte Richtung davon. Minuten später bog ich auf den Krankenhausparkplatz ein, der lediglich von einer einzigen, gelb leuchtenden Laterne erhellt wurde. Ich parkte am Rand und beobachtete einen Hausmeister dabei, wie er neben einer der Seitentüren einen Putzlumpen auswrang. Sobald er fertig war, ergriff ich die Gelegenheit beim Schopf. Es gelang mir, hinter ihm ins Gebäude zu schlüpfen, kurz bevor die Tür wieder ins Schloss fiel. In Krankenhäusern ist immer viel Betrieb, und es ist relativ leicht, unentdeckt zu bleiben, solange man zielstrebig durch die Flure läuft. Doch sobald man zögert, fällt man auf.

Ich kam an einem leeren Stationszimmer vorbei und entdeckte am Haken hinter der Tür einen weißen Kittel, in dessen Tasche ein Stethoskop steckte. Ich streifte ihn über. Das Stethoskop legte ich mir um den Hals, bevor ich in einen Waschraum trat, um mir die Haare zurückzustreichen. Dann marschierte ich selbstbewusst und nicht zu schnell zu Annies Krankenzimmer. Ich wollte beschäftigt aussehen, aber nicht zu beschäftigt. Sozusagen „gelassen beschäftigt".

Ich nahm das Klemmbrett aus der Halterung neben der Tür und lief weiter, beinahe so, als wäre ich geschickt worden, um die Post zu holen. Ohne zu grüßen lief ich am Schwesternzimmer vorbei, bog um eine Ecke und verschwand in einem anderen Waschraum. Dort schloss ich mich in einer der Toilettenkabinen ein und blätterte Annies Krankenblatt durch. Drei Minuten später wusste ich alles, was ich wissen musste. Ich brachte Annies Krankenblatt wieder an seinen Platz und verschwand durch dieselbe Tür, durch die ich hereingekommen war.

Zu Hause ging ich in meine Abstellkammer und holte die alte Kiste hervor, die ich dort verstaut hatte. Als Kinder hatten Emma und ich sie auf dem Speicher meines Elternhauses gefunden, verstaubt und leer. Auf dem kleinen Messingschild auf dem Deckel stand *circa 1907*. Die riesige Holzkiste war ziemlich robust und bot viel Platz für die Dinge, die mir wichtig waren – wie zum Beispiel Bücher.

Ich nahm Emmas Brief heraus, drückte ihn fest an meine Brust und ging damit zum Bootssteg hinunter. Dort angekommen, hielt ich ihn mir unter die Nase, roch daran und belog mich zum wohl zehntausendsten Mal. Als ich die Augen wieder öffnete, bemerkte ich, dass ich immer noch den weißen Arztkittel trug.

Kapitel 19

Vor einigen Jahren kaufte ich kurz vor Weihnachten ein altes Ruderboot für zwei Personen, das eindeutig schon bessere Tage gesehen hatte. Ich bockte den Doppelzweier in der Garage auf zwei Sägeböcken auf und verbrachte ganze Nächte damit, ihn wieder fahrtüchtig zu machen. Alle wichtigen Teile wurden erneuert. Im Wesentlichen baute ich ein neues Boot mit dem alten als Modell. Es war Learning by Doing. Ich hatte noch nie ein Boot erneuert, aber ich wusste einiges über das Rudern, und ich dachte, Emma und ich könnten vielleicht über den See rudern, um ihr Herz zu kräftigen. Am Weihnachtstag liefen wir an der Bucht entlang zum See hinunter. Dort verband ich ihr die Augen und führte sie zum Bootssteg, wo ich das Boot festgekettet hatte. Auf den Rumpf hatte ich mithilfe einer Schablone die Worte HMS *Emma* geschrieben.

Behutsam stießen wir uns ab; Emma ruderte mit, so lange sie konnte, was nicht lange war, und ich beobachtete ihren Rücken, ihre brüchigen, dünnen Haare, die auf ihre Schultern fielen, und den offensichtlichen, ewig präsenten Kampf zwischen ihrer Seele und dem Gefäß, in dem sie wohnte.

Ihr Herz wurde schwächer. Das verrieten mir ihre Gesichtsfarbe und ihre Atmung. Schon bald wurden unsere Rudertouren eher zu Malausflügen für sie und für mich zu einem doppelten Training. Das zahlte sich für mich aus, denn ich trat der Rudermannschaft bei und erlebte immer wieder neu, dass ich im Gegensatz zu Emma kein schwaches Herz hatte. Mein Herz arbeitete prima. Sogar besser als die meisten anderen. Die Anstrengung, ihr zusätzliches Gewicht über den See zu rudern, bewirkte Wunder bei meinem eigenen Herzen und meinen Lungen, von meinen Armen, dem Rücken und meinen Beinen einmal ganz abgesehen. In jenem Frühling belegte ich bei dem nationalen Ruderwettkampf im Einer den dritten Platz. Aber auch wenn ich sehr davon profitierte, dass ich Emma so häufig über den See ruderte, starrte ich doch immer wieder auf ihren Rücken, blickte in ihre Brust hinein und musste mir eingestehen, dass sich ihre Krankheit verschlimmerte.

Kapitel 20

Während sich Emmas Zustand und ihr körperliches Erscheinungsbild stetig verschlechterte, wuchs die Frustration ihrer Mutter über die moderne Medizin und ihre Vertreter, was bedeutete, dass sie mehr und mehr geneigt war, nicht mehr alles mitzumachen. Emma und ich saßen oft in ihrem Zimmer und hörten das durch die Lüftungsschächte zu uns nach oben getragene Geflüster ihrer Eltern darüber, wie ihre Chancen standen und dass der Stapel mit den auflaufenden Rechnungen beharrlich größer wurde, obwohl ihr Vater sich bereits einen zweiten Job gesucht hatte. Die Fahrten nach Atlanta, die sonst alle zwei Wochen stattgefunden hatten, wurden seltener, und die Begeisterung der O'Connors für Experimente schwand. Nachdem alle Mittel der Medizin und ihres Bankkontos ausgeschöpft waren, probierten sie es mit der Heilungsbewegung.

Reverend Jim Tubalo war ein selbsternannter Heiler, der mit seinem dreiteiligen Anzug, einer goldenen Uhr, seinen langen weißen Haaren, seinem noch längeren roten Bus und seiner „Was-immer-Sie-geben-können-Haltung" den Südosten der Vereinigten Staaten bereiste. Er, sein Stab und seine Zelte kamen zweimal im Jahr „nur für drei Abende" in die Stadt, und Emmas Eltern waren schon vor fünf mit uns aufgebrochen. Gleich am ersten Abend saßen wir ganz vorne, und Emmas Mutter stellte sich mit ihr in die Schlange. Ich hatte Angst, aber ich folgte ihnen, um Emma zu beschützen – sowohl vor ihrer Mutter als auch vor dem Mann mit den weißen Haaren.

Unter den gleißenden Lichtern, der lauten Musik und den noch lauteren Schreien legte Reverend Jim seine Hände auf Emma und ängstigte sie erwartungsgemäß halb zu Tode. Er packte sie an den Schultern, schrie ihr in die Ohren und schlug ihr seine Bibel auf den Kopf. Das ging etwa dreißig Sekunden so, während Mrs O'Connor Emmas Arm festhielt und Mr O'Connor herauszufinden versuchte, ob ihr das half oder schadete. Als der Prediger Emma zum wiederholten Mal auf den Kopf schlagen wollte, hielt ihr Vater, selbst ein ziemlich großer Mann, seinen Arm fest.

„Sir, ich möchte ja nicht respektlos erscheinen, aber wenn Sie meine Tochter noch einmal schlagen, dann zwinge ich Sie, diese Bibel aufzuessen."

Reverend Jim schloss die Augen, hob die Hände und schrie: „Daaaaaaaanke, Jeeeeeeesus! Sie ist geheilt!" Er stolzierte über die Bühne und verbeugte sich so tief, als wolle er Kaugummi von seinen beiden Schuhen abkratzen, während das Publikum klatschte und die Musik dröhnte.

Er verkündete: „Der Herr hat zu mir gesprochen." Er nickte, schüttelte den Kopf, summte vor sich hin und wandte sich dann wieder Emmas Eltern zu. „Er hat mir gerade gesagt, dass Ihr kleines Mädchen geheilt ist. Die Krankheit, die bösartige Krankheit, hat ihren Körper verlassen."

Emmas Vater nahm sanft ihre Hand und sagte: „Komm, Schatz. Es tut mir leid". Er führte uns von der Bühne, während Reverend Jim der Gemeinde verkündete, es hätte eine weitere Heilung gegeben.

Wir schoben uns durch die Menge zum Parkplatz und stiegen in den Kombi der O'Connors, wo Emma und ich ins Kreuzfeuer der hitzigen Diskussion zwischen ihren Eltern gerieten. Ihre Mutter versuchte ihren Vater, der nichts von der ganzen Scharade hielt, davon zu überzeugen, dass der Mann tatsächlich Menschen heilen könne.

Emmas Vater hörte zu. Dann blickte er in den Rückspiegel und sagte: „Schatz, versteh mich nicht falsch. Ich sage nicht, dass der Herr nicht dazu in der Lage ist, Menschen zu heilen, oder dass er es nicht tut, aber ich kann mir nur schwer vorstellen, dass er, wenn er es tut, einen dreiteiligen Anzug und eine goldene Uhr trägt und Was-immer-Sie-geben-können-tausend-Dollar verlangt."

Seine Frau starrte ihn ungläubig an. „Er hat keine tausend Dollar von dir verlangt!"

„Das hat er allerdings." Emmas Vater deutete mit dem Finger

über die Schulter zurück in Richtung Zelt. „Dieser nette Mann, der uns zur Tür begleitete, sagte: ‚Reverend Jims reguläre Gebühr beträgt eintausend Dollar, aber fühlen Sie sich frei zu geben, was immer Sie können. Zweitausend gehen auch.“

Ihre Mutter verstummte, und ich nickte, denn ich hatte es ebenfalls gehört. Und Emma auch.

Emma ergriff das Wort. „Mama, Gott braucht diesen Reverend Tubalo nicht, um mich zu heilen. Er kann das immer und überall tun. Das weiß ich.“

Ihre Mutter funkelte uns böse an und deutete mit dem Finger auf uns. „Wagt es nicht, seine Partei zu ergreifen. Ihr haltet jetzt den Mund.“

Ich spürte, dass das Leben von Emmas Familie langsam aus den Fugen geriet. Emma hielt meine Hand fest umklammert und schluckte ihre Tablette. Als wir nach Hause kamen, schlief sie, den Kopf in meinen Schoß gebettet. Ihr Vater brachte sie nach oben, legte sie ins Bett und machte sich fertig, um in die Stadt zu fahren, wo er am Wochenende als Nachtwächter in einer Bank arbeitete. Ihre Mutter sah nach Charlie und setzte eine Kanne Kaffee für ihren Mann auf.

Vom Gebüsch aus beobachtete ich, wie Mr O'Connor zur Arbeit fuhr und Emmas Mutter sich beim Hineingehen die Tränen abwischte. Ich schlich hinter das Haus, kletterte im Dunkeln auf den Magnolienast vor Emmas Fenster und bewachte ihren Schlaf, während der Mond ihr Zimmer mit seinem sanften Schein erhellte.

Gegen Mitternacht kroch ich ganz dicht an das Fenster heran, schob es auf, schlüpfte hinein und blieb vor Emmas Bett stehen. Schließlich kniete ich nieder und legte meine Hand auf ihr warmes Herz. Es klopfte, kämpfte und arbeitete beinahe doppelt so stark wie meins.

„Herr, ich weiß nicht so genau, was ich von dem heutigen Abend halten soll. Ich glaube wirklich nicht, dass dieser Jim eine besondere Abmachung mit dir getroffen hat. Aber ich weiß, dass den Menschen in diesem Haus langsam die Ideen ausgehen. Also, was ich sagen will, ist Folgendes … wenn du auch keine andere Möglichkeit mehr weißt, dann lass uns doch Emma mein Herz geben. Es ist gesund und stark."

In dem bläulichen Mondlicht sah Emma noch kälter und kränker als sonst aus.

Auf einmal öffnete sie die Augen und blickte mich an, und ich sah die Tränen, die sich in ihren Augenwinkeln gesammelt hatten. Sie zog eine Hand unter der Decke hervor und winkte mich mit dem rechten Zeigefinger näher.

Ich beugte mich vor. Sie zog mich so nah zu sich heran, dass ihr Atem über meine Wange strich, und legte ihre Hand auf meine.

„Du kannst nichts weggeben, was du nicht hast."

„Aber –", protestierte ich.

Sie schüttelte den Kopf und legte einen Finger an meine Lippen. „Du hast mir dein Herz doch schon vor langer Zeit geschenkt."

Kapitel 21

Am Montag legten wir letzte Hand an Hammermills Greavette. Hammermill konnte es kaum erwarten, das Boot zu Wasser zu lassen, und rief dreimal von Atlanta aus an, um sich nach unseren Fortschritten zu erkundigen. Wir polierten ein letztes Mal das Deck und ließen unsere Hände über die glatte Oberfläche gleiten, einfach um die Schönheit des Bootes zu bewundern. Unser innigster Wunsch war es, die Greavette noch einen Tag für uns zu haben, denn sie war unsere bisher beste Arbeit. Kiel und Spant hatten wir unter Verwendung von weißem Eichenholz ersetzt, eine tiefrote Mahagonihaut mit rostfreien Schrauben darüber befestigt und dann fast fünfzehn Schichten Lack aufgetragen. Das Boot war einfach wundervoll. Den Jungs von der Blue Ridge Bootswerft, die uns in Bezug auf Bootsrestaurierungen einiges voraus hatten, würde das Wasser im Mund zusammenlaufen, wenn sie das Boot sahen.

Mit der Instandsetzung von Booten begannen wir, nachdem das Haus fertiggestellt war. Charlie hatte schon immer mit Booten arbeiten wollen. Mir war ziemlich egal, womit ich mich beschäftigte. Ich wollte nur tun, was er tat. Wenn er die Absicht gehabt hätte, Klaviere oder Schaukelstühle zu bauen, dann hätte ich auch mitgemacht.

Wir machten uns auf den Weg in Richtung Norden und suchten nach einer HackerCraft, die einer Instandsetzung bedurfte. Nachdem wir etwa zwei Wochen lang die örtlichen Zeitungen studiert und bei Bootshändlern gesucht hatten, fanden wir sie. Ein gewisser Dyson hatte ein „altes Holzboot" annonciert. Wir riefen ihn an und vereinbarten einen Termin. Er führte uns in seine Garage, vorbei an fünfundzwanzig Jahre altem Gerümpel, schlug eine Plane zurück und wischte einen Zentimeter Staub von dem Mahagonibug des Bootes, das früher einmal eine Schönheit gewesen war. Kein anderes Boot gleitet durch das Wasser wie eine Hacker. Wir zahlten sofort bar, transportierten sie auf einem Anhänger nach Hause und basteln seither an ihr herum.

Bereits beim ersten Blick auf das Boot erkennt man, dass wir uns Zeit lassen. Wir arbeiten stets ein paar Wochen daran und stellen es dann erst einmal zurück, um den Auftrag eines zahlenden Kunden auszuführen, bevor wir uns mit neuer Energie wieder unserem Boot zuwenden. Im Augenblick kann es schwimmen, und aus der Distanz sieht es sogar wie eine Hacker aus, aber beim näheren Hinsehen fällt einem sofort auf, dass wir erst halb fertig sind. Der Bug, das Deck und praktisch alles, was man von oben sehen kann, brauchen noch etwa fünfzehn Schichten Bootslack und den Einsatz von jeder Menge Schmirgelpapier. Das Chrom muss poliert und das Glas ersetzt werden. Zudem sind die Sitze momentan noch ziemlich unbequem. Auch wenn unsere Hacker nicht das schönste Boot auf dem See ist, so schnurrt sie doch wie ein Kätzchen. Selbst in ihrem traurigen Ausgangszustand hatte sie das, worauf es ankommt. Als wir das Boot nach Hause gebracht hatten, fuhr Charlie mit der Hand darüber und fragte: „Hast du etwas dagegen, wenn wir es *Podnah*[1] nennen?"

Der Instandsetzungsprozess an sich ist wirklich einfach. Damit will ich sagen: Der Prozess ist einfach, nicht jedoch seine Ausführung. Diese verlangt ein gewisses Maß an Kunstfertigkeit, und Charlie ist mit einer ganzen Portion mehr davon gesegnet als ich. Bootsbauer beginnen mit dem Kiel, dem Rückgrat des Bootes. Bei der Instandsetzung geht man in der gleichen Reihenfolge vor. Nach dem Kiel kommen die Spanten, dann der Boden, anschließend werden die Seiten hochgezogen und schließlich das Deck und die Cockpits fertiggestellt. Als Basismaterial wird größtenteils weiße Eiche verwendet. Dieses Holz ist schwer, widerstandsfähig, halbwegs erschwinglich und lässt sich unter Dampf gut formen. Die Oberflächenteile bestehen aus einer der mehr als fünfhundert existierenden Mahagoniarten, vorzugsweise dem honduranischen Mahagoni. Mahagoni ist der König des Holzes, was sein

1 Aussprache des Wortes „Partner" in den Südstaaten.

Verschwinden von der Erde erklärt. Es ist dicht, undurchdringlich für Käfer und dank seiner knotenlosen Maserung der Traum eines jeden Tischlers. Im Zuge des Arbeitsprozesses werden alle mechanischen Teile entweder angepasst oder erneuert: der Motor, das Getriebe, die Steuerung, die Benzinleitungen und -tanks sowie alles andere. Es ist ungefähr so, als würde man mehrere Matchboxautos auseinandernehmen und mit den besten Teilen ein paar von ihnen wieder zusammensetzen. Der einzige Unterschied ist, dass die Teile größer sind, tatsächlich funktionieren und ein gutes Stück mehr kosten.

Hammermills Greavette ist ein kanadisches Boot und wurde 1947 von dem Schiffsarchitekten Douglas Van Patton in der Nähe von Ontario gebaut. Sie ist sechs Meter lang, zigarrenförmig, und verfügt über drei Cockpits. Beim Bau wurde besonderer Wert auf Geschwindigkeit und gutes Aussehen gelegt. Dieses Boot ist sozusagen eine aufgemotzte Version der HackerCraft, die heute sehr gefragt ist und landläufig als der Inbegriff des klassischen Holzbootes gilt – vor allem der Boote, die in der Mitte der zwanziger Jahren hergestellt wurden. Darüber sind sich alle Experten einig. Alle Boote aus den Jahren 1925 bis 1929 sind heiß begehrt. Hammermill wollte eigentlich eine Hacker, doch als keine aufzutreiben war, begnügte er sich mit der Greavette. Hammermill ist kein Dummkopf. Er blätterte etwas über 30.000 Dollar für das Boot in seinem heruntergekommenen Zustand hin. Dann gab er Charlie und mir im Lauf von zehn Monaten noch einmal 40.000 Dollar für die Instandsetzung. Das mag viel erscheinen für ein schwimmendes Stück Holz, aber jetzt wäre ein interessierter Käufer durchaus bereit, 100.000 Dollar für das Boot zu bezahlen.

Charlie erwartete mich am Dienstagmorgen um acht Uhr im Bootshaus. Er konnte es kaum erwarten, die Tanks zu füllen und das Boot auszuprobieren. Wir brachten es zu Wasser, ließen die Korken knallen, gossen Champagner über den Kiel und stießen dann ab. Da dies eine von Charlies größten Freuden war, überließ ich ihm das Steuer.

Trotz seiner Blindheit kannte Charlie den See besser als die meisten, die sehend auf ihm herumschipperten. Weil es ein Werktag war und der Verkehr es zuließ, saß ich auf dem Platz des Kopiloten und gab ihm über das Brummen des Motors hinweg Anweisungen. „Leicht nach drei Uhr“, „zurück und hart nach sechs“, „geradeaus und langsamer“, „Jet Ski backbord“, „Segeljacht aus Richtung Hafen“ oder „freie Fahrt“.

Charlie befolgte meine Anweisungen und drehte entsprechend das Steuerrad oder drosselte die Benzinzufuhr. Lustig wurde es, wenn ich ihm zum Beispiel sagte: „Floß mit Sonnenbadenden auf elf-dreißig.“ Er setzte sich dann auf die Rückenlehne seines Sitzes und schwenkte seinen Hut, um sie zu grüßen.

„Sie winken“, informierte ich ihn über ihre Reaktion, und ein Lächeln erhellte sein Gesicht, als könnte er es tatsächlich sehen.

Mit ein wenig Hilfe legte Charlie am Jachthafen an und tankte. Ich tippte ihm auf die Schulter und sagte: „Bin gleich wieder da.“ Ganz in der Nähe hatte ich Termite entdeckt, der eine Uniform mit einem aufgebügelten Namensschild trug, die ihn als Angestellter des Jachthafens auswies. Er kaute an einem Hotdog und hatte seine Nase in eine – *Newsweek?* – vergraben. Ich stellte mich hinter ihn und tippte ihm auf die Schulter.

Er klappte die Zeitschrift zu und blickte mich über seine Sonnenbrille hinweg an. „Oh nein, nicht Sie schon wieder. Schauen Sie, ich mag euch Jungs nicht.“

„Was liest du da?“

Termite hielt die *Newsweek* in die Höhe, wobei er sie an den Ecken fest zusammenpresste.

„Termite, ich bin nicht von gestern. Ich bin mit Jungs zur Schule gegangen, die diesen Trick im Unterricht abgezogen haben, und zwar lange bevor du auch nur ein Gedanke im Kopf deiner Eltern warst.“

Grinsend zog er ein Männermagazin heraus und hielt es wie einen Kalender in die Höhe.

„Sehen Sie?“ Termite deutete mit seinem Zeigefinger auf das glänzende Papier. „Davon rede ich.“

„Wovon genau redest du?“

„Von dem hier!" Termite zeigte erneut auf das Bild in der Zeitschrift. „Das hier will ich sehen."

„Zeig mal her."

Irgendwann im Lauf des Wochenendes hatte sich Termite den Bart abrasiert, seine Haare geschnitten und sogar sein Hemd in die Hose gesteckt, aber sein Gesicht war mit Akne erblüht. Sein Kinn wurde von einem Grübchen gespalten wie das von Kirk Douglas, und er wäre möglicherweise ein durchaus gut aussehender Bursche, wenn er zwanzig Pfund zunehmen, seinen Bierkonsum einschränken und ein paar Vitamine und ein Bad nehmen würde. Vorsichtig schaute er über die Schulter zurück zum Bootssteg, der zum Hafenbüro und dem Laden für Angelzubehör führte, danach reichte er mir das Bild.

Das Hochglanzfoto zeigte eine etwa neunzehnjährige Silikonschönheit, die in einer Pose abgelichtet war, die kein Mädchen je einnimmt, wenn es nicht dafür bezahlt wird. Ich nahm das doppelseitige Bild und faltete es so, dass nur noch der Hals und das Gesicht des Mädchens zu sehen waren. Als ich es hochhielt, sagte ich: „Mal sehen, ob ich das richtig verstanden habe."

Er wirkte verwirrt. Ich setzte mich neben ihn und ließ meine Füße über den Holzsteg baumeln.

„Siehst du dieses Mädchen?" Ich deutete auf das Gesicht. „Sie heißt vermutlich Amanda oder Mary oder so ähnlich. Sie kommt aus einer kleinen Stadt in Wyoming oder Texas, und ihr Daddy hat ihr, als sie die Grundschule besuchte, die Tanzstunden bezahlt und ihr Softballteam trainiert. Er klebte Pflaster auf ihre aufgeschürften Knie und strich ihr das Haar aus dem Gesicht, wenn sie von Albträumen gequält wurde und nicht schlafen konnte."

Termite wurde ärgerlich. „Sie machen mir alles kaputt."

„Termite", fuhr ich fort, „das ist die Tochter eines Vaters. Sie ist die kleine Schwester eines Bruders, und eines Tages wird sie sogar die Mutter eines Kindes sein."

Termite drückte einen großen Strahl Spucke zwischen seinen beiden Schneidezähnen hindurch. Er landete im Wasser. „Was wollen Sie damit sagen?"

„Ich will damit sagen, dass es da weitaus mehr gibt als nackte Haut und einen verführerischen Gesichtsausdruck.“ Ich faltete das Foto wieder auf. „Dies ist der Vaginalkanal. Er führt zum Uterus und den beiden Eierstöcken. Etwa eine Woche in jedem Monat ist es da nicht ganz so sauber.“

„Ich weiß, woher die Babys kommen.“

„Ach ja? Nun, eine gebärende Frau ist tausendmal schöner als dieses Foto, und doch lässt du dich auf so etwas hier ein. Das“, sagte ich und deutete erneut auf das Bild, „ist etwas, auf das du warten und dir von deiner Frau zeigen lassen solltest, anstatt zu versuchen, es dir von einem kleinen Mädchen zu erkaufen, das einst seine erste Klavierstunde hatte, noch bevor es mit den Füßen die Pedale erreichen konnte.“

Termite nahm mir die Zeitschrift aus der Hand und klappte sie zu. „Was wollen Sie denn, ich habe das Foto schließlich nicht gemacht. Und es schadet doch nicht, es sich anzuschauen.“

„Der Verstand ist wirklich ein ganz besonderes Phänomen. Beinahe so bemerkenswert wie das Herz.“

„Ich habe keine Ahnung, was Sie mir damit sagen wollen.“

„Dein Verstand prägt sich Bilder ein, vor allem solche Bilder, und führt sie dir noch zehn oder fünfzehn Jahre später, wenn du verheiratet bist und versuchst, etwas aus deinem Leben zu machen, immer wieder vor Augen. Sie sprudeln dann hoch und erinnern dich daran, wie viel grüner das Gras außerhalb deines Bettes ist.“

Termite nickte grinsend, während er seinen Hotdog wie eine Zigarre in der Hand hielt. „Das hört sich so an, als wüssten Sie, wovon Sie reden.“

„Termite, ich habe in meinem ganzen Leben nur eine Frau geliebt. In den sieben Jahren unserer Ehe hat sie mich so sehr geliebt, dass sie mir, unter anderem, meine eigenen Bilder geschenkt hat. Sie ist jetzt seit fünf Jahren tot, aber –“, ich blickte über den See hinweg und senkte die Stimme, „ich habe genügend Erinnerungen für ein ganzes Leben, und ich würde dir keine einzige davon verkaufen, nicht für alle Fotos in allen Zeitschriften auf der Welt.

Und weißt du was – die, in denen sie ihre Kleider anhat, sind mir genauso wertvoll wie die ohne Kleider."

Termite wurde ganz still und kaute gedankenverloren an seinen Fingernägeln herum.

Charlie hatte fertig getankt und rief: „Komm, Stitch. Hammermill versucht bestimmt schon verzweifelt, uns zu erreichen."

Ich erhob mich. „Termite, du bist jung, und ich weiß nicht, ob du das, was ich dir jetzt sage, verstehen wirst, aber ich sage es trotzdem: Ohne das Herz ist alles bedeutungslos. Sie könnte die Göttin der Liebe sein, du könntest so viel irren Sex haben, wie du körperlich verkraften kannst, aber wenn die Leidenschaft abklingt und du darüber nachdenkst, dir etwas zu essen zu holen oder eine Zigarette zu rauchen und du überlegst, was um alles in der Welt du jetzt mit ihr anstellen sollst, dann liegst du einfach nur im Bett mit einer Frau, die dir wenig mehr bedeutet als die Fernbedienung für dein Fernsehgerät. Liebe ist kein Mittel zum Zweck, genauso wenig wie das Herz einer Frau. Das, wovon ich spreche, wirst du in dieser Zeitschrift nicht finden."

Termite schnaubte und stopfte sich einen weiteren Bissen seines Hotdogs in den Mund. „Woher wollen Sie das wissen? Sie haben gesagt, Sie hätten nur eine Frau geliebt. Ich denke, man muss sich informieren und ein paar Autos Probe fahren, ehe man eines kauft."

„Du kannst diese Lüge glauben, wenn du willst, aber wenn du in einer Bank arbeitest, dann siehst du dir auch nicht die Fälschung an, um das Original zu erkennen. Du studierst das Original, um die Fälschung entlarven zu können." Ich löste die Leine und stieg in die Greavette. Termite stand auf dem Bootssteg und dachte über das nach, was ich gerade gesagt hatte. Wie einen Zigarettenstummel flippte er das Wurstende in den See. Es flog durch die Luft, drehte sich wie ein Fußball, der gerade vom Spieler von der Mittellinie aus in Richtung Tor geschossen wurde, und landete im Wasser, wo eine Brasse oder ein Barsch sofort danach schnappte.

Ich deutete auf seine Zeitschrift und dann zu dem Laden für Angelzubehör hinüber. „Und wenn der Typ im Laden diese Zeitschrift sieht, wird er dich sofort feuern. Er duldet solches Zeug nicht auf seinen Docks."

Termites Schultern sackten zusammen, als wüsste er, dass er kurz davor stand, wieder auf Jobsuche gehen zu müssen. „Werden Sie es ihm erzählen?"

Ich schüttelte den Kopf.

„Bestimmt nicht?", versicherte er sich.

„Das brauche ich nicht."

„Was? Warum das?", fragte er.

„Wegen der Wahrheit eines Satzes, den mir meine Frau einmal vorgelesen hat und den ich seither bestätigt gefunden habe."

Termite ließ die Schultern noch weiter herabsinken und schien sich auf eine weitere Strafpredigt gefasst zu machen. „Ach ja? Und der wäre?"

„Ein Mensch spricht aus, was in seinem Herzen ist." Ich deutete auf die Zeitschrift. „Wenn du diesen Mist in dein Herz lässt, dann kannst du gar nicht verhindern, dass er über deine Lippen kommt. Er wird deine ganze Persönlichkeit beeinflussen. Und schon bald wird er dich verschlingen."

„Ja, na gut … ich will trotzdem so etwas sehen."

„Termite, das ist ganz normal. Es liegt in unserer Natur als Männer. Wenn es nicht so wäre, würde mit dir etwas nicht stimmen. Darum wird doch so viel davon verkauft."

* * *

Charlie und ich steuerten Hammermills Boot auf dem langen Weg nach Hause. Er freute sich über jede Welle, jeden Sog und jede Strömung. Ich wollte nichts weiter, als dass er dieses Boot in Bewegung hielt. Auch wenn ich gern mit Booten arbeite, sitze ich nicht immer gern darin. Ich werde leicht seekrank. Solange wir uns fortbewegen, geht es mir gut, darum ist Rudern kein Problem. Aber sobald wir anhalten und das Boot zu schaukeln beginnt, wird mir übel, und ich stehe kurz davor, den Kopf über die Reling halten zu müssen.

Wir legten an unserem Dock an, hoben das Boot aus dem Wasser, und Charlie teilte mir mit, er werde sich den Rest des Tages freinehmen. Er schlug mir auf den Rücken und tastete sich tänzelnd den Bootssteg entlang.

„Hast du heute wieder Tanzstunde?“

„Jepp“, erwiderte er. Er sah aus wie Fred Astaire, der mit einem Spazierstock tanzte. „Wir lernen den Mambo. Beschließen werden wir den Abend vermutlich mit einem Walzer.“

„Charlie, du bist mir vielleicht einer.“

„Du solltest die Tanzlehrerin sehen. Sie ist Französin und …“ Charlie lächelte versonnen und tanzte weiter den Steg entlang. Als er sich mit seinem Stock die Steinstufen hinuntertastete, fragte er: „Es ist Dienstag. Weißt du, was du tust?“

Mir war klar, was er meinte, aber ich wusste nicht so genau, was ich ihm antworten sollte. „Nicht wirklich.“

„Das glaube ich dir sofort.“ Charlie drehte sich um. „Sag Bescheid, wenn du nicht weiterweißt.“

„Danke.“

Er tastete mit dem Stock nach dem Führungsseil, das wir unter Wasser von seinem Bootssteg zu meinem gespannt hatten, klappte ihn dann zusammen und stürzte sich kopfüber ins Wasser.

In den vergangenen Tagen hatte mich immer wieder das nagende Gefühl beschlichen, dass ich Cindy mein Versprechen, mit ihr und Annie eine Bootstour zu unternehmen, ein wenig zu voreilig gegeben hatte. Charlies Frage bestärkte meinen Verdacht, aber ich hatte keine Zeit, mir allzu viele Gedanken darüber zu machen, denn als ich durch die Hintertür meines Hauses trat, läutete das Telefon.

„Hallo?“

„Reese? Reese Mitch?“

„Am Apparat.“ Ich wusste, wer am anderen Ende der Leitung war.

„Wollen Sie immer noch zwei Mädchen auf eine Bootstour mitnehmen?“

„Was bringt Sie auf den Gedanken, ich könnte meine Meinung geändert haben?“

„Erfahrung."
„Dahinter steckt sicher eine interessante Geschichte."
„Das können Sie laut sagen."
Ich lachte. „Ich habe gerade aufgetankt. Sagen Sie mir, wo Sie wohnen."

Kapitel 22

In unserem letzten Highschooljahr hatte sich die Liste mit den Aktivitäten, die wir in unserer Freizeit gemeinsam ausüben konnten, erheblich verkürzt. Wir konnten ins Kino oder Essen gehen oder durch ein bis zwei Geschäfte bummeln, aber es war uns zum Beispiel unmöglich, vier oder fünf Stunden durch ein Einkaufszentrum oder einen Park zu schlendern. Es sei denn, wir liehen uns einen Rollstuhl aus, und Emma hasste es, darin gesehen zu werden.

Ihre erzwungene Untätigkeit machte mir klar, dass die Uhr tickte, darum las ich weiter jedes wissenschaftliche Buch über das menschliche Herz, das mir in die Hände fiel. Aber je mehr ich las, desto weniger verstand ich, warum das Herz in den Büchern so völlig für sich isoliert abgehandelt wurde. Dank Aristoteles und Descartes hatten Medizin und Wissenschaft den Körper in Systeme und Teile eingeteilt. Das war ja auch in Ordnung. Auf diese Weise waren die Funktionen besser zu verstehen. Aber mir wurde allmählich bewusst, dass gesund werden und Heilung finden zwei ganz verschiedene Dinge waren.

Eines Tages, als wir auf dem Heimweg von der Schule waren, nahm Emma mich an der Hand und zog mich in den Obstgarten vom alten Skinner. In letzter Zeit war sie immer stiller und passiver geworden, sie zeichnete von Tag zu Tag weniger und verließ ohne mich nur noch selten das Haus. Sie wirkte sehr zerbrechlich und blass, und ihr Lächeln war von Traurigkeit überschattet. Es war, als ginge das Öl in ihrer Lampe zur Neige.

Emma zog mich unter einen großen Apfelbaum, mitten hinein in die auf dem Boden liegenden Früchte, und überreichte mir eine in rotes Papier eingewickelte Schachtel. Die Sonne stand tief, und ihre Strahlen fielen auf die grauen Strähnen, die sich vor kurzem gebildet hatten und im krassen Gegensatz zu ihrem brünetten Haar standen. Ich packte ihr Geschenk aus und fand in der Schachtel ein kleines goldenes Medaillon von der Größe eines Vierteldollarstücks, das an einer goldenen Kette hing. Auf der Vorderseite war der Satz eingraviert *Mehr als alles andere aber hüte dein Herz …* Und auf der Rückseite stand: *… denn von ihm geht das Leben aus.* Fünfzehn magische Worte. Emma hängte es mir um den Hals, und wir setzten uns unter den Baum. Lange Zeit saßen wir still im grünem Gras, inmitten des Fallobstes, und waren uns des Gewichts der Ungewissheit, die auf uns lastete, nur zu bewusst. Sie lauschte auf den Schlag meines durch das Rudertraining stärker gewordenen Herzens, und ich sorgte mich um ihren schwächer werdenden und fernen Herzschlag. Ich strich ihr über das Haar, atmete tief ein und flüsterte in meinem Inneren: *Ich wusste, es war Liebe, und spürte, es war Herrlichkeit.*

An jenem Nachmittag fanden viele der Puzzleteile ihren Platz, und mir wurde klar, dass die Ärzte den Menschen zwar helfen können, gesund zu werden und sie ihr Leben sogar verlängern können, aber sie können sie nicht heil und unversehrt machen. Das ist etwas völlig anderes.

Kapitel 23

Ich öffnete die Tür zum Bootshaus, dachte über die bestehenden Optionen nach und betätigte schließlich die Hebevorrichtung. Hammermills Greavette würde natürlich einen besseren Eindruck machen, aber ich war eben ein Fan von unfertigen Produkten. Fertige Boote brauchten mich nicht, die *Podnah* hingegen schon. Sobald sie zu Wasser gelassen war, kurbelte ich sie an und setzte rückwärts aus dem Bootshaus. Ich wendete, fuhr in den Tallulah ein und steuerte in südliche Richtung, um Cindy und Annie abzuholen.

Sie wohnten in einem Häuschen an einem der kleinen Flüsse, die der See nährte. Genau wie die Anglerhütte, die Emma und ich zuerst als Wochenendzuflucht genutzt hatten, besaß es sehr viel Charakter und kaum etwas anderes.

Als die Stadt Burton geflutet wurde, stieg das Wasser am Fuß des kleinen Appalachengebirges hoch und bildete die sogenannten Finger, an denen die Menschen ihre Häuser oder Hütten bauten, je nach Geldbeutel. An einem dieser Finger liegt die Wildcat-Flussbiegung. Die Ausläufer des kleinen Flusses sind eng und mit überhängenden Bäumen bewachsen.

Irgendwann in den fünfziger Jahren, hatte Cindy erklärt, hatten ihre Eltern hier ein Wochenendhaus gekauft, das sie nur ihre „süße Bretterbude" nannten. Der Fluss, der zu Cindys kleinem Bootssteg führte, war schmal und höchstens dreimal so breit wie die Hacker, aber er schien tief zu sein. Ich tauchte das Paddel ins Wasser und kontrollierte die Tiefe, dann tuckerte ich langsam auf den Bootssteg zu.

Vom Boot aus konnte ich sehen, dass Cindy in der Küche am Spülbecken stand. Annie wartete im Schatten hinter dem Haus. Sie wirkte jetzt noch zarter und bedrückter als bei unserer ersten Begegnung am Limonadenstand. Sie trug eine verblichene Baseballkappe auf dem Kopf und einen wulstigen Gips an ihrem linken Arm. Mit kleinen, unsicheren Schritten trippelte sie im Schatten umher. In ihrer grellorangefarbenen Schwimmweste sah sie aus wie ein tanzender Fischköder.

Ich machte das Boot fest, und sofort winkte Annie mich zu sich herüber. Sie legte ein Taschentuch über ihren Mund, hustete leise und lächelte. Sie hatte das zerbrechliche Aussehen eines rohen Eis entwickelt, das die meisten Kinder mit der Zeit annehmen, wenn sie sehr krank sind. Ich hatte das schon hundertmal gesehen. Es entstand aus der Ungewissheit und der Erkenntnis, dass das Leben nicht endlos war. Bei Emma hatte ich es auch erlebt. Wenn es ihr schlechter ging oder sie sich ganz einfach miserabel fühlte, versuchte sie mich aufzuheitern, indem sie mir erzählte, was sie von König Salomo gelernt hatte. Sie hob dann ihr Kinn, was sie meistens zum Husten brachte, streckte den Finger in die Luft und zitierte: „Ein fröhliches Herz ist die beste Medizin, ein verzweifelter Geist aber schwächt die Kraft eines Menschen."

Annie brauchte dringend eine richtig gute Medizin.

Sie stand neben einer Kiste, die etwa siebzig Zentimeter breit und achtzig Zentimeter hoch war und aus völlig unterschiedlichen Holzbrettern zusammengezimmert worden war. Die Kiste stand auf vier Holzklötzen und war beinah vollständig mit Maschendraht überzogen, nur ungefähr zwölf Zentimeter am Rand waren mit einem Streifen Nylon überspannt. Einen Deckel hatte sie nicht.

Als ich näher kam, bemerkte ich den Gestank. Es roch extrem faulig. Ich schaute in die Kiste und entdeckte drei oder vier halb aufgefressene Kartoffeln, ein paar Gemüsestreifen und Zehntausende von Grillen.

Annie flüsterte: „Das ist meine Grillenkiste."

Ich nickte und beobachtete, wie sich der Boden der Kiste bewegte: Die Grillen krabbelten durcheinander und übereinander hinweg.

„Ich züchte sie hier und verkaufe sie an die Anglerläden, für zwei Dollar das Dutzend, und sie verkaufen sie für vier Dollar weiter."

„Ich wusste gar nicht, dass Grillen so hoch im Kurs stehen."

Sie lächelte. „Die Leute hier nehmen sie gern als Köder. Darum haben Tante Cici und ich vor einem Jahr diese Kiste gebaut und mit der Zucht begonnen."

Ich nickte erneut. Allmählich gewöhnte ich mich an den Geruch und den Anblick des Grillengewimmels.

„Im Sommer verkaufe ich etwa zehn Dutzend in der Woche. Manchmal fünfzehn. Das sind zwanzig bis dreißig Dollar, und ich brauche gar nichts dafür zu tun." Sie schaute zu mir hoch und lächelte. „Das ist leicht verdientes Geld, nicht?"

„In der Tat."

„In diesem Jahr habe ich allein mit den Grillen schon fast 600 Dollar verdient. Wenn die hier es schaffen, dann bekomme ich bestimmt noch mal tausend."

„Das ist eine wertvolle Kiste."

Sie nickte und starrte hinein. „Das kannst du laut sagen." Wir beide betrachteten das Gekrabbel unter uns. „Ist schon schräg, wenn man darüber nachdenkt."

„Was denn?"

„Dass ich Grillen verkaufe, um mit dem Geld das Herz eines anderen Menschen zu kaufen."

Ich nickte. „Ich schätze, so kann man es auch sehen."

Wir stiegen gemeinsam die Stufen zum Steg wieder hinunter. Annies Hände zitterten, als wir uns dem Boot näherten. Ich ließ den Motor an und sah Cindy aus der Hintertür kommen. Vorsichtig hob ich Annie ins Boot und tat so, als würde ich mit der einen Hand ihre Schwimmweste glatt streichen, während ich mit der anderen Hand ihren Puls fühlte.

Erstaunt zog Annie ihre Augenbrauen in die Höhe. Ihre Brust hob sich, und ihre Lungen füllten sich mit Luft. Es war ein beabsichtigtes Luftholen, wie wenn Sal sein Stethoskop auf ihren Rücken legte und lauschte. Nur dieses Mal hatte sie niemand gebeten, es zu tun. Ich horchte, spürte, dass sie kämpfte, und erinnerte mich daran, dass ich dieses Geräusch zehntausendmal bei Emma gehört hatte. Sie atmete aus und genoss das Gefühl, zwei Sekunden lang genügend Luft zu haben.

Ich stellte den Motor wieder ab und zitierte:

„Ich schoß einen Pfeil in die Luft empor,
Er flog bis ihn mein Blick verlor.
Wohl wußt' ich, dass er niederfiel,
Doch blieb mir unbekannt sein Ziel.

Ich sang mir selbst ein Liedchen vor,
Es flog, ich weiß nicht in wessen Ohr.
Wo blickt ein Auge scharf genug
Zu folgen des Liedes raschem Flug?

Da fand ich nach langem Zwischenraum
Den Pfeil in einem Eichenbaum
und sieh: Mein Lied war unversehrt,
im Herzen eines Freundes eingekehrt."

Annie zog die Augenbrauen in die Höhe, amtete erneut ein und versank dann wieder in ihrer Schwimmweste. „Shakespeare?", fragte sie neugierig.

„Nein", erwiderte ich. „Longfellow."

Cindy stieg lächelnd zu uns ins Boot und holte tief Luft. Der einzige Unterschied zwischen ihrem und Annies Einatmen war, dass Cindy so frisch und rosig aussah, als sei sie an eine Sauerstoffflasche angeschlossen, und Annie nicht. Sie ließ sich im mittleren Cockpit nieder und lehnte sich zurück, sodass ihre Haare sich über dem Mahagonideck ausbreiteten. In ihrer Sonnenbrille spiegelte sich der Himmel.

Ich blickte in den Rückspiegel, und mir fiel auf, dass sie ihre Kleidung nicht wie in der vergangenen Woche nur nach Zweckmäßigkeit, sondern auch nach Aussehen ausgewählt hatte. Sie trug kurze Jeans, die sie selbst abgeschnitten zu haben schien, Sandalen, eine weiße Baumwollbluse, eine Baseballkappe von den Georgia Bulldogs und eine Sonnenbrille. In dieser Aufmachung kam Cindys ansehnliche Figur recht gut zur Geltung, die ihre Arbeitskluft bisher verhüllt hatte. Ihr zurückgelegter Kopf ließ mich hoffen, dass sie meine eingehende Musterung nicht mitbekommen hatte. Im Augenblick sah sie überhaupt nicht so aus wie die Kassiererin im Eisenwarenladen, als die ich sie kennengelernt hatte.

Beim Velvet-Drive-Getriebe gibt es nur drei Gänge: den Vorwärtsgang, den Rückwärtsgang und den Leerlauf. Wie bei den meisten Booten wird die Geschwindigkeit durch die Erhöhung der Drehzahl des Motors erreicht, nicht durch das Schalten in einen höheren Gang. Der Schalthebel ragte vor Annies Knien in die Höhe wie der Öffnungsmechanismus für eine geheime Falltür. Ich deutete darauf und bat sie, mir zu helfen.

„Wir wollen vorwärts fahren. Also musst du diesen Griff umfassen und nach vorn schieben."

Annie umklammerte den Griff mit beiden Händen und drückte, aber ihre Kraft reichte nicht aus. Sie schloss die Augen, verstärkte den Druck und schob so fest sie konnte. Der Motor kam in Gang und wir setzten uns langsam in Bewegung.

Gemächlich schipperten wir an einigen größeren Häusern vorbei, die im vergangenen Jahrzehnt am Fluss gebaut worden waren, und näherten uns dem offenen Wasser des Sees. Annie blickte Cindy und mich aufgeregt an. „Ich bin noch nie da draußen gewesen."

Wie kannst du an diesem See leben und nicht darauf herumfahren?, fragte ich mich. Doch sofort quälten mich Schuldgefühle wegen dieses Gedankens. Das war eine dumme Frage.

„Wohin willst du zuerst fahren?"

Annie deutete nach Süden, und ich drehte in diese Richtung ab.

Am Ufer des Lake Burton finden sich unzählige große Häuser, die von den Besitzern als Wochenendhäuser genutzt werden. Mit jedem neuen Bau wird versucht, die Nachbarn zu übertrumpfen. Die Besitzer prahlen und lassen bekannte Namen und Beschreibungen wie auswendig gelernte Gedichte über ihre Lippen fließen. Ach, der Soundso war unser Architekt. Das ist ein Haus in dem und dem Stil aus dieser oder jener Zeit. Ich weiß das, denn nachdem ich diese Menschen wieder zusammengeflickt hatte und sie von meinem Tisch herunter waren, lud mich jeder einzelne von ihnen in sein Wochenendhaus in Vale, Aspen oder auf den Bermudas ein … oder am Lake Burton. Für manche war dies ein Weg, sich bei mir zu bedanken.

Wo immer Annie hindeutete, dahin steuerte ich das Boot. Zwei Stunden fuhren wir über die Flüsse und am Ufer des Lake Burton entlang. Ihr Gesicht strahlte und war von Staunen erfüllt. Und als ich ihr die Rehe zeigte, wurden ihre Augen so groß wie Untertassen. Cindy wirkte erleichtert, so, als wäre sie froh, Annie lächeln zu sehen, aber auch dankbar für die Gesellschaft eines anderen Erwachsenen. Als wir nach Norden fuhren, legte Annie ihren Kopf auf Cindys Schoß und schlief ein. Da ich wusste, dass ein Nickerchen ihr guttun würde, fragte ich Cindy in Zeichensprache, ob sie es bequem habe. Sie nickte, und ich deutete auf den See und wollte wissen, ob sie gern noch weiterfahren würde. Sie lächelte, schob ihre Kappe in den Nacken und wir schipperten noch eine weitere Stunde über den See.

Es war schon fast fünf Uhr, als Annie erwachte. Wir waren gerade am Nordende des Sees, hatten kurz zuvor die Brücke passiert und waren nun ganz in der Nähe des YMCA-Lagers. Als wir umdrehten und in Richtung Süden erneut unter der Brücke hindurchfuhren, deutete ich auf den Fluss, der in östliche Richtung zu Charlies und meinem kleinen Heim führte, und sagte: „Dort hinten wohne ich."

Annies Kopf ruckte hoch. „Das will ich sehen."

Damit hatte ich nicht gerechnet. Ich hatte gehofft, es bei einer beiläufigen Bemerkung bewenden lassen und einen Zwischenstopp vermeiden zu können.

Cindy bedeutete mir hinter Annies Rücken, dass der Abstecher nicht nötig wäre. Doch Annies Gesicht sprach eine andere Sprache.

„Ich habe aber keine Limonade", entschuldigte ich mich bei ihr.

Sie verzog das Gesicht zu einem Grinsen. „Das ist schon in Ordnung. Ich trinke sowieso keine. Zu süß."

Ich bog in unseren Fluss ein und ließ mich an den Bootssteg

treiben. Cindy band das Boot fest, während ich den Motor ausschaltete und Annie auf den Steg hob. Die beiden trauten kaum ihren Augen. Mit offenem Mund schauten sie sich um: Das Bootshaus, die Werkstatt weiter oben am Berg und dann das Haus, von den Hartriegelzweigen fast vollständig verdeckt.

„Das gehört Ihnen?“, fragte Cindy, als hätte sie Angst, der richtige Besitzer könnte jeden Augenblick mit einem Gewehr auftauchen und uns von seinem Grundstück vertreiben.

Ich führte sie den Pfad hinauf. Instinktiv ergriff Annie meine Hand. Ihre Hand war klein, kalt und ein wenig unsicher – ein Gefühl, das meiner Hand gut vertraut war. *Welche Hand ergriff das Feuer? Welche Schulter, welch Gesetz flocht dein Herz als sehnig Netz? Als es schlug, wes Hand voll Grauen formte deine Schreckensklauen? Als die Sterne Speere schossen und Tränen in den Himmel gossen, sah lächelnd er sein Werk vor sich? Schuf er, der auch das Lamm schuf, dich?*

Wir hatten den Steinweg erreicht, der zum Haus führte, als Charlie von der anderen Seite des Sees aus rief: „Stitch, bist du das?“

„Ja“, rief ich zurück. „Hab meine kleine Bootsmannschaft zu einer Hausbesichtigung hergebracht. Charlie, das sind Cindy McReedy und Annie Stephens.“

Charlie winkte mit seinem weißen Stock zu uns herüber. Georgia saß wachsam an seiner Seite. „Hallo, meine Damen. Ihr zwei seht hübsch aus, sehr hübsch.“

Cindy sah mich ein wenig verwirrt an.

Charlie drehte sich jetzt einmal um sich selbst, um uns seinen Anzug vorzuführen. Er knöpfte den obersten Knopf zu und richtete seine Krawatte. „Ich gehe jetzt zu meiner Tanzstunde. Wie sehe ich aus?“ Er trug einen blau-weiß gestreiften Seersucker-Anzug und schwarz-weiße Schuhe. Wenn er jetzt noch einen Hut auf dem Kopf gehabt hätte, dann hätte er wie Chaplin ausgesehen.

„Charlie, du siehst …“ Ich grinste Annie an. „Einfach großartig aus.“

„Das weiß ich“, rief Charlie und wischte sich mit dem Handrücken einen imaginären Staubfussel von seinem Jackenärmel. „Hoffen wir nur, dass die Damen auch gut aussehen. Und vor allem gut riechen.“ Er lächelte, griff nach dem Seil, das ihn von seinem Haus zur Straße führte, und deutete eine Verbeugung an: „Meine Damen!“ Mit diesen Worten verschwand er zwischen den Bäumen.

„Wer ist das?“, fragte Cindy lächelnd.

Ich griff erneut nach Annies Hand und ging weiter in Richtung Haus. „Oh, das ist mein Schwager Charlie. Er ist …“

Ich hörte, wie Cindy abrupt stehen blieb und nach Luft schnappte. Es klang, als wären ihre Atemwege blockiert. Es dauerte einige Sekunden, bis mir schließlich klar wurde, was ich gerade gesagt hatte.

Ich drehte mich um und hob beschwichtigend die Hand. „Meine Frau Emma war Charlies Schwester. Sie ist vor fast fünf Jahren gestorben.“

Annies Hand verkrampfte sich in meiner, und die Fragezeichen in Cindys Augen wichen einem Schatten der Anteilnahme.

„Es tut mir leid“, entschuldigte ich mich. „Ich … Charlie wird immer mein Schwager sein.“

Cindys Brust hob sich mit einem tiefen Atemzug, und ihre Gesichtsmuskeln entspannten sich.

„Wir arbeiten zusammen an den Booten, und er hat mir geholfen, dieses Haus zu bauen.“

Annie umklammerte jetzt mit beiden Händen die meine. Sie deutete mit dem Kinn in die Richtung, in die Charlie verschwunden war. „Aber er ist doch blind.“

„Das stimmt“, erwiderte ich, und mein Blick folgte Charlies Weg durch die Bäume. „Aber sag ihm das bloß nicht.“

Sie lächelte und stieg mit mir die Treppe hinauf. Auf halbem Weg fragte sie: „Hat er dich Stitch genannt?“

Ich nickte und erzählte ihr die Geschichte von Charlie, der sich an seinem Stretch-Armstrong-Seil wie Tarzan durch die Bäume geschwungen hatte. Cindy drehte den Kopf, als hätte sie einen Duft wahrgenommen, der ihr gefiel. „Nach was riecht es hier?“, fragte sie und streckte ihre Nase in die Luft.

„Da gibt es drei Möglichkeiten.“ Ich deutete auf die grünen Triebe, die vor dem Haus wucherten. „Da wächst Pfefferminze. Emma hat sie hier gepflanzt, als wir das Haus vor etwa sieben Jahren gekauft haben, und seitdem breitet sie sich aus wie Unkraut. Man wird einfach nicht Herr darüber.“

Sie lächelten.

„Oder es sind die nach Rosen duftenden Geranien zu Ihren Füßen. Ich habe sie vor ein paar Wochen in Ihrem Laden gekauft, weil mir der Duft so gefiel.“

Cindy rieb die Blätter, um den Duft zu aktivieren, und roch dann an ihren Fingern.

„Oder Möglichkeit Nummer drei –“, ich deutete zum geöffneten Fenster meines Schlafzimmers, „Junggesellen lassen ihre Dreckwäsche manchmal längere Zeit liegen. Bitte sagen Sie mir, dass es einer der ersten beiden Düfte ist.“

Cindy schnupperte erneut. „Pfefferminze. Es ist eindeutig die Minze.“

„Pflücken Sie ein paar Stängel, ich koche uns Tee“, sagte ich.

Cindy pflückte die Pfefferminze, und Annie und ich setzten einen Kessel mit Wasser auf.

Während der Tee zog, zeigte ich ihnen das Haus. Annie staunte über die vielen Kohlezeichnungen und Ölgemälde, die fast jeden Quadratzentimeter Wand in meinem Haus ausfüllten, und fragte: „Magst du Kunst?“

„Nicht jede.“

„Die hier sind wirklich gut.“

Ich nickte.

„Hat das ein Künstler aus New York oder L.A. gemalt?“, fragte Cindy.

„Nein.“ Ich schüttelte den Kopf. „Meine Frau.“

Cindy verschränkte die Arme vor der Brust und sah aus, als würde sie frieren. Annie schaute sich indessen weiter um. Ich führte sie durch jedes Zimmer im Haus, nur eins ließ ich aus: Mein Büro. Ich hielt es verschlossen und ging nur hinein, wenn es unbedingt notwendig war.

Cindy entdeckte eine von Emmas frühen Zeichnungen vom See und gestand: „Der Morgen kurz nach Sonnenaufgang, wenn man den Eindruck hat, es würde ein Tornado über den See wirbeln, das ist meine liebste Tageszeit.“ Sie musterte die Zeichnung eingehender. „Sie war sehr talentiert.“

Ich nahm drei Gläser aus dem Schrank und füllte sie mit Eis. Dann deutete ich zur Werkstatt hinüber. „Wollt ihr auch die Werkstatt sehen?“

Annie nickte, während Cindy den Tee eingoss und jedes Glas mit einem Minzezweig dekorierte. Wir gingen mit unseren Gläsern in der Hand zur Werkstatt hinüber. Ich schaltete alle Lichter ein und drückte die Abspieltaste des CD-Players – Mozart.

„Und hier arbeiten Sie?“, fragte Cindy ungläubig.

Ich nickte. „Ganz nett, nicht wahr?“

„Allerdings.“ Annie betrachtete fasziniert die ganzen Werkzeuge, während ich erklärte, wie Charlie und ich arbeiteten.

„Und Charlie hilft Ihnen wirklich?“, fragte Cindy.

„Sie sollten mal seine Schnitte mit der Kettensäge sehen. Er ist wirklich sehr gut.“

„Sie machen Witze.“

„Nein, bestimmt nicht“, erwiderte ich und deutete zu dem Balken und dem Flaschenzug an der Decke hinauf. „Charlie hat tolle Hände. Er hätte einen hervorragenden Chirurgen abgegeben, aber er liebt es nun mal, mit Holz zu arbeiten.“

Cindy sah mich an und trat näher. Dann sprach sie eine der Fragen aus, die sie seit dem Unfall beschäftigten. „Sie wissen einiges über Chirurgie, nicht wahr?“

Ich lächelte. „Nur was ich gelesen habe.“

Cindy betrachtete die Werkzeuge, ihre Anordnung, die Sauberkeit. „Hier sieht es nicht aus wie in einer Werkstatt, sondern vielmehr wie in einem Operationssaal.“

Kapitel 24

Das menschliche Herz ist insofern bemerkenswert, als es dazu bestimmt ist, einhundertzwanzig Jahre lang ununterbrochen zu pumpen, ohne jemals an seine Aufgabe erinnert werden zu müssen. Es tut es einfach. Bei all meinem Lesen und Studieren habe ich eines ohne den Schatten eines Zweifels erkannt: Wenn an irgendetwas in diesem Universum die Fingerabdrücke Gottes deutlich zu erkennen sind, dann am menschlichen Herzen.

Mehr als einhunderttausendmal pro Tag pumpt es ohne Pause Hunderte Liter Flüssigkeit durch den Körper und hat doch selbst nichts davon. Damit ist es das selbstloseste aller Organe. Um sich selbst zu ernähren, leitet es Blut durch drei Hauptarterien, die sich um die Außenseite des Muskels herumziehen und daher auch Herzkranzgefäße genannt werden. Zwei dieser Arterien versorgen die eine Hälfte des Herzens mit Sauerstoff und Nährstoffen, und die dritte und größte Arterie, im Volksmund auch „Witwenmacher" genannt, versorgt die andere Hälfte. Wenn sie sich mit Ablagerungen zusetzt, eine Erkrankung, die unter dem Namen koronare Herzkrankheit bekannt ist, und schließlich vollständig blockiert ist, kommt es zum Herzinfarkt.

Wird diese Krankheit frühzeitig erkannt, kann sie durch einen Stent oder einen Bypass korrigiert werden – bei Letzterem wird eine Arterie aus dem Körper, aus dem Bein zum Beispiel oder dem Brustkorb, eingesetzt und der Blutfluss dadurch umgeleitet.

Wer jemals ein altes Haus mit einem Rohrsystem aus Eisen gekauft hat, der hat eine Ahnung davon, wie das funktioniert. Anstatt die alten Rohre zu erneuern, kann man die Verstopfung mit Hilfe einer Spirale beseitigen. Allerdings ist das nur eine kurzfristige Reparatur. Viel dauerhafter ist es, neue Rohre zu verlegen und die Verstopfung so zu umgehen. Nach einem solchen Eingriff kann es durchaus sein, dass der Patient den Operationssaal mit vier oder fünf Bypässen und einer ziemlich hohen Rechnung verlässt.

Im Mutterleib wird jedes Baby über die Lunge der Mutter mit Sauerstoff versorgt. Dieser wird ihm zusammen mit allem anderen, was es braucht, über die Placenta und die Nabelschnur zugeführt. Das Herz des Babys muss das Blut noch nicht zur Lunge schicken, um es dort mit Sauerstoff anreichern zu lassen, da das Herz der Mutter diesen Job bereits erledigt hat. Um den unnötigen Blutfluss durch die zarten, noch in der Entwicklung begriffenen Lungenflügel zu verhindern, hat Gott ein kleines Loch zwischen dem rechten und linken Vorhof geschaffen, dem obersten Teil des Herzens. Dadurch wird der Lunge des Babys im Mutterleib der Blutfluss erspart. Bei der Geburt bewirkt ein Hormon, das sogenannte Prostaglandin, dass sich das Loch schließt und das Blut durch die Lunge gepumpt wird. Doch manchmal kommt es vor, dass sich das Loch nicht schließt. Das ist der sogenannte Vorhofseptumdefekt.

Bei den meisten von uns funktioniert der Blutkreislauf recht gut, bis sich genetisch bedingte Störungen einstellen oder solche, die auf die Ernährung oder den Lebensstil zurückzuführen sind. Meistens tritt eine solche Störung in Form von einem Herzinfarkt auf, was im Prinzip nichts anderes ist als das Verstopfen einer Arterie und eine daraus resultierende Unterbrechung des Blutflusses zu einem Teil des Herzens. Jeder, der schon einmal an einem Vierhundert-Meter-Lauf teilgenommen hat, weiß, wie sich eine Störung im Herz-Lungen-Kreislaufsystem anfühlt. Die ersten dreihundert Meter machen meistens noch Spaß, aber spätestens auf der Geraden fehlt dem menschlichen Körper so viel Sauerstoff, dass die Muskeln nicht mehr mitmachen und man beim Laufen das Gefühl hat, als hätte die Leichenstarre eingesetzt. Erfahrene Läufer nennen die letzten fünfzig Meter häufig „der Bär", weil man sich so fühlt, als wäre einem ein Bär auf den Rücken gesprungen.

Doch in Wirklichkeit ist es so, dass die Muskeln in den Beinen der Läufer weit mehr Sauerstoff verbrannt haben, als das Herz und die Lunge liefern können. Extrem fitte Sprinter können dem durch intensives Training vorbeugen, auch Ruderer, Fahrradfahrer, Marathonläufer und andere Sportler, aber dieses Training hat seine natürlichen Grenzen. Es kann die physischen Gegebenheiten nicht außer Kraft setzen. Die Leistung der Sportler ist durch die Menge an Sauerstoff und Blut begrenzt, die Herz und Lunge maximal durch den Körper schicken können.

Den meisten von uns Erdenbürgern schenkt Gott ein normales Herz und eine normale Lunge. Manche bedenkt er mit ein wenig mehr, einem etwas größeren Herzen und größeren Lungenflügeln. Forschungen mit Langstreckenläufern bestätigen dies. Und einigen Menschen, wie Emma zum Beispiel, gibt er etwas weniger. Seine Beweggründe dafür sind die eine Sache, die ich trotz all meines Studiums nie begriffen habe.

Wenn das menschliche Herz einen Infarkt erleidet, dann stirbt der Bereich, der von der Blutzufuhr abgeschnitten wurde, häufig ab. Erstaunlicherweise pumpt das Herz aber auch dann weiter, wenn es halb tot ist. Menschen können selbst mit einem nur noch halb funktionstüchtigen Herzen überleben und ein einigermaßen normales Leben führen, auch wenn sich ihr Lebensstil natürlich entscheidend verändern muss. Das Herz ist nicht nur das selbstloseste Organ, es ist auch das mutigste und treueste.

Emmas Problem war nicht die Verkalkung, sondern dass sich ihr embryonales Loch nie geschlossen hatte und deshalb ein Teil ihres Blutes auf seinem Weg in die Lunge permanent umgelenkt wurde. Viele Menschen auf dieser Erde leiden an demselben Defekt und haben keine Ahnung von seiner Existenz. Vermutlich werden sie es auch nie merken. Dieser Defekt ist beinah so verbreitet wie der Mitralklappenprolaps – eine häufig vorkommende Herzkrankheit, bei der die Klappe zwischen dem linken Vorhof und der linken Herzkammer nicht richtig schließt, sodass ständig etwas Blut ins Herz zurückfließt. Emma hätte ein ganz normales Leben führen können, wenn nicht eines geschehen wäre: Ihr Loch vergrößerte sich, und das führte zu einem ständigen Durchfluss von sauerstoffarmem Blut durch die Venen ihres Lungenkreislaufes.

Die Vergrößerung des Loches schädigte ihr Herz und verursachte ein Fortschreiten der Krankheit. Das Herz wurde noch größer –

eine natürliche Folge bei einem Muskel, der Überstunden macht. Der vergrößerte Muskel füllt die Höhle aus, in der er lebt und arbeitet, und so entsteht ein höherer Druck gegen die Wände, die ihn beherbergen. Der ihm für seine Arbeit zur Verfügung stehende Raum verringert sich, und er muss sich noch mehr anstrengen und noch härter arbeiten, doch das mit viel weniger Effizienz. Diese Vergrößerung des Herzens mit gleichzeitiger Einschränkung seiner Pumpfähigkeit bezeichnet man als dilatative Kardiomyopathie. Die Muskeln werden überdehnt, und das Herz gleicht somit einem Ballon, in den zu viel Luft geblasen wird. Dieser Zustand verschlimmert sich exponentiell und nicht stufenweise. Es ist, als würde man auf einen Schlag vierzig Pfund zunehmen, aber nach wie vor den Gürtel ins letzte Loch schnallen. Man kann den Gürtel weiter stellen oder einen längeren Gürtel kaufen, doch seinen Brustkorb kann man leider nicht vergrößern.

Vom Augenblick seiner Geburt an beginnt jeder Mensch zu sterben. Emma starb nur etwa sechsmal so schnell wie wir anderen. Und während dieses langsamen Todes war sie ununterbrochen müde. Emma hatte ihr ganzes Leben lang das Gefühl, als liefe sie die letzten hundert Meter eines Vierhundert-Meter-Laufs. Sie war immer am Kämpfen und konnte nie verschnaufen.

Was ich in den Büchern las, machte mir klar, dass Emmas Herz krank war, groß und schlaff, ineffizient und von Natur aus schwach. Es gab nichts, was man mit diesem Herzen tun konnte, nichts würde ihr Besserung bringen. Ihr Herz war nicht zu reparieren und hatte durch die permanente Belastung seine Elastizität fast vollständig verloren. Es bestand die überaus reale Gefahr, dass Emmas Ballon platzte.

Ein derart brüchiges, unelastisches und zerbrechliches Herz kann gar nicht anders als irgendwann zu platzen oder zu zerreißen, was zu einer Perikardtamponade führt. Dabei bildet sich in einer Herzkammer ein Loch, durch das das Blut in den Herzbeutel gelangt, diesen beinah kugelsicheren Beutel, der das Herz umgibt. Das Blut dringt in diesen Beutel ein, der so widerstandskräftig ist, dass er nicht platzen kann. Dadurch verstärkt sich wiederum der

Druck auf das Herz. Es wird von außen zusammengedrückt und so in seiner Funktion behindert, also im Prinzip erstickt.

In Notfällen, wenn keine Zeit mehr bleibt, die Brust zu öffnen, kann der Druck nur durch eine Perikardiozentese verringert werden – der Arzt führt in einem Winkel von ungefähr dreißig Grad eine Nadel durch den Brustkorb in den Herzbeutel ein, lässt das Blut abfließen und verringert so den Druck auf das Herz. Das Problem ist, dass der Patient nun sowohl im Herzen als auch im Herzbeutel ein Loch hat und enorm viel Körperflüssigkeit verliert, wodurch der Blutdruck abfällt und das Herz noch stärker beansprucht wird. Dies ist eine gefährliche Situation, die sehr leicht außer Kontrolle geraten kann.

Die gute Nachricht ist, dass das Herz trotzdem noch in der Lage ist zu pumpen. Die schlechte Nachricht ist, dass das Herz einer alten Brunnenpumpe ähnelt; in ihrer Blütezeit funktioniert sie prächtig, aber sobald der Lack erst einmal ab ist, wird es schwierig, sie wieder in Gang zu bringen. Nach einer Perikardiozentese muss der Brustkorb des Patienten geöffnet und die Löcher unbedingt wieder zugenäht werden, während gleichzeitig der Blutfluss aufrechterhalten und der Pegel der Körperflüssigkeiten ausgeglichen werden muss.

Und wenn ich all das schon als Kind gewusst hätte, hätte ich mir meine Brust aufgerissen, die Arterien abgeklemmt und Emma mein Herz gegeben.

Kapitel 25

Es war schon beinah dunkel, als wir ihren Bootssteg erreichten. Bestimmt hatte ich sie zu lange aufgehalten. Annie war wieder eingeschlafen, und so nahm ich sie, während Cindy das Boot festmachte, auf den Arm, und sie schlang ihre Arme um meinen Hals – ein vertrautes Gefühl. Ein Gefühl, das ich vermisst hatte. Langsam lief ich mit ihr zum Haus. Als wir uns der Kiste näherten, in der die Grillen lautstark ihr nächtliches Konzert angestimmt hatten, hob Annie den Kopf.

Sie schaute hinunter, und die Grillen verstummten, um dann ein leises, fast unhörbares Gezirpe auszustoßen, als ob sie einem stummen Befehl gehorchten, von dem ich keine Ahnung hatte. Es war wie ein Lied, das ein Mensch nur hören kann, wenn er nicht versucht, es zu hören, oder wie ein weit entfernter Stern, den man nur, wenn man sich nicht darauf konzentriert, erkennen kann, nur aus den Augenwinkeln heraus.

Annie sah mich an, legte den Finger an ihre Lippen und flüsterte: „Psssst."

Ich lauschte. „Was machen sie?", fragte ich.

Sie blickte mich an, als sollte ich das eigentlich wissen. „Aber das ist doch klar … sie weinen."

Ich beugte mich vor und versuchte, das zu hören, aber es war unmöglich. Ich zuckte mit den Achseln.

Sie flüsterte mir ins Ohr: „Nur wenn du genau hinhörst und wenn du es willst, kannst du die Grillen weinen hören."

Ich beugte mich erneut vor und drehte den Kopf, um mein Ohr ganz dicht an die Kiste heranzubringen.

Sie flüsterte erneut: „Nein, nein, nein. Du hörst sie nicht mit den Ohren." Sanft stieß sie mir ihren Finger in die Brust. „Du hörst sie nur mit dem Herzen."

Ich hätte sie beinah fallen gelassen. Doch ich fasste mich schnell wieder und versuchte das Thema zu wechseln. „Warum weinen sie?"

Annie dachte einen Augenblick nach. „Weil sie Bescheid wissen."

„Worüber?", fragte ich.

Sie sah mich an, als sei das doch wohl selbsterklärend. „Sie wissen, dass ich nächstes Jahr nicht mehr hier bin, um mit ihnen zu reden – außer Dr. Royer findet ein neues Herz für mich und Tante Cici jemanden, der es mir einsetzt, und ich bleibe bis dahin gesund und wir treiben genug Geld auf, um das alles zu bezahlen." Sie legte den Kopf wieder an meine Schulter und schloss die Augen. „Und ... weil sie wissen, dass sie ihr Leben für meines lassen müssen."

Auf einmal wog Annie zehntausend Pfund in meinen Armen. „Woher wissen sie das alles?"

Sie lächelte, als hätte sie das Gefühl, ich wolle sie veralbern. „Weil ich es ihnen erzähle, du Dummi."

Oh, die Welt besitzt kein süßeres Geschöpf; sie hätte an eines Kaisers Seite ruhen und ihm Sklavendienste gebieten können.

Cindy schloss die Haustür auf und zeigte mir den Weg zu Annies Bett. Ich legte sie hinein und trat zurück, während Cindy sie zudeckte. Das Haus war klein und hatte nur zwei Zimmer: Ein Schlafzimmer, in dem eine Kommode und zwei Einzelbetten standen, und ein anderes Zimmer, das als Küche und zugleich als Wohnzimmer diente. Zwei Fotos standen auf dem Kaminsims. Auf dem Küchentisch, einem wackligen Exemplar, über dem eine rote Plastiktischdecke hing, lagen die Finanzratgeber und Darlehnsanträge ausgebreitet, die ich bereits im Krankenhaus gesehen hatte.

Cindy ertappte mich dabei, wie ich mir die Fotos anschaute. „Das linke Foto zeigt Annie mit ihren Eltern und wurde vor fast drei Jahren aufgenommen. Das andere stammt aus dem letzten Schuljahr."

Annie sah ihrem Vater sehr ähnlich, auch wenn ihr Lächeln eher dem ihrer Mutter glich. Auf dem Foto waren ihre Eltern sonnengebräunt und sprühten vor Lebensfreude. Einige Fragen brannten mir auf der Zunge, doch ich fand, dass ich lange genug geblieben war, und außerdem wusste ich nicht genau, ob ich mich wirklich auf dieses Gespräch einlassen wollte. Auf dem Schulfoto war Annie vor einem blauen Hintergrund zu sehen. Sie hielt die Griffe eines roten Fahrrads umfasst und lächelte in die Kamera. Quer über das untere Drittel des Fotos hatte jemand das Wort *Beweis* geschrieben.

Im Nebenzimmer hustete Annie, wie sie es schon mehrmals an diesem Tag getan hatte, ein Zeichen dafür, dass der Husten in ihre Lunge gesunken war.

„Hat sich ihr Arzt das schon einmal angehört?"

„Ja." Cindy nickte. „Sal war heute Morgen hier. Er sagte, ich solle sie ein paar Wochen lang von anderen Kindern fernhalten. Also weder Schule noch Sonntagsschule. Es wird wohl eine Weile dauern."

„Sal ist ein guter Mann. Ein guter Arzt."

„Der Beste. Er hat mir noch nie eine Rechnung geschickt, und ich kann gar nicht mehr überblicken, wie viele tausend Dollar ich ihm eigentlich schulde." Sie nahm zwei Tassen aus dem Küchenschrank. „Möchten Sie einen Kaffee?"

Ich schielte zu ihr herüber und überlegte. „Haben Sie auch Tee?"

„Natürlich." Sie füllte den Kessel mit Wasser und stellte ihn auf den Herd.

Ich drehte mich um und tat so, als würde ich aus dem Fenster hinausschauen, während ich in Wirklichkeit das Haus nach Anzeichen dafür absuchte, dass jeden Moment ein Freund zur Haustür hereinplatzen könnte. Im Hintergrund hörte ich, wie Cindy ein Messer aus dem Messerblock zog.

„Möchten Sie Zitrone in Ihren Tee?"

„Gern, danke."

Cindy schnitt die Zitrone durch und schrie auf: „Aua! Mist!"

Als ich herumfuhr, sah ich gerade noch, wie Cindy das Messer fallen ließ und nach einem Handtuch angelte. Blut tropfte auf den Küchenboden. Bis ich die acht Schritte zum Tisch zurückgelegt und ihre Hand gepackt hatte, hatte sich bereits eine Blutlache auf dem Boden gebildet.

Ich sah mir den Schnitt genauer an, während Cindy ihren Arm weit von sich streckte und sich mit der freien Hand die Augen zuhielt. Ihr Gesicht wurde aschfahl, was mich ahnen ließ, dass sie gleich ohnmächtig werden würde. „Sie können kein Blut sehen?"

„Nicht mein eigenes", murmelte sie, während ihr die Knie einknickten. Ich fing sie auf und trug sie zur Couch. Das Handtuch, das sie sich geangelt hatte, wickelte ich ihr um die Hand und holte mir dann etwas Peroxid aus der Küche. Auf dem Tisch neben Cindy leerte ich meine Taschen aus, bevor ich mir die Hände wusch und anschließend den Schnitt säuberte, der tief ins Fleisch ihrer linken Handfläche hineinreichte. Mein Gefühl sagte mir, dass sie sich als eine ziemlich schwierige Patientin erweisen würde, sobald ich anfing, mit einer Nadel zu hantieren, und dass ich sehr viel besser dran wäre, wenn ich mich an die Arbeit machte, bevor sie wieder zu Bewusstsein kam. Ich löste die Taschenlampe von meinem Gürtel, nahm sie zwischen die Zähne und richtete ihren Lichtstrahl auf Cindys Wunde. In aller Eile fädelte ich einen Faden durch das Nadelöhr, und als sie eine Minute später die Augen öffnete, hatte ich gerade meinen vierten Stich beendet. Sie starrte mich an, umklammerte ihre verletzte Hand mit ihrer gesunden und zwang sich mühevoll dazu, sie mir zu überlassen.

„Ach du meine Güte!", stöhnte sie, schloss die Augen und legte den Kopf wieder auf die Couch. Mühsam versuchte sie ihre kurzen, flachen Atemzüge zu kontrollieren. Schließlich öffnete sie eines ihrer Augen wieder und beobachtete ängstlich mein Gesicht, während ich ruhig den sechsten Stich setzte. „Der ist gut", murmelte ich, die Taschenlampe im Mund. Cindy sagte kein Wort und mied weiterhin den Anblick ihrer Hand. Stattdessen wanderten ihre Augen über meine Schulter hinweg, wo sie schließlich an einem Punkt hängen blieben. Dort schien jemand zu stehen. Ich vernahm leise Schritte. Dann fragte Annie besorgt: „Tante Grille, alles in Ordnung?"

„Ja, Schätzchen. Alles ist gut." Sie nickte und versuchte Annie fortzuscheuchen. „Geh wieder ins Bett." Anstatt auf sie zu hören, trat Annie hinter mich. Ihr Sandalenanhänger rutschte über meine

Schulter, als sie sich über mich beugte, und blitzte bei jeder Bewegung auf. Annie starrte zuerst auf meine Arbeit, dann auf Cindy. „Hast du dich geschnitten?" Offensichtlich hatte Annie kein Problem mit Blut und Nadeln.

In Cindys Gesicht war wieder etwas Farbe zurückgekehrt, aber sie war noch nicht in der Lage, von der Couch aufzustehen. Nicht nur, dass sie durch den langen Faden mit mir verbunden war, es war auch noch viel zu viel Blut zu sehen. „Ja, nur ein dummer kleiner Schnitt. Geh wieder schlafen." Sie schloss die Augen und zuckte zusammen, als ich die Nadel durch ihre Haut stach.

Ich nahm die Taschenlampe in die Hand und flüsterte Annie zu: „Dieser Schnitt hier –", ich deutete mit der Nadel darauf und hielt die Taschenlampe so, dass Annie ihn sehen konnte, „geht fast bis zum Knochen durch und hat hier eine ziemlich große Vene durchtrennt." Ich zeigte ihr die Stelle mit der Nadel. Annie betrachtete sie und sah sich dann zum Vergleich ihre eigene Hand an. Ich fuhr fort: „Deine Tante Grille ist ohnmächtig geworden. Ich denke, acht Stiche sollten ausreichen, aber wenn ich mir das nette rostige Messer ansehe, wird sie sicher auch noch eine Tetanusspritze brauchen."

„Na toll!" Cindy schloss erneut die Augen und zwang sich, gleichmäßig und tief zu atmen.

Annie flüsterte mir ins Ohr: „Sie mag keine Spritzen."

Ich betrachtete Cindys Gesicht, das wieder weiß geworden war. „Das habe ich mir gedacht."

Ich verknotete den letzten Stich, drehte mich zu Annie um und deutete mit dem Kopf auf die kleine Schere, die auf dem Tisch neben mir lag. „Meine Hände sind voll. Würdest du das für mich abschneiden?" Annie nahm die Schere, steckte ihre kleinen Finger durch die Griffe und beugte sich vorsichtig vor. „Gleich oberhalb des Knotens", erklärte ich ihr. Ich hielt die Naht wie eine Nabelschnur, und Annie durchtrennte sie mit der Sorgfalt und Besorgnis eines Mannes, der gerade zum ersten Mal Vater geworden war. Nachdem sie den Faden durchtrennt hatte, betrachtete sie ihr Werk. Ich nickte und sagte: „Kannst du mir einen Waschlappen bringen?"

Annie kehrte mit einem ausgeblichenen, ein wenig zerschlissenen grünen Waschlappen zurück und reichte ihn mir. Als Cindy ihn bemerkte, erhob sie Einwände. „Nein, Schatz, nicht unsere guten. Nimm die alten weißen mit den Flecken darauf. Die liegen neben der Waschmaschine." Annie brachte mir einen der besagten Waschlappen. Ich tränkte ihn mit Peroxid und betupfte vorsichtig die Naht und Cindys übrige Hand.

Cindy sah mich an. „Was denn, Sie haben doch wohl nicht auch noch eine Spritze dabei, oder? Ich bekomme langsam wirklich Angst davor, was sich sonst noch alles in diesen Taschen verbirgt."

Ich lächelte. „Keine Spritzen." Dann legte ich einen Druckverband an, half ihr, sich aufzusetzen, und positionierte ihre Hand so, dass sie sich über Herzhöhe befand, um die Blutung zu stoppen, die noch immer nicht zum Stillstand gekommen war. Annie ließ sich neben Cindy auf der Couch nieder und hielt sich die Hand vor den Mund, während sie hustete. Cindy sah ihr beschwichtigend in die Augen. „Ich bin in Ordnung, Schatz. Du solltest jetzt wirklich weiterschlafen." Annie gähnte und legte ihren Kopf an Cindys Schulter. Hilfesuchend schaute Cindy mich an. Ich nahm Annie hoch, trug sie zu ihrem Bett und deckte sie zu. Ich glaube, sie schlief, noch bevor ich den Raum verließ.

Cindy saß auf der Couch, kämpfte gegen die Übelkeit an und betrachtete ihre Hand. Dann wanderte ihr Blick zu mir. „Ich habe irgendwie das Gefühl, dass Sie das früher schon einmal gemacht haben."

„Nur ein oder zwei Mal", erwiderte ich. Der Kessel auf dem Herd begann zu pfeifen. Ich goss das Wasser in die beiden Tassen, in denen bereits Kamillenteebeutel hingen, und ließ mich neben Cindy auf der Couch nieder. Wir saßen schweigend da und bliesen den Dampf, der aus unseren Tassen aufstieg, fort.

Die Stille legte sich auf uns, und mir wurde unbehaglich zumute. Ich suchte nach einem Weg, mich davonzumachen. „Sie sehen müde aus; ich sollte jetzt besser gehen." Das war nicht ganz die Wahrheit. Cindy wirkte zwar tatsächlich müde, aber sie sah auch so aus, als brauchte sie die Gesellschaft eines Erwachsenen mindestens ebenso sehr wie eine Woche Schlaf. Die Ringe unter ihren Augen verrieten mir, dass sie nachts nicht viel zum Schlafen kam. Ich hatte dieselben Ringe schon oft gesehen – unter meinen eigenen Augen.

Cindy erhob sich und begleitete mich zur Tür. „Hey", sagte sie, während sie ihre Hand immer noch in Halshöhe hielt, „ich weiß, das ist ziemlich dreist, aber ich frage Sie trotzdem. Und ich gebe zu, ebenso sehr um meinetwillen wie um Annies willen."

Sie wartete darauf, dass ich sie aufforderte weiterzusprechen und mich zu fragen, was immer sie fragen wollte. „Okay", sagte ich vorsichtig.

„Wir fahren morgen Nachmittag nach Atlanta. Zu Annies Arzt im St. Joseph Krankenhaus. Hätten Sie Lust, uns zu begleiten?" Lächelnd lehnte sie sich an die Tür. „Wir könnten Ihren Wagen nehmen, den Arztbesuch hinter uns bringen, und anschließend könnte ich Ihnen einen unglaublich gesunden Hotdog im Varsity spendieren."

Annie hustete erneut, dieses Mal länger, und ich spürte, wie etwas an dem Narbengewebe zerrte, das mein Herz umgab. Der Gedanke, ins St. Joe zu fahren und dort herumzuhängen, rief keine Begeisterungsstürme in mir hervor, obwohl ich genügend Verstecke kannte, aber … Annie hustete erneut.

Ich nickte. „Wann soll ich Sie abholen?"

„Wir müssen um drei Uhr dort sein."

„Dann bin ich um eins hier."

Sie nickte, und ich trat hinaus auf die Veranda. Obwohl ich beinah Angst hatte, die Frage auszusprechen, weil ich die Antwort im Grunde schon kannte, drehte ich mich noch einmal um. „Nur so aus Neugier, wie heißt denn Annies Arzt?"

Cindy räusperte sich. „Dr. Morgan. Royer Morgan."

Ich suchte am Türrahmen Halt.

„Sie kennen ihn?", fragte sie.

Hastig schüttelte ich den Kopf. „Ich war nur neugierig. Das ist alles." Ich beschloss, dass es nun wirklich an der Zeit war, mich höflich zurückzuziehen, und tippte mit dem Zeigefinger an meinen Hut. „Gute Nacht. Und –“, mein Blick wanderte zu ihrer Hand, „Ibuprofen hilft gegen die Schmerzen.“

„Danke. Gute Nacht.“ Cindy schloss die Tür hinter mir, und ich eilte über den schmalen Steg.

Als ich zum See kam, beugte ich mich vornüber, hielt mich an der *Podnah* fest und betrachtete mein Spiegelbild auf der vom Mond beschienenen Seeoberfläche. Mein Gesicht war verzerrt. Ich verlor den Boden unter den Füßen, fiel auf die Knie, öffnete den Mund und erbrach mich auf mein Spiegelbild.

* * *

Am nächsten Morgen stand ich an der Tankstelle in der Nähe meines Hauses und tankte meinen Wagen auf. Als ich fast fertig war, hielt ein alter Cadillac neben mir an. Der Auspuff hatte ein Loch, und der Wagen war ziemlich verdreckt.

Sal Cohen kurbelte die Scheibe herunter und sagte: „Ich komme gerade von Annie, wo ich Cindy eine Tetanusspritze gegeben und eine Wunde gesäubert habe, die Sie, wie ich zu meinem Erstaunen vernommen habe, genäht haben.“ Er kratzte sich am Kinn und starrte durch die Windschutzscheibe. „Das ist wirklich eine der besten Nähte, die ich je gesehen habe. Es wird vermutlich nicht einmal eine Narbe zurückbleiben.“

Ich zuckte die Achseln. „Das ist wie Fahrradfahren.“

Sal streckte seinen Kopf aus dem Fenster und fragte forschend: „Und wo genau hat ein Bootsbauer gelernt, dieses Fahrrad zu fahren?“

„Das ist schon lange her. Ich habe während des Colleges in einem Rettungsteam mitgearbeitet.“

Er tippte sich an den Hut, löste die Handbremse und sagte: „Den Rettungssanitäter, der Ihnen das beigebracht hat, würde ich ja zu gerne mal kennenlernen.“

Ich sah ihm nach und hatte nur einen Gedanken: *Ich muss sofort aus der Stadt verschwinden.*

Kapitel 26

Dank des raschen Fortschrittes in der medikamentösen Behandlung stabilisierte sich Emmas Zustand während der Collegezeit ein wenig. Sie versuchte nicht, auf ein Examen hinzuarbeiten, sondern studierte zu ihrem Vergnügen. Sie besuchte jedes Literaturseminar, das angeboten wurde, und malte viel. Wenn ich zurückblicke, muss ich sagen, dass diese Zeit mit die glücklichste in ihrem Leben war – die Zeit, in der sie am tiefsten atmen konnte.

Unseren Eltern zuliebe warteten wir die ersten beiden Collegejahre ab, bevor wir in unserem dritten heirateten, kurz nachdem ich den Test für die Zulassung zum Medizinstudium hinter mich gebracht hatte. Es gab eine kleine, einfache Feier im Garten ihrer Eltern, und wir verbrachten unsere Hochzeitsnacht in eine dicke Decke eingehüllt irgendwo in den Smokies in einer alten Hütte.

Ich denke oft an die Zärtlichkeit und Aufrichtigkeit zurück, die unsere Hochzeitsnacht zu etwas ganz Besonderem machte. Wir waren einfach wir, zwei Kinder, die erwachsen geworden waren und geheiratet hatten. Wir hatten keine Geheimnisse voreinander, mussten uns nichts beweisen. Wir flogen nach New York und fuhren zwei Wochen lang mit alten Zügen durch das Land bis hinauf nach Kanada. Für die Nächte mieteten wir uns in kleinen Pensionen ein. Nie hatte ich Emma aufgeregter erlebt, nie war sie so frei und von der Vergangenheit unbeschwert gewesen wie auf dieser Zugreise. Mit jedem Kilometer, den der Zug zurücklegte, wurden ihre Schultern lockerer und ihr Lächeln strahlender.

Als wir zurückkehrten, wartete der Brief mit meinen Testergebnissen auf mich. Ich hatte 45 Punkte erreicht – also den Jackpot geknackt. Ziemlich bald erhielt ich Antwortschreiben von den medizinischen Fakultäten im Südosten des Landes, bei denen ich mich beworben hatte, die allesamt mit den Worten begannen: *Lieber Reese, wir freuen uns, Ihnen mitteilen zu können …* Die meisten boten mir ein volles Stipendium an und einen der hochbegehrten

Plätze in ihren Forschungsteams, aber mich interessierte nur mein eigenes Forschungsprojekt. Alles andere war mir egal. Ich wollte nur eins wissen: Was könnt ihr mir über das menschliche Herz beibringen?

Bei den meisten Interviews stutzten die Mitglieder der Entscheidungsgremien, vorwiegend Ärzte in weißen Jacketts mit Fliegen, angesichts meiner Einstellung oder zeigten sich empört, weil ich es wagte, eine derart anmaßende Frage zu stellen. Ich war nicht eingebildet. Aber ich hatte meine Bestimmung fest vor Augen und keine Zeit, mich auf Umwege einzulassen. Ich musste von Anfang an die Weichen richtig stellen.

Das Interview in *Harvard* verlief anders. Als einer der drei Finalisten im Kampf um ein hoch dotiertes Forschungsstipendium saß ich vor einem achtköpfigen Gremium und wurde aufgefordert, meine Fragen vorzubringen. Respektvoll sagte ich: „Ich habe tatsächlich eine Frage."

Die Ärzte zogen ihre Augenbrauen in die Höhe und warteten.

Ich fragte: „Können Sie mir in einem Satz zusammenfassen, was Sie mir über das menschliche Herz beibringen würden, wenn ich an Ihre Uni käme?"

Dr. Ezra Trainer – Fliege, Tweedjacke, grauer Bart, Laserpointer und eine Hand voller M&Ms, die er sich eins nach dem anderen in den Mund steckte – hob den Finger, ließ seine Brille auf die Nasenspitze herabgleiten und sagte: „Hüte dein Herz, denn von ihm geht das Leben aus."

Ich sprang beinah von meinem Stuhl.

Kapitel 27

Dr. Trainer begann das Anatomieseminar gleich am ersten Tag mit drei einfachen Regeln: „Trinken Sie ungesüßten Eistee – die Gerbsäure ist gut für Ihr Herz, wohingegen Industriezucker schädlich ist; nehmen Sie täglich eine Viertel-Aspirin, Ihre Arterien und Venen sind dann weniger anfällig für Ablagerungen und setzen sich nicht so leicht zu; und nehmen Sie nie den Aufzug, wenn eine Treppe in der Nähe ist." Er klopfte auf die Dose mit den M&Ms, die auf seinem Schreibtisch stand, und fügte hinzu: „Ach ja, und passen Sie auf, wovon Sie sich abhängig machen."

Manche Dinge sind so einfach.

Seine erste Unterrichtseinheit beendete er mit den Worten: „Sie werden viele Techniken und Vorgehensweisen kennenlernen, meine Damen und Herren, aber das beste Werkzeug, mit dem Sie je arbeiten werden, ist das, was zwischen die Ohrstücke Ihres Stethoskops passt." Als sich das Gelächter gelegt hatte, hob er einen Finger und sagte leise: „Vergessen Sie nie, das Bessere ist der Feind des Guten."

Diesen Spruch kannte ich bereits, denn ich hatte Voltaire gelesen.

Gleich an unserem ersten Tag machten wir Bekanntschaft mit unseren Leichen. Mein Team und ich bekamen drei Tote, ganz blau verfärbt, runzlig und sehr tot, an denen wir das Semester über arbeiten würden. Während die meisten Gruppen ihre Leichen durchnummerierten oder sie Alpha, Beta und Gamma nannten, gaben wir unseren einen Namen.

Wir würden alles an ihnen sezieren, von ihren großen Zehen bis zu ihrem Hirnstamm, aber damit wir die Ehrfurcht vor den Toten nicht verloren, rief uns Dr. Trainer immer wieder in Erinnerung: „Diese Menschen waren früher einmal lebendig; sie sind herumgelaufen und haben gesprochen. Sie haben geliebt, sich unterhalten und geträumt. Tot oder nicht, ich denke, wir sollten sie mit dem nötigen Respekt behandeln."

Die erste Leiche war ein Mann über siebzig, der sich scheinbar zu Tode geraucht hatte. Wir tauften ihn Winston. Und wenn es heißt, dass Teer an der Lunge kleben bleibt, so ist das kein Witz. Seine Lunge sah aus wie ein Straßensystem aus winzigen, geteerten Straßen.

Die zweite war eine Asiatin, eine Frau Mitte vierzig, die, wie wir etwa einen Monat später herausfinden sollten, an einem Herzinfarkt gestorben war. Wir gaben ihr den Namen Cathy, weil sie einen aus unserer Gruppe an seine Tante erinnerte.

Der dritte Leichnam war ein Mann Mitte sechzig, der einen massiven Schlaganfall erlitten hatte – nach den Schwielen an seinen Händen zu urteilen vermutlich auf dem Golfplatz. Wir tauften ihn Scotty, weil wir fanden, dass er in einem schottischen Kilt gut ausgesehen hätte. Und wenn es heißt, dass Plaques die Arterienwände wie ein Klettverschluss miteinander verbindet, dann ist das durchaus zutreffend. Zwei Monate später sezierten wir Scottys Halsschlagader, die Arterie, durch die das Blut vom Herzen zum Gehirn fließt, und stellten fest, dass sie zu 99 Prozent verstopft war.

An jenem ersten Abend führte ich Emma in die Leichenhalle, einen großen, kalten Raum mit sechzig Tischen und genauso vielen Leichen, und zog die Laken zurück. Die meisten Leute sahen die reglosen blauen Körper, verzerrten Lippen und verschrumpelten Körperteile, und fühlten sich wie in einen schlechten mitternächtlichen Horrorfilm versetzt. Aber nicht so Emma. Für Emma war der menschliche Körper ein Spiegelbild Gottes. Sie lief zwischen den Tischen herum und sagte: „Das macht uns zu etwas ganz Besonderem."

Während ich unser Heim mit wissenschaftlichen Büchern, Zeitschriften und Diagrammen anfüllte und mich daranmachte, alles über das menschliche Herz zu lernen, ließ Emma ihr Herz auf die Leinwände fließen und erfüllte unser Leben mit Farbe und Ausdruck.

Außer Emma, die wirklich alles über mich wusste, hatte ich niemandem von meinen Plänen erzählt. Denn ich wusste, dass ich so viel reden könnte wie ich wollte, Worte aber letztlich kaum etwas bedeuteten. Worauf es ankam, waren allein Taten. Trotzdem wandten sich die Mitglieder meiner Gruppe, als es daran- ging, Winstons Brustbein aufzusägen und sein Herz zu sezieren, zu mir um und sagten: „Das solltest du machen."

Mit einer schnurlosen Stryker-Säge schnitten wir ihm das Brustbein bis zur Speiseröhre auf, führten einen Rippenspreizer ein und zogen vorsichtig seine Brust auseinander. Im Innern des Herzbeutels fanden wir sein Herz, das Organ, „von dem das Leben ausgeht", krank und durch die vielen Jahre des Rauchens geschädigt. Ich sah mich zu den anderen um, die zustimmend nickten, und so griff ich hinein und legte meine Finger darum. Es war kalt und hart. *Das ist der Grund, warum du hier bist. Das ist der Startpunkt. Erlerne das, Reese. Lerne alles darüber.*

* * *

Gegen Ende meines ersten Jahres bat mich Dr. Trainer in sein Büro und hieß mich, ihm gegenüber Platz zu nehmen. Mit seiner kalten Pfeife deutete er auf mich. „Reese, jeder Narr kann sehen, dass Sie ein wenig anders sind als die übrigen Studenten." Er zeigte auf die Wand hinter mir. „Ich bin Ihr Lehrer und Studienberater, also können Sie sich ebenso gut früh festlegen. Im Grunde genommen haben Sie drei Möglichkeiten."

Ich wusste das, und er wusste, dass ich es wusste, und er wusste auch, dass ich wusste, dass er es wusste, aber das hier war mehr als eine lockere Unterhaltung zwischen Lehrer und Schüler. Er deutete mit seinem Laserpointer auf ein Schaubild an der Wand, einen Baum mit drei Zweigen.

„Fachärzte für Elektrophysiologie/Kardiologie sind die Elektriker des Herzens. Sie setzen vorwiegend Schrittmacher ein und spielen samstags im Club Gin Rommé. Sie schicken ihre Kinder auf Privatschulen, fahren ausländische Autos und machen im Winter zwei Wochen Skiurlaub in Utah."

Er bewegte den Laserstrahl auf die rechte Seite des Schaubildes. „Interventionelle Kardiologen sind Klempner. Sie legen Stents ein und spielen dann Golf mit denen, die nicht Gin Rommé spielen. Ihre Ehefrauen bilden mit den Frauen jener Männer –", er zeigte mit seinem Laser wieder auf die Elektrophysiologen, „Fahrgemeinschaften, und sie kaufen sich vielleicht zusammen mit ihnen eine Ferienwohnung auf den Bahamas, wo sie sich im Sommer zwei Wochen lang mit Fliegenfischen die Zeit vertreiben."

Langsam ließ er den Laserstrahl zur Mitte des Schaubilds wandern und kreiste sie ein. „Herz-Thorax-Chirurgen." Er sprach das Wort langsam aus, andächtig und besonders betont. „Wir sind die Zimmerleute, die Baumeister. Wir führen Bypass-Operationen und Transplantationen durch, von denen die Golfer, die Jungs, die Gin Rommé spielen, und die Fliegenfischer nur träumen können. Wir arbeiten zu viel, fahren nur selten Ski, werden viel schlechter bezahlt als noch vor einigen Jahren, und die meisten von uns sind Ekel. In Wahrheit stehen wir am Ende der Reihe, wir sind die letzte Station vor dem Himmelstor beziehungsweise der Feuergrube."

Er warf mir seinen Laserpointer zu. „Wählen Sie."

Ich kannte meinen Platz auf dieser Abbildung, seit ich Emmas Mutter mein Versprechen gegeben hatte. Die Bezeichnung dafür hatte ich damals vielleicht noch nicht gekannt, aber ich hatte gewusst, wo mein Platz war. Ich lehnte mich zurück und zeigte auf den Ast in der Mitte. „Hier. Schon immer." Ich schaltete seinen Pointer aus und legte ihn ruhig auf seinem Schreibtisch ab.

Er setzte sich zurück, faltete seine Hände und nickte bedächtig. Schließlich steckte er sich seine Pfeife in den Mund, dachte einen Augenblick nach und sagte dann: „Gut. Das ist gut." Langsam kratzte er sich am Kinn und fixierte mich mit zusammengezogenen Augen. „Sie müssen von Anfang an wissen ..."

„Ja, Sir?"

„Das Herz ist ein erstaunliches Organ, wahrhaftig der Kaiser unter den Organen, aber nicht alle Herzen fangen wieder an zu schlagen, nachdem sie einmal angehalten wurden." Er sah aus dem Fenster hinaus und tauchte ein in eine im Nebel liegende Vergangenheit. „Vergessen Sie das nicht."

* * *

Im Verlauf des Studiums wandte sich Dr. Trainer hin und wieder an einen auserwählten Studenten und forderte ihn auf, bei einer Bypassoperation zu assistieren. Das war eine besondere Auszeichnung und spornte uns alle zu Höchstleistungen an. Seine berüchtigte Aufforderung hatte Dr. Trainer schon vor langer Zeit auf ein mythisches Podest gehoben. Wochenlang war das Hauptgesprächsthema unter den Studenten: *Was machst du, wenn er deinen Namen aufruft?*

Gegen Ende meines zweiten Jahres wandte sich Dr. Trainer eines Tages unvermittelt an mich und fragte mich vor der Klasse: „Doktor, haben Sie heute Nachmittag schon etwas vor?"

Ich zuckte nicht einmal mit der Wimper. Mein ganzes Leben lang hatte ich auf diesen Augenblick gewartet.

Ich unterzog mich meiner ersten chirurgischen Händedesinfektion, trat zu ihm in den Operationssaal und beobachtete ihn dabei, wie er die innere Brustwandvene aus der Brusthöhle von Jimbo, einem knapp über vierzig Jahre alten Bauarbeiter, herauslöste, der neunzig Pfund Übergewicht hatte und den nur noch etwa drei Schläge vom Herzstillstand trennten. Ich stand neben Dan, dem Assistenzarzt, der mit einem Skalpell eine Vene für den zweiten und dritten Bypass aus Jimbos Bein entnahm.

Dr. Trainer, der mir gegenüberstand, setzte die Vene ein, beendete den ersten Bypass und sah mich dann mit einem seltsamen Gesichtsausdruck an. Sein Gesicht wurde rot, seine Augen rollten zurück, seine Knie gaben nach, und er wurde bewusstlos. Mit einem dumpfen Knall schlug er auf dem Fußboden auf. Jimbo, der mit geöffneter Brust auf dem Tisch lag, das Herz in Ruhestellung und er nur von einer Maschine am Leben gehalten, bekam nichts davon mit, als im Operationssaal die Hölle losbrach.

Dan ließ das Skalpell fallen und fing an zu hyperventilieren, taumelte gegen die Tische und verteilte die sterilen Instrumente quer durch den ganzen Raum. Die Oberschwester brachte ihren Instrumentenwagen gerade noch rechtzeitig vor ihm in Sicherheit und ließ Dr. Trainers Partner anpiepen, doch der steckte fünfzig Kilometer vom Krankenhaus entfernt im Verkehr fest. Das Problem war, dass Jimbo nicht die Zeit hatte zu warten, bis Dr. Metzo sich über die Autobahn und durch den dichten Bostoner Verkehr gearbeitet hatte.

Während eine Schwester anfing, Dr. Trainer mit schriller Stimme anzuschreien, begann Dan unzusammenhängendes Zeug zu lallen. Die OP-Schwestern und Kardiotechniker standen wie festgewurzelt auf ihren Plätzen. Ich blickte zum Anästhesisten hinüber, der die Hände hob, mich ansah und sagte: „Ich bin nicht ausreichend gesäubert und desinfiziert."

Mein Blick wanderte zum Kardiotechniker hinüber, der die Hände hob und ebenfalls abwinkte.

Schließlich wandte ich mich an die OP-Schwester, streckte meine Hand aus und sagte: „Nadelhalter."

Sie starrte auf den Patienten, dann zu mir hinüber und legte schließlich die eingefädelte Nadel in meine Hand. Ich hatte hundertmal zugesehen, mehrere Dutzend Mal „erfolgreiche" Bypassoperationen an einer Leiche vorgenommen, tausende Berichte darüber gelesen und zwanzig Jahre lang jede Minute eines jeden Tages davon geträumt. Im Geist war ich jeden Stich und jede Sekunde bereits unzählige Male durchgegangen.

Ich bat den Anästhesisten, den Tisch ein wenig hochzufahren, da ich etwa sieben Zentimeter größer war als Dr. Trainer, steckte meine Hände in Jimbos Brust und tat das, wozu Gott mich geschaffen hatte. Ich brachte sein Herz in Ordnung.

Mehrere Stiche später – ich war gerade dabei, den zweiten Bypass zu vernähen – blickte ich zu Dr. Trainer hinüber und bemerkte, dass er sich offensichtlich nur bewusstlos stellte. Ich ertappte ihn dabei, wie er mich mit einem Auge beobachtete, während er mit dem anderen den Videomonitor im Blick behielt. Als er mir zuzwinkerte, wurde mir klar, dass dieser Vorfall geplant war. Und alle außer mir waren eingeweiht.

Aber das war mir egal. Innerhalb von zwanzig Minuten hatte ich die Zirkulation um Jimbos Herz durch drei neue Venen, eine aus seiner Brust und zwei aus seinem Bein, umgeleitet, ihn von der Maschine genommen und beobachtete, wie sich sein Herz mit Blut füllte und dunkelrot färbte. Nachdem das Blut die Hohlräume ausgefüllt hatte, griff ich mit der Hand hinein, legte meine Finger um sein Herz und drückte vorsichtig zu.

Es schlug einmal. Und dann noch einmal. Und Jimbo starb nicht.

Nachdem ich den Herzbeutel zugenäht hatte, drei Drainageröhrchen durch seine Bauchwand gesetzt, sein Brustbein mit Drähten zusammengeklammert und die Haut darüber vernäht hatte, trat ich zurück.

Dan schüttelte lachend den Kopf. „Siebzehnmal haben wir diese Show jetzt schon abgezogen, aber du bist der Erste, den wir die Operation haben zu Ende bringen lassen. Normalerweise ist Dr. Trainer nach zwei Minuten wieder an seinem Platz, weil der Student an deiner Stelle es vermasselt hat und nicht mehr steril ist oder kurz davor steht, ein ohnehin schon beschädigtes Herz noch weiter zu ruinieren." Er deutete auf Jimbo. „Das war gute Arbeit. Fast so gut wie seine." Dan zeigte auf einen Punkt hinter mir.

Ich drehte mich um und stieß fast mit Dr. Trainer zusammen, der mir über die Schulter blickte und wie immer M&Ms kaute.

Dr. Trainer nickte und meinte lächelnd: „Vielleicht." Als ich meine Handschuhe und meinen Kittel auszog, zwinkerte er mir zu. „Nur vielleicht."

Kapitel 28

Das einzige Möbelstück, das ich aus der alten Anglerhütte behielt, war eine alte, überdimensionale Badewanne auf Löwenfüßen. Das Ding war hüfthoch und sah aus, als stamme es aus einem Bordell. Charlie meinte, die Wanne wiege bestimmt dreihundert Pfund, aber Emma liebte sie. Sie ließ unzählige Male warmes, aber nicht zu heißes Wasser einlaufen, während sie sich vor dem Spiegel über dem Waschbecken die Augenbrauen zupfte. Sobald die Wanne gefüllt war, glitt sie hinein, blieb stundenlang darin liegen und las. Wann immer das Wasser kalt wurde, ließ sie heißes nachlaufen. An die hundert Bücher hat sie in diesem Ding gelesen. In tiefem Schaum versunken, ein Handtuch hinter ihrem Kopf und die Füße hochgelegt.

Manchmal steckte ich den Kopf ins Badezimmer und fragte: „Möchtest du Gesellschaft?"

Und zuweilen strahlte sie mich über ihr Buch hinweg an, griff nach ihrem Lesezeichen und nickte. Ich stieg dann zu ihr in die Wanne, ließ mich zurücksinken, und sie las mir vor, während ich ihr die Füße massierte. Wenn wir aus der Badewanne herauskletterten, waren wir so runzlig wie Rosinen.

Als Charlie und ich mein jetziges Haus bauten, behielt ich die Wanne, um mich an jene kostbaren Augenblicke zu erinnern. Wenn ich sie jetzt loswerden wollte, müsste ich das Haus in die Luft sprengen. Das Ding war so schwer, dass wir den Boden des Badezimmers verstärken mussten, damit er die Wanne samt Wasser und demjenigen, der darin lag, aushielt. Ich engagierte zwei Männer, die mir helfen sollten, sie nach oben zu schaffen. Wir stellten sie gegenüber von einem Fenster ab, das einen fantastischen Ausblick auf den See bot.

Charlie, der am Fuß der Treppe stehen geblieben war, schüttelte nur den Kopf und meinte: „Du kannst natürlich tun und lassen, was du willst, aber ich verstehe wirklich nicht, warum du dieses alte Monstrum behältst."

* * *

Ich ließ Wasser einlaufen, das beinah heißer war, als ich es aushalten konnte, und stieg in die Wanne. Der Mond beleuchtete den See wie ein Scheinwerfer, und eine leichte Brise spielte mit den Blättern der Bäume. Ich öffnete das Fenster einen Spalt, schaltete das Licht aus und wartete.

Schon bald begannen sie. Es dauerte nicht lange, bis ich einschlief. Als ich erwachte, waren die Grillen verstummt. Sie hatten ihre Serenade beendet. Es war schon nach Mitternacht, das Wasser war kalt, und ich kletterte aus der Wanne, von oben bis unten verhutzelt und runzelig.

Ich weiß nicht, wie oft Emma und ich gemeinsam in dieser Badewanne gesessen haben. Und das in meinem Kopf gespeicherte Bild davon, wie sie aus der Wanne stieg, die Haare hochgesteckt, Wasser von ihren Ohrläppchen und Fingerspitzen und Zehen tropfend, ist eines derjenigen, das ich Termite nicht für alle Reichtümer dieser Erde oder alle Männermagazine der Welt verkaufen würde.

Kapitel 29

Während meines Medizinstudiums habe ich vieles gelernt, aber eine Erkenntnis wiederholte sich immer und immer wieder: Der menschliche Körper ist unglaublich widerstandsfähig. Menschen verstümmeln sich auf die unterschiedlichste Weise – sie rauchen wie Schlote, bis ihre Lunge so schwarz wird wie die Nacht, sie saufen wie Fische, bis ihre Leber löchrig wird, essen wie Schweine, bis ihr Herz und ihre Nieren vor Fett triefen und sie ein Dreifachkinn im Gesicht haben, sitzen herum wie Schnecken, bis das Laufen schmerzt ... und doch nimmt der menschliche Körper all das hin und funktioniert weiter. Das gab mir Hoffnung, denn wenn Menschen ihre intakten Systeme aus freiem Willen heraus so missbrauchen konnten und diese Systeme ihnen trotzdem siebzig oder achtzig Lebensjahre schenkten, dann müsste Emma, die unfreiwillig mit einem fehlerhaften System lebte, doch mindestens die Hälfte der Zeit haben. Das bedeutete, dass die Uhr zwar tickte, ich jedoch genug Zeit hatte zu lernen, was ich wissen musste, und Emma die Zeit hatte, auf mich zu warten.

Ich beendete mein Medizinstudium in *Harvard* nach drei Jahren. Danach hatte ich das Glück, auf Dr. Trainers Empfehlung hin für eine fünfjährige allgemeine Chirurgenausbildung im Massachusetts General Hospital ausgewählt zu werden.

Im Mass General lernte ich sehr viel. Ich lernte zum Beispiel, dass wir mit sehr viel weniger Schlaf auskommen, als wir denken. Häufig arbeitete ich drei Tage und zwei Nächte am Stück, ohne auch nur eine Sekunde zu schlafen. Nach fast siebzig Stunden im Dienst sank ich neben Emma ins Bett, schlief vier bis sechs Stunden, stand dann auf und begann wieder von vorne.

Und ich war nicht der Einzige. Wir zwölf, die wir für das chirurgische Ausbildungsprogramm im Mass General ausgewählt worden waren, kamen von den besten Universitäten der Welt. Man nannte uns „die Besten“, weil wir es waren. Das bewies unsere

Bilanz. Ich rechtfertigte die vielen Stunden fern von Emma, indem ich mir immer wieder sagte, dass jede Stunde, die ich im Krankenhaus verbrachte, eine Investition in die Perfektionierung meiner Fähigkeiten war. Jede zusätzliche Stunde war ein kleiner Schritt in Richtung ihrer Heilung.

Nachdem ich meine Zeit im Mass General absolviert hatte, bekam ich einen Anruf von einem der besten Transplantationsspezialisten der Welt, der mir anbot, achtzehn Monate lang unter seinen Fittichen am Vanderbilt Transplant Center zu arbeiten und die Kunst der Transplantation zu erlernen. Wir nahmen an, zogen nach Nashville und ich arbeitete Seite an Seite mit diesem großen, schlaksigen, freundlichen Landarzt, der zufällig zu den besten Transplantationschirurgen gehörte, die es je gegeben hatte. Trotz seiner herausragenden Position und der Aura, die ihn umgab, bestand er darauf, dass wir ihn „Billy" nannten. Wir taten es auch, doch hinter seinem Rücken nannten wir ihn „Sir".

Während ich im Mass General lernte zu überleben und selbst dann klar zu denken, wenn ich mich kaum noch auf den Beinen halten konnte, lernte ich im Vanderbilt zu heilen. Transplantationen an sich sind nicht schwierig; das technische Prozedere ist bereits seit Jahren bekannt. Das alte Herz wird herausgeschnitten, das neue eingesetzt und der Patient zugenäht. Der schwierige Teil kommt später, nach der Operation, wenn der menschliche Körper durch starke Medikamente buchstäblich dazu gezwungen wird, ein fremdes Organ anzunehmen. Um das zu erreichen, werden ausgewählte Teile des Immunsystems geschwächt, damit es sich nicht selbst angreift und das fremde Herz abstößt, das jetzt in einem Körper sitzt, für den es nicht bestimmt war. Das ist eine recht sensible Angelegenheit. Um eine Annahme zu erzwingen und eine Abstoßung zu verhindern, müssen Transplantationspatienten über den Tag verteilt durchschnittlich vierzehn verschiedene Tabletten einnehmen.

Aus diesem Grund sind Transplantationschirurgen gleichzeitig immer auch Experten für Infektionskrankheiten. Sie üben sich darin, Symptome zu erkennen, die andere übersehen, und sind darauf trainiert, selbst die geringsten Abweichungen im Blutbild eines Patienten oder seiner chemischen Zusammensetzung ernst zu nehmen. Der Klang eines Hustens, die Farbe der Augen oder der Haut, der Geruch des Atems – all dies verrät ihnen eine Menge.

Im Gegensatz zu anderen Chirurgen, die häufig einen Menschen operieren, dem sie nie zuvor begegnet sind und den sie nach der Operation nur noch einmal, nämlich ungefähr zwei Wochen später bei der Abschlussuntersuchung sehen, lernen Transplantationschirurgen ihre Patienten Monate im Voraus kennen. Sie kennen ihre Schicksale und ihre Familiengeschichten und durchleiden mit ihnen den qualvollen Prozess des Wartens auf ein Spenderherz. Nach der Operation sehen sie ihre Patienten wöchentlich, dann über Jahre hinweg monatlich. Sie sind durch diesen unbeschreiblichen Akt miteinander verbunden, bei dem jemand das Herz eines anderen Menschen nimmt und es in die Brust einer lebenden Person einpflanzt, wo es instinktiv erneut zu schlagen beginnt. Nur wenige Ärzte entwickeln eine so enge Beziehung zu ihren Patienten.

Nach den achtzehn Monaten im Vanderbilt bekam ich ein Angebot vom St. Joseph Hospital in Atlanta. Dort sollte ein Transplantationszentrum aufgebaut werden, und ich sollte es leiten. Billy gab mir seinen Segen und ließ mich ziehen. Ich schüttelte ihm die Hand, bedankte mich, und dann fuhren Emma und ich heim nach Atlanta.

Zu diesem Zeitpunkt hatte ich mir angewöhnt, permanent zwei Handys und zwei Pieper bei mir zu tragen und war die letzten Jahre lang vierundzwanzig Stunden am Tag und sieben Tage die Woche in Bereitschaft gewesen. Ich war dreißig Jahre alt, und die Leute kamen von überall her zu mir. Ich hatte noch nie einen Patienten verloren, der nicht bereits tot gewesen war, ich war noch nie verklagt worden, und alle meine Operationen waren ein Erfolg. Die Kunde von meinem Talent verbreitete sich schnell.

In meinem dritten Jahr am St. Joe's rief uns Charlie, der nördlich von Atlanta im Baugewerbe tätig war, an und teilte uns mit, er habe das perfekte Anwesen an der Nordspitze des Lake Burton gefunden. Zwei Grundstücke, eines davon mit einer kleinen Anglerhütte, die sich an einem schmalen Finger des Sees gegenüberlagen.

Wir drei trafen uns an einem Sonntagnachmittag, an dem keine Operation auf dem Plan stand, mit dem Immobilienmakler und sahen uns die Grundstücke an. Die existierende Hütte war sehr spartanisch ausgestattet, aber sauber, und würde uns als Wochenendhaus genügen, bis wir das Haus bauen konnten, das wir uns vorstellten. Von dem Augenblick an, in dem wir unseren Fuß auf dieses Fleckchen Erde gesetzt hatten, malte Emma sich aus, wie das Heim aussehen könnte, das sie sich wünschte. Auf der Rückfahrt brachte sie ihre Ideen zu Papier. Wir gaben noch vom Autotelefon aus ein Angebot ab und unterzeichneten wenige Tage später den Kaufvertrag.

* * *

Als ich eines Nachmittags nach vier einfachen Bypassoperationen und einer Thorakotomie in mein Büro zurückkam, saß dort zusammengekrümmt ein älterer Mann aus China. Auf seinen Stock gestützt, hob er den Kopf und begrüßte mich. Ich beugte mich zu ihm hinunter, um ihm die Hand zu schütteln, und stellte Blickkontakt her. Obwohl wir nicht dieselbe Sprache sprachen, wusste ich genau, was er wollte. *Ich möchte leben* bedeutet in jeder Sprache *ich möchte leben.* Die Augen formulieren diesen Wunsch genauso deutlich wie die Lippen.

Ich drehte mich um, reservierte einen Operationssaal, und noch in derselben Nacht begann der Mann wieder zu leben.

Als bekannt wurde, dass ich auch mit sehr zartem Gewebe umgehen konnte, wurden die ersten Kinder zu mir gebracht. Die Tatsache, dass meine Hände so ruhig waren und ich die Fähigkeit besaß, auf kleinstem Raum feine Nähte an gefährlich dünnem Gewebe anzubringen, übte eine enorme Anziehungskraft auf die Eltern aus, die für die kleinen, zarten Herzen ihrer Kinder ein Wunder im Gewand der modernen Medizin brauchten. Und als ich ein achtjähriges Mädchen rettete, das bereits drei Operationen hinter sich hatte und von vier Maschinen am Leben gehalten wurde, bekam ich den Namen „Wundermacher".

Emma lächelte nur und hoffte weiter.

Eine Transplantation verändert das Leben eines Patienten von Grund auf und verlangt ihm eine Menge Geduld ab. Nach der Operation müssen die Patienten einen langen Aufenthalt im Krankenhaus auf sich nehmen. In dieser Zeit bekommen sie wenig Schlaf, werden häufig gestochen und sind über Schläuche mit einer ganzen Reihe von Maschinen verbunden, was ziemlich unangenehm ist. Unmittelbar nach der Operation erleiden sie unweigerlich die erste Abstoßungsreaktion, da ihr Immunsystem die fremde Bedrohung angreift, dieses Ding in der Mitte ihres Körpers, das dort nicht hingehört.

Dann beginnt die zeitintensive und aufwändige Suche nach den richtigen Medikamenten, um das Immunsystem des Patienten zu regulieren. In regelmäßigen Abständen werden Biopsien vorgenommen. Dabei führt der Arzt eine winzige Pinzette durch einen Schlauch, der in eine der Halsvenen eingeführt wurde, und zwickt fünf winzige Stücke des Herzmuskels ab. Diese Stücke werden anschließend unter dem Mikroskop untersucht und analysiert. Nach dem Krankenhausaufenthalt warten neben Wochen der Physiotherapie und Rehabilitation zuerst wöchentliche, später dann monatliche Kontrolluntersuchungen auf den Patienten.

Und schließlich muss der Patient für den Rest seines Lebens eine bestimmte Diät einhalten, täglich ein Dutzend unterschiedlicher Medikamente zu genau festgelegten Zeiten einnehmen, jedem Husten, Niesen und Schniefen, jedem Schnitt, jeder Abschürfung und selbst der minimalsten Abweichung in der Körpertemperatur überdurchschnittliche Aufmerksamkeit zukommen lassen.

Auch an den Ärzten gehen die Transplantationen nicht spurlos vorüber. Jeder ehrliche Mediziner würde zugeben, dass die meisten von uns sich für Halbgötter in Weiß halten. Das Problem liegt im System selbst begründet. Im Gegensatz zu Vorstandsvorsitzenden, die sich vor ihren Aktionären oder dem Aufsichtsrat verantworten müssen, erfahren Ärzte wenig bis gar keine Korrektur. Wir arbeiten ohne Kontrolle. Und im Operationssaal haben wir allein das Sagen; jeder hat unseren Anweisungen sofort Folge zu leisten. Es gibt keine Diskussion. Keine Verhandlung. Keine Fragen oder Proteste. Wir sagen etwas, und unsere Mitarbeiter gehorchen. Wir strecken eine Hand aus, und die Schwestern springen. Und nach jeder gelungenen Operation erhalten wir unsere Bestätigung. „Gut gemacht, Herr Doktor." „Das war gute Arbeit, Doc." „Ausgezeichnete Leistung, Herr Doktor."

Unsere Münder sagen vielleicht: „Ach, das war doch wirklich nichts Besonderes", aber insgeheim denken wir: *Und ob ich gut war!* Wir ergötzen uns an der Anerkennung und sind versessen auf unsere Selbstdarstellung. Und diese Haltung beschränkt sich nicht auf den Operationssaal. Da die meisten von uns an einem übersteigerten Ego leiden, nehmen Beziehungen einen untergeordneten Stellenwert ein, was eine Erklärung dafür ist, warum wir zwanzig Stunden am Tag arbeiten, kein Privatleben haben, einen Rattenschwanz an gescheiterten Beziehungen hinter uns herziehen und unseren Kindern zu Weihnachten eine Karte schreiben.

Ich blieb vor dieser Gefahr der Selbstüberschätzung verschont. Nicht weil ich besser war als die anderen, sondern weil ich es mir nicht leisten konnte, ihr anheimzufallen. Ich kam nach Hause und kletterte zu einer Frau ins Bett, deren Atmung mir Angst einjagte. Auch ich steigerte mein Arbeitspensum auf zwanzig Stunden am Tag, aber nicht weil ich die Bestätigung brauchte, auch wenn ich dagegen nicht immun war, sondern weil ich hoffte, dass Gott sich meiner guten Taten erinnern und Emma verschonen würde.

Häufig kam ich nach zwei Nächten und drei Tagen im Krankenhaus abends nach Hause, legte mich ins Bett und war so müde, dass ich kaum noch die Augen offen halten konnte. Aber der Schlaf war der Feind, und ich gab mir die größte Mühe, ihn abzuwehren, weil ich nichts weiter wollte, als auf den Atem meiner Frau zu hören. Denn dies hielt meine Zweifel in Schach.

Oft drehte sie sich in der Nacht zu mir um, sah meine geöffneten Augen und strich mir mit dem Daumen über die Wange. „Hey du."

Ich lächelte dann.

„Bist du nicht müde?"

Ich schüttelte stets den Kopf.

Sie lächelte mich dann an und berührte meine Lippen. „Du lügst."

Ich nickte.

Daraufhin schmiegte sie sich in meinen Arm, suchte mit ihren Zehenspitzen meine Füße, schloss die Augen und schlief wieder ein. Jedes Mal wollte ich sagen: „Warte, nein, geh nicht. Bleib bei mir. Nur noch ein paar Minuten." Aber bevor ich die Worte aussprechen konnte, schlief sie bereits.

Ich lag dann neben ihr, mit klopfendem Herzen, und in meinen Armen hob und senkte sich ihre Brust. Der Drang zu schlafen war übermächtig, aber ich trotzte dem Sturm, die Wellen krachten gegen meinen Bug, während ich mit dem Ruder kämpfte. Aber über dieses Schiff hatte ich genauso wenig die Kontrolle wie über die Boote, die wir als Kinder gebaut und über den Fluss geschickt hatten. Wir mögen in perfekten, sauberen Zügen über die Oberfläche gleiten oder selbstbewusst über eine Untiefe hinwegschwimmen, aber letztlich ist es das Wasser, das uns trägt. *Es war die beste und die schlimmste Zeit … es war der Frühling der Hoffnung und der Winter der Verzweiflung: Wir hatten alles, wir hatten nichts vor uns.*

Wenn ich sicher war, dass sie schlief, legte ich mein Stethoskop an ihren zarten Rücken und lauschte. Stunden später, wenn der Sturm in meinen Ohren brüllte, die Wellen über meinem Geist zusammenschlugen und meine Hände am Ruder ermatteten, lauschte ich immer noch. Doch schließlich, wenn ich geschwächt und nicht mehr in der Lage war, noch länger durchzuhalten, brach sich eine letzte Welle, erschütterte meinen Rumpf und warf mich an Land. Eine Stunde später erwachte ich von der stechenden Sonne und dem spitzen Schmerz der Unsicherheit. Ein Schiffbrüchiger.

* * *

Mir war klar, dass Emmas Fall komplizierter war als jeder andere, mit dem ich bisher zu tun gehabt hatte. Die Transplantation an sich würde schon heikel und kompliziert werden, doch es war die postoperative Behandlung, die mir Kopfzerbrechen bereitete. Infolge der jahrelangen Einnahme starker Medikamente, um die Degeneration ihres Herzens aufzuhalten, war ihr Immunsystem sehr stark geschwächt. Das zu vollbringende Kunststück würde sein, ausgewählte Teile ihres Immunsystems weiter zu schwächen, damit es das neue Herz annahm, gleichzeitig aber das restliche Immunsystem zu stärken, damit wir zusammen alt werden konnten. Auch wenn ich nach wie vor Hoffnung hatte, lief ihre Uhr langsam ab. Emma hatte mir gesagt, sie wolle nicht, dass ich die Operation an ihr vornähme, damit ich nicht, sollte etwas schiefgehen, für den Rest meines Lebens mit einer solchen Last auf den Schultern leben müsse.

Während Emmas Auswurffraktion immer weiter sank und schließlich bei 15 Prozent lag, quälte ich mich mit der Zusammenstellung des perfekten Operationsteams herum. Ich brauchte ein paar wirklich gute Hände. Ich wollte jemanden, der genauso gut war wie ich. Dr. Lloyd Royer Morgan hatte mit seinen über fünfzig Jahren bereits eine ganze Reihe von Transplantationen durchgeführt und gehörte zu den besten Chirurgen in den Vereinigten Staaten. Royer operierte häufig im St. Joseph, und wir hatten bereits des Öfteren Seite an Seite gearbeitet.

Royer war ein Teddybär. Fast zwei Meter groß und Hände wie Bärentatzen, wirkte er wie ein sanfter Riese. Wegen seiner großen Hände konnte er nur begrenzt an Kindern arbeiten, aber im Hinblick auf Erwachsene war er ein Held. Wenn mein Herz versagen und ich eine Herzoperation benötigen würde, dann würde ich wollen, dass Royer mich operierte.

Emma und ich luden ihn in unser Lieblingsrestaurant zum Essen ein. Er trank Rotwein, kaute an einem Steak und hörte sich unsere Geschichte an. Gegen Ende des Abends bat ich ihn, meine Hände zu sein. Er blickte Emma an, sie nickte, und er sagte ja.

Wir begannen mit den unzähligen Tests, die bestätigten, dass

Emma bereit für die Operation war. Dann setzten wir sie auf die Dringlichkeitsliste. An einem Dienstagabend gegen Mitternacht gab ich Emmas Daten in das nationale Transplantationsdatensystem ein, auch bekannt als UNOS-Datenbank, und registrierte sie offiziell als Empfänger auf der Warteliste. Ich rief sie an, und sie begann zu weinen. Sie fand es unerträglich, darauf zu warten, dass ein anderer Mensch starb, damit sie leben konnte.

Kapitel 30

Dass dieser Mittwoch ein warmer Sommertag werden würde, hatte mir bereits die leichte Brise verraten, die am Morgen vom See heraufgeweht war. Ich war früh auf den Beinen gewesen, weil meine Träume mich nicht länger schlafen ließen. Eigentlich hatten sie mich fast überhaupt nicht schlafen lassen. Als es Zeit war, mich auf den Weg zu machen, schlüpfte ich in ein Flanellhemd, dessen Ärmel ich hochkrempeln konnte, wenn ich wollte, setzte meine Sonnenbrille auf und zog mir die Baseballkappe ins Gesicht. Weiter verfremdet wurde mein Aussehen dadurch, dass ich darauf verzichtet hatte, meinen Bart zu trimmen. Zu meiner Beruhigung wies mein grauer, mit rötlichem Staub bedeckter Suburban nicht die geringste Ähnlichkeit mit dem Lexus auf, den ich früher gefahren war. All dies gab mir berechtigten Anlass zu hoffen, dass ich den Ausflug zum St. Joseph-Krankenhaus unerkannt überstehen würde.

Die schmale, kiesbedeckte Straße, die sich zu ihrem Haus hinunterwand, war vom Regen ausgewaschen und mit Schlaglöchern übersät. Anscheinend gab es niemanden, der es als seine Aufgabe ansah, sie instand zu halten. Ich bog in die Einfahrt ein und hielt direkt vor der Bank, auf der Cindy und Annie saßen und lasen. Annie hatte sich in eine Decke eingehüllt und trug eine dunkelrote Baskenmütze aus Fleece, Cindy war mit einem Baumwolltop und einem knielangen Rock bekleidet, der schon bessere Tage gesehen hatte. Menschen, die an einer chronischen Herzinsuffizienz leiden, entwickeln mit der Zeit alle das gleiche äußere Erscheinungsbild; sie sehen ausgemergelt, hohlwangig und eingefallen aus. Die Augen sind eingesunken, die Haut ist blass und spannt sich über einen bläulich durchschimmernden Untergrund, die Venen treten hervor und wirken brüchig, die Haare sind dünn und glanzlos und die Bewegungen sind langsam, so als müsse sich der Körper durch kniehohes Wasser kämpfen oder als seien die

Fußsohlen mit Brandblasen bedeckt. Der medizinische Fachbegriff dafür ist *Kachexie.* Im Volksmund nennt man das „aussehen wie der Tod auf Latschen“. Annie war dabei, genau dieses Aussehen zu entwickeln. Und es war abzusehen, dass immer mehr von ihrer Lebendigkeit, immer mehr Leben entschwinden würde.

Sie hüpfte von der Bank, kam zum Beifahrerfenster und sagte: „Hey du, rate mal, was wir gelesen haben.“

Ich stieg aus, lief um den Wagen herum und öffnete ihr die Tür. „Ich habe nicht die leiseste Ahnung. Du wirst es mir verraten müssen“, erwiderte ich.

„*Madeline.*“

„Was du nicht sagst.“

Cindy ließ sich auf dem Beifahrersitz nieder. „Ja, wir lieben die Geschichte von dem mutigen kleinen Mädchen, das vor nichts Angst hat.“

Der Highway 400 in Richtung Süden war frei, und so erreichten wir das St. Joseph-Krankenhaus zwanzig Minuten zu früh.

Cindy schüttelte den Kopf. „Sie müssen schon mal hier gewesen sein. Ich brauche immer eine Stunde, um den richtigen Eingang zu finden.“

Lächelnd erwiderte ich: „Das Internet ist eine großartige Erfindung.“

„Ja, aber im Internetcafé kostet die Nutzung zwanzig Dollar die Stunde.“

„Kommen Sie doch einfach zu mir nach Hause. Sie können jederzeit meinen Anschluss benutzen.“ Noch während ich die Worte aussprach, nahm ich mir vor, als erstes den Laptop aus meinem Büro zu holen, wenn ich später nach Hause kam.

Ich stellte den Wagen auf dem hinteren Patientenparkplatz ab, von dem nur die wenigsten wussten.

„Wow! Dürfen wir hier parken?“

Ich gab mich leicht verunsichert. „Ich denke schon. Auf dem Schild dort steht zumindest, dass es erlaubt ist.“

Cindy stieg aus dem Wagen und öffnete Annies Tür. „Kommen Sie mit nach oben?“, fragte sie.

„Nein, ich denke, ich warte lieber hier. Das Untersuchungszimmer eines Arztes suche ich nur in absoluten Notfällen auf."

Sie lächelte und trat mit Annie an der Hand durch die elektronische Tür. Ich blieb im Wagen sitzen, starrte auf den Bucheinband von *Madeline* und erinnerte mich daran, wie Emmas Mutter es ihr vorgelesen hatte.

Dreißig Minuten später riss mich ein Klopfen an der Fensterscheibe aus dem Schlaf. Ein Sicherheitsbeamter deutete mit einem beeindruckenden schwarzen Schlagstock auf mich. „Entschuldigen Sie, Sir, darf ich bitte Ihren Ausweis sehen?"

Vor fünf Jahren war Mike Ramirez hier der Nachtwächter gewesen. Seine Eltern kamen aus dem guten alten Mexiko, was seine dunkle, gebräunte Haut und seine dunklen Haare erklärte. Unzählige Male hatte Mike nach Mitternacht an der Tür auf mich gewartet und aufgepasst, dass mein Wagen ansprang und dass sich niemand aus dem Gebüsch auf mich stürzte, um mir meine Brieftasche, meine Uhr oder mein Leben zu nehmen.

Mike und Sofia hatten damals zwei Kinder gehabt und auf weitere gehofft. Er hatte immer Fotos von ihnen bei sich getragen und erklärt, sein Ziel sei es, sie auf eine Privatschule zu schicken. Sobald er zum Leiter der Sicherheitsabteilung aufgestiegen wäre.

Er hatte Emma von ihren vielen Besuchen im Krankenhaus gekannt und sich immer nach ihrem Befinden erkundigt. Bei ihrer Beerdigung hatte er in der vorletzten Reihe gesessen und wie ein Baby geweint.

In den fünf Jahren, die ich ihn nicht gesehen hatte, war Mike ein wenig fülliger geworden und sein Haaransatz war zurückgegangen. Ich hatte Mike immer gern gemocht und mich stets darauf gefreut, ihn zu sehen, wenn ich endlich aus dem OP kam und den kurzen Weg zu meinem Wagen zurücklegte. Aber meinen Ausweis wollte ich ihm auf keinen Fall zeigen.

Als ich aufblickte, klopfte er erneut gegen die Scheibe und sagte: „Sir, es tut mir leid, Sie zu belästigen, wirklich, aber die Sicherheitsvorkehrungen hier sind ziemlich streng, und wenn Sie bitte so freundlich wären …"

Ich ließ das Fenster herunter und griff in meine Hosentasche. Meine Brieftasche steckte darin, aber das ließ ich ihn nicht wissen.

„Hmmm …“ Ich hielt ihn hin und hoffte, Cindy und Annie würden wie durch ein Wunder im nächsten Augenblick auftauchen. Ohne ihn anzuschauen, deutete ich zur Tür hinüber. „Meine Brieftasche habe ich meiner Schwester und meiner Nichte gegeben, damit sie sich etwas zu essen kaufen können. Sie sind da drin. Eine Untersuchung bei Dr. Morgan.“

Er hielt inne. „Oh … dann warten Sie also auf eine Patientin?“

„Ja, ein kleines Mädchen, etwa so groß. Sie trägt ein dunkelrotes Ding auf dem Kopf. Sie wissen ja, wie kleine Mädchen sind. Sie versuchen alles, um wie ein Model auszusehen.“ Ich versuchte, mit breitem Akzent und so hinterwäldlerisch wie möglich zu sprechen, aber ich war sicher, dass er mir das nicht abkaufte.

„Ja, ich weiß, wie das ist“, erwiderte er. „Ich habe selbst zwei.“

Das bedeutete, dass er und Sofia jetzt vier Kinder hatten – die ersten beiden waren Jungen. Ich warf einen verstohlenen Blick auf sein Namensschild. *Leiter der Sicherheitsabteilung*. Gut. Das machte ihn bestimmt stolz.

„Äh … Sir“, sagte ich. Ich versuchte ein wenig dümmlich, aber willig zu erscheinen. „Wenn ich weiterfahren soll, dann mache ich das. Aber ich muss hier sein, wenn sie wieder herunterkommen.“

Ich ließ den Motor an, was Mike veranlasste, seine Hand auf das heruntergelassene Fenster zu legen und zu sagen: „Warten Sie einen Augenblick.“

Ich stellte den Fuß auf die Bremse, ließ den Motor aber laufen.

Mike drehte den Kopf, nahm das kleine Funkgerät, das an seiner Schulter hing, und sprach hinein. „George, ruf doch mal oben an und frag Mary Jane auf Dr. Morgans Station, ob –“, er blickte mich an und flüsterte: „Wie heißt sie?“

„Annie.“

Er sprach wieder ins Funkgerät. „Ob Annie, ein kleines Mädchen mit einer dunkelroten Mütze auf dem Kopf, schon fertig ist.“

Mike ließ seinen Blick aufmerksam über den Parkplatz wandern, konzentrierte sich aber weiterhin auf das Funkgerät. Ein Flugzeug donnerte über uns hinweg und störte die Funkverbindung. Er drückte den Knopf und sagte: „Kommen, George."

„Ja", erwiderte George. „Sie ist jetzt auf dem Weg nach unten."

Ich atmete erleichtert auf.

George fuhr fort. „Vielleicht willst du unten an der Tür auf sie warten, weil Dr. Morgan sie nach unten bringt."

„Verstanden", gab Mike zurück und richtete sich auf.

Ich winkte ihm etwas unhöflich zu, ließ mein Fenster hoch und überprüfte meine Verkleidung. Mike war auf dem Weg zur Tür, als Royer heraustrat. Er schob Annie in einem Rollstuhl, und Cindy folgte ihnen. Ein großer Umschlag steckte unter Royers rechtem Arm. Die Röntgenaufnahmen.

Ich blickte stur geradeaus, stellte das Radio an, damit ich sie nicht hören konnte, und bot ihnen keine Hilfe an. Royer öffnete die hintere Tür auf der Beifahrerseite, hob Annie aus dem Rollstuhl, setzte sie auf den Sitz und schnallte sie an. Cindy stieg vorne ein und sank in sich zusammen.

Nachdem Royer Annie einen Kuss auf die Stirn gedrückt und ihre Tür geschlossen hatte, lehnte sie sich zurück und schloss die Augen. Cindy ließ das Fenster herunter und streckte den Kopf heraus. Da sie Royer kaum verstehen konnte, schaltete sie das Radio aus und bedankte sich bei ihm.

Royer reichte ihr die Aufnahmen und blickte auf den Rücksitz, wo Annie mit geschlossenen Augen kurz und flach nach Luft schnappte. „Cindy", sagte er und hob die Hände, „Gott hat mir gute Hände geschenkt, aber sie sind sehr groß. Ich könnte ihre Operation zwar prinzipiell durchführen, doch sie braucht jemanden ganz Besonderes. Jemanden, der sehr talentiert ist und eine besondere Gabe hat. Ich komme schon allein rein körperlich nicht an die Stellen, an die ich kommen müsste, und ich kann so feine Stiche nicht setzen. Wir müssen einen anderen Chirurgen finden." Royer hielt inne und ließ seinen Blick in die Ferne schweifen.

„Ich kannte einen, der diese Operation hätte durchführen können … wir nannten ihn den Wundermacher. Aber ich habe ihn vor ein paar Jahren aus den Augen verloren und seine Spur nie wiedergefunden … Nun gut.“ Er kam wieder in die Gegenwart zurück und klopfte auf den Umschlag. „Die Aufnahmen bleiben bei Ihnen. Wir lassen Annie auf der Prioritätenliste. Ihre Auswurffraktion bringt sie jetzt ziemlich nach oben. Schlimmstenfalls werde ich die OP selbst übernehmen. Aber …“ Er blickte wieder auf den Rücksitz. „Es ist an der Zeit, dass wir anfangen, für ein Wunder zu beten. Wir brauchen es.“

Cindy wischte sich eine Träne fort und flüsterte: „Vielen Dank für all Ihre Hilfe.“ Sie fuhr das Fenster hoch und blieb regungslos sitzen, die Hände auf ihrem Schoß verschränkt.

Ich legte den Rückwärtsgang ein und wollte gerade Gas geben, als sie das Fenster wieder herunterließ und rief: „Dr. Morgan?“

Royer drehte sich um und kam zurück.

Sie atmete tief durch und wechselte von der Mutterrolle in die der Versorgerin. „Ich bin mit den Zahlungen an Sie im Rückstand. Nächsten Monat wird sich das ändern. Eine Bank, mit der ich gesprochen habe …“

Royer hob die Hand und winkte ab. „Später“, sagte er. „Zuerst die Operation. Und wenn sie wieder in die Schule geht, wenn sie auf dem Spielplatz herumrennt, Jungs nachjagt und sich von Ihnen die Fingernägel lackieren lässt, dann kümmern wir uns um das andere.“

Cindy unterdrückte ein Schluchzen.

Royer tätschelte ihr den Rücken. „Wir sollten den Blick auf dem Ball behalten. Was wir wollen ist, dass es Annie wieder besser geht, dass sie heiraten und Kinder bekommen kann, dass sie die Chance hat, Ehefrau, Mutter und Großmutter zu werden. All das ist möglich, aber da sind noch einige Hürden zu überwinden.“ Sein Blick wanderte erneut zu den Aufnahmen. „Verlieren Sie sie nicht.“

Zum ersten Mal sah Royer in den Wagen hinein. Zum Fahrer.

Ich sah stur geradeaus, aber ich merkte, wie Royers Blick an meinen Händen hängen blieb, die am Lenkrad lagen.

Siedend heiß bemerkte ich einen gravierenden Fehler meinerseits. Ich zog meinen Ärmel herunter, um meine Uhr zu bedecken

– die Blue Seamaster Omega Taucheruhr, die Emma mir zu unserem ersten Hochzeitstag geschenkt hatte.

Royer bückte sich, um mein Profil zu studieren. Ich blickte nicht in seine Richtung. Seine Augen zogen sich zusammen, und er betrachtete zunächst Cindy, dann mich, dann wieder Cindy und noch einmal mich. Schließlich sprach er langsam und bedächtig, während er mich nicht aus den Augen ließ. „Wunder geschehen immer noch. Entgegen der Meinung mancher Leute geschehen auch heute noch Wunder."

Wir verließen den Parkplatz, und Cindy legte ihre Hand auf meine Schulter. „Vielen Dank, dass Sie uns hergefahren haben. Ich glaube nicht, dass ich das allein geschafft hätte."

„Bisher haben Sie sich recht gut gehalten", meinte ich.

„Der äußere Schein kann trügen", erwiderte sie und starrte zum Fenster hinaus, während wir uns in den Verkehr einfädelten. Annie schlief, darum ließen wir unseren Besuch im Varsity ausfallen und fuhren direkt auf die 400 in Richtung Norden auf.

Ich war sehr schweigsam und hing den Fragen nach, die mich verfolgten. Cindy schien meine innere Unruhe zu spüren.

„Sie sind sehr schweigsam, seit wir das Krankenhaus verlassen haben. Alles in Ordnung?"

„Oh ja, sicher, ich, äh, … denke nur an Annie."

Cindy nickte. „Willkommen im Club."

Annie verschlief die ganze Heimfahrt. Es war schon dunkel, als wir in ihre Einfahrt einbogen. Ich ließ den Motor laufen, trug Annie hinein, tätschelte Cindy den Rücken und ging allein wieder nach draußen. Cindy rief mir von Annies Bett aus ein leises „Danke" hinterher. Ich stieg in den Wagen und bemerkte augenblicklich den Umschlag, der auf dem Beifahrersitz liegengeblieben war.

Ich war hin- und hergerissen.

Minutenlang starrte ich auf den Umschlag. Dann schließlich nahm ich ihn in die Hand und zog den Inhalt heraus. Ich fand Computerdisketten, auf denen zweifellos die Ultraschallbilder gespeichert waren; das Video vom Herzkatheter, das mit Hilfe einer Farbstoffinjektion die Gesamtleistung und Kraft des Herzens sichtbar machte, und schließlich eine CT-Aufnahme. Ich hielt die Aufnahme gegen die Deckenleuchte und studierte die Umrisse von Annies Herzen. Royer hatte recht.

Ich ging mit dem Umschlag zur Tür, schob ihn darunter hindurch und fuhr nach Hause. Dort angekommen, setzte ich mich auf die Veranda und lauschte den Grillen. Der Lärm war ohrenbetäubend.

Kapitel 31

Es war das Wochenende des Unabhängigkeitstages, und ich wusste, dass am See viel Betrieb sein würde, aber Emma brauchte eine Abwechslung. Seit Monaten konnte sie kaum noch das Bett verlassen, und wenn sie die Energie dazu gehabt hätte, dann wäre sie schon vor Wochen verrückt geworden.

Ich hielt sie mit intravenösen Dopamin-Injektionen am Leben, die ich ihr fast täglich verabreichte – als eine Art Adrenalinstoß für das Herz. Das Dopamin zwang ihr Herz, kräftiger und regelmäßiger zu schlagen, aber es verkürzte gleichzeitig seine Lebensdauer. Da Emma jedoch auf der Transplantationsliste ziemlich weit oben stand, waren Royer und ich übereinstimmend der Meinung, dass die Medikamente ihr guttun würden, darum legten wir ihr einen ZVK. Der Zentrale Venenkatheter sah zwar aus wie eine ganz normale Infusion in Emmas linkem Arm, reichte jedoch in Wirklichkeit bis zu ihrer rechten Vorkammer, sodass die Medikamente direkt in ihr Herz gelangten, wo sie sich mit der optimalen Menge Blut mischen konnten. Auf diese Weise waren wir der dunklen Nacht, die nach ihren Fersen schnappte, einen Schritt voraus.

Emma war abgemagert, leichenblass, sprach wenig, und wenn, dann nur flüsternd, und blinzelte langsam. Ihr Haar war dünn, die Nägel brüchig und der Mund häufig pelzig. Sie war auf der Liste weiter nach oben gerutscht, aber da noch einige Patienten vor ihr standen, ging ich davon aus, dass dieses Wochenende uns gehören würde. Also packte ich genügend Infusionsflüssigkeit für ihre täglichen Dopamin-Infusionen und drei Flaschen flüssigen Sauerstoff, den ich ihr nachts gab, damit sie besser schlafen konnte, in den Wagen. Die zusätzliche Sauerstoffzufuhr senkte die Belastung für ihren Körper und ermöglichte es ihr, sich auszuruhen. Es war, als würde man zusätzliche Energie einspeisen. Der Sauerstoff brachte ein wenig Farbe in ihr Gesicht und schenkte ihr ein paar sorgenfreie Momente. Nur für den Fall, dass ein Herz zur Verfügung stünde, hinterlegte ich bei den Jungs von Life Flight die genauen GPS-Koordinaten unseres Hauses und erklärte ihnen, dass sie mit dem Hubschrauber auf einem etwa zweihundert Meter entfernten Parkplatz landen könnten.

Emma hatte die Sauerstoffbrille angelegt und atmete gleichmäßig ein und aus. Sie legte den Kopf an meine Schulter, und wir machten uns auf den Weg zum See. Wir waren voller Enthusiasmus. Nachdem wir so lange gewartet, so viel studiert, so intensiv gehofft hatten, trennten uns nun nur noch wenige Wochen von einem vollkommen anderen Leben.

Ich hatte alle Operationen, die dieses Wochenende auf dem Plan gestanden hatten, verschoben. Es war das erste Mal, seit ich angefangen hatte zu praktizieren, dass ich mir freinahm. Einen Teil des Vormittags verbrachte ich am Telefon und ließ mich von den Schwestern über den Zustand meiner Patienten informieren. Doch den Rest des Tages verbrachte ich mit Emma. Nach dem Mittagessen nahm ich mir die Zeit, eine Runde zu rudern – was ich seit Jahren nur morgens um fünf auf einer fest installierten Maschine im Fitnessraum des Krankenhauses getan hatte. Oben in ihrem Ausguck über den See lag Emma und zeichnete, schlief hin und wieder ein wenig und beobachtete die Boote, die die Wasseroberfläche aufwühlten.

An diesem Abend putschte sich ein zwanzigjähriger Motorradfahrer in Daytona mit einem Cocktail aus Bier und Amphetaminen auf, warf seine Maschine an und versuchte unter den bewundernden Blicken von ein paar Dutzend Altersgenossen, die wie er den ganz besonderen Kick suchten, mit etwa einhundertzwanzig Stundenkilometern eine komplette Kreuzung zu überspringen. Er fuhr die Rampe hoch und erreichte sowohl die richtige Geschwindigkeit als auch, unglücklicherweise, die richtige Höhe. Auf dem Höhepunkt seines Sprungs wurde er von der Stromleitung, die er nicht einkalkuliert hatte, beinah enthauptet. Sein Motorrad landete ohne ihn, die Elektrizitätsgesellschaft holte ihn herunter, und bei seinem Eintreffen im Krankenhaus wurde der Hirntod festgestellt. Er wurde nur am Leben erhalten, weil der diensthabende Arzt auf die Idee kam, mit den Eltern über eine Organspende zu sprechen. Das Krankenhaus in Daytona listete das Herz, und der Computer spuckte zwei Treffer aus.

Das Gute an der UNOS-Datenbank ist, dass sie einen Arzt vor der schwierigen Situation schützt, Gott spielen zu müssen. In eine Zwangslage kann ein Arzt höchstens geraten, wenn seine Transplantationsabteilung sehr groß ist und viele seiner Patienten gelistet sind. Doch selbst dann sind die Chancen, dass ein Organ für mehr als einen seiner Patienten geeignet ist, mehr als gering. Die Wahrscheinlichkeit ist ungefähr so groß wie die, an ein und demselben Tag vom Blitz getroffen und von einem Hai angegriffen zu werden. Die Datenverwalter bestätigen die Eignung durch eine Reihe von Tests, bevor sie die beiden Ärzte anrufen, deren Patienten als Empfänger infrage kommen. An diesem Morgen bekam meine Praxis beide Anrufe.

„Hallo." Es war Royer. „Wir haben … eine Gelegenheit."

Sein Tonfall sagte mir etwas anderes.

„Wir haben ein Herz."

„Und?", fragte ich.

„Es passt auf Shirley … und auf Emma."

Sechs Wochen zuvor war Shirley Patton zu mir gekommen. Sie war gerade vierzig geworden, hatte zwei Kinder im Alter von dreizehn und zehn, einen Mann, der fünfzehn Jahre älter war, und sie hatte nur einen Wunsch: „Ich möchte noch erleben, wie meine Kinder ihren Collegeabschluss machen."

Das einzige Problem war, dass ihr Herz nicht mehr so lange durchhalten würde. Ihr Sohn hatte sie im Rollstuhl in meine Praxis geschoben, und sie schaffte es nicht aufzustehen, als ich sie darum bat. Sie hatte von mir und meinem Team gehört, von Royers Erfahrung und meinem herausragenden Talent und war nach Atlanta gereist, um mich zu bitten, ihr Herz herauszuschneiden und ihr ein neues einzusetzen.

Ich sah, wie sie ihren Sohn betrachtete, wie ihre Tochter ihr jeden Wunsch von den Augen ablas und hörte, dass ihr Mann sich einen dritten Job gesucht hatte, um ihr die medizinische Betreuung zu ermöglichen, die sie brauchte.

Shirley rollte mit ihrem Rollstuhl auf mich zu, nahm ihre Lesebrille ab und ergriff meine Hand. Sie drehte sie herum und betrachtete eingehend meine Handfläche, dann meine Finger. Schließlich sah sie zu mir auf.

„Ich habe gehört, dass Sie eine Gabe haben", sagte sie. „Wollen Sie sie mit mir teilen?"

Angesichts ihres Gesundheitszustands brachten wir sie in einer der krankenhauseigenen Wohnungen unter, die gegenüber der Unfallchirurgie lagen. Shirley war so sehr geschwächt, dass sie das Krankenhaus nicht mehr verlassen konnte. Entweder wir bekämen ein neues Herz für sie, oder sie würde beim Warten auf die Operation sterben.

Royer fuhr fort. „Die Entscheidung liegt ganz bei dir. Wir können erst einmal Emma auf die Beine bringen und uns dann verstärkt um Shirley kümmern."

Ich schüttelte den Kopf, und Emma fuhr mir mit den Fingern durch die Haare. Ohne das Gespräch zu hören, wusste sie Bescheid. Irgendwie wusste sie es.

„Ist schon gut", sagte sie. „Ich bin okay."

Ich betrachtete ihre Augen, schob die Zweifel beiseite, die mich aus ihren Augen heraus anschrien, und sagte: „Ich bin in neunzig Minuten da. Macht Shirley fertig."

Royer schluckte. Schließlich sagte er: „Es ist jetzt … 9 Uhr 14." Dann legte er auf und stieg in einen Hubschrauber, während ich duschte, Emma küsste und Charlie anrief, damit er bei ihr blieb.

Emma drückte meine Hand, schenkte mir ein gezwungenes Lächeln und flüsterte: „Geh nur. Grüß Shirley von mir."

Auf der Fahrt nach Atlanta brach ich fast jeden Geschwindigkeitsrekord. Unterdessen flog Royer nach Daytona. Er kam so schnell es ging zurück, öffnete die Kühltasche und reichte mir ein perfektes Herz.

Ich tat, was ich zu tun hatte. Nachdem ich den letzten Stich gesetzt hatte, nahm ich Shirley von der Maschine. Ihr neues Herz füllte sich mit Blut, wurde hellrot und schlug wie eine Trommel. Ich sprach mit ihrem Mann und ließ ihn mit seinen Kindern im Warteraum zurück, wo sie sich, ausgerechnet, über die Collegezeit unterhalten hatten. Es war bereits dunkel, als ich nach Hause kam, mich bei Charlie bedankte und mich Emma zuwandte.

Sie fuhr mit den Fingern über die dunklen Ringe, die sich im Verlauf der letzten Jahre dauerhaft unter meinen Augen eingenistet hatten. Als sie mein Gesicht sah, lächelte sie. Sie wusste, dass es Shirley gut ging und dass sie es schaffen würde. Das Sprechen fiel Emma zunehmend schwerer, darum kritzelte sie auf einen Block: „Warum schläfst du nicht ein wenig?"

Da mein Telefon nicht läutete, meine Pieper still blieben, kein Patient auf mein Eintreffen wartete und kein Herz unterwegs war, trug ich meine Frau zu unserem Bett, ließ mich neben sie sinken, legte meinen Arm um ihre dünne, knochige Taille und schloss die Augen. Sie verflocht ihre Finger mit meinen und drückte die warme Haut ihres Rückens gegen meine Brust. Der Schlaf übermannte mich. Als ich Stunden später in der Dunkelheit erwachte, über mir das dröhnende Feuerwerk, das den vierten Juli feierte, war Emma nicht da.

Kapitel 32

Nach dem Abendessen – braunem Reis mit Worcestersoße und einem Stück gegrilltem, mit Cayennepfeffer, Knoblauchsalz, braunem Zucker und Melasse eingeriebenem Lachs – fuhr ich in die Berge zu meinem Lagerhaus. Ich zog die verstaubten Planen zurück, nahm die Stapel in Augenschein, zog zwölf geeignete Kiefernbretter und vier Kanthölzer heraus und fuhr damit zurück nach Hause. Die Nacht verbrachte ich in meiner Werkstatt, wo ich mich mit Sägemehl einstaubte und mit Lack beschmierte.

Als Charlie um halb sechs zum Rudern erschien, hatte ich die Beine angeschraubt, den Rahmen mit Hilfe von Schlitz-Zapfen-Verbindungen zusammengebaut, die Platte festgesteckt und geleimt und war bereit, die zweite Lackschicht aufzutragen.

Charlie kam angeschlurft, lief vorsichtig um mein Werk herum, fuhr mit den Fingern über die Kanten und sagte: „Netter Tisch."

„Geht so", kritisierte ich meine eigene Arbeit.

„Erwartest du Besuch?"

„Nein", erwiderte ich, ohne aufzublicken.

Charlie ließ sich nicht abschrecken und fragte weiter: „Wirst du auch Bänke dazu machen?"

„Hab noch nicht darüber nachgedacht."

„Nun ja", meinte er, während er sich am Kinn kratzte, „wo soll sie sitzen?"

Das erregte meine Aufmerksamkeit. Ich blickte auf und sah ihn lächeln. „Ich weiß es nicht."

Aus irgendeinem Grund war Charlie bester Laune. Das hatte zur Folge, dass wir kräftig, lang und schnell ruderten. Ich hielt mit seinem Tempo mit, aber ich hatte zu kämpfen. Mit den Gedanken war ich woanders. Eine Stunde später hoben wir das Boot auf die dafür vorgesehene Vorrichtung. Charlie schlug mir aufmunternd auf den Rücken und sprang dann vom Bootssteg aus ins Wasser.

Während er sich mit den Armen am Führungsseil entlanghangelte, saß Georgia winselnd auf dem gegenüberliegenden Bootssteg. Aufmerksam verfolgte sie Charlies eleganten Balletttanz durch die Wassermassen. Als er seinen Bootssteg erreichte, kraulte er sie hinter den Ohren und ließ sich von ihr in die Hütte führen, um zu frühstücken.

Mein Telefon begann zu läuten. Nach dem dritten Klingeln nahm ich ab. „Hallo?"

„Hallo, ich habe Ihnen einen geschäftlichen Vorschlag zu machen." Cindys Stimme klang munter, was bedeutete, dass sie die ganze Nacht wach gelegen und nachgedacht hatte. Im Hintergrund hörte ich Leute reden und eine Registrierkasse klingeln.

„Okay." Ich versuchte, optimistisch zu klingen.

Sie sprach mit einer anderen Person. „Ich bin heute etwas früher gekommen, um mich um die Bestellung des Nachschubs zu kümmern. Frank sagte, ich könne sein Telefon benutzen. Es dauert nicht lange. Entschuldigung."

Ich sah sie vor mir, wie sie aufrecht dasaß und auf ihrer Unterlippe kaute. Die Schuhe einer Frau klapperten über den Holzboden.

„So, tut mir leid. Ich bin wieder da."

Sie hielt inne, und ich hörte förmlich, wie sie sich die Haare hinter ihr Ohr schob, wie Frauen das gern tun, wenn sie nachdenken, nervös sind oder beides zusammen.

„Ich bin auf einer Farm an der Interstate 75, zwischen Tifton und Macon aufgewachsen. Etwa fünfzig Morgen Wald gehörten zu unserem Land. Das Haus haben wir schon vor Jahren verkauft, aber den Wald besitzen wir noch. Leider sind die meisten Bäume abgestorben oder von Blitzen getroffen worden. Egal, wo war ich stehen geblieben? Ach ja, also, wir besitzen noch eine alte Scheune." Sie hielt inne, um die Worte *alte Scheune* einsinken zu lassen. „Sie ist etwa zweihundert Jahre alt. Ich kenne mich da nicht so gut aus, aber sie ist ziemlich groß, und ich glaube, das Holz ist sehr gut. Sie könnten sie auseinandernehmen und das Holz verkaufen, und wir teilen anschließend fifty-fifty. Ich könnte Ihnen auch helfen, wenn Sie mir sagen, was ich tun soll und was ich auf jeden Fall vermeiden sollte."

Ich dachte über ihren Vorschlag nach, aber meine Überlegungen hatten nicht das Geringste mit dem in Aussicht gestellten Verdienst zu tun. Ich schwieg einen Augenblick, und so sprach sie weiter, um die Stille zu überbrücken.

„Ich dachte nur, bei Ihrer Sachkenntnis, na ja … das Geld würde uns wirklich helfen …"

Im Hintergrund ertönte Annies Husten, ein tiefer, verschleimter Husten, und ich hörte Cindy flüstern: „Annie, Schatz, du musst die Hand vor den Mund halten. Und leg den Stift nicht aus der Hand, du musst diese Hausaufgabe fertig machen." Annie sagte etwas, was ich nicht verstand, und Cindy erwiderte: „Mir ist egal, was die Lehrerin sagt, du bist gar nicht so weit zurück und kommst im nächsten Jahr auf jeden Fall in die dritte Klasse."

Ich ergriff das Wort. „Ich müsste mir die Scheune zuerst einmal ansehen."

„Nun, wenn ich es früh genug anmelde, kann ich mir das Wochenende frei nehmen."

„Ist heute früh genug?"

„Vielleicht. Ich werde fragen." Sie senkte die Stimme. „Die Chefin ist heute nicht bester Stimmung, aber das ist sie um diese Zeit des Monats nie. Sie hat die schlimmsten Menstruationsbeschwerden, die ich je bei einer Frau erlebt habe." Sie hielt inne, schnappte entsetzt nach Luft und sprach dann verlegen weiter. „Das waren vermutlich mehr Details, als Sie wissen wollten."

Ich lächelte. Cindy hatte eine nette Art, laut zu denken. Annie hustete erneut, dieses Mal länger, und schließlich löste sich etwas von dem Schleim und stieg durch ihre Brust in den Hals hoch. Ich hatte diesen Husten schon zehntausendmal gehört. Und jedes Mal stand mir das dazugehörige Bild vor Augen.

„Sehen Sie, was sich machen lässt. Ich rede derweil mit Charlie, denn ihn brauchen wir auch. Wir sollten am Samstagmorgen früh losfahren. Ist das okay?"

Sie schwieg eine Weile. Vor meinem geistigen Auge sah ich eine Frau in einem Büro sitzen, die über eine Festnetzleitung telefonierte, weil sie sich kein Handy leisten konnte. Ich sah eine Frau, die sich mit zwei, manchmal sogar drei Jobs abmühte und verzweifelt versuchte, den Teufelskreis zu durchbrechen, in dem sie gefangen war. Ich sah, wie sie tief durchatmete, sah sie lächeln, sah, wie ihre Schultern sich strafften und sich Erleichterung in ihr breit machte. Und ich sah, wie tief in ihrem Innern ein Hoffnungsschimmer aufstieg und sich aus all der Niedergeschlagenheit und Hoffnungslosigkeit erhob wie Phönix aus der Asche. Eine Verwandlung, wie ich sie bereits bei Hunderten Menschen, die in meine Praxis gekommen waren, erlebt hatte.

In dem Flüsterton, den ich bereits kannte, sagte sie „Danke“ und ließ den Hörer leise auf die Gabel sinken.

Kapitel 33

Der Freitagabend brach an, und ich war ausgehungert, hatte mich aber auf ein Essen aus der Mikrowelle eingestellt. Charlie war da offensichtlich anderer Meinung. Um Punkt halb sechs erschien er herausgeputzt auf seinem Bootssteg.

„Hey, du Stiller im Lande! Du Junge, der nicht an sein Telefon geht! Du Junge, der keine Boote zu bauen braucht! Beweg deinen Hintern hier rüber und hol mich ab. Es ist Zeit zum Abendessen!"

Ich verschloss mein Büro, in dem ich den größten Teil des Tages verbracht hatte, nahm meine Schlüssel und fuhr über den Feldweg, der sich um den kleinen Finger des Sees herumwand, zu Charlies Haus. Er stand mit Georgia vor seiner Haustür und wippte ungeduldig mit dem Fuß. Nachdem er eingestiegen war, befahl er Georgia, sich zu seinen Füßen hinzulegen, und verkündete mit einem strahlenden Lächeln auf seinem Gesicht: „In diese Richtung." Das *Wellspring* lag in entgegengesetzter Richtung.

„Wohin fahren wir?"

„Wir holen ein paar Freunde von mir ab. Ich spendiere uns allen ein Essen."

Ich hielt am Straßenrand an, stellte den Schalthebel auf Parken und wandte mich mit hochgezogenen Augenbrauen Charlie zu.

Er drehte den Kopf zu mir und sagte: „Ja, ich weiß, Ärzte mögen es nicht besonders, wenn man ihnen vorschreibt, was sie tun sollen, aber du bist nicht mein Arzt. Außerdem, wenn wir morgen den ganzen Tag mit diesen Leuten unterwegs sein wollen, dann sollten wir sie doch zuvor noch etwas besser kennenlernen."

Wir fuhren zu Cindys und Annies Haus, wo die beiden bereits auf uns warteten. Sie sahen aus, als wären sie zum ersten Mal in ihrem ganzen Leben zum Abendessen eingeladen worden. Ihr strahlendes Lächeln war den Preis von zehn Abendessen wert.

Ich stieg aus und öffnete Charlie die Tür. „Cindy, Annie, ihr habt meinen Schwager Charlie ja neulich bereits kennengelernt. Das hier ist seine Freundin Georgia."

Sie lachten, und Charlie drehte sein Gesicht in unsere Richtung. Er streckte Cindy seine Hand hin. Sie ergriff sie und sah mich unsicher an.

„Lassen Sie sich nicht täuschen", warnte ich Cindy mit einem Grinsen, „Charlie kann Sie zwar nicht sehen, aber er weiß bereits, wie Sie aussehen."

Charlie lächelte, schloss die Augen und gab ein Geräusch von sich, das klang, als hätte er gerade einen besonders leckeren Schokoladenkeks gegessen. „Und ich liebe Schönheit", sagte er, das Gesicht andächtig zu ihr emporgehoben.

Cindy errötete und schob Annie vor. Die Kleine sah Charlie an und wusste nicht so recht, was sie tun sollte. Charlie drehte sein Ohr zu ihr und lauschte ihrer Atmung, die klang wie die eines chronischen Asthmatikers. Er stieg aus dem Wagen aus, kniete nieder und legte sanft seine rechte Hand an Annies Gesicht.

Sie stand regungslos da, ihre Baskenmütze keck auf dem Kopf, während Charlie mit den Fingerspitzen über die Konturen ihres Gesichts fuhr. Dann suchte er ihre Hand und schüttelte sie sanft. Er kam ihr mit seinem Gesicht sehr nah und bewegte die Augen, als suche er Licht oder irgendeine Widerspiegelung. Als er Annies Gesicht fertig „gelesen" hatte, ergriff er erneut ihre Hand und sagte: „Ich kannte einmal ein Mädchen, das dir sehr ähnlich sah." Er hielt ihre Hand mit den seinen umfasst und fuhr fort: „Ich höre, dass du ein ganz besonderes Herz hast."

Annie lächelte und rieb unbewusst die Sandale, die wie immer an ihrem Hals hing.

Charlie lauschte, legte seine Fingerspitzen um die Sandale und die Tablettendose mit dem Nitroglycerin und fragte: „Was ist das?"

Annie strahlte. „Das gehörte meiner Mama. Es ist eine Sandale."

Charlie beugte sich weiter vor, um besser zu hören. Er erinnerte an einen Safeknacker bei der Arbeit. Mit den Fingerspitzen versuchte er, die Gravur zu entziffern: *Hes 36,26.*

„Das steht für Hesekiel", erklärte Annie.

Charlie nickte und ließ den Anhänger baumeln. Mit leisem, ehrfürchtigem Flüstern zitierte er: „Ich will euch ein neues Herz und einen neuen Geist in euch geben." Er legte seine Hand flach auf Annies Brust. „Und will das steinerne Herz aus eurem Fleisch wegnehmen und euch ein fleischernes Herz geben."

Annie starrte ihn überrascht an. „Woher weißt du das?"

Charlie lächelte. „Meiner Schwester hat dieser Vers sehr gefallen. Sie hatte immer ein Buch in der Hand. Sie und unser Romeo dort", sagte er und deutete mit der Hand auf mich, „haben immer irgendetwas auswendig gelernt und dann in Zitaten miteinander gesprochen. Ein paar davon haben sich vor Urzeiten in meinem Gedächtnis eingenistet, und seither bemühe ich mich darum, sie wieder loszuwerden. Bei diesem ist es mir offensichtlich noch nicht gelungen."

„Kann ich sie mal kennenlernen?", fragte Annie.

Charlie erhob sich lächelnd, ergriff Annies Hand und führte sie zum Beifahrersitz. „Ja, in etwa achtzig Jahren."

Ich setzte sie vor dem *Wellspring* ab. Charlie und Georgia führten sie hinein, während ich einen Parkplatz suchte. Ich brauchte diese Zeit für mich, um mir eine Geschichte zurechtzulegen, die ich erzählen konnte, wenn wir zum Frage-und-Antwort-Spiel kamen.

Gerade als ich die Eingangstür erreichte, setzte ein leichter Nieselregen ein. Den dunklen Wolken am Himmel nach zu urteilen, war an diesem Abend mit weitaus mehr als nur einem leichten Nieselregen zu rechnen.

Ich entdecke Charlie und die anderen an einem runden Tisch in der Ecke, wo Davis, der eine Schürze mit der Aufschrift *Frauen wollen mich und Fische fürchten mich* trug, Annie offensichtlich mit seinen Geschichten unterhielt. Ich blieb in der Tür stehen und beobachtete, wie Annie den Raum erhellte. Auch wenn sie blass und ausgezehrt wirkte, verbreitete ihr Lächeln einen hellen Schein, den nicht einmal ein Blinder übersehen konnte.

Und Charlie tat es auch nicht. Sein Gesicht fing ihn ein, wärmte sich daran und reflektierte ihn auf uns andere, genau wie der

Mond die Sonnenstrahlen reflektiert. Davis nahm die Getränkebestellung auf, während ich meinen Platz zwischen Annie und Cindy einnahm.

„Was können Sie mir empfehlen?", fragte Cindy mich.

Ich schlug ihre Speisekarte auf und deutete auf die Burger. „Alles aus dieser ‚medizinischen' Spalte. Davis macht die besten Burger hier in der Gegend."

Sie sah mich an. „Was nehmen Sie?"

Ich schaute zu Annie hinüber, dann wieder zu Cindy. „Das Übliche. Ein Transplantat."

Annie ließ ihre Speisekarte sinken, lächelte und schob sich die Baskenmütze aus den Augen. „Ja, das nehme ich auch." Sie hob ergeben die Hände, als wolle sie sagen: *Keine große Sache.* „Ich brauche sowieso eins."

Das Lachen tat gut. Es tat sogar sehr gut. Es war reinigend. Und wenn jemand das mehr brauchte als ich, dann war es Cindy. Davis kehrte zurück und nahm unsere Bestellung auf. „Drei Transplantate und einen zusätzlichen Teller, kommt sofort." Er verschwand hinter seinem Grill und formte das Hackfleisch routiniert zu gleichgroßen Scheiben.

Während wir miteinander plauderten, baute die Band ihre Instrumente auf. Die Gruppe Sasquatch setzte sich aus vier Versicherungs- und Bankangestellten aus Atlanta zusammen, die die zweistündige Fahrt in Richtung Norden auf sich genommen hatten, um sich in Gitarrenklängen und Südstaatenrock zu verlieren.

Cindy richtete ihre Fragen hauptsächlich an Charlie, der sie nur zu gern beantwortete. Ich saß auf meiner Stuhlkante, hörte zu und war beunruhigt. Charlie tauchte mit Begeisterung in unsere Kindheit ein, spann wilde, aber wahre Geschichten um unsere Erlebnisse und brachte die Mädchen damit zum Lachen.

Zwanzig Minuten später servierte Davis unser Essen. Ich wollte mich gerade darüber hermachen, als Annie fragte: „Mr Charlie, würdest du das Dankgebet sprechen?"

Charlie lächelte und flüsterte, beinah zu sich selbst: „Aus dem

Mund von Kindern …" Er nahm Cindys und Annies Hände, die wiederum meine ergriffen, und senkte den Kopf.

„Herr, du bist der Einzige hier, der weiß, was du tust, darum bitten wir dich, komm und verbring ein bisschen Zeit mit uns. Sei der Ehrengast an diesem Tisch. Erfülle unsere Gespräche, unsere Zeit und unsere Herzen. Denn –", sagte Charlie in meine Richtung, „von ihnen geht das Leben aus."

Cindys Druck auf meine Hand verstärkte sich unbewusst, als reagiere sie mit der linken Hand auf Charlies Drücken ihrer rechten.

„Und, Herr, wir danken dir für Annie."

Im Lokal wurde es still. An den anderen Tischen wurden die Köpfe gesenkt, und die Leute nickten mit geschlossenen Augen.

Charlie betete weiter: „Wir alle wissen, dass sie ein neues Herz braucht; man muss kein Starwissenschaftler sein, um das zu sehen, und du siehst es auch. Du heilst zerbrochene Herzen. Darum heile bitte auch an diesem Tisch, was geheilt werden muss." Er hielt inne und ließ die Worte einsinken. „Ich tue nicht so, als wüsste ich mehr, als ich wissen kann, aber in Jeremia hast du gesagt, dass du die Pläne genau kennst, die du für uns hast, Pläne, die uns nicht schaden, sondern uns eine Hoffnung und eine Zukunft geben." Er machte erneut eine Pause. „Herr, ich habe das Gefühl, dass dieses kleine Mädchen eine Zukunft verdient hat. Und ich weiß, dass du nichts so sehr liebst wie kleine Kinder."

Cindys Hand begann zu zittern. Am Tisch hinter Charlie schniefte eine Frau, und der Mann neben ihr reichte ihr ein Taschentuch. Charlie schob sein Kinn vor. Mittlerweile hörten alle in der Bar zu, und die wenigsten Augen waren trocken geblieben.

„Herr, ich danke dir für dieses Essen, für Davis und für meinen Bruder Reese. Ich bitte dich, segne ihn … behüte ihn … und lasse dein Angesicht über ihm leuchten. Amen."

Als ich aufblickte, entdeckte ich Davis, der hinter Annie kniete. Seine Augen waren geschlossen, er betete, und seine Hände lagen auf Annies Schultern. Sie saß ganz ruhig da, mit geschlossenen Augen, nur ihre Lippen bewegten sich. Nach einer Weile erhob sich Davis und kehrte langsam zum Grill zurück.

Aus den Augenwinkeln heraus bemerkte ich einen jungen Mann, der ganz allein in der gegenüberliegenden Ecke saß, eine Zigarette rauchte und unseren Tisch aufmerksam beobachtete. Termite beugte sich ins Licht vor und klopfte seine Zigarette am Aschenbecher ab, der vor ihm auf dem Tisch stand. Ich nickte ihm zu. Er nickte zurück und stieß dann den Rauch aus seinen Lungenflügeln.

Kaum hatten wir unser Essen beendet, traten die Sasquatch vor das Mikrofon und stimmten ihr Erkennungslied an, einen Südstaaten-Rocksong mit dem Titel „Jumpstart Me, Jesus, My Batt'ry's Runnin' Low". Annie und Cindy waren begeistert. Sie klatschten das ganze Lied über mit und stimmten in den Refrain ein, als der Lead-Gitarrist Stephen George ihn wiederholte.

Als Davis die Rechnung auf den Tisch legte, griff Cindy in ihre Tasche. Doch Charlie hörte das Geklimper und schüttelte den Kopf. „Nein, Cindy, kommt nicht in Frage. Dies ist meine Einladung, und ich zahle das Abendessen. Aber erst, nachdem ich mit der Dame hier getanzt habe." Er erhob sich, tastete sich zum Rand der Bühne und flüsterte Stephen etwas ins Ohr.

Stephen nickte, machte sich am Verstärker zu schaffen und legte seine Gitarre aus der Hand. Dann trat er ans E-Piano und stimmte Billy Joels „She's Got a Way" an.

Charlie kam zum Tisch zurück, ergriff Annies Hand und schlängelte sich erneut zwischen den Tischen und Stühlen hindurch zur Bühne. Annie folgte ihm mit strahlendem Gesicht. Auf der Tanzfläche angekommen, kniete Charlie nieder. Annies Kopf war jetzt knapp über seinem. Er schlang einen Arm um ihre Taille, die andere hielt er brusthoch zur Seite. Annie legte eine Hand in seine, die andere auf seine Schulter und drehte mit leuchtendem Gesicht ihre Runden auf der Tanzfläche.

Spätestens nach der Hälfte des Liedes ruhten die Blicke aller Gäste auf diesen beiden. Als ich nach unten sah, bemerkte ich, dass Cindy meine Hand hielt. Sie schüttelte nur den Kopf und beobachtete alles und gar nichts zugleich.

Dieser Tanz war mit das Schönste, was ich je gesehen habe.

Auf der Suche nach einem Vorwand, um unauffällig meine Hand zurückzubekommen, reichte ich Davis Charlies Geld und faltete dann meine Hände auf meinem Schoß. Cindy wirkte verlegen und nestelte an ihrer Serviette herum. Auf der anderen Seite des Restaurants zündete sich Termite eine weitere Zigarette an, legte ein paar Geldscheine auf den Tisch, trank aus und verließ das Lokal.

* * *

Ich hielt vor dem Haus und schaltete den Motor ab. Charlie und ich begleiteten die Mädchen noch zur Haustür. Annie umarmte Charlies Beine und sagte: „Vielen Dank, Mr Charlie. Ich hatte so viel Spaß."

„Gute Nacht, Annie."

Annie legte einen Finger an ihre Lippen und kniff ein Auge zusammen, als überlege sie, ob sie die Frage stellen sollte oder nicht.

Charlie wartete, deutete die Stille richtig und fragte: „Hast du noch etwas auf dem Herzen?"

„Mr Charlie, ich habe mich gefragt … ist es schwer … nicht sehen zu können?"

Charlie setzte sich im Schneidersitz auf die Veranda und ergriff Annies Hände. Sie ließ sich ihm gegenüber nieder, ihre Knie gegen seine Schienbeine gedrückt. Das Verandalicht war nicht besonders hell, aber es reichte bis zu ihnen hinunter und umhüllte ihre Schultern.

„Annie, vor etwa zweitausend Jahren lebte ein blinder Mann namens Bartimäus in der Stadt Jericho. Er saß jeden Tag vor den Stadttoren, weil alle da hindurchkamen. Wenn man blind war und um Geld betteln oder die Aufmerksamkeit der Menschen erregen wollte, dann ging man dorthin."

„Du meinst, wie die Männer, die mit ihren Schildern in der Fußgängerzone sitzen?"

„So ungefähr." Charlie lächelte. Er hatte ein rotes Halstuch aus seinem Rucksack genommen und rollte es auf seinem Oberschenkel zusammen. „Bartimäus saß schon jahrelang vor dem Tor. Er war blind wie eine Fledermaus. Fast alle kannten ihn, und ich wette, sie hatten es ganz schön satt, dass er die ganze Zeit über herumschrie. Aber was blieb einem blinden Mann anderes übrig? Wenn er nicht genügend Aufsehen erregte, würde er sterben."

Jetzt drückte er das Halstuch vorsichtig auf Annies Augen. „Okay, du hältst das fest, und ich binde es hinten zusammen."

Annie legte ihre Finger auf das Tuch und kniff die Augen zusammen. Charlie griff um sie herum, band die Binde um ihren Kopf und erzählte weiter.

„Da sitzt also Bartimäus, der bettelt, schreit und den die anderen für ein Looser halten."

Annie unterbrach erneut. „Was ist ein Looser?"

Charlie lachte. „Das ist eine gemeine Bezeichnung für jemanden, den man nicht leiden kann."

Ich beobachtete den Austausch und lächelte. *Selig sind, die reinen Herzens sind; denn sie werden Gott schauen.*

Cindy trat dichter an mich heran. Unsere Schultern berührten sich.

„Eines Tages hört er eine Menschenmenge herankommen. Du musst wissen, dass Bartimäus über fast alles Bescheid wusste, was damals passierte. Er saß schließlich am Stadttor. Du könntest sagen, er war wie der Nachrichtensprecher von FOX oder CNN. Als diese Menge näher kommt, steht Bartimäus auf, schwenkt die Arme und schreit so laut er kann." Charlie hielt inne. „Weißt du, was er gebrüllt hat?"

Annie schüttelte den Kopf.

„Also …" Charlie flüsterte jetzt aufgeregt. „Er wusste, dass eine so große Menschenmenge nur eines bedeuten konnte. Deshalb fing er an zu schreien: ‚Sohn Davids, erbarme dich meiner! Sohn Davids, erbarme dich meiner!' Das mag für dich keine große Sache sein, aber in jener Zeit konnte es dich das Leben kosten. Es war ein Zeichen für all die anderen Juden, die dort herumstanden, dass zumindest dieser eine Mensch den Mann, der da ankam, und der zufällig Jesus war, für den Messias hielt – den König, auf den sie warteten. Wie auch immer, der alte Bartimäus hat es jedenfalls satt, am Tor zu sitzen und blind zu sein, und er will nicht mehr länger warten. Es ist ihm egal, ob ihn jemand tötet oder nicht. Er kennt die Geschichten, er hat die Neuigkeiten gehört und er ist sich seiner Sache sicher. Und darum hüpft er immerzu in die Höhe und schreit so laut er kann." Charlie gestikulierte lebhaft mit seinen Händen.

„Die Einheimischen, die nicht wollen, dass Jesus denkt, in ihrer Stadt lebten nur Verrückte und komische Menschen, schimpfen mit Bartimäus und sagen, er solle den Mund halten! Aber Bartimäus lässt sich nicht einschüchtern." Charlie schüttelte den Kopf. „Die Leute verbieten ihm schon seit Jahren den Mund. Bartimäus ist daran gewöhnt und schreit weiter. In der Zwischenzeit ist Jesus so nah herangekommen, dass er ihn hört. Er bleibt stehen und sagt zu der Menge: ‚Bringt diesen Mann zu mir.' Jetzt eilen die Menschen zu Bartimäus, klopfen ihm den Staub von den Kleidern und sagen: ‚Komm mit.' Also, ich bin mir ziemlich sicher, dass seine Kleider schmutzig und zerrissen waren, und vermutlich brauchte er auch dringend eine Dusche."

Annie lächelte und hielt sich mit Daumen und Zeigefinger die Nase zu.

„Der blinde Bettler wird also zu Jesus gebracht, und bestimmt hat er sich vor Jesus flach auf den Boden geworfen. Ich meine, wenn man diese Sache mit dem ‚Sohn Davids' wirklich glaubte, dann wäre das doch genau das, was man tun würde. Und Jesus sagt zu ihm: ‚Was soll ich für dich tun?' Bartimäus, der im Dreck liegt, blickt zu ihm hoch und bittet: ‚Ich möchte sehen.' Jesus hilft ihm auf die Beine, klopft ihm den Staub von den Kleidern und sagt: ‚Geh. Dein Glaube hat dir geholfen.' Und auf einmal –", Charlie nahm Annie die Binde ab, und sie blinzelte ins Verandalicht, „auf einmal kann der alte Bartimäus wieder sehen."

Annie lächelte, und Charlie erhob sich, um ihr auf die Beine zu helfen. „Und das ist ziemlich cool, aber was als Nächstes geschieht, ist noch viel interessanter."

„Wieso, was passiert denn dann?", fragte Annie, während sie sich die Augen rieb.

„Die meisten Blinden, die Jesus geheilt hatte, rannten nach Hause und erzählten allen, die ihnen begegneten, was passiert war. ‚Bingo! Hallo Leute! Ich bin wieder im Geschäft!' Eine natürliche Reaktion. Aber Bartimäus, der läuft zur Stadtmauer, an der er jahrelang gesessen hat, hebt seine Jacke auf und geht Jesus hinterher." Charlie kniete nieder und legte Annies Hände auf seine Augen. „Annie, die besten und schönsten Dinge auf der Welt kann man weder sehen noch berühren. Man muss sie mit dem Herzen fühlen."

„Hat Barta … Bartimä … Bartimmam …" Annie gab auf.

„Bart", half Charlie ihr weiter.

Annie lächelte. „Hat Bart das gesagt?"

Charlie schüttelte den Kopf. „Nein, das war eine meiner Heldinnen. Eine Frau namens Helen Keller."

„Oh ja", rief Annie. „Ich habe von ihr gehört."

Charlie streckte ihr seine Hand hin. „Annie, es war ein wundervoller Abend."

Annie legte die Arme um seinen Hals, wobei sie aufpasste, dass sie ihm nicht ihren Gips gegen den Kopf schlug.

„Ich bin vielleicht blind, aber ich kann trotzdem sehen." Er wandte sich in meine Richtung. „Manchmal sehe ich besser als die, die ihr Augenlicht noch haben."

Als Annie seinen Hals losließ, formte ihr Mund die Worte: „Gute Nacht, Mr Charlie", aber ihr Tonfall sagte *Danke.*

Charlie antwortete auf das, was die Worte bedeuteten. Darin war er sehr gut. „Gern geschehen, Annie."

Cindy umarmte ihn, nahm Annies Hand und ging mit ihr auf die Tür zu.

Annie war schon beinah im Haus verschwunden, als sie sich umdrehte und zu mir zurückkam. „Gute Nacht, Mr Reese."

„Nacht, Annie."

Annie ging hinein, und ich hörte, wie sie die Badezimmertür schloss.

Cindy bedachte Charlie und mich mit einem kleinen Lächeln. „Danke, Jungs. Bis morgen, aber …“ Sie warf einen Blick über ihre Schulter und senkte die Stimme. „Ich denke, es ist besser, wenn wir nicht zu früh aufbrechen. Ich habe das Gefühl, dass Annie sich ausruhen muss.“

Charlie küsste sie auf die Wange und sagte: „Gute Nacht.“

Als ich den Zündschlüssel umdrehen wollte, legte Charlie seine Hand auf meine. „Warte einen Augenblick.“ Er legte einen Finger an seine Lippen und ließ sein Fenster herunter. Georgia hatte sich auf dem Boden zu seinen Füßen zusammengerollt. Ihr Schwanz trommelte rhythmisch auf die Fußmatte. Charlie legte den Kopf zur Seite, lauschte, und als ich erneut den Motor starten wollte, zog er den Schlüssel aus dem Zündschloss und behielt ihn in der Hand.

Wenig später schaltete Cindy Annies Licht aus, und wir hörten eine Tür quietschen. Kurz darauf begann Annie zu husten. Tief, dunkel und laut. Der Husten verschlimmerte sich. Ein paar Sekunden vergingen, dann hustete sie erneut. Dieses Mal mehr krampfartig und beinah zwanzig Mal hintereinander.

Charlie drehte sich zu mir um und sagte: „Hörst du das Mädchen husten?“

Ich wusste, wie seine Frage gemeint war.

Er schüttelte den Kopf und schlug mir mit der Handfläche gegen die Brust. „Ich habe dich gefragt, ob du den Husten der Kleinen gehört hast.“

Ich lehnte mich zurück, blickte zehntausende Kilometer weit durch die Windschutzscheibe und atmete tief durch. „Ja, Charlie, ich habe ihn gehört.“

Charlie nickte und reichte mir die Schlüssel. „Das hoffe ich.“ Er sah zum Fenster hinaus und verschränkte die Arme vor der Brust. „Um deinetwillen, um des kleinen Mädchens willen und um Emmas willen hoffe ich, dass es so ist.“

Kapitel 34

Das Geräusch von zersplitterndem Glas riss mich endlich von meinem Kissen hoch. „Emma?!“ Ich schaute zur Küche hinüber, da ich vermutete, dass das Geräusch von dort gekommen war. „Emma?!!“

Ich hörte ein Rascheln, dann ein unterdrücktes Stöhnen. Emma lag mit dem Gesicht nach oben auf dem Küchenboden. Ihre Augen waren geöffnet, ihre Hände auf ihre Brust gepresst und ihr Gesicht qualvoll verzerrt. Ich ließ mich auf meine Knie fallen, tastete nach ihrer Halsschlagader und ihrem peripheren Puls und wusste, dass ihr noch etwa drei Minuten blieben, bevor ihr Herz stehen blieb.

„Charlie!“, schrie ich durch die hintere Verandatür, während ich gleichzeitig in der Küchenschublade kramte. „Charlie! Ruf den Notarzt! Charlie, ruf sofort den Notarzt!“

Um Emma auch nur den Hauch einer Chance zu geben, musste ich den Druck auf ihr Herz verringern. Das konnte ich nur, indem ich Blut abzapfte, und das einzige Hilfsmittel, das ich dazu hatte, war eine Injektionsspritze, die wir sonst zum Kochen verwendeten. Ich suchte hastig eine Nadel von der Dicke einer Bleistiftmine heraus und setzte sie in die Spritze ein, während ich die ganze Zeit über nach Charlie schrie. Emmas Augen hatten sich geschlossen, und ihr systolischer Blutdruck war auf unter 80 abgefallen. Sie war bewusstlos, entweder wegen des Schmerzes oder der mangelnden Blutversorgung, aber das war gut so, denn sie sollte sich später auf keinen Fall an das erinnern, was ich jetzt zu tun gedachte. Ich drehte den Sauerstoffbehälter auf volle Leistung und schob die Schläuche in ihre Nase. Ihre Halsadern traten hervor, was bedeutete, dass sich in ihrem Körper ein enormer Druck aufstaute.

An diesem Punkt beginnt die Uhr zu ticken. Der Patient hat nur noch eine gewisse Zeit, bevor das Gehirn Schädigungen davonträgt. Ich legte Emma flach auf den Rücken, schob ihre schlaffen Arme über ihren Kopf, setzte die Nadel an und bohrte sie tief in den Brustkorb meiner Frau. Die Spitze durchdrang ihren Herzbeutel; ich zog am Kolben, setzte den Blutfluss in Gang und löste dann die Spritze von der Nadel. Sofort ergoss sich ein Schwall sauerstoffarmen Blutes über mich und die gegenüberliegende Küchenwand. Fast ein Liter Blut tränkte die Küchenwände und den Fußboden rot, bevor die Intensität des Ausstoßes sich verringerte und der Blutfluss anfing, sich dem jetzt regelmäßigen Schlag von Emmas Herz anzupassen.

Als der Druck nachließ und das Blut wieder normal durch ihre Halsschlagader strömte, öffneten sich Emmas Augen. Das bedeutete nicht notwendigerweise, dass sie bei Bewusstsein war, aber es bedeutete sehr wohl, dass der Sauerstoff ihr Gehirn erreichte. Wenn ich an ihr Herz herankommen und das Loch darin zunähen könnte und der Rettungshubschrauber rechtzeitig hier wäre, könnten wir es ins Krankenhaus schaffen. Dort könnte ich Emma an eine Maschine anschließen, die sie zwölf Stunden am Leben erhalten würde, während wir ein Herz suchten. All das war möglich.

Ich hatte keinen Zweifel daran. Ich hatte es hundertmal gemacht. Alles, was ich brauchte, war genug Flüssigkeit. Außerdem musste ich dafür sorgen, dass einer ihrer Lungenflügel aufgebläht blieb. Ich blickte ihr in die Augen und sagte: „Emma, ich bin da. Bleib bei mir."

Sie nickte, schloss die Augen und wurde wieder bewusstlos.

Charlie stürzte zur Tür herein, das Handy ans Ohr gedrückt, und seine Augen wurden so groß wie Untertassen. „Was machst du da?"

Ich schnitt ihm das Wort ab. „Sie ist okay, aber uns bleiben nur noch ungefähr zwei Minuten."

Während seine Augen versuchten, das Schreckensszenario, das sich ihnen bot, zu erfassen, schrie er panisch ins Telefon und wiederholte immer wieder, dass wir dringend einen Rettungshubschrauber benötigten.

Ich setzte die Spritze auf die Öffnung der Nadel und brachte damit den immer noch austretenden Blutstrom zum Versiegen. Jetzt musste ich dringend den Blutverlust ausgleichen, und so sagte ich, so ruhig ich konnte: „Charlie, hol die Infusionslösung und meinen Arztkoffer aus dem Kofferraum.“

Er sah mich an und schien unsicher zu sein, ob ich Emma half oder schadete. Mit ruhiger Stimme wiederholte ich meine Aufforderung und setzte hinzu: „*Sofort*, Charlie.“

Charlie stürzte zur Tür hinaus, griff hastig nach den Gegenständen im Kofferraum und kam in die Küche zurückgerannt. Dabei rutschte er in der riesigen Blutlache, die den Linoleumboden bedeckte, aus und schlug der Länge nach hin. Seine Füße flogen zur Decke, während sein Kopf mit voller Wucht gegen den Türpfosten knallte. Anstatt ihn zu schützen, drückte Charlie die Infusionsflüssigkeit an sich. Eigentlich hätte er das Bewusstsein verlieren müssen, aber der Adrenalinstoß ließ das nicht zu. Er setzte sich auf, drehte seinen Kopf, als versuche er, mit einem Auge zu sehen, und hielt mir die Infusionslösung hin.

Ich legte einen Zugang, schloss die Infusion an, reichte Charlie den Beutel und forderte ihn auf: „Drück so fest du kannst.“

Dann zog ich einen Tubus aus dem Notfallkoffer, den ich vor einiger Zeit im Haus deponiert hatte, schob ihn in Emmas Luftröhre und blockte ihn. Dadurch waren ihre Atemwege gesichert.

Charlie legte seine starken Hände um den Infusionsbeutel und zwang die Flüssigkeit in Emmas Arm und somit in ihren Kreislauf. Sein Blick verlor sich irgendwo oberhalb ihres Gesichtes.

„Rasierklinge und Schere“, sagte ich zu Charlie.

Charlie wühlte mit einer Hand in der Instrumententasche und förderte das Gewünschte zutage.

Ich drehte Emma auf die rechte Seite, streckte ihren linken Arm über ihrem Kopf aus, um den Brustkorb auseinanderzuziehen und wechselte den Infusionsbeutel für Charlie. Als ich unmittelbar davorstand, sie aufzuschneiden, sah ich Charlie an und sagte: „Dreh dich weg.“

Er erwiderte: „Tu, was du tun musst.“

Also reichte ich ihm eine Flasche Desinfektionslösung von der

Küchentheke, streckte ihm meine Hände hin und sagte: „Gieß das über mich."

Charlie tat, was ich ihm sagte, und färbte meine Hände und Unterarme braun. Den Teil der Flüssigkeit, der heruntergelaufen war, verrieb ich auf Emmas Brust und ihren Rippen und bedeutete Charlie dann, auch die Rasierklinge zu übergießen.

Ich zog den Beutel aus meiner Tasche, fädelte ein langes Stück Faden in eine Nadel und legte sie auf Emmas nackte Brust. Dann setzte ich einen zwanzig Zentimeter langen Schnitt horizontal zwischen den vierten und fünften Rippenbogen, schnitt mit der Geflügelschere ein fünfzehn Zentimeter langes Stück aus der Rippe heraus und legte an beide Seiten ein zusammengerolltes Küchenhandtuch, um das Blut aufzusaugen und die Rippen auseinanderzuhalten. Ich schnitt das Rippenfell auf – den Beutel, der die Lunge umgibt – und schob die Lunge beiseite. Dann griff ich nach dem Herzbeutel und berührte ihn mit der Spitze der Rasierklinge. Blut und Wasser schossen heraus.

Nachdem ich den widerstandsfähigen Beutel geöffnet hatte, kam Emmas Herz zum Vorschein, und ich entdeckte das, wonach ich gesucht hatte – ein Riss in der Herzwand. Ich steckte meinen Finger in das Loch und stoppte das herausdrängende Blut. Das Herz hatte mit einem ventrikulären Flimmern begonnen, dem sogenannten Kammerflimmern, was bedeutete, dass es aufgehört hatte zu schlagen und jetzt nur noch zitterte. Das war einerseits schlecht, aber andererseits auch gut. Schlecht insofern, als es aufgehört hatte zu schlagen, aber gut insofern, als es jetzt leichter sein würde, es zu nähen und es nicht besonders viel Hilfe brauchen würde, um wieder selbstständig zu schlagen.

Charlie hatte inzwischen auch den zweiten Beutel geleert und schloss den dritten eigenständig an. Er kniff seine Augen zusammen und drückte seine Handflächen so fest aneinander, dass sein Hals sich unter dem Druck anspannte. Er hatte Schmerzen, sein Hinterkopf blutete ziemlich stark, und er schrie und weinte gleichzeitig. Ich konnte nicht sagen, ob es sein Körper oder sein Herz war, das ihm solche Schmerzen bereitete, oder beides zusammen.

Ich nahm meine Taschenlampe zwischen die Zähne, richtete ihren Strahl auf Emmas geöffneten Brustkorb und setzte einen achtstichigen Purse String – eine Naht, die das Loch zusammenzieht. Als ich daran zog, riss das Gewebe an drei anderen Stellen, also musste ich von vorne beginnen und mit der Nadel noch tiefer in das Gewebe ihres Herzens stechen. Als ich diesmal daran zog, hielt es.

Ich glaubte, das Rattern eines Helikopters zu hören, aber es wurde schnell klar, dass ich einer Sinnestäuschung aufgesessen war. Nachdem ich noch einmal kontrolliert hatte, dass die Naht auch wirklich hielt, griff ich in Emmas Brustkorb und massierte ihr Herz mit meiner Hand, zuerst ganz leicht, dann fester. In diesem Augenblick bemerkte ich, dass ihre Atmung ausgesetzt hatte.

Kein Problem, sagte ich mir. *Manchmal braucht der Körper eine kleine Erinnerung.* Meine Hand massierte weiter ihr Herz, während ich mich über den Intubationsschlauch beugte, kräftig hineinblies und Emmas Lunge füllte. Das Herz verstand den Hinweis und begann wieder zu schlagen. Ich zog meine Hand heraus und stellte zu meiner Erleichterung fest, dass Emma selbstständig atmete. Schnell überprüfte ich den Puls an ihrer Halsschlagader. Langsam, aber vorhanden. Die Uhr tickte. Wir waren dem Sensenmann nur wenige Sekunden voraus, aber immerhin hatten wir einen Vorsprung.

Charlie hatte mittlerweile auch den dritten Beutel vollständig entleert, und ein Transportmittel ins Krankenhaus war noch immer nicht in Sicht. Ich legte Emmas Füße hoch, da ich hoffte, dass dadurch so viel Flüssigkeit wie möglich in ihre Brust fließen würde, und tastete erneut nach ihrem Puls. Dieses Mal war da keiner mehr. Ich drehte Emma erneut, massierte ihr Herz und beatmete sie durch den Schlauch, der aus ihrem Mund ragte.

Charlie war von oben bis unten mit Blut bespritzt, schrie so laut er konnte und starrte mit verzerrtem Gesicht zur Decke. Was auch immer er suchte, er konnte es nicht finden. Tief in meinem Inneren war ich mir sicher, dass wir noch Zeit hatten.

Als ich mich vorbeugte, um Emma erneut zu beatmen, kam ein

junger Rettungssanitäter durch die Haustür gestürmt. Er starrte mich an, sah die fast fünf Liter Blut und Flüssigkeit, die auf dem Küchenfußboden verspritzt waren, und erstarrte mit offenstehendem Mund.

Ich schrie: „Ich brauche zwei Paddles und Aufladung auf 200! Sofort!"

Er schüttelte fassungslos den Kopf.

„Aufladung auf 200! Sofort!"

Der Rettungssanitäter ließ seine Tasche fallen, kramte zwei an langen Kabeln hängende Paddles heraus und drückte sie auf Emmas Brust und Seite. Ich massierte und beatmete weiter, und er lud den Defibrillator. Als das grüne Licht ihm sagte, dass er bereit war, rief er: „Weg!"

Ich zog meine Hand zurück, und er versetzte Emma einen Elektroschock. Ihr Körper versteifte sich, wurde dann wieder locker und ich tastete nach dem Puls. Nichts.

Ich griff in seine Tasche, holte heraus, was ich brauchte, und sagte: „Epinephrin hochdosiert! Aufladung auf 300!"

Der Rettungssanitäter, zu dem sich jetzt auch der Fahrer gesellt hatte, hatte einen neuen Infusionsbeutel angebracht und presste seinen Inhalt in Emma hinein. Er tat, was ich ihm gesagt hatte. Ich drückte die Luftblasen heraus, rammte die Spritze in Emmas Herz und injizierte die ganze Dosis. Dann zog ich meine Hand aus ihrem Brustkorb heraus. Der Rettungssanitäter rief: „Weg!", und ich beobachtete, wie sich Emmas Brust aufbäumte und wieder zusammensackte.

Nichts.

„Epinephrin hochdosiert und Schock bei 360!"

„Weg!"

Nichts. Charlie begann zu schreien: „Emma! Emma! Emma!"

Ich sah den Rettungssanitäter an und schrie: „Schock bei 360!"

Er protestierte: „Aber, Sir …"

„Schock bei 360! Sofort! Machen Sie schon!"

Er blickte seinen Partner an, der aufgehört hatte, die Flüssigkeit aus dem Beutel zu pressen und mich anstarrte.

Der Fahrer sagte: „Sir, die Patientin ist asystolisch. Den Vorschriften nach müssen wir –"

Ich ging ihm an die Kehle und drückte so fest ich konnte. „Die Patientin ist meine Frau. Aufladung und Schock bei 360!"

Ich stieß ihn beiseite, lud das Gerät, gab ihr noch mehr Epinephrin und versetzte Emma einen erneuten Elektroschock. Sie bäumte sich ein letztes Mal auf, ihre Arme zuckten nach vorne, als wolle sie sich selbst umarmen oder sich warm halten, dann wurde ihr Körper wieder schlaff.

Ich lud das Gerät erneut und trommelte mit beiden Händen auf Emmas Brust herum, bis Charlie sich auf mich stürzte und mich zu Boden riss. Wir glitten beide der Länge nach über das Linoleum, und dennoch ließ Charlie mich nicht los.

Ich wehrte mich gegen Charlies Umklammerung, aber egal, was ich tat, ich konnte mich nicht von ihm befreien. Er drückte meinen Kopf an seinen und schrie: „Hör auf! Hör auf! Hörst du? Sie ist tot, Reese! Emma ist tot!"

Die Worte hallten in meinem Kopf wider, ohne dass sich mir ihre Bedeutung erschloss.

Der Rettungssanitäter verließ die Küche und sprach in sein Funkgerät. „Wir haben hier einen Notfall. So etwas habe ich noch nie gesehen. Die Brusthöhle der Patientin ist geöffnet …" Er senkte die Stimme. „… mithilfe von Handwerkszeugen, Küchenutensilien … durch den Brustkorb. Wir haben hohe Dosen Epinephrin gegeben – intrakardial, Elektroschocks bis zu 360 und …" Er hielt inne und sah zurück in die Küche. „Sie kommt nicht zurück."

Mehrere Minuten lang blieben Charlie und ich auf dem Boden liegen. Emmas Kopf ruhte mittlerweile auf meiner Brust. Ich merkte nicht, dass mit Charlie etwas nicht stimmte. Erst als er mit seinem Gesicht dicht an meines herankam und sagte: „Beschreib mir, wie das aussieht. Ich will es wissen", wurde mir klar, dass er schwer verletzt war. Dies war das letzte Bild, das Charlie je gesehen hat.

Ein Augenarzt bestätigte später, dass sich bei Charlies Sturz die rechte Netzhaut gelöst hatte und auch die linke verletzt worden war. Wenn er sofort versorgt worden wäre, hätte er zumindest noch mit einem Auge sehen können, aber während er die Infusionsflüssigkeit mit aller Kraft in Emmas Körper presste, konnte er beobachten, wie sich der Vorhang über sein linkes Auge senkte und auch diese Netzhaut sich vollständig löste.

Der Rettungssanitäter verfasste einen vollständigen Bericht über meinen heroischen Versuch, Emmas Leben zu retten. Mehrere Krankenhäuser hörten davon und schickten ihre Ärzte, die mich befragen und den Fall untersuchen sollten. In einem vergeblichen Versuch, mich zu entlasten, erfanden meine Kollegen für mein Vorgehen an jenem Tag einen neuen Begriff. Sie nannten es die Mitch-Purse-Prozedur. Vor drei Jahren las ich in *Chest*, einer der Fachzeitschriften, dass ein ungenannter Arzt aus Atlanta, zweifellos Royer, mithilfe von Rechtsanwälten versucht hatte, eine Streichung der Beschreibung und der Erwähnung der Begleitumstände der Mitch-Prozedur aus allen künftigen medizinischen Büchern zu erwirken.

Natürlich ohne Erfolg.

Kapitel 35

Es war beinah Mitternacht, als es sintflutartig zu regnen begann. Zuerst kam Sturm auf und rüttelte am Haus, dann erhellten Blitze den Nachthimmel wie eine zornige Frau, die drohend ihre Faust schüttelt. Ich stand auf der Veranda, wärmte mir das Gesicht über einer Tasse frisch aufgebrühtem Tee, und beobachtete, wie der Wind durch die Bäume fuhr und das Wasser aufpeitschte. Ich ließ meinen Blick über den See gleiten und konnte im Schein der Blitze Charlies Bootssteg erkennen. Mit zusammengekniffenen Augen starrte ich hinüber. Was ich sah, überraschte mich nicht.

Charlie stand in seinen Boxershorts auf dem Bootssteg und hielt sein Gesicht in den Regen. Die Wellen krachten gegen den Eckpfosten seines Stegs und durchnässten ihn von der Taille abwärts. Der Regen besorgte den Rest. Er tanzte auf der Stelle, winkte dem Regen zu, legte seinen Kopf so weit wie möglich in den Nacken und suchte den Himmel nach Blitzen ab. Wann immer der Blitz in einen Baum einschlug und Flammen aufstiegen, jauchzte Charlie vor Freude auf, warf seine Arme in die Luft und schrie so laut er konnte.

„Ha! Das habe ich gesehen!"

Der Donner grollte wieder.

„Ha, ha! Ich kann sehen! Ich kann sehen!"

Neue Blitze zuckten über den Himmel. Ich zählte fünf oder sechs Stück. Diesmal traf es einen Baum ganz in der Nähe, und die Erschütterung war so stark, dass sie wie ein Erdbeben durch mein Haus rollte. Charlie trat näher an den Rand seines Bootsstegs. Der Wind peitschte durch unsere Bucht und zerrte an ihm. Charlie ließ sich von ihm in die Arme nehmen und tanzte mit dem Sturm.

Der Lake Burton ist bekannt für seine heftigen Stürme, die genauso schnell vorbeiziehen, wie sie aufgezogen sind. Der Sturm heulte noch einmal auf, dann drehte er nach Norden ab und ließ

Charlie wie ein eifersüchtiger Liebhaber allein und fast nackt auf seinem Bootssteg stehen. Georgia kam jaulend aus dem Haus gerannt, drückte sich an sein Schienbein und führte ihn zurück ins Haus. Der Tanz war vorbei.

In der anschließenden Stille verbanden sich die langen, traurigen Töne von Charlies Mundharmonika zu einer einsamen Melodie, die über den See zu mir herüberdrang. Charlie war der ewige Optimist. Das Leben war immer sonnig, sein Glas immer halb voll, aber gelegentlich weinte seine Seele. Und wenn das so war, dann durch dieses Instrument. Wenn man wissen wollte, was er tatsächlich empfand, was sein Herz fühlte, dann brauchte man ihm nur zuzuhören, wie er durch diese Mundharmonika atmete.

Ich ging hinunter zum Bootssteg und stieg dabei über unzählige heruntergefallene Äste und mehr Blätter, als selbst der stärkste Laubsauger aufnehmen könnte. Auf der anderen Seite des Sees wurde die Uferlinie nur von einigen wenigen Lichtern erhellt, was mich vermuten ließ, dass größtenteils der Strom ausgefallen war. Die Wasseroberfläche hatte sich beruhigt und funkelte wie schwarzes Glas. Die Wolken waren fortgezogen, zehn Milliarden Sterne funkelten über mir, und zu meiner Linken erschien träge der Halbmond am Himmel. Er sah so aus, als habe er sich entspannt zurückgelehnt, um sich in aller Ruhe ein Fußballspiel anzusehen.

Ich ließ mich in meinem Lieblingsstuhl nieder, stützte meine Füße auf einem leeren Blumentopf ab und legte den Kopf zurück. Das Gewitter hatte die Luft abgekühlt, aber sie war nicht kalt. Vielmehr fühlte sie sich wie eine warme Sommerdecke an, in die man sich gerne einhüllt.

Ich dachte an Royer, seine Liebenswürdigkeit und wie sehr ich ihn vermisste. An unsere gemeinsame Arbeit im Operationssaal, unsere Gespräche über die Fälle, unsere geteilten Erfolge. Gemeinsam waren wir gut.

Ich dachte an Annie, ihren Husten, ihre dunkelrote Baskenmütze, die ihr zu groß war, ihr gelbes Kleid und ihre Lackschühchen, den Plastikkanister, der mittlerweile fast bis zum Rand mit Dollarscheinen gefüllt war, und an ihre sanften Augen, in denen so viel Vertrauen lag.

Ich dachte an Cindy, die Last auf ihren Schultern und ihre bröckelnde Fassade, die so kurz davorstand, in sich zusammenzufallen. Lange würde sie dem Druck bestimmt nicht mehr standhalten können.

Und dann dachte ich an Emma und wie sehr Annie mich an sie erinnerte.

„Sohn Davids", flüsterte ich. „Ich möchte sehen."

Kapitel 36

Emmas Tod durchfuhr mich wie das Skalpell, das ich so meisterhaft zu führen verstand. Ich beobachtete, wie mein Herz wie ein weggeworfenes, verfaultes Stück Obst in den Dreck rollte und außerhalb meines Körpers weiterschlug.

Mein ganzes Leben, meine ganze Existenz war auf einen einzigen Augenblick ausgerichtet gewesen, aber dieser Augenblick war gekommen und vorbeigegangen, und ich war allein zurückgeblieben. Meine ganze Vorbereitung war umsonst gewesen.

Nie wieder wollte ich etwas mit der Medizin, mit Operationen, mit meiner Vergangenheit oder mit kranken und leidenden Menschen zu tun haben. Ich versuchte, alles, was ich gelernt hatte, was ich geworden war, alle Gesichter und Herzen, denen ich zur Heilung verholfen hatte, zu vergessen, meine Vergangenheit einfach zu löschen, die Festplatte neu zu formatieren und wegzugehen.

Nach der Beerdigung packte ich eine Tasche, übergab unser Penthouse in Atlanta einem Immobilienmakler, gab den Vietnam-Veteranen Bescheid, dass sie sich aus der Wohnung holen sollten, was sie brauchten, und fuhr nach Norden. Irgendwo auf der Interstate 285 warf ich meinen Pieper aus dem Fenster. Ein paar Kilometer weiter warf ich auch den zweiten fort. Auf der State Road 400 schmiss ich das erste Handy auf die Straße. Es geriet sofort unter die Räder eines Traktors, der unbeirrt seine Fahrt fortsetzte. Bald darauf folgte Emmas Handy, das beim Aufprall auf den Asphalt in tausend kleine Stücke zerschellte. Als ich den See erreichte, ging ich zum Ende des alten Bootsstegs und schleuderte mein zweites und letztes Handy ins Wasser.

Stunden später betrat ich das Haus, zog den Stecker des läutenden Telefons aus der Buchse, sah mich ein letztes Mal um, verschloss die Tür und fuhr davon.

Acht Monate später kehrte ich zurück. Ich kann nicht sagen, wo ich in der Zwischenzeit war. Nicht dass ich mich schämte, aber ich erinnere mich einfach nicht. Mehr als einmal musste ich mir das Deckblatt eines Telefonbuchs anschauen, um zu wissen, in welcher Stadt ich mich gerade aufhielt. Ich erinnere mich noch, dass ich irgendwann in den ersten Wochen auf den Kilometerzähler schaute. Zu dem ursprünglichen Stand waren achttausend Kilometer hinzugekommen. Drei Monate später hatte ich etwa fünfundzwanzigtausend Kilometer zurückgelegt.

Ein paar Dinge sind mir allerdings doch in Erinnerung geblieben. Ich erinnere mich, den Atlantik gesehen zu haben. Und an die kanadischen Rockies, den Pazifik und dass man mich an der mexikanischen Grenze zum Umkehren aufforderte. Doch ansonsten kann ich nicht viel sagen. Ich schätze, meine Kreditkarte und meine Bankauszüge könnten den Rest erzählen.

Als ich schließlich wieder zum See zurückkam, hatte Charlie gerade seine „Schule" beendet, die blinden Erwachsenen beibrachte, nach dem Verlust ihres Augenlichts – meist durch einen Unfall – ihr Leben zu meistern. Ein paar Tage lang schlichen wir umeinander herum wie die Enden zweier Magneten, die sich abstießen. Es war nicht so, dass wir nicht reden wollten, sondern wir wussten einfach nicht, wo wir anfangen sollten. Ich meine, wie redet man mit dem Bruder der Frau, die man nicht hat retten können?

Schließlich kam er einfach zu mir, legte seine Hand auf meine Schulter und sagte: „Reese, du bist der beste Arzt, den ich je kennengelernt habe."

Vielleicht schmerzte das am meisten. Ich umarmte ihn, wir weinten ein wenig und sagten danach eigentlich nichts mehr. Wir fingen einfach an, einige der zerbrochenen Teile einzusammeln, die mittlerweile überall verteilt lagen. Dann und wann stießen wir auf eines. Tun wir heute immer noch. Manchmal gemeinsam, manchmal allein. Der Bau des Wohnhauses, des Bootshauses und schließlich der Boote wurde zu unserer eigenen Gruppentherapie. Seit jenem Tag nehmen wir beide regelmäßig daran teil.

Kapitel 37

Cindy rief an und teilte mir mit, Annie sei zu müde für die Fahrt nach Macon. „Außerdem", sagte sie, „konnte ich nun doch nicht freibekommen."

Ich dachte kurz nach. „Hätten Sie etwas dagegen, wenn Charlie und ich ohne Sie fahren würden?"

„Natürlich nicht." Cindy schien überrascht zu sein. „Wenn Ihnen das nichts ausmacht. Mir ist das sehr recht."

Ich notierte mir die Wegbeschreibung, und Charlie und ich fuhren mit dem Anhänger über die 400, dann über die I-75. In Atlanta fuhren wir ab und machten einen Zwischenstopp im Varsity, wo Charlie zwei ungesunde Chili-Dogs mit Zwiebelringen und eine Cola zum Mittagessen verdrückte, dann fuhren wir wieder auf den Highway. Ich trank ein Glas Orangensaft und aß eine Banane.

Gegen zwei Uhr erreichten wir Cindys Grundstück. Sie hatte recht. Das Haus war heruntergekommen und brauchte eine Grundsanierung, die mindestens sechs Monate in Anspruch nehmen würde. Die meisten Bäume waren tot, das Gras wucherte wild und war von Unkraut durchsetzt. Aber auch das andere stimmte. Die Scheune war ein Juwel.

Charlie und ich umrundeten sie, ich beschrieb ihm, was ich sah, und er riss das Unkraut fort und las mit seinen Händen. Dann gingen wir in die Scheune hinein. Ich führte Charlie zu den Balken, und seine Augen leuchteten buchstäblich auf.

„Das ist eine Goldmine", meinte er lächelnd. Warum sollten wir mit leeren Händen nach Hause zurückkehren?

Wir schlugen unser Lager vor der Scheune auf – ein kleines Zelt, einen Tisch, eine Kühlbox und einen Propanbrenner –, bauten eine provisorische Werkstatt auf, zu der ein Hobel und eine Tischsäge gehörten, und machten uns an die Arbeit. Charlie begann mit den Brettern, riss sie aus dem zweihundert Jahre alten Gebäude heraus und reichte sie an mich weiter, damit ich die Nägel entfernen und sie entweder mit dem Hobel, der Tischsäge oder mit beidem bearbeiten konnte, je nach Holzart.

Ich hätte ihm bereitwillig jedes Stück Holz beschrieben, aber seine Hände konnten ihm viel mehr verraten als mein Mund. Es war nicht nötig, dass ich mich einmischte. Er hatte viel zu viel Spaß dabei, seinen Fund selbst zu begutachten. Georgia beobachtete uns von ihrem Platz auf dem Anhänger aus. Sie entfernte sich nie weit von Charlie, doch gelegentlich sprang sie herunter und sah nach mir.

Bei Einbruch der Dunkelheit hatten wir dreißig oder vierzig Bretter auf den Anhänger geladen, alle zwanzig bis fünfundzwanzig Zentimeter breit und drei oder vier Zentimeter dick. Gute Bretter, die viel Geld bringen würden. Meiner Schätzung nach würden wir noch zwei Tage mit den Brettern zu tun haben, bevor wir uns um die Balken kümmern konnten, die eigentlichen Prunkstücke.

Um kurz nach acht rief ich Cindy an, weil ich wusste, dass Annie um diese Zeit schlafen würde. Sie meldete sich sofort, als hätte sie neben dem Telefon gesessen. „Hallo?"

Wir plauderten kurz miteinander, ich fragte nach Annie, sie fragte, wie die Fahrt gewesen sei, und dann berichtete ich ihr, was wir vorgefunden hatten. „Ihre Scheune ist in gutem Zustand. Charlie und ich denken, dass wir noch zwei, vielleicht drei Tage hier sein werden, dann bringen wir einiges an Holz nach Hause. Vermutlich sogar eine recht große Ladung."

Ich wusste, sie hatte Angst zu fragen, aber sie hatte einige Rechnungen zu bezahlen, und so riss sie sich zusammen und fragte mit ihrer Geschäftsstimme: „Wie viel können wir erzielen, was meinen Sie?"

Ich hatte die Holzmenge geschätzt, ein wenig gerechnet und von daher eine recht gute Vorstellung von dem zu erzielenden Erlös, aber ich wollte ihr nicht zu große Hoffnung machen. Daher nannte ich ihr eine eher niedrig bemessene Zahl. „Vielleicht fünfundzwanzigtausend."

Es folgte ein verblüfftes Schweigen, gefolgt von einem: „Wow."

„Ja", meinte ich, „das hängt von den Balken ab. Wenn sie in gutem Zustand sind, könnte jeder fünfzehnhundert bis zweitausend Dollar bringen. Aber wir müssen sehen. Bis wir dahin kommen, gibt es noch einiges an Brettern auseinanderzunehmen."

„Brauchen Sie irgendetwas?"

„Nein", erwiderte ich, während ich an einer Blase herumdrückte. „Charlie singt mir gerade etwas vor, wir sind also guten Mutes."

Ich legte auf, und Charlie hörte auf so zu tun, als würde er mich nicht belauschen.

„Hey, Stitch?"

„Was denn?"

„Wie sieht es hier aus?"

„Nun", erwiderte ich, während ich mich umsah, „wir sitzen auf einer großen Wiese, umgeben von etwa einhundert überwiegend abgestorbenen Pekannussbäumen, die einmal sehr groß waren."

„Und sie stehen in gerader Linie?"

„Ja, so ziemlich."

„Wie weit kannst du an der am nächsten gelegenen Reihe entlangsehen?"

„Bestimmt ein paar hundert Meter."

Er erhob sich, schnallte seinen Gürtel enger und band seine Schnürsenkel fester. Dann wandte er sich wieder mir zu. „Ich möchte bis zur Erschöpfung rennen."

„Ist das dein Ernst?", fragte ich.

Charlie deutete dorthin, wo er eine der Baumreihen vermutete. „Ja. Ich möchte so schnell rennen wie ich kann, so lange ich kann … bis ich vollkommen ausgepowert bin."

Ich war müde. „Jetzt gleich?"

„Jepp. Und wenn du nicht mitkommst, dann renne ich eben allein."

Ich wusste, dass er es ernst meinte. Also erhob ich mich, schnappte mir einen zwei Meter langen Stock, über den Charlie in ständigem Kontakt mit mir bleiben konnte, reichte ihm das eine Ende und sagte: „Dreh dich einen halben Schritt nach links."

Charlie drehte sich.

„Wenn du in dieser Richtung geradeaus läufst, dann hast du etwa achthundert Meter freie Bahn.“

„Und nach diesen achthundert Metern?“

„Nun …“ Ich betrachtete die Gegend. „Wenn du schnell genug bist, wird dich wohl so eine Art Zaun in zwei Stücke zerreißen.“

„Stacheldraht oder einfacher Zaun?“

Ich sah ihn an. „Charlie, er ist achthundert Meter weit weg.“

Charlie lächelte und befeuchtete sich die Lippen. „Wirst du mit mir mithalten können?“

„Du wirst mit mir mithalten müssen, oder ich werde dich unweigerlich gegen den nächsten Pekannussbaum stoßen.“

Charlie grinste. „Der wartet auf dich.“ Er ging in Startposition.

„Nein“, erwiderte ich, während ich mich neben ihn stellte und scherzend an dem Stock zog, der uns zusammenband, „eher auf dich.“

Ohne Vorwarnung sprintete Charlie los und schwebte mit Riesenschritten über den Boden, als hätte die Schwerkraft auf ihn nicht denselben Einfluss wie auf uns andere sterbliche Wesen. Sein linker Arm pumpte auf und ab wie ein Kolben, während seine rechte Hand den Stock umklammert hielt. Sein Atem ging so keuchend wie der einer Dampflock, die einen Berg hinaufstampft.

Charlie war mir weit voraus, und als ich ihn endlich einholte und ihm ins Gesicht sehen konnte, strahlte er von einem Ohr zum anderen. Bis zum Ende des Abends rannten wir noch acht Mal zum Zaun und wieder zurück.

Kapitel 38

Am folgenden Morgen machten wir uns bei Sonnenaufgang an die Arbeit. Gegen Mittag war der doppelachsige Anhänger zur Hälfte beladen, und ich wusste, dass der Preis, den ich Cindy genannt hatte, zu niedrig geschätzt war. Kernholz erzielte auf dem Markt immer einen guten Preis, aber so altes Kernholz, noch dazu in so erstklassigem Zustand, würde einen Höchstpreis einbringen. Am Nachmittag darauf hatten wir die Scheune weitestgehend auseinandergenommen.

Jetzt blieben nur noch die Balken. Und wir hatten Glück. Sie waren, abgesehen von den üblichen Kerben und Schrammen, die dem Holz ihren Charakter verliehen und den Preis in die Höhe trieben, nicht nur vollkommen intakt, sondern es waren auch doppelt so viele, wie ich ursprünglich geschätzt hatte. Wir brauchten einen Tag länger als gedacht, weil die Balken fünfundzwanzig bis dreißig Zentimeter Durchmesser hatten und einige fast fünf Meter lang waren. Solches Holz gab es einfach nicht mehr. Wir saßen hier auf einer richtigen Goldmine.

Am Mittwochmorgen war schließlich alles verladen. Als wir losfuhren, jaulte der Motor unter der Last des unglaublich überladenen Anhängers auf. Ganz langsam traten wir die lange Rückfahrt in Richtung Norden an. Ich wusste, dass Cindy das Geld so schnell wie möglich würde haben wollen, daher machten wir einen Abstecher zu einem Holzhändler, der laut Charlie sämtliche Bauunternehmer in Georgia mit seltenem Holz belieferte.

Wir rollten auf den Hof und unterhielten uns mit dem Inhaber des Holzlagers. Er fiel beinah in Ohnmacht, als wir die Plane zurückzogen. Da er beurteilen konnte, was das Holz in Atlanta bringen würde, machte er uns einen fairen Preis, und wir halfen ihm dabei, das Holz abzuladen. Für die Bretter bekamen wir einundzwanzig Dollar pro Meter, und jeder der Balken brachte uns mehr als 2.000 Dollar ein. Nachdem das Holz abgeladen war, überreichte uns der Mann einen Scheck über 58.000 Dollar. Ich würde sagen, nicht schlecht für fünf Tage Arbeit, aber alles ist relativ.

Als wir auf die Burton Dam Road abbogen, die um die Südseite des Sees herumführte, fragte ich: „Denkst du, was ich denke?"

Charlie nickte, und sein Lächeln wurde breiter. Als wir in ihre Einfahrt einbogen, reichte es von einem Ohr zum anderen.

Cindy und Annie saßen gerade beim Abendessen. Cindy empfing uns an der Haustür. Sie trug einen kurzen Flanellschlafanzug, der eher für einen Mann bestimmt zu sein schien als für eine Frau, und eine rote Baseballkappe. Charlie und ich sahen aus wie zwei Minenarbeiter und rochen noch schlimmer. Wir brauchten unbedingt eine Dusche, ein Rasiermesser, eine große Menge Aftershave und ein starkes Deodorant.

Charlie überreichte Cindy den Scheck. Sie warf einen Blick darauf, und ihre Augen wurden groß. Sie las die Zahl ungläubig ein zweites und ein drittes Mal, und dann war es um sie geschehen. Sie sprang in die Luft, warf die Arme um mich und drückte mich so fest, dass ich kaum noch Luft bekam.

Charlie hörte den Aufruhr und maulte: „Und was ist mit mir? Ich war auch dabei."

Cindy, die sich jetzt fast wieder unter Kontrolle hatte, umarmte Charlie fest und gab ihm einen feuchten Kuss auf die Wange. Dann zeigte sie Annie den Scheck, die schluckte und meinte: „Wow, das sind aber eine Menge Grillen und Limonade."

Trotz unseres Protestes stellte Cindy für jeden von uns einen Teller mit schwarzen Bohnen und Reis, garniert mit ein paar Hühnchenstücken, auf den Tisch, während Annie uns Milch eingoss. Fast eine Stunde lang saßen wir am Küchentisch, und Charlie erzählte eine Geschichte nach der anderen über die Ereignisse der vergangenen fünf Tage.

Als wir uns verabschieden wollten, verschwand Cindy in ihr Schlafzimmer und kehrte kurz darauf mit einem auf meinen Namen ausgestellten Scheck über 29.000 Dollar zurück.

Charlie hörte, wie sie den Scheck aus dem Scheckbuch riss, und drehte den Kopf. „Was ist das?"

Ich las die Summe und sah Cindy an. „Charlie, ich bin nicht so gut mit Zahlen, aber ich glaube, das sind etwa vier oder fünf Tage auf der Intensivstation." Ich reichte Charlie den Scheck, der so tat, als würde er ihn studieren, und fragte ihn: „Meinst du nicht auch?"

Charlie nickte, als könne er jedes Wort lesen, dann reichte er ihn mir zurück. „Ja, vielleicht sogar sechs."

Ich zerriss den Scheck und drückte Cindy die Schnipsel in die Hand.

Charlie lächelte, schüttelte den Kopf und meinte: „Die Kosten für eine angemessene medizinische Versorgung sind einfach zu hoch."

Cindy hob Annie hoch, die in ihren Armen viel größer aussah als sonst, und ließ sich mit ihr zusammen auf einen der Stühle sinken. Sie wiegte sie stumm hin und her und strich ihr das dünne Haar aus den müden Augen. Fassungslos schüttelte sie den Kopf, drückte Annie noch fester an sich und gab ihr einen Kuss auf die Wange.

„Das ist schon in Ordnung", meinte Charlie und winkte ab. „Manchmal bin selbst ich sprachlos über mich. Anderen passiert das ständig. Vor allem den Frauen beim Bingo, die mich einfach lieben."

Cindy brachte nur ein leises Flüstern zustande. „Ich weiß nicht, was ich sagen soll."

„Wie wäre es, wenn Sie uns morgen Abend bei Reese zu Hause bekochen? Er liebt Lachs. Ehrlich gesagt, isst der Junge kaum etwas anderes."

Cindy nickte und schenkte uns ein zittriges Lächeln. Sie wollte noch etwas sagen, hob aber schließlich doch nur hilflos die Hände hoch und nickte erneut.

Charlie lächelte. „Cindy, Schatz, das Leben ist entweder ein waghalsiges Abenteuer oder es ist gar nichts."

Cindy biss sich auf die Lippe.

Annie sah mich an und fragte flüsternd: „Kennt er Shakespeare auch?"

Ich nickte. „Ja, aber das stammt nicht von ihm. Das stammt von Helen Keller."

„Ach ja, ich erinnere mich an sie."

Ich setzte Charlie und Georgia vor ihrer Haustür ab. Nachdem Charlie ausgestiegen war, tastete er sich um den Wagen herum zu meiner Seite, legte seine Hand auf meine Schulter und drückte sie. „Danke", sagte er. „Das habe ich gebraucht."

Ich nickte. „Ja, ich auch."

Ich nahm den Fuß von der Bremse, aber als Charlie sich noch einmal zu mir umdrehte, blieb ich stehen, und er lehnte sich erneut in den Wagen. Er dachte kurz nach, bevor er mit dem Kinn in meine Richtung deutete. „Hast du in letzter Zeit mal in den Spiegel geschaut?"

„Nein."

Er hielt inne und rieb sich das Kinn. „Das solltest du aber."

„Wonach soll ich schauen?"

„Nach etwas, das lange nicht mehr da gewesen ist."

Kapitel 39

Als das Telefon ein paar Tage später läutete, lag ich gerade unter dem mittleren Cockpit der Hacker und versuchte, einige elektrische Leitungen zu reparieren. Ich griff mit meiner ölverschmierten Hand nach dem Hörer und meldete mich. „Hallo?"

Die schrillen Schreie am anderen Ende ließen mir beinah die Trommelfelle platzen.

„Aaaaahhh! Oh – oh-du-meine … Aaaaahhhhhh!"

Ich wusste zwei Dinge: Es war Cindy, und sie war hysterisch.

„Cindy?"

„Aaaaaaaahhhhhhh!"

„Cindy!" Ich hörte, wie der Hörer zu Boden fiel, aber das Geschrei ging weiter.

„Geht es um Annie?" Keine Antwort. Im Hintergrund krachten Gegenstände zu Boden.

Ich wartete nicht länger auf eine Antwort, kroch unter dem Boot hervor und rannte über den Bootssteg. „Charlie! Lass das Boot zu Wasser!"

Mit dem Auto bräuchte ich fünfzehn, vielleicht sogar zwanzig Minuten bis zu Cindys Haus, weil ich um den See herumfahren müsste. Die *Podnah* könnte mich in fünf Minuten hinbringen, wenn ich sie zu Höchstleistungen antrieb. Ich rannte in mein Büro, riss den Rucksack, der in der hintersten Ecke des Schranks verstaut war, aus seinem Versteck und schnappte mir auf dem Weg zur Haustür das Handy.

Als ich das Bootshaus erreichte, hatte Charlie die *Podnah* bereits zu Wasser gelassen und den Motor gestartet. Ich sprang in das Cockpit, rammte den Rückwärtsgang hinein und setzte mit solcher Kraft zurück, dass Charlie nach vorne geschleudert wurde. Auf dem Weg nach draußen rammten wir beide Tore und hinterließen tiefe Kerben im Holz. Sobald ich freie Fahrt hatte, wechselte ich in den Vorwärtsgang, riss das Steuerrad herum und gab Vollgas. Das Boot ruckte, wendete scharf und schoss über das Wasser. Ich wählte auf dem Handy die Nummer des Notrufs.

Wegen des Fahrtwindes konnte ich kaum etwas hören, aber als ich den Eindruck hatte, dass sich jemand meldete, reichte ich das Handy an Charlie weiter, der versuchte, sich trotz unserer hohen Geschwindigkeit und der ständigen Schläge auf das Wasser verständlich zu machen. Wir bretterten in den engen Fluss hinein, an dem Annies und Cindys Haus lag, und machten die Bekanntschaft von so ziemlich jedem überhängenden Zweig im nördlichen Georgia. Schließlich drehten wir hart nach steuerbord ab. Ich kletterte über den Bug auf den Steg, wand das Seil um den ersten Pfosten, den ich erreichte, und rannte die Stufen hoch, vorbei an der Grillenkiste.

Die Grillen waren verstummt. Und auch im Haus war es furchtbar still.

Die Hintertür stand offen. In der Wohnküche sah es aus, als hätte dort eine Horde Wilder gewütet. Überall lag etwas herum. Als hätte jemand nach etwas gesucht und es nicht gefunden. Besen, Küchenutensilien, Töpfe und Pfannen, Zeitschriften und Bücher verunzierten den Boden. Cindy stand mit einer Pfanne aus Gusseisen in der Hand auf der Arbeitsplatte, die schrecklich verängstigte Annie neben ihr.

Ich schnappte mir Annie, setzte sie auf die Arbeitsplatte und überprüfte ihre Augen, ihre Atemwege und ihren Puls. Ich brauchte etwa drei Sekunden, um festzustellen, dass ihr Puls zwar etwas beschleunigt, sie ansonsten aber in Ordnung war. Ich wollte zur Sicherheit mein Herzfrequenz-Messgerät auf ihre Brust legen, doch sie blickte mich an, als wäre ich genauso verrückt wie ihre Tante. Als mir klar wurde, dass es Annie einigermaßen gut ging und sie den Mann, der ich einst gewesen war, nicht brauchte, sah ich Cindy an, deren Blick wie gebannt auf die hinterste Ecke der Küche gerichtet war.

Mittlerweile hatte auch Charlie die Stufen erklommen und die Hintertür erreicht. Er steckte den Kopf herein, das Handy ans Ohr gedrückt, und sagte: „Rede mit mir, Stitch! Sie sind unterwegs."

„Cindy?“, fragte ich und zupfte an ihrem Hosenbein. „Cindy, was ist los?“

Sie deutete mit der Pfanne zur Ecke hinüber, sah mich aber immer noch nicht an.

Ich wandte mich wieder Annie zu. „Kannst du mir sagen, was los ist?“

Annie flüsterte: „Da ist eine Schlange im Haus. Da drüben.“

Ich starrte zu Cindy hoch, dann Annie an. „Sie hat mich wegen einer Schlange angerufen?“

Annie nickte.

„Dann ist mit dir also alles in Ordnung?“

Annie nickte erneut. „Alles wie immer.“

Ich lehnte mich gegen die Wand und rutschte zu Boden. Einen Moment lang saß ich einfach nur da und barg den Kopf in meine Hände. Allmählich normalisierte sich mein Herzschlag wieder und die Farbe kehrte in mein Gesicht zurück. Schweigend stand ich auf und ging zu Charlie hinüber, der genauso ungläubig aussah, wie ich mich fühlte, und immer noch das Telefon ans Ohr gedrückt hielt. Ich nahm es ihm ab, entschuldigte mich bei der Dame am anderen Ende und legte auf.

Mit beiden Händen entwand ich Cindy vorsichtig die Pfanne und verstaute sie im Küchenschrank. Dann holte ich eine Schaufel aus der Garage, stieg über die Gegenstände hinweg, die Cindy in die Ecke geschleudert hatte, und entdeckte eine knapp zwei Meter lange Kiefernatter, die zusammengerollt in der Ecke lag, zischend und vor Angst halbtot. Ich schob sie auf die Schaufel, ging durch die Hintertür nach draußen und setzte sie etwa fünfzig Meter vom Haus entfernt in ein Gebüsch.

Dann lehnte ich die Schaufel gegen die Hauswand, ging wieder hinein, half der vollkommen verängstigten Cindy von der Arbeitsplatte herunter und führte sie zur Couch.

Charlie durchbrach als Erster das Schweigen. „Möchte mir vielleicht jemand erzählen, was los ist?“

Annie begann zu lachen. Ein leises Kichern, das sich ziemlich schnell zu einem lauten Gelächter steigerte. Sie saß auf der

Couch, klopfte sich auf die Oberschenkel und lachte aus vollem Hals.

„Das ist nicht lustig", erklärte Cindy. „Dieses Ding hätte ... hätte ... uns fressen können."

„Charlie", sagte ich und fing ebenfalls an zu lachen, „komm schon rein, aber schön langsam, weil hier fast der gesamte Hausrat auf dem Boden herumliegt."

Cindy schnappte sich ein Sofakissen und schleuderte es in meine Richtung. Ich warf es zurück, und fünf Minuten später hing das ganze Zimmer voller Federn. Charlie tastete sich vorsichtig weiter, stolperte über ein paar Kissen, hielt sich an der Arbeitsplatte fest und blieb dort stehen, bis Annie ihn schließlich an der Hand nahm und zum Sofa führte.

Ich sah mich um und meinte: „Also, ich schätze, du magst wirklich keine Schlangen."

Cindy schaute zur Decke hinauf, schloss die Augen und atmete tief ein. „Ich brauche eine Auszeit. Einen langen Urlaub. Irgendwo an einem Strand mit einem Liegestuhl, bunten Drinks, in denen Sonnenschirmchen stecken, und netten Männern in Baströcken, die sie mir servieren." Ihr Blick glitt durch das Haus und richtete sich schließlich auf mich. „Aber wow! Ihr wart wirklich schnell hier!"

„Ja, nun ..." Ich deutete auf Annie. „Ich dachte, du würdest wegen ihr anrufen."

Die Erkenntnis traf sie wie ein Schlag. Cindy legte ihre Hände vor das Gesicht und bedeckte ihre Augen. Ein paar Sekunden vergingen, während sie sich in unsere Lage versetzte. Dann sagte sie: „Es tut mir wirklich leid, Reese, ich habe einfach nicht nachgedacht ..."

Sie deutete mit der Hand im Raum umher und vollzog offensichtlich den Weg der Schlange nach. „Ich habe nur die Schlange gesehen. Sie zischte, und ich hatte nichts mehr, was ich nach ihr werfen konnte."

Ich lachte erneut. „Offensichtlich."

„Das ist nicht lustig. Ich habe mir beinah in die Hose gemacht, als das Ding anfing, durch das Wohnzimmer auf uns zu zukriechen. Sie streckte immerzu ihre kleine Zunge heraus und zischte mit vorgestrecktem Kopf. Für mich sah sie aus wie eine Anakonda oder so etwas."

„Ich weiß nicht, wer mehr Angst hatte, du oder die Schlange."

„Ich fürchte, ich habe zehn Jahre meines Lebens verloren."

„Weißt du, Kiefernattern sind vollkommen ungefährlich. Sie sind sogar recht nützlich, weil sie andere Schlangen fressen."

„Na dann! Entschuldige bitte, Mr Zoodirektor", meinte Cindy lächelnd. „Ich habe doch tatsächlich vergessen, sie nach ihrem Ausweis und ihrer Zulassung zu fragen, als sie durch die Tür hereinspazierte."

Wir halfen noch beim Aufräumen und schlenderten dann zum Boot hinunter, dessen Motor Charlie glücklicherweise ausgeschaltet hatte. Wir stiegen ein, und Cindy warf uns das Seil zu. Dann vergrub sie ihre Hände in den Taschen ihrer Jeans und sah uns verlegen an. „Tut mir ehrlich leid, Jungs."

Ich streckte ihr meine Hand hin. „Vergiss es einfach. Du hast das Richtige getan."

Ich legte den Gang ein, doch Charlie schob den Schalthebel wieder zurück.

„Hey, wir braten am Samstag ein Schwein und möchten gern wissen, ob ihr uns dabei Gesellschaft leisten wollt."

Ich starrte Charlie an. „Tun wir das?" Er stieß mich mit dem Ellbogen in die Rippen, und ich korrigierte mich: „Stimmt, das tun wir. Wir machen schon seit einer Ewigkeit Pläne dafür."

Cindy lächelte. „Was heißt das, wir braten ein Schwein?"

„Ohhh." Charlie leckte sich die Lippen und rieb sich mit der Handfläche den Bauch. „Wir nehmen ein ganzes Schwein, normalerweise um die zweihundert Pfund schwer, und braten es den ganzen Tag bei niedriger Temperatur. Den Abend verbringen wir dann damit, das beste Schweinefleisch zu verspeisen, das du je probiert hast. Im Wesentlichen ist es ein Berg Sünde auf einem Teller, und die meisten essen danach etwa eine ganze Woche lang gar nichts mehr."

„Also etwa wie das Transplantat, zu dem ihr Jungs mich verleitet habt."

„So ungefähr." Charlie nickte.

Cindy dachte kurz nach. Zweifellos ging sie in Gedanken ihren Arbeitsplan durch. „Wann sollen wir kommen?"

„Gegen Mittag. Und bringt eure Badesachen mit."

Cindy sah Annie an, die strahlend nickte. „Wir sehen uns …" Sie schlug sich mit der offenen Handfläche gegen die Stirn, als hätte sie etwas vergessen, und sagte: „Oh! Mist!"

Charlie hörte das Klatschen, die Veränderung ihres Tonfalls und fragte: „Was ist?"

Ich ließ sie nicht zu Wort kommen. „Keine Sorge. Ich hole euch ab. Hier. Gegen Mittag."

Cindy lächelte, legte den Arm um Annie und lief mit ihr den Pfad hoch, während sie mit einem Auge misstrauisch zu der Stelle starrte, wo ich die Schlange ausgesetzt hatte.

Wir starteten den Motor, tuckerten langsam den Fluss hinunter und über den Tallulah. Als wir ins Bootshaus einfuhren, legte Charlie die Hand auf meine Schulter und lächelte mich an. „Sieht so aus, als müsstest du in die Stadt fahren, um uns ein Schwein zu besorgen."

„Ja", erwiderte ich, während ich das Boot in Höhe des Lifts zum Stehen brachte und dann den Motor ausschaltete. „Das habe ich begriffen."

„Oh, und …" Er drehte sich mit einem breiten Grinsen auf dem Gesicht zu mir um. „Vergiss die Baströckchen nicht."

Kapitel 40

Am Dienstagnachmittag lief ich mit einer Plastiktüte in der Hand, in der zwei Baströckchen steckten, über die Hauptstraße von Clayton. Ich war auf dem Weg zu Vickers Fleischerei, als eine Frau mit einer Baseballkappe auf dem Kopf direkt auf mich zukam. Sie war in Begleitung ihres Mannes und ihrer beiden Kinder. Als ich ihr Gesicht sah, stockte mir der Atem und meine Knie wurden weich.

Shirley. Ihr Sohn war ungefähr einen halben Meter größer als bei unserem letzten Zusammentreffen, von stattlicher Statur und sah sehr gut aus. Ihre Tochter hatte lange Haare, lange Beine wie ihr Dad und war zu einer wirklichen Schönheit herangewachsen. Harry stolzierte mit stolz geschwellter Brust über den Bürgersteig und trug ein Polo-Shirt, auf dem sein Name eingestickt war.

Ich blieb stehen, um nach einem Fluchtweg Ausschau zu halten, fand aber keinen. Die Straße bot keine Versteckmöglichkeit, die Geschäfte zu meiner Linken waren zu beengt und es war zu spät, um umzukehren. Shirleys Blick streifte mich. In ihrem Gehirn machte es klick und sie schaute noch einmal hin. Sofort ließ sie Harrys Hand los und ging langsam auf mich zu. Ich blieb vor einem Zeitungsautomaten stehen, zog mir den Schirm meiner Kappe tiefer ins Gesicht und suchte nach zwei Vierteldollarstücken. Voller Inbrunst hoffte ich, die Erde würde sich auftun und mich verschlingen.

Shirley musterte mich intensiv, um ihren Verdacht zu bestätigen. Ihr Blick glitt unter die Kappe, die langen Haare und den Bart, und auf einmal leuchtete ihr Gesicht auf. „Dr. Mitchell?", flüsterte sie.

Mein Kleingeld fiel mir aus der Hand und rollte über den Bürgersteig.

Sie berührte meine Schulter, als stünde ein Geist vor ihr. „Jonathan?"

Während die Vierteldollarstücke meine Füße wie Wasserstrudel umkreisten, drehte ich mich langsam um und blickte Shirley ins Gesicht. Sie hatte zugenommen, was gut war. Tränen füllten ihre Augen und drohten überzufließen.

Ich nahm die Sonnenbrille und meine Kappe ab und fuhr mir mit den Fingern durch mein fast schulterlanges Haar. Als ich ihre Hand ergriff, spürte ich einen starken distalen Puls. „Hallo, Shirley. Sie … Sie sehen großartig aus.“ Sie warf die Arme um meinen Hals und drückte mich fest an sich. Der Rest ihrer Familie kam indessen näher. Ich schüttelte Harry die Hand und staunte über ihren Sohn, der mich bereits überragte. Shirley sagte: „Er hat Stipendienangebote von verschiedenen Colleges bekommen.“

Ihr Blick ruhte auf mir, während die Stille, die uns einhüllte, Bände sprach.

„Ich habe von … von Emma gehört.“ Sie legte ihre Hand auf ihr Herz, und Tränen strömten aus ihren Augen. „Und was Sie getan haben. Für mich, meine ich. Es tut mir so leid.“

Sie umarmte mich erneut, und ich spürte, wie stark ihr Rücken geworden war. Shirley hatte es geschafft. Sie war eine Überlebende. Und so wie es aussah, würde sie lange genug leben, um ihre Enkelkinder kennenzulernen.

Sie ließ mich los, und ich versuchte, die Atmosphäre zu entspannen. „Royer behandelt Sie gut?“

Harry ergriff das Wort. „Ja, nach Ihnen ist er der Beste.“ Er sah Shirley an, dann wieder mich. „Im Ernst, er kümmert sich großartig um uns.“

Shirley lächelte und legte ihren Arm um Harry. „Ich kann zwei Kilometer rennen, ohne stehen zu bleiben.“ Sie klopfte Harry auf den flachen Bauch und meinte lächelnd: „Ich stelle zwar keine Geschwindigkeitsrekorde auf, aber wir sind gesund und …“ Sie unterdrückte die aufwallenden Emotionen. „Und es geht uns gut.“

Sie legte erneut ihre Arme um meinen Hals, als hätte sie Bedenken, ich würde verschwinden, wenn sie es nicht täte, und drückte mich so fest sie konnte. Ihre Kinder kamen näher, legten ebenfalls ihre Arme um mich, und sogar Harry beteiligte sich an der Gruppenumarmung, die mitten auf dem Bürgersteig im Zentrum von Clayton stattfand.

Harry reichte Shirley ein weißes Taschentuch, das er aus seiner Hosentasche gezogen hatte, und sie lachte gezwungen.

„Wer auch immer dieses Herz vor mir besessen hat, hat anscheinend viel geweint", meinte sie, „denn früher war ich nie so emotional."

Es hatte einem Zwanzigjährigen gehört, aber das hatte ich Shirley nie erzählt. Sie sollte leben, und zwar ohne Schuldgefühle. Und ich weiß nicht, wie sie von meinem Telefongespräch mit Royer erfahren hat. Aber manchmal ist es schwer, solche Dinge geheim zu halten. Selbst in Krankenhäusern.

Ich sah Shirleys Tochter an, die ihre Arme immer noch um meinen Hals gelegt hatte. Sie gab mir einen Kuss auf die Wange und sagte: „Danke, Dr. Jonathan … dass Sie meine Mutter gerettet haben."

Mein Name hallte mir in den Ohren wider und klang fremd, hölzern und steif, obwohl ich wusste, dass er beschmutzt war.

Ich nickte und setzte meine Sonnenbrille wieder auf, solange ich meine Gefühle noch unter Kontrolle hatte.

Harry bemerkte, wie ich mich fühlte. Er trieb seine Familie zusammen und sagte: „Also gut, wir haben den Doc jetzt genug in Verlegenheit gebracht. Lasst uns weitergehen. Sie werden uns den Tisch nicht ewig freihalten."

Shirley küsste mich auf die Wange, während immer noch Tränen über ihr Gesicht liefen. Sie schmeckten salzig und zugleich süß.

Arm in Arm zogen die vier Pattons weiter, während ich mich an einem Laternenpfahl abstützte und in mich hineinhorchte. Kurz darauf spürte ich eine Hand auf meiner Schulter.

Sal Cohen stand lächelnd vor mir und schaute mich neugierig an. „Freunde von Ihnen?"

Eine Träne tropfte unter meiner Sonnenbrille hervor. Ich sah Sal an und flüsterte: „Ja. Alte Freunde."

Sal nahm seinen Hut ab, fuhr sich mit dem Taschentuch über

die Stirn und blickte den Pattons nach. Dann sah er mich wissend an. „Tut gut, nicht?“

Mein Blick folgte ihnen und ich nickte. Als mir das bewusst wurde, schaute ich wieder zu Sal hin, doch er war fort.

Kapitel 41

Ich saß fast zwei Stunden lang in der Badewanne, bis zum Hals im Schaum versunken, schlief ein wenig, trank etwas Rotwein und blätterte die neuste Ausgabe von *Chest* durch. Es war fast 3 Uhr morgens, als ich mich abtrocknete, anzog und in mein Büro ging. Charlie würde in etwas weniger als drei Stunden am Bootssteg auf mich warten, und falls meine Passwörter noch Gültigkeit hatten und ich den Zugang bekam, den ich brauchte, hatte ich bis dahin noch einiges zu erledigen. Natürlich bestand die Möglichkeit, dass die Zugangsdaten geändert worden waren, aber so wie ich Royer kannte, hatte er dafür gesorgt, dass meine Codes aktiviert blieben. Vermutlich würde ich eine Spur hinterlassen, die Royer direkt zu meiner Haustür führen könnte, aber dieses Risiko musste ich eingehen.

* * *

Unsere morgendliche Ruderpartie hatte mich erschöpft, mir aber auch gutgetan. Charlie spielte mit Georgia, während ich ins Haus ging, um Kaffee aufzusetzen. Der Anrufbeantworter blinkte. Noch bevor ich ihn die Nachricht abspielen ließ, wusste ich, von wem sie kam. Das Band spulte zurück und setzte dann ein. Zunächst war Hintergrundlärm zu hören, dann ertönte Royers Stimme, die ohne große Begrüßungsworte gleich loslegte.

„Hey Doc – obwohl ich mich, wenn ich ehrlich bin, mit dieser Anrede ein wenig schwer tue. Unsere IT-Leute haben mich heute Morgen sehr früh angerufen, um mir mitzuteilen, dass jemand meine vertraulichen Dateien durchwühlt hat. Sie sagten, wer immer das gewesen sei, kenne alle meine alten Codes und die meisten Kürzel. Er habe ziemlich viel herumgestöbert, mehrere aktive Akten studiert und sich dann wieder ausgeloggt, ohne etwas zu kopieren oder abzuändern.

Na ja, beinah. Diese Person hat eine wirklich interessante Sache getan. Sie hat in Annie Stephens Akte eine Notiz hinterlassen, dass eine TEE angebracht sei. Das war mein erster Hinweis darauf, dass ich es nicht einfach mit einem verdrehten Hacker zu tun hatte, der meine Akten löschen wollte. Aber jemand, der eine transösophageale Echokardiografie für Annie vorschlägt, weiß mit Sicherheit auch zwei Dinge: Das Risiko ist enorm, und sie kann es nicht bezahlen.

Doch als ich gerade die Buchhaltung anrufen und mit den Leuten dort eine Möglichkeit aushandeln wollte, wie wir einem bezaubernden kleinen Mädchen als einer unter tausend eine Chance geben könnten, bekam ich einen weiteren recht ungewöhnlichen Anruf. Wunder über Wunder, die Buchhaltung rief mich an und berichtete mir, dass Annies Konto, das mit mehr als 18.000 Dollar in den Miesen gestanden hatte, auf einmal ausgeglichen sei. Und mehr noch, es gebe sogar eine Vorauszahlung für eine TEE. Sie wollten nun wissen, ob ich eine solche Untersuchung angeordnet hätte.

Jonny, du bist schon eine Weile fort, und es gibt ein paar Dinge, die du vielleicht nicht weißt. Annie ist hier ziemlich gut bekannt. Sie bringt uns alle zum Lachen, und wenn jemand anfängt, ihre Akte zu manipulieren oder an ihrer Behandlung herumzupfuschen, dann bekommt er es mit uns zu tun."

Royers Tonfall war barsch. Ich hatte nichts anderes erwartet. Ein Bär kann entweder ein Teddy oder ein Grizzly sein, je nachdem, was die Situation erfordert.

Er atmete tief durch und sprach dann weiter. „Also gab ich vor, angepiept zu werden, und sagte, ich würde mich wieder melden. Ich überprüfte Annies Akte; sie hatten recht – und du auch – und so habe ich eine TEE angesetzt. Aber du weißt genauso gut wie ich, dass sie dafür eine Narkose braucht, und das wird ihr gar nicht gefallen. Außerdem ist Cindys Nervenkostüm mittlerweile ziemlich dünn und könnte jeden Augenblick zerreißen. Und wenn man das alles zusammennimmt, dann sind das ziemlich gute Voraussetzungen für eine Katastrophe."

Royer bedankte sich bei einer Schwester, die ihm anscheinend eine Tasse Kaffee gebracht hatte. Er nahm einen großen Schluck und störte sich nicht daran, dass das Gerät in der Zwischenzeit weiter aufnahm.

Schließlich fuhr er fort: „Die Untersuchung findet am kommenden Freitag statt – also in zehn Tagen, nur für den Fall, dass du deinen Kalender nicht zur Hand hast. Du hast diese Sache in Gang gesetzt, also gilt folgende Abmachung: Ich führe die Untersuchung durch, aber wenn ich dich am Freitagmorgen nicht hier sehe, wenn du dieses kleine Mädchen nicht im Rollstuhl über den Flur schiebst, dann werde ich all deine Geheimnisse ausplaudern. Und, Jonny, das ist keine leere Drohung."

Eine weitere Pause folgte, und ich hörte förmlich, wie Royer überlegte.

„Ich vermute, du brauchst jetzt Zeit, um über dein Dilemma nachzudenken. Von mir aus, aber während du bereits darüber nachdenkst – und ich möchte ehrlich sein, ich hoffe, du erstickst an deinem Selbstmitleid –, möchte ich dir noch eine Frage stellen …"

Ich schaltete das Gerät ab und drehte mich zur Küche um, wo Charlie im Türrahmen lehnte. Georgia saß zu seinen Füßen, und beide blickten in meine Richtung.

„Du willst die Frage nicht hören?", fragte er und deutete mit der Hand auf den Anrufbeantworter.

Ich ging wortlos an ihm vorbei auf die hintere Veranda und fragte mich, wie weit ich wohl bis zum Abend käme, wenn ich jetzt in den Wagen stiege und losführe.

„Nun, ich schon." Charlie rieb sich die Hände. „Ich vermisse diesen alten Brummbären." Seine Stimme wurde sarkastisch. „Hey, ich frage mich, welche Frage der alte Teufel dir wohl stellen könnte."

Charlie tastete sich an der Wand entlang zum Anrufbeantworter. Er fuhr mit den Fingern über die Tasten und drückte die große in der Mitte. Royers Stimme kehrte zurück. Sie breitete sich im Haus aus, rollte über den Fußboden und kroch zielsicher durch die Fliegengittertür hinaus auf die Veranda, wo ich mich am Geländer festklammerte, um mich auf den Schlag vorzubereiten.

„Jonny, sag mir eines." Seine Stimme kippte. „Wenn ich Emma anrufen und ihr von Annie erzählen könnte, was würde sie wohl deiner Meinung nach sagen?"

Charlie spulte das Band zurück und ging in die Küche. Er holte zwei Kaffeebecher aus dem Schrank, füllte sie und trat auf die Veranda, wo ich mich mit weichen Knien immer noch an das Geländer klammerte. Meine Fingerknöchel traten mittlerweile weiß hervor. Er reichte mir einen Becher, und ich griff zu.

„Danke."

Wir blieben ein paar Minuten schweigend dort stehen und sahen auf den See hinaus. Der Kaffeeduft mischte sich mit dem Geruch des Wassers und der Pfefferminze.

Schließlich deutete Charlie mit dem Kopf in Richtung Anrufbeantworter und fragte: „Was hat er gemeint?"

Das Aroma der frisch gemahlenen Bohnen rann durch meine Kehle und wärmte meinen kalten Magen. Eine leichte Brise streifte über den See, und ein Boot kam mit niedriger Geschwindigkeit näher. Von irgendwoher war Kinderlachen zu hören.

„Bei einer TEE wird ein Schlauch mit einer Ultraschallsonde am vorderen Ende durch den Mund in die Speiseröhre eines … eines betäubten Patienten eingeführt. Weil die Speiseröhre direkt hinter dem Herzen vorbeiläuft, kann man seinen Zustand mittels des Ultraschalls sehr gut untersuchen."

Ich hielt meine Tasse mit beiden Händen umklammert und überlegte, ob Annies Herz diesen Stress wirklich aushalten konnte und ob die Informationen das Risiko wert waren.

Die Falte auf Charlies Stirn vertiefte sich.

Er drehte sich um und „schaute" wieder auf den See hinaus. „Ist Annies Herz wie das meiner großen Schwester?" Sekunden verstrichen. Ich antwortete nicht. Schließlich legte er seine Hand auf mein Gesicht und las die Falten. Das hatte er bei mir noch nie getan. „Ist es wie das von Emma?"

Ich nickte.

Charlie nahm seine Hand von meinem Gesicht. „Kann es in Ordnung gebracht werden?"

„Wenn es rechtzeitig geschieht. Wenn nicht, sind die Schäden weitreichend und dauerhaft. Ich dachte, falls Royer eine Öffnung entdeckt, könnte er das Loch mit einem Katheter und einem Ballon schließen. Das wäre zwar nur eine kurzfristige Reparatur, ein Pflaster sozusagen, aber Annie müsste es nie erfahren, und es könnte ihr etwas Zeit verschaffen. Und im Augenblick …" Ich senkte meine Stimme. „Ist die Zeit ihr Feind."

„Wie lange hat sie noch?"

Eine kühle Brise wehte vom See her zu uns herauf und strich über unsere Gesichter. Über uns kreisten laut schnatternd einige Wildenten, die schließlich zum Sinkflug ansetzten und unweit von Charlies Bootssteg landeten. Georgia raste auf der Suche nach ein wenig Spaß die Stufen hinunter. „Nicht mehr lange."

Charlie drehte sich um und ging ins Haus. Wenige Minuten später hörte ich ihn in meinem Büro rumoren. Offensichtlich suchte er etwas, aber manchmal war es besser, Charlie einfach machen zu lassen.

Schließlich kehrte er mit der alten Holzkiste zurück. Er schleppte sie in die Küche, stellte sie mitten im Raum ab und klopfte einmal darauf. „Nun mach schon."

Dann tastete er sich zur Hintertür hinaus und am Geländer die Treppe hinunter. Zwei Minuten später war er bereits halb zu Hause. Georgia rannte laut bellend hinter ihm her.

Ich ging in die Küche und hockte mich neben die staubbedeckte Kiste. Der Deckel quietschte, ließ sich aber problemlos öffnen, und so blätterte ich wenig später durch zwanzig Jahren Geschichte. Emma hatte jedes Buch, das im Innern dieser Kiste lag, mehrmals gelesen, viele hatte sie mir sogar vorgelesen.

Gegen Mittag schwirrte mir der Kopf. Mit jeder Seite, die ich umblätterte, wurde das Bild von ihr, wie sie dasselbe tat, deutlicher und bunter. Umgeben von Büchern legte ich mich auf den Küchenboden und fuhr mit dem Fingernagel über das Holz. Tief in den Spalten meinte ich winzige rote Flecken zu erkennen.

Leben ist nur ein wandelnd Schattenbild; ein armer Komödiant, der spreizt und knirscht. Sein Stündchen auf der Bühn und dann nicht mehr vernommen wird; ein Märchen ist's, erzählt von einem Dummkopf, voller Klang und Wut, das nichts bedeutet.

Kapitel 42

Am Donnerstagmorgen war ich bereits früh unterwegs. Ich hatte mich von niemandem verabschiedet. Als es hell wurde, war ich nur noch wenige Stunden von Hickory in North Carolina entfernt. Um Viertel vor elf bog ich auf einen Rastplatz ein und hielt vor einer öffentlichen Telefonzelle. Ich ließ den Motor des Wagens laufen, während ich in dem aufgequollenen Telefonbuch blätterte und eine ganz bestimmte Nummer suchte.

Nach dreimaligem Läuten meldete er sich. Seine Stimme klang selbstsicher und freundlich, war aber ein wenig schwächer, als ich es von früher gewohnt war. Zehn Jahre waren vergangen, seit wir das letzte Mal miteinander gesprochen hatten. Auf dem Foto in der Ehemaligenzeitung war er Arm in Arm mit seiner Frau zu sehen, im Hintergrund hatte ich seine Wochenendzuflucht in Hickory ausgemacht. Sein Wollpullunder und die Pfeife in seiner Hand ließen ihn zufrieden wirken. Er schien es zu genießen, seinen Lebensabend mit seiner Frau zu verbringen, die ihn, wie viele Arztfrauen, zuerst mit dem Krankenhaus und dann mit der Universität geteilt hatte. Jetzt war sie an der Reihe. Das hatte er ihr versprochen.

„Hallo?", meldete er sich.

„Hallo … äh, Sir?"

Stille. Zehn Sekunden oder noch länger hörte ich nichts anderes, als wie er seine Pfeife von der einen Wange in die andere schob, und hin und wieder das Klappern seiner Zähne auf dem Mundstück.

„Ich habe oft an dich gedacht", sagte er schließlich. „Mich gefragt, wie du klarkommst. Und ob überhaupt."

„Ja, Sir, also … ich bin gerade in Hickory und habe mich gefragt, ob wir zusammen zu Mittag essen könnten."

Die Pfeife klapperte wieder, und an seinem Tonfall merkte ich, dass er lächelte. „Du meinst, du bist den ganzen Weg von wo auch immer du jetzt wohnst hierher gefahren, weil du mit mir reden möchtest?"

Ich schmunzelte. Er war körperlich zwar schwächer geworden, das merkte ich an seiner Stimme, aber das bedeutete keinesfalls, dass auch sein Geist geschwächt war. „Ja, Sir."

Fünfzehn Minuten später parkte ich vor seinem Haus. Ein Blick in den Rückspiegel machte mir klar, dass er mich möglicherweise nicht erkennen würde. Vielleicht würde er sogar erschrecken. Es war gut, dass ich zuerst angerufen und ihn vorgewarnt hatte.

Ich zog meine Sonnenbrille ab, überquerte den Rasen und klingelte. Schon bald hörte ich das Schlurfen, das ich immer mit alten Männern in Verbindung bringe, die bis in den späten Nachmittag hinein Pantoffeln tragen.

Er öffnete die Tür, blieb einen Augenblick regungslos stehen und blinzelte in die Sonne. Dann nahm er die Pfeife aus dem Mund und nickte. „Doktor", begrüßte er mich und reichte mir seine Hand.

Ich ergriff sie. „Sir."

Wir setzten uns auf die hintere Veranda, und Mrs Trainer schenkte uns Tee ein, während wir beobachteten, wie die Katze mit einem roten Wollknäuel spielte. Er rührte in seinem Tee, schaute mich gelegentlich an, sagte aber kein Wort. Ich war zu ihm gekommen, und er, ganz der Lehrer, würde warten, bis ich so weit war.

„Ja, Sir, nun ..." Ich hantierte mit meinem Teebeutel, ließ ihn abtropfen und legte ihn auf die Untertasse. „Äh ... Sir, wie ich schon sagte, ich kam gerade hier durch, und ich wusste aus der Ehemaligenzeitung, dass Sie sich hierher zurückgezogen haben." Ich trank einen Schluck und suchte nach Worten. „Wie fühlen Sie sich jetzt nach Ihrer Pensionierung?"

Er schüttelte den Kopf. „Ich hasse es." Dann deutete er mit der Pfeife in Richtung Küche, wo seine Frau das Geschirr spülte. „Wir beide hassen es."

„Wie kommt das?"

Er wickelte seinen Teebeutel um seinen Löffel, um mit der

Schnur die dunkle Flüssigkeit herauszudrücken, und legte ihn und den Löffel dann vorsichtig auf seine Untertasse. Er lehnte sich zurück, trank einen Schluck, sah in den Garten hinaus und sagte: „Mein ganzes Leben lang war ich Arzt. Das ist es, was mich ausmacht. Ich bin Arzt. Die Pensionierung ändert nichts daran. Deshalb arbeite ich an drei Tagen in der Woche in der Armenklinik."

„Dann sind Sie also aktiv geblieben?"

Er schaute mich an, und in seinen Augen entdeckte ich ein Flackern, beinah ein Feuer. „Jonny, sprich nicht mit mir, als ob ich ein alter Mann wäre. Mein Körper mag gebrechlich sein, meine Schultern nicht mehr so breit …" Er fuhr mit den Fingern über seinen Wollpullunder. „Meine Jacken sitzen vielleicht nicht mehr so gut wie früher, und ich nehme mehr Medikamente als je zuvor, aber eins ist geblieben …" Er nickte und blickte über den Garten hinweg in seine und meine Vergangenheit. „Man kann mich aus dem Arztberuf herausnehmen, aber man kann nicht den Arzt aus mir herausnehmen."

Wir tranken schweigend unseren Tee, während die Katze sich weiter mit dem Wollknäuel beschäftigte. Schließlich stellte er seine Tasse ab und sagte: „Ich habe deine Geschichte verfolgt. Sie stand in allen Zeitungen. Einige Reporter riefen mich sogar an, um mich zu interviewen, aber …" Er schüttelte den Kopf. „Ich habe abgelehnt." Seufzend lehnte er sich zurück, und sein Stuhl knarrte. „Ich habe mich oft gefragt, was aus dir geworden ist, wohin du gegangen bist."

Er nahm seine Pfeife in die Hand und zündete sie an. Der Rauch stieg in die Luft, hüllte uns mit seinem süßen Duft ein und erinnerte mich an das Studium, an die endlosen Tage der Entdeckungen und an Emma. Ich atmete tief ein und hielt eine lange Zeit den Atem an.

Nachdem er aus seiner Hosentasche ein weißes Taschentuch gezogen, sich die Nase geputzt, das Taschentuch wieder zusammengefaltet und es zurück in die Tasche gesteckt hatte, wandte er sich wieder mir zu. „Also, willst du mir jetzt sagen, warum du hier bist?"

„Sir“, sagte ich und drehte meinen Stuhl so, dass ich ihm direkt gegenübersaß. „Ich habe ein … Problem.“

„Nun …“ Er schob sein Kinn vor und kratzte sich die Bartstoppeln. Die Katze sprang auf seinen Schoß, legte den Kopf auf seinen Oberschenkel und begann zu schnurren. Er sah mich an, zog beide Augenbrauen in die Höhe und nickte. Diesen Trick hatte ich von ihm gelernt. Mit genau demselben Nicken forderte ich Patienten auf, fortzufahren, ohne etwas zu sagen.

„Nun … Sir …“, hob ich an.

„Jonny“, unterbrach er mein Gestammel „in meinem Alter weiß man nie, wie lange man noch hat. Du erzählst deine Geschichte besser jetzt, solange ich dich noch hören und lange genug aufrecht sitzen kann, um dir eine halbwegs vernünftige Antwort zu geben.“ Mit einem aufmunternden Lächeln lehnte er sich zurück.

Ich atmete tief durch, kratzte mich am Kopf und begann. Und plötzlich sprudelten die Worte nur so aus mir heraus. Ich erzählte ihm alles, angefangen von dem Augenblick, als ich mein Medizinstudium beendet hatte. Von meiner Zeit als Assistenzarzt, meiner Spezialisierung auf Transplantationen, von Nashville und unserer anschließenden Entscheidung, nach Atlanta zurückzukehren. Ich erzählte ihm von unserem Transplantationszentrum, von Royer, von Emmas Verfall und unserem letzten Wochenende am See. Und ich erzählte ihm das eine, was ich sonst noch niemandem verraten hatte.

Als ich fertig war, blieb er eine Weile still sitzen und zog an seiner inzwischen erkalteten Pfeife. Seine Augen waren zusammengekniffen und seine Stirn in Falten gelegt. Die Katze schnurrte, als seine Hände ihr seidenweiches schwarzes Fell streichelten, und mir fiel auf, dass seine Füße tatsächlich in gefütterten Pantoffeln steckten. Schließlich deutete er auf einen Orangenbaum, dessen Äste über seinen Zaun hingen.

„Ich kannte einmal einen Farmer“, begann er, während er zum Zaun hinüberstarrte. „Ich glaube, sein Name war James. Auf seinem Land stand ein Orangenbaum, einer wie jener dort drüben. Er trug Blätter, aber nur wenige, und hatte seit Jahren nicht mehr geblüht. Eines Morgens stand James davor, musterte ihn von oben bis unten und murmelte vor sich hin. In einer Hand hielt er einen Hammer, in der anderen drei lange Nägel. Als ich ihn fragte, was er da tue, forderte er mich auf zurückzutreten und schlug dann einen der Nägel in den Stamm, etwa kniehoch. Der Nagel durchstach die dünne Haut des Baumes, und je weiter er ihn hineintrieb, desto mehr weißer Saft quoll rund um den Kopf des Nagels heraus. Den zweiten Nagel schlug er auf Höhe seiner Taille in den Stamm und den dritten etwa hier." Er hob seine Hand auf Schulterhöhe.

„Warum?", fragte ich.

„Genau diese Frage habe ich ihm auch gestellt. Und weißt du, was er geantwortet hat?"

Ich schluckte den Köder. „Nein, was denn?"

„Er sagte: ‚Manchmal vergessen Bäume, dass es ihre Bestimmung ist, zu blühen, und brauchen eine kleine Erinnerung.' Ich betrachtete die drei Nägel und fragte: ‚Warum nicht zehn Nägel?' James schüttelte den Kopf und betrachtete den Baum. ‚Nein, drei Nägel reichen. Ich will ihn ja nicht umbringen, sondern nur erinnern.'"

Wir saßen fast eine halbe Stunde lang da und ließen den sanften Wind durch die Bäume fahren, das Fell der Katze zerzausen und das rote Wollknäuel von der Veranda hinunterrollen. Er nickte kurzzeitig ein und schreckte kurz darauf hoch, nur um wenig später erneut einzuschlafen. Schließlich begann er leise zu schnarchen.

Ich erhob mich gerade so laut, dass ich ihn aufweckte, aber nicht so laut, dass ich ihn erschreckte. Er stand ebenfalls auf, hakte mich unter, und wir umrundeten Arm in Arm das Haus.

Er stützte sich auf mich, und ich stützte mich auf ihn.

Ich trat durch das Gartentor und drehte mich zu ihm um, um mich zu verabschieden, doch er unterbrach mich und tippte mir mit zwei Fingern auf die Brust. „Nach mehr als sechzig Jahren Beschäftigung mit dem menschlichen Körper erstaunt mich dieses kleine Ding noch immer. Faustgroß sitzt es in der Mitte unseres Körpers, und es macht nie Urlaub oder auch nur eine Pause. So einfach und doch so komplex und so vollkommen unbekannt." Er streckte die Hände aus, beinah als hätte er sich fertig gewaschen und wartete nun darauf, dass die OP-Schwester ihm die Handschuhe überstreifte. „Ich habe mehr als eintausend Herzen in meinen Händen gehalten. Verhärtete Arterien, Plaque, leichtes Flattern, alles Anzeichen von Krankheit. Bis zum heutigen Tag bin ich in der Lage die Augen zu schließen, mit den Fingern über die rechte und linke Herzkammer zu fahren und dir zu sagen, ob eine Erkrankung vorliegt oder nicht." Er schloss die Augen und strich mit seinen Händen über ein imaginäres Herz.

Dann hielt er inne und putzte sich erneut die Nase. „Weder im Rahmen meines Studiums noch in der Zeit, in der ich praktiziert habe oder in der Forschung und Lehre tätig war, habe ich einen anderen Arzt kennengelernt, der so talentiert war wie du. Deine Geschicklichkeit, deine Persönlichkeit und dein Ethos ergeben zusammen eine großartige Kombination, aber nicht diese Dinge haben an jenem Tag bei dem Auswahlgespräch meine Aufmerksamkeit erregt."

„Sir?", fragte ich.

„Du hattest etwas, das nur ganz wenige Bewerber überhaupt haben."

Ich betrachtete sein Gesicht und war mir nicht sicher, worauf er hinauswollte.

Er drückte seine Handfläche auf mein Brustbein. „Wenn ich könnte, würde ich dich auf eine Liege binden, die Paddles auf eintausend aufladen und dir einen Schock versetzen, dass sich deine Zehen krümmen und deine Haare abstehen."

„Sir?", wiederholte ich verwirrt.

„Du brauchst eine kleine Erinnerung, Junge."

Seine Frau trat neben ihn, legte den Arm um seine Taille und schmiegte sich in seine Armbeuge. Jetzt wirkte er wieder groß. „Wenn Gott jemals einen Menschen aus einer ganz bestimmten Absicht heraus geschaffen und ihn mit einem besonderen Talent begabt hat, dann dich."

Ich drehte mich um, zog meine Sonnenbrille aus der Hemdtasche und setzte sie auf. „Sir?“, fragte ich mit einem letzten Blick zurück. „Was ist … was ist, wenn ich es nicht mehr kann?“

Er schüttelte den Kopf. „Junge, dieser Brunnen wird niemals austrocknen.“

Kapitel 43

Am Samstagmorgen beugten Charlie und ich uns über ein totes Schwein und rieben es mit Gewürzen ein. Drei Dinge machen gutes Grillfleisch aus: die Vorbereitung, die Hitze und das Schwein selbst. Hauptbestandteil unserer Vorbereitung war das Einreiben mit unserer geheimen Würzmischung, die aus viel Knoblauchsalz, schwarzem Pfeffer und Cayennepfeffer bestand. Die Kohle hatten wir bereits gegen sieben Uhr morgens angezündet, weshalb wir sie im Laufe des Tages würden nachfüllen müssen, aber das Geheimnis eines guten Barbecues ist „niedrig und langsam“. Man muss Geduld haben, sich Zeit lassen und das Fleisch langsam über zehn bis zwölf Stunden hinweg gar werden lassen, je nach Größe des Schweins – und man muss es im Auge behalten. Wer diesen Aspekt nicht mag oder nicht ständig nach dem Feuer sehen will, der sollte besser gar nicht erst anfangen.

Perfekt gegrillt ist das Fleisch nur in einem relativ kleinen Zeitfenster. Zugegebenermaßen war unser größter Aktivposten dabei Charlies Nase: Er konnte riechen, ob es „noch nicht gar“, „genau richtig“ oder „zu spät“ war. Er war besser als diese kleinen Dinger, die man zu Thanksgiving in den Truthahn steckt und die hochschießen, wenn das Fleisch fertig ist.

Das Feuer errichteten wir auf einer Seite der Grube. Es erzeugte Hitze und Rauch, die nach oben stiegen und durch das Grillgitter drangen, auf dem das Fleisch lag, bevor sie durch einen gut zwei Meter hohen Schornstein entwichen. Wir kontrollierten die Luftzufuhr an zwei Stellen: an der Tür zur Feuergrube und am Schornstein. War die Luftzufuhr zu stark, brannte das Feuer zu intensiv und das Fleisch wurde zäh; bei zu wenig Luft erzeugte das Feuer nicht genügend Hitze, verglimmte, und das Fleisch verdarb.

Weil Charlie den Rauch, der aus dem Schornstein kam, nicht sehen konnte, hatten wir ein großes Thermometer gekauft, es an den Eisendeckel gehängt und das Schutzglas davor abgenommen.

Auf diese Weise konnte Charlie das Thermometer mit den Fingern lesen und die Luftzufuhr entsprechend regulieren. Da wir über eine relativ niedrige Temperatur sprechen, irgendwo zwischen 80 und 90 Grad, hatte Charlie einigen Spielraum. Bis er den Dreh endlich heraus hatte, hatten wir einige Schweine verdorben, aber wenn ich ehrlich bin, liegt mir ohnehin nicht viel an einem perfekt gegrillten Schwein. Doch um Charlie glücklich zu machen, würde ich alles essen, von roh bis verkohlt.

* * *

Cindy hatte am frühen Morgen angerufen und mir mitgeteilt, sie müsse am Vormittag arbeiten und habe erst mittags frei. Sie bat mich, sie und Annie am Limonadenstand abzuholen. Um halb eins sei sie fertig.

Ich parkte drei Straßenzüge weiter und lief langsam die Hauptstraße entlang. Es war sehr ruhig, selbst von Annie war auffallend wenig zu hören. Ihr „Limonaaaaade!“-Ruf hatte sich zu dem tiefen, langsamen und hohlen Geläut der Kuhglocke dezimiert. Es passte zu Clayton.

Annie hüpfte nicht über den Bürgersteig, um potentielle Kunden zum Limonadenkauf zu animieren oder mit ihnen zu plaudern, sondern saß auf ihrem Stuhl im Schatten, in einen zerschlissenen Pullover gewickelt, der zweifellos Cindy gehörte. Ich fragte mich, ob sich ihre Untätigkeit auf ihre Einnahmen auswirkte. Als ich näher kam, bemerkte ich, dass das in der Tat so war, aber nicht so, wie ich angenommen hatte. Ihr Becher war bis zum Rand gefühlt und quoll beinah über.

„Hallo Annie.“

„Hallo Reese“, sagte sie, sprang auf und lief auf mich zu, um meine Beine zu umarmen.

Doch eine Sprache braucht das Herz …

Sie legte ihren linken Arm – der immer noch eingegipst war – um meine Taille und deutete zum Schaufester des Eisenwarenladens hinüber. „Tante Cici kommt gleich. Sie fängt noch einige Grillen für einen Mann, der angeln gehen will.“

Seitdem Charlie diese kleine Zusammenkunft bei mir zu Hause organisiert hatte, fragte ich mich insgeheim, wie wir uns die Zeit, bis das Fleisch gar war, vertreiben sollten. Gastfreundschaft war nicht unbedingt eine meiner Gaben. Aber Annies Bemerkung brachte mich auf eine Idee.

Ich sah fragend zu ihr hinunter. „Angelst du gern?“

„Hab ich noch nie gemacht.“

Voller Entsetzen formte ich die Worte, gab aber keinen Ton von mir: „Du-hast-noch-nie-geangelt.“

Annie schüttelte den Kopf und gab ihr wunderschönes, zartes Lachen von sich, das ich mittlerweile selbst im Schlaf hörte.

„Obwohl du so viele Grillen in der Kiste bei euch zu Hause hast?“

Annie zog die Augenbrauen in die Höhe und schüttelte erneut den Kopf.

Ich ging in den Eisenwarenladen, wo Cindy über die Grillenkiste gebeugt dastand und damit beschäftigt war, die Tiere einzufangen. „Ich hätte gern … äh …“ Ich schaute in die Kiste hinein. „Drei Dutzend Grillen, bitte.“

Sie starrte mich an, stützte einen Ellbogen auf der Kiste ab und erwiderte: „Du machst Witze, oder?“

„Nein“, antwortete ich und musterte ihr Gesicht, „sollte ich besser?“

Cindy steckte ihre Hand wieder in die Kiste und machte Jagd auf die Grillen. „Es ist nur so, dass diese Dinger nicht unbedingt still sitzen und darauf warten, dass man sie einfängt.“

Ich schaute erneut in die Kiste, und dann aus dem Fenster hinaus zu Annie. Dieses Mal flüsterte ich: „Ich möchte so viele Grillen, dass Annie, du, Charlie und ich den Nachmittag über beschäftigt sind.“

Cindy lächelte, nickte und reichte mir eine Röhre aus Maschendraht, die an beiden Enden mit Pappdeckeln verschlossen war. „Hier, halt das.“

Ich hielt die Röhre, während sie mit den Grillen kämpfte. Dann und wann hob sie die Hand, ich klappte den Deckel auf und sie ließ die Grille, die sie gefangen hatte, hineinfallen, bevor die anderen herausspringen konnten. Es war ein schwieriges Unterfangen, aber gemeinsam schafften wir es, und es gelang mir sogar, ihr nicht auf die Zehen zu treten. Nachdem ich bezahlt hatte, räumten wir gemeinsam Annies Stand weg und verstauten ihr Geld im Geschäftssafe des Eisenwarenladens. Dann gingen wir zu meinem Wagen.

Ich hielt ihnen die Tür auf, und sie stiegen ein. Als ich mich auf den Fahrersitz setzte, sah Cindy mich an und fragte: „Hat deine Frau dir das beigebracht?"

„Was denn?"

Sie stieß mit dem Ellbogen gegen die Tür. „Die Tür aufzuhalten. Wann immer wir mit dir im Auto fahren, hältst du uns die Tür auf. Ich weiß nicht, ob ich anfange, das zu mögen, oder ob mit mir etwas nicht stimmt. Ich überlege, zur nächsten Tür mit dir um die Wette zu laufen."

Ich dachte darüber nach, und mir wurde klar, dass sich die Überreste des Menschen, der ich einst gewesen war, doch nicht so sehr von Annie unterschieden. Vielleicht hatten meine innersten Gefühle noch immer genug Kraft, um sich auszudrücken, vielleicht kamen sie doch immer noch an die Oberfläche und sprudelten heraus. Vielleicht war ich doch noch nicht tot.

„Ja, ich glaube schon. Ich habe nie wirklich darüber nachgedacht. Und nein, ich glaube nicht, dass mit dir etwas nicht stimmt."

Cindy lächelte, und Annie rutschte näher an mich heran.

Da es kein großer Umweg war, fuhren wir am Jachthafen vorbei, wo Termite gerade die Wochenendkrieger betankte. Seine Arbeit schien ihm keinen großen Spaß zu machen.

„Hallo Termite."

Er hätte sich beinah erhoben, und seine Freude, mich zu sehen, zum Ausdruck gebracht, fing sich aber gerade noch rechtzeitig. Stattdessen nickte er mir mit dem Gehabe eines coolen Jugendlichen zu, das so viel besagt wie *Mir geht es prima hier auf meiner privaten Insel, und ich komme gut ohne dich klar. Deine Anwesenheit ändert gar nichts.*

Termite war ein schlechter Lügner. Er brauchte dringend ein paar Freunde. „Wann hast du Feierabend?", fragte ich.

„In ein paar Stunden."

„Hast du schon Pläne für das Abendessen?"

Er sah mich misstrauisch an und trat einen Schritt zurück. „Warum?"

Ich schüttelte grinsend den Kopf. „Du traust wirklich keinem Menschen, oder?"

„Nein." Er schaute sich im Jachthafen um und wartete darauf, dass ich das Gespräch fortsetzte, während er an seinem Feuerzeug herumspielte.

Ich tat ihm den Gefallen. „Weil Charlie und ich ein Schwein braten und ein paar Leute eingeladen haben. Wir dachten, du hast vielleicht auch Lust zu kommen."

„Um wie viel Uhr?"

„Ganz egal. Das wird eine völlig zwanglose Sache. Wenn du kommst, ist das Schwein entweder fertig oder aber es dauert nicht mehr allzu lange."

Termite ließ seinen Blick erneut über den Jachthafen schweifen. „Vielleicht schau ich mal kurz vorbei."

„Also gut, falls du uns in deinen engen Terminkalender hineinquetschen kannst, dann fahr in Richtung Norden und bieg kurz vor der Brücke in den Fluss ein. Es ist das sechste Haus auf der südöstlichen Seite. Folg einfach dem Feuergeruch."

Mein Blick fiel sofort auf ein mit Feuerflammen bemaltes Jetski, das wenige Meter weiter geparkt war. Auf der Seite stand *The Rocket.*

„Gehört das dir?", fragte ich.

Er nickte.

„Selbst gebaut?"

Wieder nickte er.

Ich klopfte ihm auf die Schulter, woraufhin sich seine Nackenhaare aufrichteten wie die eines Pitbulls. „Bis dann, Termite."

Er schaute zu meinem Wagen hinüber und entdeckte Cindy und Annie. „Hey, Doc“, rief er mir nach, „sind die auch dabei?“

Seine Frage ließ mich erstarren. Ich drehte mich um. „Was hast du gesagt?“

„Ich habe gefragt, ob die beiden auch da sein werden.“

„Warum hast du mich ‚Doc‘ genannt?“

Termite zuckte mit den Achseln und stopfte das Feuerzeug zurück in seine Hosentasche. „Keine Ahnung. Vermutlich, weil Sie immer nach den Leuten sehen. Sie erinnern mich an meinen Arzt von zu Hause.“

Ich sah zum Wagen, dann wieder zu Termite. „Ja, sie werden auch da sein.“

„Okay.“ Er nickte. Ich fuhr aus dem Parkplatz heraus und Cindy fragte: „War das nicht der Junge, der neulich auch im *Wellspring* gewesen ist? Der da ganz allein an einem Tisch in der Ecke gesessen hat?“

Ich nickte. „Termidus Cain ist sein Name.“

„Wie bitte?“

„Ja, wirklich, deshalb nennt er sich Termite.“

„Ich weiß nicht, was schlimmer ist.“

„Er ist neu hier in der Gegend. Läuft vor irgendetwas davon und braucht dringend ein paar Freunde und vermutlich auch eine heiße Mahlzeit. Außerdem“, fügte ich grinsend hinzu, „habe ich die Hoffnung, dass er sein Jetski mitbringt.“

Cindy schien noch eine Bemerkung auf der Zunge zu liegen, aber sie schluckte sie hinunter. Die letzten paar Kilometer legten wir mehr oder weniger schweigend zurück.

Wir bogen auf den Kiesweg ein, der sich durch den Wald zu meinem Haus hinunterschlängelte. Als wir ausstiegen, saß Charlie laut schnarchend neben dem Feuer. Er hatte sich seine Baseballkappe von den Atlanta Braves über die Augen gezogen, und Georgia lag zu seinen Füßen, mit der Nase in Richtung Schwein. Das Zuschlagen der Wagentüren ließ die beiden hochschrecken. Während Charlie und ich das Feuer mit neuen Kohlen fütterten, gingen die Mädchen ins Haus, um sich umzuziehen. Ich hatte den

Strand unterhalb meines Hauses fein säuberlich geharkt und zwei Sonnenliegen aufgestellt.

Cindy entdeckte die Liegen und steuerte schnurstracks den Strand an. Ihre Flip-Flops klatschten gegen ihre Fersen, als sie über den kühlen Sand lief. Sie trug einen zweiteiligen Badeanzug. Das Unterteil sah aus wie eine ganz normale Bikinihose, das Oberteil eher wie ein Tanktop. Falls sie vorhatte, sich zu sonnen, würde sie weder Bauch noch Rücken eincremen müssen, da beides bedeckt war. Als sie ihr Handtuch auf der Liege ausbreitete, verrutschte ihr Oberteil und mein Blick fiel auf eine sechs Zentimeter lange Narbe unmittelbar oberhalb ihrer Taille. Ungefähr an der Stelle, wo ihre Niere saß. Oder gesessen hatte.

Annie hüpfte in einem Kleinmädchenbikini zum Strand hinunter. Er war orange mit neongrünen Tupfen und ihr viel zu groß. Er sah aus wie einer der Bikinis, die kleine Mädchen tragen, wenn sie sich wünschen, sie wären schon älter.

Der Brustschnitt war gut verheilt. An den Seiten der roten, ein wenig hervortretenden Narbe markierten Punkte die Stellen, an denen sie geklammert gewesen war. Aber alles in allem war Annies Körper nicht schlimm vernarbt. Was gut war. Und die Tatsache, dass sie keine Angst hatte, der Welt ihre Narbe zu zeigen, verriet mir, dass sie auch innerlich keine schlimmen Narben davongetragen hatte. Beides würde es dem Chirurgen, der die nächste Operation durchführte, leichter machen, wer immer das sein mochte.

Cindy hatte es sich auf der Liege mit einem Buch gemütlich gemacht, und Annie begann, eine Sandburg zu bauen. Doch schon nach kurzer Zeit gingen ihr die Kräfte aus, und so stellte ich ihr einen Sonnenschirm auf, und sie schlief ein paar Stunden, während Cindy ihren Roman zu Ende las.

Als sie das Buch neben sich in den Sand legte, fragte ich: „War es gut?"

Sie zuckte mit den Achseln. „Es ging so."

„Hast du noch ein anderes dabei?"

Cindy richtete das Handtuch hinter ihren Schultern und erwiderte: „Nein. Was kannst du mir anbieten?"

„Nicht viel. Die meisten Schriftsteller, die ich lese, sind entweder tot oder sterbenslangweilig."

„Was ist mit denen, die du immer zitierst?"

„Bist du sicher?"

Sie zuckte erneut die Achseln. „Warum nicht?"

Ich joggte zum Haus hinauf, schnappte mir *Robinson Crusoe* von meinem Nachttisch, zog mein Lesezeichen heraus und machte auf dem Weg nach draußen schnell noch eine Kanne Erdbeershakes. Als ich an der Feuergrube vorbeikam, streckte Charlie die Hand aus. Ich drückte ihm ein Glas hinein. Bevor ich weitergehen konnte, legte er seine andere Hand auf meine Schulter und flüsterte mir etwas zu.

Als wir beide ein paar Minuten später zum Strand kamen, in Baströckchen gekleidet und mit Mixgetränken in den Händen, in denen kleine Schirmchen steckten, brach Cindy in schallendes Gelächter aus.

Sie vertiefte sich in *Robinson Crusoe* und nippte an ihrem Drink, während ich ein Seil zwischen Strand und Grillgrube spannte. Charlie protestierte zwar, aber das Seil war sehr hilfreich. Annie und ich arbeiteten noch ein wenig an ihrer Sandburg, die eigentlich mehr aus Steinen als aus Sand bestand, und gegen fünf Uhr hörte ich ein Jetski den See heraufkommen. Wenig später tauchten Termite und sein flammenverzierter Zweisitzer in meinem Blickfeld auf. Termite zog an einem Seil ein zweites, dreisitziges Jetski hinter sich her – eines, das ich noch nie gesehen hatte.

Er parkte beide am Strand und schnupperte. „Sie hatten recht. Ich musste nur meiner Nase folgen, um herzufinden – und es riecht echt gut."

Termites Akne hatte sich verschlimmert, und die Tatoos auf seinen Armen und seinem Rücken ließen ihn so schmuddelig erscheinen, als bräuchte er dringend eine Dusche. Er bestand nur aus Haut und Knochen und sah aus wie einer dieser abgemagerten Hunde, die in dunklen Gassen in Mülltonnen wühlen. Er hatte eine harte Kindheit hinter sich, das merkte man ihm an.

Trotzdem hatte ich keinen Zweifel, dass er seinen Weg machen würde. Dieses Kind war ein Kämpfer und würde nicht aufgeben. Das Leben hatte ihm übel mitgespielt, doch sein Grips hatte ihn überleben lassen. Wenn man genügend Herzen transplantiert hat, entwickelt man einen sechsten Sinn für solche Dinge.

Termite wartete nicht darauf, vorgestellt zu werden, sondern folgte seiner Nase zu der Grube, wo Charlie die Klappe öffnete und ihm das Verfahren erklärte. Als er wieder zum Strand zurückkam, knurrte sein Magen. Ich machte ihn mit Cindy und Annie bekannt, und Termites Blick blieb an Annies Narbe hängen. Dann schaute er mich an, sagte aber kein Wort.

Ich wusste, dass er darauf wartete, dass ich nach dem zweiten Jetski fragte, und so tat ich ihm den Gefallen. „Fährst du immer mit einem zweiten Jetski im Schlepptau herum?"

„Nee", winkte Termite ab, während er in seiner Tasche nervös mit seinem Feuerzeug spielte. „Ein paar Leute aus Atlanta haben vor ein paar Wochen den Motor gefetzt, und ich habe einen neuen eingebaut. Hab die Maschine mitgebracht, weil sie getestet werden muss, bevor die Besitzer sie nächstes Wochenende abholen und den nächsten Motor zu Schrott fahren."

„Wie haben sie ihn gefetzt?", fragte Cindy.

„Sie haben das Öl herausgelassen, um das Geld für einen Ölwechsel zu sparen, dann aber dummerweise vergessen, frisches Öl einzufüllen, bevor sie das nächste Mal über den See gebrettert sind."

Cindy nickte. „Ja, leuchtet mir ein, dass sie die Maschine damit in den Sand gesetzt haben."

„Tja, nun, damit haben sie etwa zweitausend Dollar in den Sand gesetzt. Ich sage Ihnen, Leute mit Doktortitel sind vielleicht intelligent, aber sie sind nicht unbedingt besonders helle. Die meisten haben zwar viel Bücherwissen, aber wenig gesunden Menschenverstand." Termite spuckte in den Sand.

Er sah mich an und deutete gelangweilt auf das Jetski. „Ich habe es mitgebracht, weil ich dachte, dass ihr vielleicht eine Runde damit drehen wollt."

Es war das erste Mal, dass Termite mir die Hand reichte, und ich ergriff sie nur zu bereitwillig. „Zeigst du mir, wie das funktioniert?“

Termite erteilte mir eine Lektion im Jetski-Fahren, die nichts ausließ. In aller Ausführlichkeit erklärte er mir die einzelnen Funktionen, von der Zündsequenz der Zündkerze bis zur Reaktion des Gaspedals. Als er fertig war, hätte ich selbst Unterricht geben können.

Wir schoben die Maschine ins Wasser und warfen sie an. Sie schnurrte wie ein Kätzchen. Während ich Annies eingegipsten Arm mit einem Plastikbeutel umwickelte, erhob sich Cindy, was ihr einen langen Blick von Termite einbrachte, und kam zum Wasser hinunter. Sie kletterte auf den hintersten Platz des Jetskis. Ich half Annie auf den mittleren Sitz und setzte mich auf den vorderen. Termite sprang auf seine Maschine und sah dann mich an, deutete aber auf Charlie. „Will er mitkommen?“

„Er ist blind, nicht taub oder stumm. Frag ihn selbst.“

Termites Blick wanderte zu Charlie, dann wieder zu mir zurück. „Wie heißt er noch mal?“

„Charlie.“

„Hey, äh, Charlie, wollen Sie mitkommen?“

Charlie lächelte und richtete seine Kappe. „Nur wenn du mich fahren lässt.“

Termite schaute verdutzt aus der Wäsche. Cindy und Annie begannen zu lachen. „Aber, äh …“ Er sah mich mit großen Augen an und flüsterte: „Aber er ist doch blind.“

„Ja, ich weiß“, erwiderte ich. „Aber erzähl ihm das bloß nicht.“

Termite rutschte auf den hinteren Sitz und half Charlie beim Aufsteigen.

Erwachsene, die blind werden, müssen ihren Tastsinn besonders trainieren und ein ausgeprägtes Körperbewusstsein entwickeln. Auf diese Weise orientieren sie sich in der Welt. Nachdem Charlie auf das Jetski gestiegen und seine Hände an die Griffe gelegt hatte, klopfte er sich daher auf seinen Bauch, um Termite zu signalisieren, dass er seine Arme um ihn legen sollte. Termite zuckte zusammen. Er sah erst mich, dann Charlie an.

Charlie spürte Termites Zögern und sagte: „Termite, wenn du nicht willst, dass ich dieses Ding wie eine einbeinige Ente in Kreisen über den See steuere, dann musst du mir beim Lenken helfen."

Termite rutschte näher und verringerte den Abstand zwischen Charlie und sich auf ungefähr dreißig Zentimeter.

Charlie sagte: „Okay, pass auf. Wir schließen einen Kompromiss. Du zupfst an meinen Armen, wenn ich lenken soll. Rechter Arm ist eine Rechtsdrehung, linker Arm eine Linksdrehung. Einmal Zupfen ist eine leichte Drehung, zweimal Zupfen eine stärkere Drehung, und ein langes, festes Ziehen signalisiert mir, dass ich eine Kehrtwende machen soll. Was die Geschwindigkeit betrifft, so kneifst du mich während des Zupfens am besten einfach in den Arm. Je stärker du kneifst, desto schneller fahre ich. Verstanden?"

Termite nickte, und Charlie fragte noch einmal: „Verstanden?"

Termite nickte erneut, doch dann bemerkte er seinen Fehler. „Ja, verstanden. Aber ich steh trotzdem auf Mädchen."

Charlie lächelte und sagte: „Ja, ich auch."

Termite zündete sich eine Zigarette an und begann an Charlies Arm zu zupfen. Er sah aus wie ein Kind, das zum ersten Mal eine Kuh melkt – viel Aufwand und wenig Ergebnis. Er brauchte ungefähr zehn Minuten, um herauszufinden, wie er Charlie steuern konnte. Aber nachdem er es begriffen hatte, gelang es ihnen, sich von den Sträuchern und Bootsstegen fernzuhalten.

Wir fünf fuhren unter der Brücke hindurch und am YMCA-Lager vorbei. Wir fuhren langsam, damit Annie sich an die permanenten Stöße gewöhnen konnte.

Nach einiger Zeit tippte sie mir auf die Schulter. „Ich kann nichts sehen."

„Willst du vorne sitzen?"

Annie nickte, kletterte um mich herum, setzte sich vor mich und hielt sich am Lenker fest. Das machte mir nicht so viel aus wie das, was als Nächstes geschah. Cindy rutschte auf, legte ihre Arme um meine Taille und schmiegte sich leicht gegen meinen Rücken. Sie schob den Kopf über meine Schulter und rief: „Vorwärts, James."

Ich bin mir nicht sicher, wer sich unwohler fühlte, Termite oder ich. Wir gaben bestimmt ein faszinierendes Bild ab, mit Termites Tattoos, Charlies Blindheit, Annies Narbe und unseren Baströckchen.

Mehr als eine Stunde lang fuhren wir über den See und erkundeten jedes Fleckchen, auf das Annie zeigte. Wann immer wir an einem Boot vorbeikamen, begann Charlie zu winken, als wäre er der Präsident und nähme an einer Parade teil. Sein Übermut wirkte ansteckend, und so fing schließlich sogar Termite an zu winken. Mir hatte sich seit Ewigkeiten kein so lustiger Anblick geboten wie der vom grinsenden, winkenden Charlie und dem ungläubig den Kopf schüttelnden, und dennoch mitwinkenden Termite. Ich lachte so sehr, dass mir der Bauch wehtat.

Gegen halb sieben waren wir alle ziemlich hungrig und parkten daher die Jetskis an meinem Strand. Cindy und Annie holten Pappteller aus der Küche, während Charlie, Termite und ich das Schwein wendeten. Ich reichte Termite ein dickes Paar Gummihandschuhe und fing an, das Fleisch von den Knochen zu lösen. Termite half mir dabei, und als ich schließlich in ein Stück Fleisch hineinbiss, machte er es mir nach.

Der Saft verschmierte seine Lippen und lief über sein Kinn. „Hammer, das ist gut."

„Mhmm", stimmte ich ihm zu.

„Nee, ich meine, das ist echt richtig gut. Sie sollten damit ein Geschäft aufziehen oder so was."

„Das würde uns den Spaß verderben", sagte Charlie.

Wir trugen eine riesige Platte Fleisch zum Bootshaus, wo die Mädchen ein rot-weiß-kariertes Tischtuch über den Picknicktisch gehängt hatten. Nachdem sich alle bedient hatten, ließ sich Charlie am Kopf des Tisches nieder und streckte seine Hände aus. Termite, der sich gerade eine Hand voll Schweinefleisch in den Mund stopfen wollte, legte das Essen aus der Hand, atmete tief durch und schloss die Augen. Wir fassten uns alle an den Händen, und Charlie begann: „Herr …"

Annie unterbrach ihn. „Mr Charlie?"

Er wandte sich ihr mit fragendem Gesichtsausdruck zu.

„Darf ich das machen?“

Charlie nickte, senkte erneut den Kopf und wartete.

Annie legte direkt los. „Gott, es war ein schöner Tag. Ich hatte viel Spaß. Ich glaube, allen ging das so. Danke, dass wir über den See fahren konnten, dass du uns beschützt hast und für meinen neuen Freund Termite und seine beiden Jetskis. Danke für das Essen, danke für Charlie und Reese, die es zubereitet haben, und Herr …“ Annie hielt inne.

Ich öffnete die Augen und sah, dass sie ihren Kopf nachdenklich zur Seite gelegt hatte. Anscheinend überlegte sie, wie sie das, was sie als Nächstes sagen wollte, am besten ausdrücken könnte.

„Wer immer das Herz hat, das du mir geben willst ..., also … wenn er es mehr braucht als ich, dann lass es ihn einfach behalten. Aber wenn du willst, dass er zu dir kommt, na ja, dann hilf ihm bitte, gut auf es aufzupassen, bis Dr. Royer jemanden gefunden hat, der ihm dabei hilft, es mir einzusetzen.“

Ich wollte Amen sagen, aber sie war noch nicht fertig.

„Und bitte, Herr, wo auch immer sich dieser Mensch aufhält …“ Annie hielt erneut inne, um nach den richtigen Worten zu suchen. „Bitte lass ihn wissen, dass ich ihn wirklich brauche. Amen.“

Charlie sagte auch „Amen“, ließ aber meine Hand nicht los. Als ich leicht daran zog, zog er zurück und lenkte dadurch meinen Blick auf sich. Charlies Augen waren auf einen Punkt links von mir gerichtet, und als er blinzelte, tropfte eine Träne von seiner rechten Wange und landete auf unseren Händen. Schließlich hielt er mir sein Glas hin und bat mich dann um den Brotkorb, in dem gebuttertes Knoblauchbrot lag. Er reichte ihn nach links weiter und sagte: „Cindy, bitte nimm dir und gibt das Brot dann weiter.“

Cindy stellte den Korb neben sich auf den Tisch, schlug die Serviette zurück und sprang laut schreiend einen guten Meter in die Höhe.

Wir alle erstarrten – außer Charlie, der so heftig zu lachen begann, dass sein Stuhl umkippte.

Cindy warf Charlie einen irritierten Blick zu, schaute dann vorsichtig noch einmal in den Korb und merkte, dass die Schlange aus Plastik war. So fest sie konnte, schlug sie ihm auf die Schulter. „Charlie! Ich kann nicht glauben, dass du das tatsächlich gemacht hast!"

Charlie, der sich mittlerweile aus seinem Stuhl gewunden hatte, grinste von einem Ohr zum anderen. Und auch Annies Gesicht verzog sich nach dem ersten Schock zu einem strahlenden Lächeln, das genauso fettverschmiert war wie das von Termite.

Charlie zog sich hoch, nahm die biegsame Schlange aus dem Korb und fragte: „Wusstet ihr, dass das hier eine Chinaschlange ist?" Er zog sie mit den Fingern auseinander und deutete auf die Worte, die auf ihrem Bauch standen. „Seht ihr, made in China."

Das Lachen tat gut. Und es war genau das, was wir nach Annies Gebet gebraucht hatten.

Die Überreste eines Schweins zu beseitigen, ist beinah so arbeitsintensiv wie das Grillen selbst, aber zu fünft hatten wir alles in etwa dreißig Minuten aufgeräumt und das übrige Fleisch in Gefrierbeutel verpackt. Als Charlie Termite anbot, ihm unsere Werkstatt und das Bootshaus zu zeigen, weil Termite Interesse an unserer Hacker geäußert hatte, hüpfte Annie fröhlich hinterdrein. Cindy und ich blieben auf der Veranda des Bootshauses sitzen und beobachteten, wie die Sonne hinter den Hügeln versank.

Cindy saß in einem Schaukelstuhl und las, während ich nachdenklich in meiner Hängematte hin und her schwang. Nachdem ich allen Mut zusammengenommen hatte, stellte ich die Frage, die mich bereits den ganzen Tag beschäftigte. „Woher hast du diese Narbe?"

Cindy blickte von ihrem Buch auf, und ich deutete auf ihren Rücken. „Dort an der Stelle, wo deine rechte Niere gesessen hat."

„Oh." Sie sah nach unten und schien weiterzulesen. „Ich habe sie jemandem gegeben, der sie brauchte."

Ich lachte und sagte: „Was? Hast du sie bei eBay verkauft? Mal schnell zehn- bis fünfzehntausend Dollar verdient?"

„Nein." Sie schüttelte ohne aufzusehen den Kopf.

Jetzt erst merkte ich, dass sie mich nicht hatte auf den Arm nehmen wollen. „Du hast sie tatsächlich gespendet?"

Cindy nickte, hielt ihren Blick aber fest auf das Buch gerichtet.

„Wem?“

Cindy sah zu Annie hinunter, die Charlie an der Hand hielt und ihn die Stufen hinaufführte. Er brauchte ihre Hand nicht, aber das wusste sie nicht, und er war so nett, es ihr nicht zu sagen.

„Stacey, meiner Schwester … Annies Mutter. Als wir noch ziemlich jung waren.“ Sie lächelte. „Ich schätze, man könnte sagen, dass das mit den Organspenden in der Familie liegt.“

Wir halfen Termite, seine Jetskis mit so vielen Resten zu beladen, dass er noch die ganze nächste Woche davon essen konnte. Vielleicht sogar die nächsten zwei. Er sprang auf seinen geflammten Blitz, drehte sich noch einmal zu mir um, tippte an sein Kinn und fuhr den Fluss hinunter, das zweite Jetski im Schlepptau. Ich schätze, das war seine Art, sich zu bedanken.

Wir fuhren die Mädchen nach Hause, und ich trug Annie in ihr Bett, während Charlie im Wagen sitzen blieb. Neben ihrem Bett stand ein Babyfon, eines von jenen Geräten, die jedes Geräusch mit einem Mikrofon auffangen und an einen Empfänger weitergeben. Emmas Eltern hatten in ihrem Haus jahrelang ein ähnliches Gerät stehen gehabt.

Nachdem ich Annie zugedeckt hatte, ging ich hinaus, damit Cindy ihr in Ruhe gute Nacht sagen konnte. Ich wartete in der Küche, und mir wurde unbehaglich zumute, als mir bewusst wurde, dass ich mich in Cindys Nähe nicht mehr unwohl fühlte. Ich würde nicht so weit gehen zu sagen, dass ich mich wohl fühlte, aber darauf kam es dann auch nicht mehr an. So oder so wuchsen meine Schuldgefühle von Sekunde zu Sekunde.

Ich lehnte mich an die Arbeitsplatte und stieß dabei gegen ein Plastikding, das wie ein Lautsprecher aussah und in die Steckdose eingestöpselt war. Das Empfangsgerät des Babyfons. Seit Emmas Zeit hatten sich die Lautsprecher verändert. Erstens war dieser hier kleiner, und zweitens war der Empfang sehr viel besser.

Annies Stimme hörte ich zuerst. „Tante Cici, hattest du heute einen schönen Tag? … Magst du Reese?“

Cindy hatte scheinbar genickt, denn ich hörte keine Antwort.

Annie fragte weiter. „Denkst du, dass er dich mag?"

Dieses Mal antwortete Cindy: „Ich weiß es nicht, Schatz. In den Herzen von Erwachsenen sind manchmal viele verschiedene Kräfte miteinander am Kämpfen, und … ich denke, Reeses Herz ist gebrochen."

„So wie meins?", fragte Annie.

„Nein", erwiderte Cindy, „nicht wie deines. Eher in dem Sinn, dass er es vor langer Zeit verschenkt hat, und als seine Frau gestorben ist, hat sie es mitgenommen."

„Oh", flüsterte Annie. „Kann er es zurückbekommen?"

„Ich weiß es nicht", antwortete Cindy. „Ich weiß nicht, ob er das überhaupt möchte. Manchmal ist die Erinnerung an eine Liebe so stark, dass sie fast alles andere ausschließt." Ein paar Sekunden vergingen. „Er wartet, Schatz, du fängst also jetzt besser an, und ich mache dann den Abschluss."

„Lieber Herr", begann Annie. „Danke für den Tag heute. Danke für alle Menschen, die heute Morgen Limonade gekauft haben, danke für Reese, Charlie und Termite und dass du mich noch einen Tag am Leben gelassen hast." Annie hielt inne. „Bitte sei bei Reese und … heile die gebrochenen Stellen in seinem Herzen."

Cindy schniefte und sagte: „Gute Nacht." Annie protestierte: „Aber du hast doch noch gar nichts gesagt."

„Manchmal sagst du alles, was gesagt werden muss. Und jetzt gute Nacht, und schlaf schön."

Cindy verließ Annies Schlafzimmer, und ich stellte das Empfangsgerät ab. Wir trafen uns an der Haustür. Ich merkte, dass sie geweint hatte, was sie verlegen machte. „Manchmal betet dieses Kind die verrücktesten Dinge."

Ich nickte und trat durch die Haustür.

Sie hielt mich auf, indem sie an meinem Ärmel zupfte. „Darf ich dich etwas fragen?"

In meinem Innern kämpften widerstreitende Gefühle um die Vorherrschaft, aber mein Mund sprach, bevor mein Herz ihn aufhalten konnte. „Sicher."

„Dr. Morgan rief heute an und sagte, er wolle irgendwann nächste Woche einen weiteren Test mit Annie machen. Dafür muss sie eine Narkose bekommen. Vermutlich werden wir den ganzen Tag im Krankenhaus bleiben müssen, und ich habe mich gefragt, ob …"

Ich unterbrach sie. „Ja." Meine Antwort klang barsch, beinah klinisch steril. Etwas weicher schob ich hinterher. „Sicher. Ich fahre euch. Wann?"

„Ich weiß nicht genau. Kann ich dir später Bescheid sagen?"

Ich nickte, wünschte ihr eine gute Nacht und machte mich auf den Weg zum Wagen.

Sie kam hinter mir her und hielt mich erneut auf. Diesmal legte sie ihre Hand auf meine Schulter. Als ich mich umdrehte, beugte sie sich vor und küsste mich links und rechts auf die Wange. Der erste Kuss traf mich zielgenau, aber der zweite verrutschte und landete auf meinem Mundwinkel. „Danke für heute", sagte sie.

„Das war doch ni–", begann ich.

Cindy legte sanft ihren Zeigefinger auf meine Lippen und sagte: „Diesem kleinen Mädchen da drin hat es unendlich viel bedeutet, und deswegen war es viel mehr als nichts. Für uns beide … für sie und für mich. Vielen Dank, Reese."

Ich nickte erneut. „Nacht."

Charlie und ich fuhren rückwärts aus der Einfahrt heraus und setzten zurück auf die Straße. Wir waren noch nicht weit gekommen, als er loslegte. „Diese Babyfone heutzutage sind wirklich gut, nicht wahr?" Er drehte sich zu mir um und lockerte seinen Gurt ein wenig, damit er mehr Platz hatte. „Sie fangen selbst das kleinste Geräusch auf und … Mann! Die Übertragungsqualität ist echt spitze."

Ich schüttelte nur den Kopf. „Dir entgeht aber auch gar nichts, oder?"

„Was Geräusche angeht, nicht."

„Das Gefühl habe ich auch. Aber du hast recht, die technische Weiterentwicklung ist wirklich beachtlich."

Charlie lächelte mich an und sagte: „Ich würde sofort mit dir tauschen."

Wir fuhren eine Weile schweigend weiter die kurvenreiche Straße entlang, die erst bergab und dann eine lange Strecke bergauf führte. Das automatische Getriebe des Wagens schaltete in einen niedrigen Gang, und wir begannen den Berg zu erklimmen. Oben angekommen, fuhr ich an den Straßenrand.

„Charlie", sagte ich, während ich mit unserer Vergangenheit kämpfte und nach den richtigen Worten suchte, „wenn ich dir meine Augen geben könnte, würde ich es tun."

Charlie schwieg eine Weile und spielte mit seinen Daumen. „Ich will deine Augen nicht", sagte er schließlich, sein Gesicht dem Fenster zugewandt, „aber du könntest meine Ohren brauchen."

Als ich mich irgendwann nach Mitternacht ins Bett legte, ließ ich den Tag noch einmal Revue passieren. Charlie war ungewöhnlich still gewesen, was mir wieder einmal mehr sagte als seine Worte, und Termite hatte sich gut amüsiert – ich glaubte zu wissen, dass er sich sogar dazu durchgerungen hatte, uns anderen zu gestatten, irgendwo in der Nähe seiner Insel vor Anker zu gehen. Und irgendwann fiel mir auf, dass wir gar nicht geangelt hatten. Irgendwie war die Zeit wie im Flug vergangen, und es war keine Sekunde langweilig gewesen.

Gefangen in ihrer Röhre aus Maschendraht, begannen die Grillen kurz darauf zu zirpen, und es klang, als würde ein Güterzug über den Wohnzimmerboden rasen. Ich brachte das Gefäß nach draußen, nahm den Deckel ab und beobachtete, wie sie alle in die Freiheit sprangen. Innerhalb weniger Sekunden war die Röhre leer. Ich kehrte in mein Bett zurück, schloss die Augen und lauschte. Sie hatten sich nicht allzu weit vom Haus entfernt.

Kapitel 44

Die Ausläufer des Sees hoben sich glitzernd von den Hügeln und Friedhöfen im Hintergrund ab. Vor einem Jahrhundert, als die Einheimischen erfuhren, dass ihre Stadt unter mehr als dreißig Metern Wasser versenkt werden sollte, begannen sie, ihre Angehörigen an den Hängen zu begraben, in einer Höhe, wo das Wasser des Lake Burton sie auf keinen Fall erreichen konnte. Manche gruben sogar ihre bereits bestatteten Liebsten wieder aus und transportierten ihre dünn gewordenen Särge mit Hilfe von Maultieren und Wagen in die Berge. Konföderierte Soldaten, Kinder, die irgendeiner Epidemie zum Opfer gefallen waren, Frauen, die vom Kindbettfieber dahingerafft worden waren – alle wurden sie umgebettet, um in den sonnenverwöhnten Berghängen ihre endgültige letzte Ruhestätte zu finden.

Im Zuge der durch die Flutung notwendig gewordenen Umsiedelung ließen sich auch die Einheimischen selbst an den Hügeln nieder und bauten ihre Stadt dort neu auf. Da in den letzten Jahrzehnten viele Menschen den Lake Burton und seine Umgebung für sich entdeckt haben, liegen heute die meisten Friedhöfe wieder in den Städten. Das hat zur Folge, dass es unmöglich ist, mit dem Auto um den See herumzufahren, ohne an mindestens einem halben Dutzend Friedhöfen vorbeizukommen. Und auch wenn man mit dem Boot über den See schippert, fällt der Blick unwillkürlich immer wieder auf einen Friedhof. Ich wendete in aller Gemütsruhe das Boot und ließ mich von meiner Neugier steuern. Das glasklare Wasser perlte zu beiden Seiten von meinem Kiel ab und erinnerte mich an den Anblick der Tautropfen auf den Magnolienblättern, die in meiner Kindheit mein Elternhaus eingehüllt hatten.

* * *

Als Emma und ich dreizehn waren, fragte ich ihre Mutter einmal, ob wir auf die Rollschuhbahn gehen dürften.

Miss Nadine stützte eine Hand in die Hüfte, blickte aus dem Küchenfenster hinaus zu Charlie, der gerade von seinem Baumhaus aus Jagd auf die bösen Buben machte, und legte nachdenklich einen Finger an ihren Mund. „Pass nur auf, dass sie sich nicht verausgabt", sagte sie schließlich. Das war ihre Art zu sagen: „Gib acht auf sie, und halte sie davon ab, mehr Energie zu verbrauchen, als gut für sie ist."

Manchmal denke ich, dass Emma die Welt immer nur durch die Gefängnisgitter und Barrikaden, die andere um sie herum errichtet hatten, betrachten konnte. *Pass nur auf, dass sie …* war ein Satz, den sie täglich hörte. Er wurde geäußert, um sie zu beschützen, als könnte sie jeden Moment zerbrechen. Ich beschuldige niemand Bestimmten, wir alle empfanden so. Wir hatten Angst, sie könnte einen Sprung bekommen oder zerbrechen, wie eine hauchdünne Porzellantasse. Deshalb stellten wir sie auf ein Regal und zwangen sie, dort zu blieben. Oft frage ich mich, ob wir ihr nicht sogar jegliche Flüssigkeit, die sie hätte ausfüllen können, vorenthalten haben.

Ihre Mutter setzte uns an der Rollschuhbahn ab, und wir kauften uns Eintrittskarten, zogen unsere Rollschuhe an und warteten auf der Bank, bis der DJ langsame Musik auflegte. Die Art von Musik, die zum Paarlauf einlud. Als sie erklang, führte ich Emma auf die Bahn. Etwas wackelig auf den Beinen drehte sie sich um und sah mich an. Sie legte ihre Hände auf meine Schultern, ängstlich und doch vertrauensvoll, und lächelte die kompletten acht mickrigen Runden lang, die wir schafften, während der DJ das Liebeslied abspielen ließ.

Als das Lied zu Ende war, wurde das Tempo wieder schneller und die Draufgänger eroberten die Bahn zurück. Ich führte Emma zurück zur Bank. Schwer atmend ließ sie sich darauf nieder, doch sie strahlte, wie ich es selten bei ihr erlebt hatte. Sie war erschöpft, hätte dringend einen langen Mittagsschlaf gebraucht, und für den Tag war sie erledigt. Aber der Ausdruck in ihren Augen sagte mir, dass in ihrem Inneren mehr Gutes geschehen war, als all die Medikamente, die sie im Laufe eines Monats einnahm, bewirken konnten. Das Funkeln in ihren Augen zeigte ganz deutlich, dass die Hoffnung nicht gestorben war, sondern immer noch unter der Oberfläche glomm. Als ich ihr die Rollschuhe aufband, klopfte sie mir auf die Schulter und legte ihre Handflächen an meine Wangen. Sie beugte sich zu mir vor und küsste mich. Und damit meine ich nicht, dass sie mir einen kurzen Kuss auf die Wange drückte, wie man ihn seiner Mutter vor der Schule zum Abschied gibt, sondern ich meine, dass Emma zu mir sprach. Ihre Lippen waren feucht und weich, und ihre Hände zitterten leicht.

Wir gaben unsere Rollschuhe zurück, kauften uns eine Cola und warteten vor der Halle auf ihre Mutter. Ich erinnere mich aus zwei Gründen an diesen Tag. Erstens wegen des Kusses. Wenn ich die Augen schließe, kann ich ihn immer noch spüren. Auch nach unserer Heirat ließ Emma keinen Tag vergehen, an dem sie nicht ihre Handflächen an meine Wangen legte, meine müden und besorgten Augen zwang, in ihre zu blicken und dann mit ihren Lippen die meinen suchte.

Und zweitens lernte ich an diesem Tag etwas, das mir weder all mein Selbststudium noch meine Professoren je beigebracht hätten. Nämlich, dass Hoffnung nicht durch Medizin oder etwas, das die Wissenschaft zu bieten hat, geweckt werden kann. Sie ist eine Blume, die sprießt und gedeiht, wenn andere sie mit Wasser begießen. Ich denke manchmal, dass ich so viel Zeit damit verbracht habe, mir Sorgen zu machen, mir zu überlegen, wie ich die Blume schützen und kräftigen könnte – sogar bis zu dem Punkt, dass ich ihr einen neuen Stängel und neue Wurzeln einpflanzen wollte –, dass ich darüber schlichtweg vergaß, sie zu wässern.

* * *

Als ich den schmalen Fluss hinauffuhr, der zu meinem Haus führte, fiel mein Blick auf Cindy und Annie, die es sich in den Liegestühlen an meinem Strand bequem gemacht hatten. Annie schien schläfrig zu sein und beobachtete durch die Gitterstäbe hindurch, die ihr Leben einrahmten, passiv das Treiben auf dem See, während Cindy ihre Nase in *Robinson Crusoe* vergraben hatte. Nach der Geschwindigkeit zu urteilen, mit der sie die Seiten umblätterte, hatte sie es beinah fertiggelesen.

Als ich, nachdem ich das Boot geparkt hatte, aus dem Bootshaus trat, richtete sie sich auf und rief: „Sal kam vorhin bei uns vorbei, um nach Annie zu sehen, und wir konnten ihn überreden, uns herzufahren. Wir wollen dich gar nicht stören, wir konnten einen so schönen Tag –", ihre Hand fuhr in einer ausladenden Geste über den See, „nur nicht verstreichen lassen, ohne in diesen superbequemen Liegestühlen gesessen zu haben."

„Fühlt euch ganz wie zu Hause. Ich habe vor, den größten Teil des Nachmittags an der Hacker zu arbeiten. Holt euch einfach, was ihr braucht; das Haus gehört euch. Und sagt Bescheid, wenn ihr mich braucht."

Ich ging nach oben, um meine Arbeitskleidung anzuziehen und mich noch einmal zu vergewissern, dass das Büro abgeschlossen war. Danach schlich ich auf Zehenspitzen in die Werkstatt. Einige Minuten später tappten hinter mir ein paar nackte Füße über das Sägemehl. Ich legte gerade letzte Hand an ihren Tisch, aber eigentlich wollte ich nicht, dass die beiden ihn jetzt schon sahen. Es sollte eine Überraschung sein.

Annie betrachtete die elektrischen Werkzeuge, die an der Wand hingen, und rieb dabei unbewusst über die Narbe auf ihrer Brust. „Reese?", fragte sie beinah flüsternd.

Ich warf eine Plane über den Tisch, kam hinter der Werkbank hervor und ging zu ihr hinüber. „Ja?"

Ihr Badeanzug schien über Nacht noch größer geworden zu sein. „Hast du je eine Narkose bekommen?"

Ich schüttelte den Kopf und ließ mich auf einem leeren, umgedrehten Eimer nieder. „Nein, bisher nicht", gab ich zu, „aber ich habe gehört, dass du gar nichts spürst und dich an kaum etwas erinnerst."

Sie ging ein paar Schritte weiter in die Werkstatt hinein und betrachtete die Schleifmaschinen und die Akkubohrer. „Ich habe schon mal eine bekommen", sagte sie mit flacher Stimme. „Und ich erinnere mich sehr gut daran."

„Vermutlich hast du nur geträumt", versuchte ich ihre Bemerkung abzutun und ihr Mut zu machen. „Unter Narkose haben Menschen manchmal seltsame Träume."

Annie schritt die Werkzeugreihe entlang, betrachtete jedes einzelne genau und sagte: „Ja, aber ich habe nicht geträumt."

Ihr Tonfall ließ mich stutzen, und ich hörte jetzt aufmerksamer zu.

„Bevor wir Dr. Royer kennengelernt haben, war ich bei einem anderen Arzt in Atlanta. Er war immer furchtbar beschäftigt. Wir mussten jedes Mal sehr lange warten, bis er Zeit für mich hatte, und dann war er trotzdem in Eile. Ich mochte ihn nicht besonders."

Annie sprach wie eine erfahrene Patientin, nicht wie ein Kind. Die ferne Erinnerung hatte das Mädchen in dem gelben Kleid, das Limonade verkaufte, ebenso vertreiben wie der Wind damals am Tag unseres Kennenlernens ihren Styroporbecher.

„Er hat mich operiert, damit ich mehr Zeit habe, auf ein Herz zu warten. Ich weiß nicht, wie viele Operationen an diesem Morgen auf dem Plan gestanden haben, aber ich musste an den Frisiersalon denken, in dem Tante Cici uns die Haare schneiden lässt. Da wartet auch immer eine ganze Reihe von Kunden." Sie rieb mit dem Daumen über die Rückseite der Sandale, die wie immer um ihren Hals hing.

„Irgendwann während der Operation hat die Anäs ... die Anästh ... die –", Annie schüttelte den Kopf. „Die Frau, die mich zum Schlafen gebracht hatte, hat zwei oder drei Operationen gleichzeitig betreut, und anscheinend hat sie vergessen, nach mir zu sehen. Zumindest ist sie nicht zurückgekommen, als sie sollte, und ich bin aufgewacht."

Ich kippte beinah vom Eimer. Puzzleteilchen fielen an ihren Platz, und die emotionale Mauer, hinter der ich mich normalerweise verschanzte, um mich selbst zu schützen, stürzte zusammen wie die Stadtmauer von Jericho. Wenn Annie an jenem Tag am Limonadenstand an mein Stadttor geklopft hatte, so hatte sie es nun mit dem Rammbock, der ihr Herz war, zersplittert.

„Ich erinnere mich daran, dass ich ziemlich durcheinander war und nur blau gesehen habe. Ich dachte, dass ich vielleicht im Himmel aufgewacht bin, aber dann wurde mein Blick etwas klarer und ich habe erkannt, dass das Blau ein Laken war, das sie über meinem Gesicht ausgebreitet hatten. Ich wusste nicht, wo ich war oder warum all diese Schläuche in meinem Mund und meiner Nase steckten oder warum ich meine Arme und Beine nicht bewegen konnte. Ich konnte Lichter erkennen und hörte, dass jemand, der über mir stand, mit einem anderen sprach, aber was sie sagten, konnte ich nicht verstehen. Und ich erinnere mich daran, dass ich einen starken Druck in meiner Brust gespürt und ganz schrecklich gefroren habe."

Ich saß ganz still. In meinem Hinterkopf wirbelten all die furchtbaren Horrorgeschichten herum, die ich entweder gelesen oder von einigen wenigen Patienten erzählt bekommen hatte. Für jeden der Betroffenen war der schlimmste Albtraum wahr geworden. Und jeder von ihnen hatte große Schwierigkeiten, sich erneut unter das Messer zu legen. Viele weigerten sich.

„Dann schaute eine Schwester unter das Tuch, die scheinbar nach mir sehen wollte, und da war ich und schaute sie an. Ich weiß nicht, wer einen größeren Schrecken bekommen hat, sie oder ich."

Annie ging aus der Werkstatt hinaus. Die Sonnenstrahlen umhüllten ihre zarte Gestalt und ließen sie aussehen wie einen Engel, der sich auf die Erde verirrt hatte. Langsam drehte sie sich um und sagte: „Dr. Royer will am Freitag noch eine Untersuchung machen. Er sagt, dass er noch etwas über mein Herz herausfinden muss, und dass er das nur kann, wenn er mich einschlafen lässt und eine kleine Kamera durch meinen Hals zu meinem Herzen führt."

Ich nickte. Annie kam zu mir herübergelaufen, setzte sich auf meinen Schoß und schlang ihre Beine um meine.

Sie sah durch die geöffnete Tür auf den See hinaus, ließ ihren

Blick hinüber zu Charlies Bootssteg und seinem Haus wandern und schaute dann vertrauensvoll zu mir auf. „Denkst du, dass ich das machen lassen sollte?"

Für ein kleines Mädchen, das buchstäblich vor meinen Augen verkümmerte, fühlte sie sich unglaublich schwer an. Ihr Gewicht drückte meine Beine nach unten und nagelte meine Füße auf dem Boden fest wie einen Zeltpflock. „Ja", erwiderte ich ohne Erklärungen.

Sie beobachtete die beiden großen Riesenameisen, die vor uns über den Boden krabbelten. „Würdest du es tun?", fragte sie, während ihre Augen den Ameisen folgten und ihr Daumen wie so oft unbewusst die Rückseite der goldenen Sandale rieb.

Ich atmete tief durch. „Ich weiß es nicht, Annie. Das kann ich nicht beantworten."

Sie legte ihren Arm um meinen Hals, nickte und kaute einige Minuten gedankenverloren auf ihrem Kaugummi herum. Schließlich sah sie mich an. „Kannst du mitkommen?" Sie schaute zu Cindy hinüber, dann wieder zu mir. „Ich weiß nicht, wie viel Tante Cici noch aushalten kann. Die Bank hat gerade ihren Kreditantrag abgelehnt."

Ich nickte. „Ja."

Sie hüpfte von meinem Schoß und ging zur Tür. „Darf ich in deiner Hängematte schlafen? Ich mache sie auch nicht kaputt."

Ich nickte ein letztes Mal, und sie lief über die Wiese zum Bootshaus hinunter und stieg dann langsam die Stufen hoch. Auf dem ersten Treppenabsatz blieb sie stehen, um nach Fischen Ausschau zu halten und zu verschnaufen. Ich holte eine Wolldecke und ein Kissen, aber als ich sie ihr brachte, schlief sie schon. Ich deckte sie zu, schob ihr das Kissen unter den Kopf und zählte ihren Puls, während ich ihre schnellen, kurzen Atemzüge beobachtete, die ihre Lungenflügel nur teilweise füllten. Schließlich stieg ich die Stufen zum Steg hinunter, auf den die Sonne mittlerweile mit aller Macht niederknallte. Ich setzte mich trotzdem in meinen Klappstuhl.

Ich weiß nicht, wie lange ich dort saß und auf das Wasser hinunterstarrte, das sanft und gleichmäßig gegen den Stegpfosten schwappte. Wie lange es auch immer war, es war lange genug, dass sich Wolken vor die Sonne schieben und Cindy ihr Buch zu Ende lesen konnte. Als ich aufblickte, kletterte gerade eine Eidechse auf meinen Fuß. Cindy stand schräg vor mir. Sie hatte sich gegen das Bootshaus gelehnt und blickte mit vor der Brust verschränkten Armen auf den See hinaus.

Sie war viel zu dünn, ihre Augen waren eingesunken und sie wirkte ausgebrannt, aber trotzdem war sie schön. Mir fiel auf, dass ich so etwas noch nie zuvor über eine andere Frau als Emma gedacht hatte. Und allein der Gedanke erschreckte mich.

Cindy hatte sich ein Handtuch um die Taille geschlungen, aber anscheinend fühlte sie sich nicht mehr unwohl dabei, in Badekleidung in meiner Nähe zu sein. Ihr Badeanzug war ziemlich konservativ, mit gemäßigtem Bein- und Dekolletéausschnitt, aber es war trotzdem ein Badeanzug. Und Badeanzüge und Unterwäsche sind im Grunde genommen dasselbe; wir tragen sie nur zu unterschiedlichen Anlässen.

Sie schaute mich nicht an, sondern stand einfach nur still da, als wäre schon das allein tröstlich für sie. Auch das erschreckte mich. Schließlich ergriff sie das Wort. „Du hast gesagt, ich soll mich wie zu Hause fühlen, deshalb bin ich eigenmächtig auf die Suche nach einer Aspirin gegangen. Oben im Badezimmer bin ich fündig geworden. Ich habe mich auf der Stelle in diese Badewanne verliebt. Ich schätze, deiner Frau ging es genauso."

Ich nickte und war erleichtert, dass ich die Tür zu meinem Büro noch einmal kontrolliert hatte.

„Ich habe dein Buch zu Ende gelesen." Sie deutete zum Liegestuhl hinüber und blickte dann wieder auf den See hinaus. „Ich kann mir nicht vorstellen, wie es ist, in so eine Lage zu kommen." Sie schüttelte den Kopf und versperrte mit ihrem großen Zeh einer Ameise, die über den Steg krabbelte, den Weg.

Ich konnte ihr nicht folgen. „Was?"

„Crusoe."

„Oh."

„In der einen Minute ist er noch auf dem Segelschiff, vollkommen sorglos, und in der nächsten erleidet er Schiffbruch, wird von den Wellen herumgeworfen und strandet … auf dieser einsamen Insel." Sie legte schaudernd die Arme um sich.

Ich erhob mich von meinem Stuhl, klappte ihn zusammen und hängte ihn an die Wand des Bootshauses, um ihr zu signalisieren, dass dieses Gespräch nun beendet war. Ich weiß nicht, was mich dazu trieb zu sagen, was ich dann sagte. Wahrscheinlich war der Auslöser, dass ich viel Zeit gehabt hatte, darüber nachzudenken, und dass ich anfing, mich zu erinnern. „Cindy?"

Sie sah mich an.

„Wir sind alle Schiffbrüchige. Werden alle zum Spielball der Wellen." Ich ging ein paar Schritte über den Steg und starrte auf das Wasser, die Hände tief in meinen Taschen vergraben. Schließlich drehte ich mich um und schaute sie an. „Eines Tages wachen wir alle am Strand auf, die Haare voller Sand. Das Meerwasser brennt uns in den Augen, Krebse knabbern an unseren Nasen und Salz klebt an unseren Lippen." Ich drehte den Kopf, sah nach oben und betrachtete den Schatten von Annies zarter Gestalt, die in der Hängematte sanft vom Wind hin und her gewiegt wurde. „Und ob es uns gefällt oder nicht, erst dann erkennen wir, dass wir alle einen Freitag brauchen, der uns von dieser Insel rettet, weil wir die Sprache nicht sprechen und die Flaschenpost nicht lesen können."

Ich trat an den Rand des Bootsstegs, setzte mich und ließ die Füße ins Wasser baumeln. Einige Minuten vergingen, bevor Cindy sich zu mir setzte. Sie ließ sich so dicht neben mir nieder, dass ihre Schulter und ihr Oberschenkel die meinen berührten. Sie drang wie selbstverständlich in meinen persönlichen Bereich ein und tat so, als wäre dies, zumindest für den Augenblick, ein Bereich, den wir miteinander teilten. Eher *unser* als meiner oder ihrer. Ihre Berührung war freundschaftlich und verständnisvoll, und sie fühlte sich kein bisschen aufdringlich an. Aber sie machte mir trotzdem Angst.

Cindy fuhr sich mit der Hand über die Augen, die rot und feucht waren, und mied meinen Blick. Stattdessen starrte sie auf das Wasser unter uns. Unsere Füße sahen grün und verzerrt aus. Unter ihnen schwamm eine Brasse vorbei, gefolgt von zwei ziemlich großen Barschen.

„Hat deine Frau dir das beigebracht?“, fragte sie leise.

„Nein“, erwiderte ich kopfschüttelnd, „ihr Tod.“

Kapitel 45

Am Freitagmorgen erwachte ich sehr früh und war schon lange vor Sonnenaufgang mit Charlie auf dem Wasser. Ich hinterließ Royer eine Nachricht auf seiner Mailbox und teilte ihm mit, wann wir im Krankenhaus eintreffen würden. Außerdem sagte ich ihm noch ein paar andere Dinge. Oder bat ihn vielmehr um den ein oder anderen Gefallen.

Ich bat ihn, Annies Eingriff nicht in einem Untersuchungszimmer der Kardiologie durchzuführen, sondern in einem, das in der Nähe eines Ausgangs lag, am liebsten auf der Kinderstation, wo die Wände bunt bemalt waren und die Zimmer mehr nach Kinderzimmer und weniger nach Krankenhaus aussahen. Je weniger Stress wir Annie zumuteten, desto besser.

Auch für mich wäre das eindeutig von Vorteil, aber dass mir das Risiko nichtsdestotrotz zu groß war, kam in meiner nächsten Bitte zum Ausdruck. Ich bat ihn, für diesen Eingriff nur Schwestern und Assistenten auszuwählen, die mich nicht kannten. Sein Team, unser Team, war immer eine eingeschworene Gemeinschaft gewesen, und die Aufzeichnungen, die ich mir heimlich angesehen hatte, hatten mir verraten, dass die meisten von früher noch dabei waren. Trotz meines veränderten Aussehens würden sie mich genauso wiedererkennen, wie Shirley es getan hatte. Dazu war ich noch nicht bereit, und ich wusste, er würde das verstehen. Und schließlich bat ich ihn, sich mit der Buchhaltung in Verbindung zu setzen, er würde dann schon merken, warum.

Kurz nach Sonnenaufgang holte ich Cindy und Annie ab. Die beiden waren so müde, dass sie die ganze Fahrt nach Atlanta verschliefen. Erst als ich durch ein Starbucks Drive-in fuhr und einen Latte bestellte, zeigte sich, dass Cindy noch unter den Lebenden war. Sie hob die Hand und streckte zwei Finger in die Höhe. Ich verdoppelte meine Bestellung.

Royer erwartete uns bereits auf dem Parkplatz. Mit einem strahlenden Lächeln auf dem Gesicht stand er hinter einem Rollstuhl, auf dessen Sitzfläche drei Kuscheltiere saßen: Pu der Bär, Tigger und Ferkel. Annie kletterte aus dem Wagen und lief sofort auf Royer zu, um ihn zu umarmen. Als ich sah, wie sie ihr Gesicht an seine Beine drückte, wurde mir wieder ganz neu bewusst, was für ein guter Arzt Royer war.

Cindy schnappte sich ihre Handtasche und stellte mich ihm vor, woraufhin wir uns die Hand gaben und ein paar Höflichkeiten austauschten. Dann führte er uns durch den Diensteingang zu den Aufzügen und hoch zur Kinderstation, wo uns bunte Wände, Schmetterlinge und ein Flur empfingen, der wie die gelbe Ziegelsteinstraße aus *Der Zauberer von Oz* aussah. Annies Gesicht leuchtete auf.

Royer führte uns durch den Flur in ein großes Zimmer, das ein wenig abseits lag. Es war einfach perfekt: eine Couch, ein Schaukelstuhl, ein Fernseher und ein fantastischer Ausblick auf den nordwestlichen Teil von Atlanta. Das Zimmer war bunt angestrichen und zeigte das Haus von Pu dem Bär und den Hundertsechzig-Morgen-Wald.

Annie hüpfte auf das Bett und griff nach etwas. „Sieh nur“, sagte sie und zeigte es Cindy, „es gibt sogar eine Fernbedienung.“

Cindy sah uns verlegen an und zuckte mit den Achseln. „Die kleinen Freuden des Alltags.“

Royer nahm Cindy beiseite und flüsterte gerade so laut, dass ich ihn über den Zeichentrickfilm hinweg, für den Annie sich entschieden hatte, verstehen konnte. „Die Schwestern werden ihr gleich einen Zugang legen und ihre Vitalwerte überprüfen. Ich komme in ungefähr einer halben Stunde wieder und verabreiche ihr dann das Schlafmittel.“

Cindy verschränkte nervös die Arme.

Royer erklärte weiter: „Der Eingriff dauert etwa fünfzehn Minuten. Wir lassen sie ausschlafen und den Rest des Tages vor diesem Fernseher verbringen.“ Er legte seine Hand auf ihre Schulter und sagte: „Machen Sie sich keine Sorgen. Halten Sie durch!“

Cindy nickte und zog sich den zerschlissenen Pullover über, den sie die ganze Zeit über in der Hand gehalten hatte.

Als die Krankenschwestern hereinkamen, schnappte ich mir eine Zeitschrift und versteckte mich dahinter. Außerdem behielt ich meine Sonnenbrille auf, bis ich sicher war, dass ich sie noch nie zuvor gesehen hatte. Jede der Schwestern trug einen mit Clowns bedruckten Kittel und bunte Plastikschuhe und nahm sich Zeit für einen kleinen Plausch mit Annie. Falls Annie nervös war, ließ sie es sich nicht anmerken. Die Schwestern zogen ihr ein Nachthemd an, steckten ihre Füße in riesige, flauschige Schweinchen-Hausschuhe und reinigten ihren Arm mit Alkohol.

Annie zuckte zusammen, als sich die Nadel der Kanüle in ihren Arm bohrte. Eine Träne rann aus ihrem linken Auge und lief ihr über die Wange. Als Cindy, die sich selbst auf die Unterlippe biss, sie bemerkte, setzte sie sich auf Annies Bett und drückte ihre Hand. Ich stand an der Wand und presste meinen Rücken fest gegen das Fenster, da ich Angst hatte, ich könnte durch das Zimmer stürzen und mich wie der Mensch verhalten, der ich früher einmal gewesen war.

Eine der Schwestern legte Annie eine Infusion an, um sie mit ausreichend Flüssigkeit zu versorgen, und brachte ihr eine Schale voller Eiswürfel, die sie lutschen sollte. Sie rührte sie nicht an, sondern starrte stumm auf den Fernseher. Nach ein paar Minuten schaltete sie ihn ab und drückte auf den Knopf an ihrem Bett, um das Kopfteil so weit hochzufahren, dass sie beinah aufrecht im Bett saß. Dann schaute sie zu mir hinüber. „Reese?“

„Ja?“ Ich stieß mich von der Wand ab und zog mir einen Stuhl an Annies Bett.

„Bist du hier, wenn ich zurückkomme?“

Ich nickte, weil ich Angst hatte, dass meine Stimme brechen würde, wenn ich versuchte zu sprechen.

Sie streckte mir ihre Hand hin, und ich legte meine hinein. Langsam lehnte sie sich vor, den Kopf zur Seite gelegt, und zog mich näher zu sich heran, als wolle sie mir ein Geheimnis verraten. Neugierig beugte ich mich zu ihr hinunter. Annies Blick legte sich bedeutungsvoll auf Cindy, bevor ihre Augen wieder die meinen fixierten. „Lass nicht zu, dass sie die ganze Zeit hier sitzt und sich Sorgen macht, während ich weg bin. Im dritten Stock gibt es ein echt tolles Café. Lad sie doch einfach zu einem Stück Schokoladen-Erdbeertorte ein. Die Erdbeersahne ist wirklich lecker."

Ich nickte lächelnd.

„Oh und –" Sie hob die Hände an ihren Hals, nahm ihre Kette ab und legte sie in meine Handfläche. Ihre Hände zitterten. „Pass darauf auf, bis ich wieder da bin."

Ich starrte auf meine Handfläche und umklammerte die kleine Sandale. Wieder und immer wieder fuhr ich mit dem Fingernagel über die Gravur, während ich gegen eine Sturmflut der Tränen ankämpfte, die den Damm in meinem Inneren zum Einsturz bringen wollten. *Ich will dir ein neues Herz geben …*

„Weißt du, was meine Mama mir erzählte, als sie mir die Kette geschenkt hat?"

Ich schüttelte den Kopf.

„Sie hat mir erzählt, dass sie einen Traum gehabt hat, und in diesem Traum hat sie meine Operation gesehen und den Arzt, der mir ein neues, starkes Herz eingesetzt hat. Es hat draußen geregnet, und die Uhr an der Wand stand auf 11 Uhr 11, und der Arzt hatte ein Pflaster in seiner Armbeuge."

„Hat sie dir auch erzählt, wie der Traum ausgegangen ist?", fragte ich.

Annie lächelte. „Nein. Sie ist vorher aufgewacht."

Royer kam herein, setzte sich mir gegenüber und ergriff Annies andere Hand. „Also gut, meine Große, pass auf." Er hob die Spritze und richtete seinen Blick auf den Schlauch, der die Infusionsflasche mit der Kanüle in ihrem Arm verband. „Ich werde jetzt dieses Zeugs durch das Zuspritzventil spritzen, damit du einschläfst. Sobald du tief und fest schläfst und schnarchst wie ein Weltmeister, werden wir dich diesen Flur hinunterschieben. Deine Tante und dein netter Chauffeur werden hier auf dich warten."

Annie gefiel es, dass er mich ihren Chauffeur nannte. Und auch der Satz mit dem Schnarchen sagte ihr zu.

„Ich werde mir dann dein Herz ansehen. Wenn ich fertig bin, schiebe ich dich wieder hierher zurück, und du kannst so lange schlafen, wie du möchtest." Er zog eine kleine silberne Glocke aus seiner Tasche, die aussah wie die, die zu Weihnachten geläutet wird, um die Familie zur Bescherung zu rufen, und legte sie ihr auf den Schoß. „Wenn du mich vorher brauchst, hinterher oder mittendrin, dann läutest du einfach. Alles klar?"

Annie nahm die Glocke und läutete sie ein paar Mal. Royer erhob sich und umrundete das Bett. Als er an meine Seite trat, zog ich mich in eine Ecke zurück und beobachtete von dort aus, wie er das Medikament spritzte. „Okay, jetzt heißt es abwarten", sagte Royer und wollte gerade den Raum verlassen, als Annie sagte: „Dr. Royer?"

Er drehte sich um.

„Du hast etwas vergessen."

„Ach ja, natürlich." Royer kam zurück, kniete an Annies Bett nieder und ergriff ihre Hand. Er schloss seine Augen, sie schloss ihre und Cindy, die sich am Fußende des Bettes niedergelassen hatte, umfasste Annies Füße, die von den Schweinchen schön warm gehalten wurden.

Nach einem kurzen Moment des Schweigens schaute Annie auf und fragte Royer: „Willst du anrufen und ich lege auf?"

Royer schüttelte den Kopf. „Du rufst an."

„Gott?", sagte Annie, als hielte sie einen Telefonhörer in der Hand. „Bitte hilf Dr. Royer zu sehen, was er sehen muss. Hilf Tante Cici, keine Angst zu haben, und lass sie wissen, dass ich zurückkomme … und …" Sie hielt inne, und ihr Tonfall sagte mir, dass sie breit grinste. „Danke für meinen eigenen Chauffeur."

Das Neonlicht über ihr ließ sie ganz bleich aussehen, die Monitore an ihrer Seite blinkten rot und blau und der am Bett kniende Royer wirkte im Vergleich zu ihr riesig.

Sie sah Royer an und flüsterte: „Du bist dran."

Royer umfasste Annies winzige Hand mit seinen großen Pranken. Er küsste sie, drückte sie an seine Stirn und betete: „Herr, du bist der Einzige hier, der wirklich weiß, was er tut, darum hoffen wir darauf, dass du hier das Kommando übernimmst. Du hast Annie etwas versprochen, und wir rechnen fest damit, dass du deine Zusage hältst. Vergib uns, wenn das anmaßend ist, aber für Zurückhaltung haben wir keine Zeit. Ich habe das Gefühl, dass du mit Annie noch nicht fertig bist, nicht einmal annähernd – im Gegenteil, du hast gerade erst angefangen und deshalb … um es kurz zu machen, du wirst hier gebraucht. Es ist Zeit, einzuchecken. Bitte lass mich sehen, was ich sehen muss und …" Royer hielt inne und seine Stimme wurde leiser. „Gib diesem Mädchen süße Träume während des Eingriffs."

Ich flüsterte „Amen" und beobachtete, wie Royer Annie auf die Stirn küsste.

„Wir sehen uns in etwa einer Stunde."

Annie nickte. Ihre Augenlider waren schwer geworden, und sie versuchte zu sprechen, aber ihre Worte waren genuschelt und flossen ineinander über. Eine Minute später war sie eingeschlafen.

Die Schwestern schoben ihr Bett aus dem Zimmer, und Cindy und ich blieben allein im Krankenzimmer zurück, unruhig und ziemlich angespannt.

Schließlich wagte ich einen Vorstoß. „Wie wäre es mit einem Stück Schokoladentorte?"

Cindy nickte, zog ihre Hände aus den Hosentaschen und trat gemeinsam mit mir auf den Flur hinaus. Als ich mir die Kappe tief in das Gesicht zog und meine Sonnenbrille aufsetzte, zog sie die Augenbrauen in die Höhe, verkniff sich aber jeden Kommentar. Sie und Annie hatten sich an meine exzentrische Art gewöhnt, teilweise aus Höflichkeit, aber auch, weil sie mit sich selbst so viel zu tun hatten, dass sie sich nicht auch noch um die Spleens anderer Leute kümmern konnten. Wir gingen in die Cafeteria, und ich vermied jeglichen Augenkontakt mit den Leuten, die uns auf dem Weg dorthin begegneten.

Tagsüber herrscht in einem Krankenhaus viel Betrieb. Es ist ein Hexenkessel voller Emotionen und Kämpfe um das Überleben. Es wimmelt nur so von Krankenschwestern, Ärzten, Patienten, Sozialarbeitern, Verwaltungsangestellten und Angehörigen, und alle prallen voneinander ab wie Atome in einer Zentrifuge.

Aber nachts legt sich eine gelassene Stille über die Flure. Der Zustand der Patienten ist zwar nicht weniger kritisch, und die Unmittelbarkeit von Leben und Tod ist dieselbe, aber sie ist irgendwie leichter zu verkraften. Ich habe immer lieber nachts gearbeitet.

Als Cindy und ich durch die Flure liefen, war das Krankenhaus lebendig. Es vibrierte geradezu vor gedämpftem Flüstern und sorglosem Gelächter und dem Gefühl unbegrenzter Möglichkeiten. Ich liebte das, diesen absoluten und ewigen Optimismus, dieses Gefühl, dass bis zur Feststellung des Todes und dem Moment, in dem das Laken über das Gesicht des Patienten gezogen wird, alles möglich ist, egal, wie schlecht ein Zustand ist, oder ob der Monitor nur noch eine flache Linie zeigt. Selbst angesichts der schlimmsten Prognosen lebt hier die Hoffnung. Sie kriecht durch die Flure, späht in jedes Zimmer hinein und huscht über jede fahrbare Krankentrage, immer auf der Suche nach einer bedürftigen Seele.

Ich musste an einen lange zurückliegenden Nachmittag denken, an dem Emma eine Reihe von Untersuchungen über sich hatte ergehen lassen müssen. Sie lag in einem dieser Zimmer, und ich kam alle zehn Minuten vorbei, um nach ihr zu sehen. Gegen zwei Uhr morgens fragte ich sie, wie sie sich fühle.

Sie öffnete langsam die Augen, legte den Kopf zur Seite und sagte: „Reese, hier lebt die Hoffnung, und der Tod kann sie nicht zerstören."

Cindy prallte gegen mich, als sie versuchte, einer Krankenschwester auszuweichen, die eiligen Schrittes den Flur hinunterhastete. Ich atmete tief ein, so tief wie schon lange nicht mehr, und füllte jeden Zentimeter meines Körpers mit diesem Geruch, den ich so sehr liebte und der mir so vertraut war. Er erfüllte mich, und ich verspürte ansatzweise, was ich seit langer, langer Zeit nicht mehr gespürt hatte – das Hoch des Arztes. Die Aufwallung all dessen, was ich kannte und liebte, durchzuckte mich wie ein Blitz. Dann zog das Bild von Emma, wie sie kalt, still und ohne zu atmen in der Küche auf dem Boden lag, an meinen inneren Augen vorbei, flutete mein Herz, und ich hatte nur noch einen Gedanken: Annie.

Cindy nahm meinen Arm und versuchte mich zu stützen, als ich schwankte und gegen die Wand taumelte. „Alles in Ordnung?"

Ich antwortete nicht.

Sie legte ihre Hand an mein Gesicht und zwang mich, sie anzusehen. „Reese? Alles in Ordnung?"

Über den Lautsprecher wurde ein Arzt ausgerufen. Ich hörte seinen Namen, dass er im OP gebraucht wurde und dass es sich um einen Notfall handelte. Während ich all dies in mich aufnahm und die Einzelteile wie in einem überdimensionalen Tetris-Spiel an ihren Platz fielen, wurde irgendwo in meinem Inneren etwas wachgerüttelt. „Ja." Ich nickte. „Mein Hunger ist wohl doch größer als ich dachte."

Wir setzten den Weg in die Cafeteria fort und begannen, uns locker zu unterhalten, waren aber beide mit den Gedanken woanders. Cindy versuchte, nicht an Annie zu denken, die auf dem OP-Tisch lag und einen Eingriff über sich ergehen lassen musste, bei dem Instrumente ihr Herz erforschten. Ich konnte an nichts anderes denken.

Ich wusste, wonach Royer suchen würde, ich wusste, wie und wo er suchen würde, und ich wusste genau, wie lange es dauern würde. Und so wie ich Royer kannte, würde er den Eingriff auf Video aufzeichnen und die Aufnahme unter dem Vorwand, Cindy über die Ergebnisse seiner Untersuchung informieren zu wollen, vor meiner Nase abspielen.

In der Cafeteria wimmelte es von Leuten. Ich stellte den Kragen meines aufgeknöpften Flanellhemdes auf, zog mir die Kappe noch tiefer in die Stirn und führte Cindy zu einem Tisch in der Ecke. Auch diesmal zeigte sie sich kein bisschen verwundert über mein Verhalten. Wir bestellten Schokoladen-Erdbeertorte und stocherten lustlos darin herum.

Bei Emmas letztem Besuch im Krankenhaus anlässlich einer Routineblutuntersuchung waren wir ebenfalls hierhergekommen.

Wir hatten zwei Tische weiter gesessen und Milchshakes bestellt. Sie hatte ihres getrunken, ich meines nicht, und wir hatten uns unser Leben nach der Transplantation in leuchtenden Farben ausgemalt. Sie hatte fröhlich gelacht, meine Hand gehalten und furchtbar dünn ausgesehen. Ihre Augen waren tief eingesunken und von so dunklen Ringen umgeben gewesen, dass es ihr unangenehm war.

Alle paar Minuten waren Ärzte und Schwestern, die uns beide kannten, an unseren Tisch gekommen und hatten Emma alles Gute gewünscht. Sie hatten ihr auf die Schulter geklopft und mir die Hand geschüttelt. Für alle stand völlig außer Zweifel, dass wir in den kommenden Monaten eine Menge fröhliche Gespräche führen und viel Spaß haben würden. Nichts wäre richtiger, nichts hätte sie mehr verdient und nichts gäbe ein besseres Motiv für ein Gemälde von Norman Rockwell ab – Emma würde leben, wir würden leben. Gemeinsam, so wie es sein sollte.

„Reese?" Cindy rüttelte an meiner Schulter. „Hörst du mich?"

„Wie bitte?"

„Ich rede hier seit zehn Minuten, und ich glaube nicht, dass du auch nur ein Wort von dem, was ich gesagt habe, gehört hast."

Der Kuchen war verschwunden; wie es schien, hatten wir ihn aufgegessen.

„Tut mir leid. Was hast du gesagt?"

„Kurz zusammengefasst habe ich gesagt, dass das Ergebnis dieser Untersuchung eigentlich egal ist. Es sei denn, Dr. Royer kann seinen früheren Partner ausfindig machen oder einen anderen Chirurgen auftreiben, der in der Lage ist, die Operation durchzuführen."

„Wo steckt denn dieser Ex-Partner? Was ist passiert?"

„Ist abgetaucht. Royer wollte nicht wirklich darüber sprechen. Er hat nur erzählt, dass er eine persönliche Tragödie erlebt hat und aus der Medizin ausgestiegen ist. Royer ist der Meinung, dass Jonathan Mitchell, falls er sich je von dem erholt, was immer ihn veranlasst hat, der Medizin den Rücken zu kehren, einer der besten Herzchirurgen sein wird, den die Welt je gesehen hat."

Der fremd gewordene Klang meines Namens ließ mich erschaudern wie eine kalte Dusche.

„Annie betet seit mehr als einem Jahr dafür, dass wir ihm einfach auf der Straße begegnen. Dass er an ihren Stand kommt und einen Becher Limonade kauft. Sie ist sich sicher, dass er gleich auf den ersten Blick erkennen wird, was sie braucht, und dass er ihr wird helfen wollen."

Wir standen auf und schoben die Stühle zurück an den Tisch.

„Ich sage ihr immer wieder, dass Erwachsene manchmal Gründe dafür haben, bestimmte Dinge zu tun oder nicht zu tun, die Kinder einfach nicht verstehen. Aber du kennst ja Annie. Sie ist ziemlich dickköpfig."

Wir durchquerten die Cafeteria, und ich hielt ihr die Tür auf.

„Abend für Abend", fuhr Cindy fort, als wir den Flur entlangliefen, „betet sie also für Jonathan Mitchell. Und obwohl ich dem Typen noch nie begegnet bin, liebe ich ihn bereits, weil er Annie etwas gegeben hat, was ihr außer Royer kein anderer Arzt geben konnte."

Ich schaute sie verwirrt an. „Was denn?", fragte ich.

Cindy lächelte. „Hoffnung. Er hat ihr Hoffnung gegeben."

„Und was ist, wenn er nicht auftaucht?", fragte ich.

Sie zuckte mit den Achseln und schob ihre Handtasche zurück auf die Schulter. „Darauf habe ich keinen Einfluss, aber so viel weiß ich – wenn jemand einen direkten Draht zu Gott hat, dann Annie. Das habe ich nicht nur einmal erlebt. Allerdings –", sie hob einen Finger und schüttelte bedrückt den Kopf. „Wenn er dieses Gebet erhören will, dann sollte er sich besser beeilen, weil die Zeit langsam wirklich knapp wird."

Kapitel 46

Wir mussten nicht lange warten, bis Annies Bett zurück ins Zimmer geschoben wurde. Sie war sehr still, und nachdem die Schwestern sie an die Maschinen am Ende ihres Bettes angeschlossen hatten, schlief sie trotz des grell-weißen Lichts der Neonlampe gleich wieder ein.

Royer betrat ein paar Minuten später den Raum. Er überprüfte die Anzeigen auf den Monitoren über Annies Kopf und kontrollierte, ob die Infusion richtig durchlief. Dann legte er zärtlich die Hand an ihre Wange und auf ihre Stirn. Eine der Sachen, die ich an Royer immer besonders bewundert habe, ist seine Fähigkeit, nahtlos von der Vaterrolle in die Arztrolle zu schlüpfen und wieder zurück. Seit ich ihn kenne, habe ich nur selten am Bett eines Patienten gesessen, ohne mich bewusst oder unbewusst zu fragen: *Wie würde Royer das hier machen?*

Nachdem er sich vergewissert hatte, dass mit Annie alles in Ordnung war, wandte sich Royer Cindy zu. „Es geht ihr gut. Abgesehen von einem kleinen Schluckauf lief alles prima." Er strich Annie das Haar aus dem Gesicht und steckte es hinter ihrem Ohr fest. „In ein paar Stunden wird sie aufwachen. Ich würde sie gern über Nacht hierbehalten, nur zur Vorsicht, also –"

Cindy hob die Hand, und mir war klar, dass die wirtschaftliche Seite ihres Gehirns gerade seinen Vorschlag verarbeitet hatte. Das Wort *über Nacht* bedeutete eine höhere Rechnung, und sie versuchte verzweifelt, die Kosten nicht über die Grenze dessen hinauswachsen zu lassen, was sie realistischerweise zu Lebzeiten zurückzahlen konnte. „Aber Doc –"

„Nein", unterbrach Royer sie und schüttelte den Kopf. Er trank einen Schluck Kaffee und sprach dann weiter: „Also, die Untersuchung hat Folgendes ergeben …"

Ich hielt mich im Hintergrund, drückte meinen Rücken an die Wand und lauschte auf die Echos der Erinnerung, die in meinem hohlen Herzen widerhallten. Ich war an jenem entsetzlichen Ort gefangen, den ich nur allzu gut kannte – jenem schmalen und schlüpfrigen Grat der Hoffnung, der sich aus der Grube der Verzweiflung erhebt und zu dessen beiden Seiten der Abgrund gähnt.

Der Absturz kann in Windgeschwindigkeit erfolgen.

„Zuerst der Vorhofseptumdefekt. Lange Geschichte kurz gemacht … das Herz ist ein Muskel, und da Annies schon so lange hart arbeiten muss, ist es größer geworden. Damit war zu rechnen. Trotz ihrer letzten Operation. Doch das bringt verschiedene Konsequenzen mit sich. Der Druck auf das Herz verstärkt sich, und deshalb arbeitet es weniger effizient." Royer nahm seine Hände zu Hilfe, um zu demonstrieren, was er meinte.

„Während das Herz infolge dieser Anstrengung größer wird, kann die Brusthöhle sich nicht ausdehnen. Und so wird das Problem immer schlimmer. Der rechte Vorhof wird größer und schickt eine Vielzahl von Signalen an die Kammer. Normalerweise sendet der Sinusknoten ein Signal aus, das über den AV-Knoten vom Vorhof an die Kammer weitergeleitet wird. Das erzeugt den Herzschlag. Der Sinusknoten ist im Prinzip wie ein Drillsergeant, der das Tempo für den Marsch vorgibt.

Wenn der Vorhof aber so groß wird, können die verschiedenen Zellen das Signal nicht mehr empfangen, was man sich in etwa so vorstellen kann, wie ein Radio, bei dem der Empfang eines jeden Senders gestört ist. Um das zu kompensieren, sendet der Vorhof eine Reihe von Signalen aus. Die Hauptkammer empfängt sie alle und schlägt, wie es in ihrer Natur liegt, mit jedem Signal." Royer hob seinen rechten Zeigefinger. „Wenn das Herz so groß und wabbelig ist, weiß der ganze Muskel nicht mehr, was seine einzelnen Teile tun. Das Herz kann sich selbst nicht hören." Er lächelte. „Wenn wir sagen, dass Annie ein großes Herz hat, dann ist das nicht nur bildlich gemeint."

Cindy lächelte gezwungen und schlang die Arme noch fester um sich, während sie sich auf die schlechte Nachricht gefasst machte.

Royer fuhr fort: „Also, nur um sicherzugehen, senden verschiedene Teile des Muskels ihre eigenen Signale. Die Kammer empfängt sie alle und ist verwirrt. Jedes Pumpen des Vorhofs löst ein zwei- oder dreimaliges Pumpen der Kammer aus. Es ist, als würden zwei Menschen Arm in Arm miteinander tanzen, aber der eine hört die Musik von Dean Martin –", er schaute mich an, „während der andere Elvis hört."

Royer liebte Elvis.

„Sie haben nicht den Hauch einer Chance, einen gemeinsamen Rhythmus zu finden. Und was noch schlimmer ist, Annie hat auch noch einen Ventrikelseptumdefekt, also ein Loch in der Scheidewand zwischen den beiden Herzkammern. Es bewirkt, dass sie in jeder Sekunde eines jeden Tages Herzrasen hat. Während unsere Herzfrequenz im Ruhezustand 60 Schläge pro Minute beträgt, liegt Annies eher bei 130 pro Minute."

Ich lächelte in mich hinein. Royer war immer noch der Beste. Ich hatte seine Erklärungen am Krankenbett vermisst, die Sorgfalt, mit der er vorbrachte, was er zu sagen hatte. Ich atmete tief durch und entspannte mich.

„Da ist noch etwas."

Cindys Kopf ruckte hoch, als hätte sie all das, was er ihr gerade gesagt hatte, bereits gewusst, und als sei erst der Hinweis auf ein weiteres Problem wirklich beunruhigend für sie.

„Dieses Loch, von dem ich Ihnen erzählt habe, das im Mutterleib offen ist und sich schließt, wenn wir geboren werden."

Cindy nickte.

„Nun, wie Sie wissen, ist Annies Loch immer noch offen, und obwohl es allem Anschein nach nicht größer wird, verkleinert es sich auch nicht. Und das verursacht mittlerweile, dass im Lungenkreislauf ein größerer Druck herrscht als im Körperkreislauf, sodass sich die Flussrichtung umkehrt. Das ist selten, und man nennt es das Eisenmenger-Syndrom."

Cindys Gesicht wurde noch eine Spur blasser und war jetzt so weiß wie das Laken neben ihr. Doch das war immer noch nicht alles. An Royers Körpersprache konnte ich erkennen, dass er überlegte, ob er ihr alle Ergebnisse mitteilen oder sie schonen sollte.

Ich denke, meine Anwesenheit im Zimmer half ihm bei der Entscheidung.

Royer legte die linke Hand an sein Kinn, hielt kurz inne und sprach dann mit gesenkter Stimme weiter. „Ich habe noch etwas entdeckt." Er drückte auf die Gegensprechanlage, die dieses Zimmer mit dem Schwesternzimmer verband, und sagte: „Jenny? Könnten Sie die letzten fünfzehn Sekunden von Annies TEE einspielen?"

Eine Frau erwiderte: „Auf Kanal 3."

Royer wechselte den Kanal, und schon bald erschienen Bilder auf dem Bildschirm, die wie die Ultraschallaufnahmen von einem Baby aussahen. Royer nahm einen Stift aus seiner Tasche und tippte auf den Bildschirm, aber ich hatte es bereits entdeckt.

Er kreiste die Stelle mit seinem Stift ein. „Hier, genau hier an der Naht von ihrer letzten Operation, befindet sich ein Areal, das geschwächt ist. Das Gewebe ist an dieser Stelle dünn und brüchig geworden. Falls, und ich sage bewusst ‚falls', Annies Körper einer heftigen Erschütterung oder starken Überbelastung ausgesetzt wird, könnte es reißen."

Cindy presste die Hand auf ihren Mund, blickte zu Annie hinüber und fragte: „Was bedeutet das genau?"

Royer atmete tief durch. „Annies Zustand verschlechtert sich exponentiell. Er verschlechtert sich nicht von Tag zu Tag, sondern von Minute zu Minute."

Cindy ließ sich auf den Stuhl neben dem Bett sinken und barg leise weinend ihr Gesicht in den Händen.

Royer setzte seine Erklärung fort: „Das bedeutet, wir haben noch ein wenig Zeit, aber … nicht mehr viel. Mit den richtigen Medikamenten, der richtigen Betreuung und wenn alles andere stimmt, hat Annie vielleicht noch …" Royer presste die Lippen zusammen und dachte nach. „Drei Monate. Maximal. Zwei sind wahrscheinlicher."

Cindy wurde von heftigen Schluchzern erschüttert. Ihre Tränen rannen zwischen ihren Fingern hindurch und tropften auf ihren Schoß.

Ich trat einen Schritt näher, blieb dann jedoch stehen und wich zwei Schritte zurück. Royer beobachtete mich, überlegte und wandte sich dann wieder Cindy zu.

„Wir müssen sie anmelden, einen Spender finden und die Transplantation vornehmen." Er deutete auf Annies Brust. „Wenn das Gewebe reißt, bevor Annie ein neues Herz bekommt, hat sie noch etwa zwei Minuten, bis der Herzbeutel vollständig mit ihrem Blut gefüllt ist und … sie wird es niemals rechtzeitig ins Krankenhaus schaffen. Ich bin nicht einmal sicher, ob mein früherer Partner ihr dann noch helfen könnte." Er sah mich nicht an, sondern hielt seinen Blick auf Cindy gerichtet, die zusammengekrümmt auf ihrem Stuhl saß und sich die Augen trocknete.

„Cindy." Royers Tonfall zeigte, dass er soeben von der Vaterrolle in die des Arztes geschlüpft war. „Sie müssen mir zuhören. Ich habe Ihnen bereits vor zwei Jahren gesagt, dass dies ein Marathon ist und kein Sprint. Atmen Sie tief durch, denn es wird noch schlimmer, bevor es besser wird."

Cindy blickte auf.

„Ich kenne einen Arzt in Macon. Es ist zugegebenermaßen meine zweite Wahl, aber ich habe bereits mit ihm zusammengearbeitet, und er ist ein guter Mann. Er hat schon viele Kinder erfolgreich operiert, und ich habe bereits mit ihm gesprochen."

Cindy verschmierte die Überreste ihrer Wimperntusche auf ihrem Gesicht, als sie sich unsicher die Augen rieb, und sagte: „Die Entscheidung liegt nicht bei mir. Sie liegt bei Annie. Sie hatte einen Traum, und sie ist überzeugt –"

„Ich glaube wirklich, dass Annies Hoffnung Berge versetzen könnte, aber ich bin mir nicht sicher, ob sie Jonny Mitchell aus dem Ruhestand zurückholen kann. In Anbetracht unserer Optionen und der heutigen Untersuchungsergebnisse sollten wir lieber Plan B in Angriff nehmen. Zeit ist ein Luxus, den wir leider nicht mehr haben."

Cindy richtete ihren Blick auf Annies blasses Gesicht und nickte. „Dr. Royer, ich, äh … die Bank hat unseren Kreditantrag abgelehnt und …"

Royer unterbrach sie, und der väterliche Ton kehrte in seine Stimme zurück. „Das ist kein Problem mehr."

Cindy schaute überrascht auf und fuhr sich mit dem Ärmel über ihre laufende Nase. „Was soll das heißen?"

„Das soll heißen", erwiderte Royer lächelnd, „dass ein anonymer Spender ... oder mehrere anonyme Spender ...", Royer wusste es besser, warf das aber bewusst ein, „einen Wohltätigkeitsfonds zu Annies Gunsten eingerichtet haben. Kurz bevor Sie heute Morgen gekommen sind, hat mich die Buchhaltung angerufen. Ich wollte Ihnen das eigentlich sofort sagen, war aber dann gedanklich so sehr mit dem Eingriff beschäftigt, dass ich es völlig vergessen habe. Gegenwärtig ist das Guthaben so hoch, dass sämtliche Kosten der kommenden Jahre gedeckt sind. Einschließlich der Transplantationskosten."

Cindy sah sprachlos zu Boden. Schließlich wanderte ihr Blick zu Annie, dann zu mir, und endlich wieder zu Royer zurück. „Wer?"

Royer zuckte mit den Achseln. „Keine Ahnung. Das haben sie mir nicht gesagt." Er lächelte. „Deshalb heißt das ja anonym. In Atlanta gibt es viele gute Menschen. Sie hören von Notlagen, und es ist nicht ungewöhnlich, dass sie eines Morgens aufwachen und beschließen, dass ..."

„Ja, aber ..." Cindys innere Rechenmaschine trat in Aktion. „Alles ist bezahlt? Inklusive der Transplantation? Das kostet doch annähernd 150.000 Dollar."

Royer lächelte und tätschelte Annies Zehen. „Offen gesagt, beläuft sich der Betrag auf dem Konto auf fast 200.000 Dollar. Wer immer dieses Geld gespendet hat, wusste offenbar, dass sie auch nach der Transplantation noch jahrelang behandelt werden muss. Die Chancen stehen gut, dass Sie in den nächsten zehn Jahren keine Rechnung mehr zu sehen bekommen."

Cindy ließ ihren Kopf auf das Bett sinken und schob ihre Hand unter Annies.

Royer kam um das Bett herum, legte seine Hand auf ihre Schulter und redete ihr gut zu. „Hey, im Augenblick braucht Annie nichts mehr, als dass Sie an ihrem Bett sitzen, ihr die Zehennägel lackieren und sie wie ein Kind behandeln, das sein ganzes Leben noch vor sich hat. Verbringen Sie einfach den Tag mit ihr. Halten Sie ihre Hand, wenn sie aufwacht. Ich werde sie voraussichtlich über Nacht hierbehalten, nur zur Sicherheit. Nein, wenn ich es mir recht überlege, dann werde ich sie auf jeden Fall hierbehalten." Er warf mir über die Schulter hinweg einen Blick zu. „Es sieht danach aus, als hätte ich ohnehin heute Nacht noch hier zu tun. Ein Krankenhaus bei Nacht ist wirklich mit nichts zu vergleichen. Während der Rest der Welt schläft, geht es hier ziemlich geschäftig zu. Aber abgesehen davon wird die Auszeit Annie guttun. Je mehr Ruhe sie bekommt, desto mehr Energie können wir ihren Muskeln zuführen. Ich sehe später noch einmal nach ihr."

Als Royers Schritte verklungen waren, trat ich an Annies Bett, holte das Kettchen mit dem Sandalenanhänger aus der Tasche und legte es ihr so um den Hals, dass die Sandale flach auf ihrer Brust zum Liegen kam.

Cindy verbrachte den größten Teil der nächsten Stunden damit, ruhig an Annies Bett zu sitzen, ihr über das Haar zu streichen und ihr beruhigende Wort zuzuflüstern. Um 15 Uhr 47 öffnete Annie langsam ihre Augen und sah sich im Zimmer um. Noch bevor sie auch nur einen Ton von sich gab, kam ihre rechte Hand unter der Bettdecke hervor und tastete unbewusst nach der Sandale. Annies Blick blieb kurz an Cindy hängen, die auf der Bettkante eingeschlafen war, dann suchte er das restliche Zimmer ab. Als sie mich entdeckte, schloss sie beruhigt die Augen und döste wieder ein. Um 16 Uhr 32 erwachte sie erneut und flüsterte: „Ich bin nicht aufgewacht."

Cindy zwang sich zu lächeln und sagte: „Ich weiß, Schatz, ich weiß."

Sie nahm ein Wasserglas in die Hand und hielt Annie den Strohhalm an die Lippen.

Nachdem Annie geschluckt hatte, was schmerzhaft war und auch noch ein paar Tage schmerzhaft bleiben würde, flüsterte sie halb lächelnd: „Hey, ich habe mich gerade gefragt, ob ihr vielleicht, während ich geschlafen habe, ein Herz gefunden und es mir eingesetzt habt, ohne es mir zu sagen. Auf diese Weise könnten wir all das, was jetzt als Nächstes ansteht, einfach überspringen."

Sie und Cindy verbrachten den Abend damit, sich alte Filme anzuschauen, ihren netten Chauffeur loszuschicken, damit er ihnen etwas zu essen holte, das nicht nach Krankenhaus schmeckte, und zu schlafen, während ich auf sie achtgab.

Gegen Mitternacht schlich ich mich aus dem Zimmer. Cindy war auf der Schlafcouch eingeschlafen, und auch Annie schlief bereits seit einer ganzen Weile tief und fest. Vor einer Stunde hatte das Personal Schichtwechsel gehabt, aber das war es nicht, was mich aus dem Zimmer lockte.

Vor etwa acht Minuten war ein Hubschrauber auf dem Dach des Krankenhauses gelandet. Der Aufregung der Krankenschwestern und dem Gerede nach zu urteilen, das ich den Tag über aufgefangen hatte, war Royer mittlerweile bestimmt bereits mittendrin.

Ich stieg die Hintertreppe hoch, die meistens von Ärzten benutzt wurde, die unterwegs nicht aufgehalten werden wollten, drückte auf der Tastatur die Zahlen von Emmas Geburtstag und wartete ab, ob das Licht grün wurde. Als die Sicherheitsverriegelung tatsächlich grün aufleuchtete, wurde mir klar, dass Royer die Hoffnung noch nicht aufgegeben hatte. Ich stieß die Tür auf, von der ich mir geschworen hatte, dass ich nie wieder durch sie hindurchgehen würde. In diesem Teil des Gebäudes war es deutlich kälter. Der Flur zu meiner Rechten war abgesehen von einem halb eingeschlafenen Wachmann, der am hinteren Ende des Gangs an der Wand lehnte, leer. Der OP 2 lag am Ende des linken Flurs, und dort herrschte, genau wie ich es erwartet hatte, Hochbetrieb. Pfleger von der Intensivstation und OP-Schwestern liefen hastig durcheinander. Mir war bewusst, dass die Kameras jede meiner Bewegungen aufzeichnen würden, aber die Bänder würden nur kontrolliert, wenn ich erwischt würde. Solange niemand bemerkte, dass ich dagewesen war, würde auch niemand auf die Idee kommen, sich die Aufnahmen anzuschauen.

Ich schlüpfte durch ein paar Seitentüren, überquerte einen weiteren Flur, schnappte mir einen weißen Arztkittel, der an der Tür eines Vorratsschranks hing, und setzte mir eine Chirurgenhaube auf. Dann ging ich in den Umkleideraum der Ärzte, wo ich mir OP-Kleidung anzog, Schutzhüllen über meine Schuhe streifte und mir ein steriles Klemmbrett schnappte. Ich verließ den Raum durch die Hintertür, lief einen kurzen Gang hinunter, der nur Ärzten zugänglich war, und tippte auf der Tastatur erneut Emmas Geburtsdatum ein. Das Licht leuchtete grün auf, und ich stieg die wenigen Stufen hoch, die mich noch von meinem Ziel trennten – dem Beobachtungsraum über dem OP 2. Ich trat an die Scheibe aus Spiegelglas, sah zu dem neunköpfigen OP-Team hinunter und schaute Royer über die Schulter.

Er hatte soeben das alte, kranke Herz herausgenommen und in eine sterile Schale gelegt. Der Arzt, der sie ihm hingehalten hatte, verließ sofort den OP. Er würde dieses Herz in den nächsten paar Tagen, vielleicht sogar Wochen, genau studieren, weil tote Herzen einem eine Menge verraten. Ein anderer Arzt, den ich nicht kannte, stand neben der rot-weißen Kühlbox. Auf Royers stummen Befehl hin – eine geöffnete Handfläche und ein Kopfnicken – griff der Arzt hinein, nahm das kalte, leblose Herz heraus, holte es aus der Plastiktüte und drückte es Royer in die Hand.

Royer legte es in die Brust des Patienten und machte sich an die Arbeit. Siebenundzwanzig Minuten später nahm er den Patienten von der Maschine, um die erste Naht zu testen. Da er mit dem Ergebnis zufrieden war, ließ er den Patienten wieder an die Maschine anschließen und machte sich daran, eine weitere Arterie anzunähen. Nach einundfünfzig Minuten sah Royer den Arzt an, der ihm gegenüberstand. Als dieser nickte, gab Royer die Anweisung, den Patienten erneut von der Maschine zu nehmen. Er entfernte eine letzte Klemme, woraufhin Blut ins Herz einströmte, das sofort eine helle, strahlend rote Färbung annahm. Und dann geschah das wahre Wunder.

Es begann eigenständig zu schlagen.

In all den Jahren, in denen ich Patienten ein neues Herz einsetzte, habe ich nie aufgehört, darüber zu staunen. Ein lebloses, stillstehendes und kaltes Herz, das fast vier Stunden lang nicht mehr in einer menschlichen Brust gelegen hatte, konnte aus dem Eiswasser genommen und in die Brust eines anderen Menschen gelegt werden und schlug, sobald es sich mit Blut gefüllt hatte, als hätte es nie damit aufgehört.

Das Leben ist da, wo das Blut fließt.

Eine Minute später pumpte das Herz immer noch perfekt, und der Patient war wieder am Leben. Royer trat zurück und nickte seinem Kollegen zu, der den Patienten zunähte. Für den Patienten war dies der Beginn eines neuen Lebens. Für Royer war es nur ein weiterer Arbeitstag.

Ich ließ mich auf einen Stuhl sinken und das soeben Beobachtete auf mich wirken. Ein weiterer Mann würde seine Kinder aufwachsen sehen, seine Enkel kennenlernen, seine Frau lieben, angeln gehen, einen Film ansehen oder in einem alten Holzboot über den Lake Burton schippern können.

Das Erstaunliche an einer Transplantation war, abgesehen von der Tatsache, dass sie funktionierte, dass sie den Menschen wieder Gefühle empfinden ließ. Was ich an meiner früheren Tätigkeit besonders geliebt hatte, war das erste Lächeln, nachdem ein Patient aus der Narkose erwachte. Dieses Lächeln bewies mir, dass ich nicht nur eine neue Pumpe eingesetzt hatte; ich hatte diesem Menschen eine neue Pumpe eingesetzt, die es ihm oder ihr ermöglichte zu leben und Gefühle zu zeigen. Es war dieses Lächeln, mehr noch als der erste Schlag des Herzens, das mir verriet, dass der Eingriff ein Erfolg gewesen war.

Das Herz pumpt nicht nur Blut, sondern es ist auch die Quelle unserer Emotionen. Es befähigt die Menschen zum Lachen und Weinen, dazu, Verärgerung, Traurigkeit, Freude oder Mitgefühl zu empfinden und mit der vollen Bandbreite an Gefühlen zu leben.

Sicher, auch nach der Transplantation sieht sich der Patient mit einer Vielzahl von Herausforderungen und Einschränkungen konfrontiert. Aber trotz der Schmerzen nach der Operation, der Tortur bis zur Entlassung aus dem Krankenhaus und der Notwenigkeit, bis ans Lebensende täglich etwa ein Dutzend verschiedene Medikamente nehmen zu müssen, gibt es immer noch Menschen, die alles für die Möglichkeit geben würden, sich auf unseren Tisch legen und sich von uns das Herz herausschneiden lassen zu dürfen.

Als ich gehen wollte, fiel mein Blick auf einen gelben Klebezettel, der so im OP hing, dass jeder ihn sehen konnte. Nur vier Wörter standen darauf, doch ich erkannte sofort, dass Royer ihn geschrieben hatte: *Mehr als alles andere …*

Ich schlich mich zurück in Annies Zimmer, wo sich Royer gerade über das Bett seiner kleinen Patientin beugte und ihre Vitalfunktionen überprüfte. Cindy lag immer noch ruhig schlafend auf der Couch. Auf Zehenspitzen huschte ich in eine dunkle Ecke des Zimmers und beobachtete Royer. Er untersuchte Annie sehr gewissenhaft und nahm dann einige Eintragungen in ihrem Krankenblatt vor, das am Fußende ihres Bettes steckte.

Als er gehen wollte, schreckte Cindy hoch, setzte sich auf und fragte hastig: „Ist sie in Ordnung?"

„Alles bestens", flüsterte Royer. „Ich wollte nur noch einmal nach ihr sehen, bevor ich nach Hause fahre. Schlafen Sie weiter."

Sie legte sich beruhigt wieder hin, steckte beide Hände unter das Kissen und schlief weiter.

Royer drehte sich um. In der Brusttasche seiner gestärkten weißen Jacke steckten sein Stethoskop und die Notizen des Tages. Seine blaue Krankenhauskleidung war zerknittert und verschmutzt. Er war mit seinem Job verheiratet und hatte sein Liebesleben bereitwillig auf dem Altar dieses Krankenhauses geopfert. Er verabredete sich zwar hin und wieder mit Frauen, aber er war jetzt vierundfünfzig, lebte primär im Krankenhaus und ging nur selten in seine kleine Wohnung, die ein paar Straßenzüge entfernt lag und in der Möbel standen, die niemals richtig genutzt worden waren.

Royers Art, mit Patienten umzugehen, seine Professionalität, seine riesigen Hände, sein freundliches Lächeln und seine sanfte Stimme – all dies machte ihn zu einem hervorragenden Arzt. In der ganzen Zeit, die ich hier gearbeitet hatte, bei all unseren gemeinsamen Operationen, hatten wir nie ein böses Wort gewechselt, nicht einmal annähernd. Royer und ich arbeiteten zusammen, wie Charlie und ich zusammen ruderten. Im perfekten Einklang. Und zum ersten Mal seit Emmas Tod vermisste ich das.

Sobald Royer das Krankenzimmer verlassen hatte, schlüpfte ich aus meinem Versteck. Ich setzte mich auf den Stuhl an Annies Bett und wünschte, ich hätte Emmas Brief dabei.

Ich döste unruhig vor mich hin, weil mein Traum mich nicht schlafen ließ. Egal, wie sehr ich mich auch bemühte, das Wasser auszugießen, ich konnte den Krug nicht lange alleine halten. Er wurde einfach zu schwer.

Als die ersten Strahlen der aufgehenden Morgensonne durch das Glas drangen und mein Gesicht in einen weißen Schein tauchten, kristallisierte sich endlich der eine Gedanke heraus, der mich die ganze Nacht nicht hatte zur Ruhe kommen lassen. Es handelte sich um etwas, das ich einmal gewusst und doch wieder vergessen hatte, etwas, das vollkommen einfach und doch so tiefgründig war. Und von dem ich Emma versprochen hatte, es nie zu vergessen.

Auch wenn das Herz ein ganz außergewöhnliches Organ ist, so kann man sich nach einer Transplantation dennoch nicht aussuchen, welche Emotionen es wachrufen soll und welche nicht. Wenn man sich für eine Transplantation entscheidet, bekommt man das ganze Paket. Das bedeutet, dass man neben großer Freude auch ungeheure Traurigkeit bekommt. Es ist nicht wie bei einem Kotelett, bei dem man das Fett abschneiden kann, bevor man das Fleisch isst.

Transplantationspatienten können sich in einer Hinsicht glücklich schätzen. Sie werden garantiert nie wieder körperliche Herzschmerzen empfinden. Bei einer Herztransplantation werden alle Nervenenden, die zum Herzen führen, durchtrennt. Und nach den heutigen medizinischen Erkenntnissen ist es unmöglich, diese Nervenenden wieder zu verbinden. Arterien ja, Nerven nein. Und während der Patient sämtliche Emotionen empfinden kann, braucht er doch nie wieder die damit verbundenen Schmerzen zu ertragen.

Bekäme er einen Herzinfarkt, so würde er ihn nicht spüren. Es könnte zu einer vollständigen, alle Teile umfassenden Blockade seines Herzens kommen, dem massivsten Herzanfall, den ein

Mensch je erlebt hat, und er würde nicht einmal den Verdacht hegen, dass etwas nicht in Ordnung ist, sondern einfach irgendwann aufhören zu atmen und das Bewusstsein verlieren. Ungefähr wie ein Motor, der kein Benzin mehr bekommt. Kein anderes Anzeichen als ein letztes Stottern, dann Stille. Deshalb ist es gerade bei Kindern so heikel, Transplantationen vorzunehmen. Denn wenn sie die Vorboten nicht erkennen und wenn ihre Kommunikationsfähigkeit noch nicht voll entwickelt ist, merken sie nicht, dass etwas nicht stimmt, und man selbst als ihr Arzt merkt es vermutlich auch nicht, weil sie einem nicht mitteilen können, was sie spüren.

Als ich so auf diesem Stuhl saß und die Sonne mir das Gesicht wärmte, wurde mir klar, dass ich in den vergangenen fünf Jahren damit beschäftigt gewesen war, die Nervenenden an meinem eigenen Herzen zu durchtrennen. Ich hatte ein Skalpell genommen und es gewissenhaft um mein Herz herumgeführt, sodass es die Nerven durchtrennte, die Arterien aber intakt blieben.

Selbstdiagnosen sind bestenfalls schmerzlich. Oder um Dr. Trainer zu zitieren: „Der Arzt, der sich selbst behandelt, hat einen Trottel zum Patienten und einen Trottel als Arzt."

Und während die Medizin die Nerven nicht dazu bringen kann, sich zu regenerieren, vermag es das Herz, sie aus sich selbst heraus zu regenerieren, dieses Bündel an Emotionen innerhalb von Millisekunden nachwachsen zu lassen. Meine Nerven brauchten nicht viel, um neu Wurzeln zu schlagen, zu wachsen und mein verhärtetes und krankes Herz zu umweben. Sie mussten nur Royer am Bett eines Patienten erleben, Annie beobachten, die tapfer eine Narkose auf sich nahm und dann mit ihrem Schwerstarbeit leistenden Herzen weiteratmete, und Cindy zuhören, die sich um alle anderen, nur nicht um sich selbst kümmerte.

Nach mehr als dreißig Jahren, in denen ich das menschliche Herzen studiert hatte, mehr als einhundert Transplantationen und unzähligen anderen Operationen konnte ich mir mein eigenes Herz nicht herausschneiden. Ich schaute an mir hinunter, sah die Tränen, die mein Hemd durchnässten, und erkannte, dass ich meinem Ziel noch nicht einmal nahegekommen war.

Kapitel 47

Das Frühstück wurde früh gebracht, und Annie aß, als hätte sie seit einer Woche nichts mehr bekommen. Im Krankenhaus hatte sich mittlerweile herumgesprochen, dass sie da und wach war, und so platzten ständig irgendwelche Schwestern unangemeldet in ihr Zimmer. Da mir das zu riskant wurde, sagte ich Cindy, ich würde mir eine Zeitung holen, und blieb fort, bis sie mich auf meinem Handy anrief und mich bat, den Wagen vorzufahren.

Mike Ramirez löste die Schwester, die Annie heruntergebracht hatte, am Ausgang ab. Ich entriegelte die Türen und blieb wie ein wahrer Rüpel hinter dem Steuer sitzen, während Mike Annie aus dem Rollstuhl und in den Wagen half. Cindy schnappte sich Annies neue Plüschtiere und umarmte Royer, der auch nach draußen gekommen war. Zu meiner Erleichterung schob Mike den Stuhl wieder in die Eingangshalle, ohne mir auch nur die geringste Beachtung zu schenken. Royer beugte sich durch das Fenster in den Wagen. Sein Blick ruhte zunächst einen Moment auf Annie, dann sah er Cindy an und setzte wieder sein Arztgesicht auf.

Die Veränderung seines Gesichtsausdrucks machte Cindy klar, dass es jetzt ernst wurde. Sie richtete sich auf, atmete tief durch und bereitete sich auf den Schlag vor.

Royer erklärte: „Ich werde Annie heute auf die Liste setzen." Er legte die Hand auf ihre Schulter und ergänzte: „Es ist an der Zeit."

Cindy nickte und fragte: „Werden Sie noch einmal versuchen, Dr. Mitchell zu erreichen?"

Royer nickte. „Das habe ich bereits. Man könnte sagen … ich habe ihm eine Nachricht hinterlassen. Wenn ich bis morgen nichts von ihm höre, rufe ich in Macon an. Sobald Annie gelistet ist, kann es im Prinzip jeden Tag so weit sein. Es könnte morgen sein, nächsten Monat, oder in drei Monaten."

Er reichte Cindy eine Plastiktüte, in der zwei Pager und ein Handy stecken. „Sie tragen das immer bei sich. Annie und Sie müssen die Pager vierundzwanzig Stunden am Tag in greifbarer Nähe haben. Und auch das Handy darf sich niemals außerhalb Ihrer Reichweite befinden, und vergessen Sie auf keinen Fall, es aufzuladen." Er lächelte. „Das Handy ist mit einem GPS ausgestattet, ich kann Sie also jederzeit orten. Sie können davon ausgehen, dass ich in dem Moment, in dem diese Pager losgehen, bereits weiß, wo Sie sich aufhalten – wenn Ihr Handy eingeschaltet ist. Ach ja, und wenn der Pager losgeht? Dann sollten Sie sich überlegen, wie Sie auf dem schnellsten Wege ins Krankenhaus kommen."

Cindy umklammerte die Tüte, als wäre sie eine Schatzkarte, die sie zu verborgenen Reichtümern führen könnte.

Royer deutete zunächst auf Annie, dann auf Cindy. „Und denkt dran, nie ohne eure Pager. Sogar wenn ihr in der Dusche seid, muss er mit einem Griff zu erreichen sein."

Cindy tätschelte Royer die Hand und formte mit den Lippen ein *Danke.*

„Gern geschehen. Und jetzt bringen Sie sie nach Hause. Sorgen Sie dafür, dass sie Ruhe bekommt, aber behandeln Sie sie nicht wie eine Invalide. Lassen Sie sie nach draußen gehen, der Sonnenschein wird ihr guttun. Sie ist immer noch quicklebendig, und so sollten wir sie auch behandeln."

Wir hatten noch nicht einmal den Parkplatz verlassen, als Annie mich fragte: „Reese? Hast du gehört, dass meine Untersuchung gut gegangen ist, und dass ich nicht aufgewacht bin?"

„Ja", antwortete ich und sah in den Rückspiegel. „Hab ich gehört."

Cindy reichte Annie ihren Pager, und sie befestigen ihn an ihrem Gürtel. Die nächsten paar Minuten verbrachte Cindy damit, sich mit dem Handy vertraut zu machen. Schließlich steckte sie es in ihre Tasche und lächelte verlegen. „Ich habe noch nie ein Handy gehabt. Ich kann nur hoffen, ich begreife, wie das funktioniert, bevor ich es zum ersten Mal benutzen muss."

Wir legten einen Zwischenstopp im *Wellspring* ein, wo ich Annie und Cindy so lange mit Davis' Köstlichkeiten fütterte, bis sie nicht mehr konnten. Dann fuhr ich sie nach Hause.

Als wir in ihre Einfahrt einbogen, bot sich uns ein Anblick, der alles andere als schön war. Die Fenster des Hauses waren beschlagen, unter der Tür blubberte ein stetiger Strom Wasser hervor, der sich über die vordere Veranda ergoss. Cindy presste die Hand auf den Mund, und ich sagte: „Wartet hier."

Als ich das Haus betrat, stellte ich fest, dass von der Decke bis zum Boden alles nass war. Aus einer geplatzten Leitung sprühte Wasser von der Decke, dem ich auszuweichen versuchte, als ich in die Küche watete und entdeckte, dass ein Rohr in der Zwischendecke leckgeschlagen war. Den vielen Ausbuchtungen in der Decke nach zu urteilen, war es anfangs ein kleines Loch gewesen, aus dem beständig ein feiner Wasserstrahl ausgetreten war, bis das Rohr schließlich platzte und die Decke überschwemmte. Der Fluss auf dem Dachboden hatte sich dann wohl nach niedrigeren Gefilden gesehnt und sie auch gefunden. Acht Zentimeter Wasser standen im Schlafzimmer, und im Wohnbereich sah es nicht besser aus. Annies Plüschtiere waren so klatschnass, als wären sie zu einer Schwimmparty eingeladen gewesen. Ich würde das Wasser zwar abstellen können, aber bis das Haus einigermaßen getrocknet war, würde mit Sicherheit eine Woche vergehen, und bis dahin hätte schwarzer Schimmel die Wände bereits überzogen, wie eine aufgesprühte Beschichtung.

Ich ging wieder nach draußen.

Cindy lehnte am Wagen und fragte: „Will ich das denn sehen?"

„Es ist ziemlich übel", gestand ich. „Hör zu, es reicht völlig, wenn wir uns morgen darum kümmern. Jetzt kommt ihr zwei erst mal mit zu mir."

Ich drehte den Haupthahn ab und ließ die Türen offen stehen. Alles andere würde warten müssen.

Nachdem ich Annie und Cindy in meinem Haus untergebracht hatte, kehrte ich in ihres zurück und suchte ein paar der Sachen zusammen, die sie mich gebeten hatten zu holen. Ich öffnete sämtliche Fenster und verbrachte die nächsten drei Stunden damit, so viel Wasser wie möglich aufzuwischen. Dann stellte ich drei Ventilatoren auf.

Während ich den Schlamassel betrachtete, rief ich Cindy an und fragte: „Willst du deinen Versicherungsagenten anrufen und ihn bitten, dass er jemanden vorbeischickt, solange ich noch hier bin?"
„Das ist nicht nötig."
„Warum nicht?"
„Man könnte sagen, dass wir … eigenversichert sind." Cindy hielt inne, und ich glaubte zu hören, dass sie an ihren Fingernägeln herumkaute. „Nun, sei's drum. Wir hatten sowieso nicht viel. Die wenigen Sachen zu verlieren, die wir besaßen, tut weniger weh, als wenn wir große Reichtümer besessen hätten."

* * *

Annie hielt am Nachmittag ein ausführliches Schläfchen, während Cindy auf der Veranda des Bootshauses auf und ab lief und über ihre Notlage nachdachte. Ich hantierte in der Werkstatt herum, brachte aber nicht viel zustande. Der Tisch und die beiden Bänke für Annie und Cindy waren fertig, und ich fühlte mich nicht danach, an der Hacker zu arbeiten. Also reinigte ich das Werkzeug, wachste den Rumpf unseres Doppelzweiers und beobachtete Cindy durch den Spalt der Schiebetür.
Als sie die Verandatreppe herunterstieg, die Sonne im Rücken, beschloss ich, sie ein wenig aufzuheitern, und rief ihr zu. „Hey, komm mal hier rüber, ich möchte dir etwas zeigen!"
Cindy schlenderte zu mir hinüber und trat in die Werkstatt. Ich führte sie zu dem Tisch, riss die Plane herunter, mit der ich ihn zugedeckt hatte, zog die Bänke darunter hervor und deutete mit der Hand darauf. „Das ist für Annie und dich."
Ihre Kinnlade klappte herunter, und sie ließ sich ganz vorsichtig auf eine der Bänke sinken, als hätte sie Angst, sie könnte kaputt gehen.
„Keine Sorge, die Sachen sind ziemlich stabil. Das Einzige, was die in ihre Einzelteile zerlegen könnte, wäre ein Tornado."
Fassungslos fuhr Cindy mit der Hand über die Tischplatte, zog

die Umrisse der Maserung nach, und sagte dann: „Du hast das gebaut?"

„Nun … ja. Es ist keine –"

„Es ist unglaublich", fiel sie mir ins Wort. „So etwas habe ich noch nie gesehen. Woraus hast du sie gemacht?"

„Aus dem Kernholz von alten Kiefern. Vor etwa zwei Jahren haben Charlie und ich eine alte Scheune auseinandergenommen, die deiner sehr ähnlich war, aber noch ein wenig älter. Das Holz selbst stammt aus den 1840er Jahren."

Cindys Augen wurden groß und rund, und in ihren Augenwinkeln sammelten sich Tränen.

„Ich habe sie mit Nuten und Zapfen gebaut. Das bedeutet, es steckt nicht ein einziger Nagel darin. Es ist sozusagen alles ineinandergepasst."

Sie fuhr mit den Fingern über die Kanten und hielt die Tränenflut so lange zurück, wie es ging. Schließlich brach der Damm. Nach ein oder zwei Minuten bebten ihre Schultern unkontrolliert, und all ihre aufgestauten Gefühle, die Furcht und der Zorn, quollen aus ihr hervor.

Ich setzte mich neben sie und war mir unsicher, ob ich einfach nur still neben ihr sitzen bleiben oder einen Arm um sie legen sollte. Schließlich nahm Cindy mir die Entscheidung ab. Sie ließ sich gegen mich sinken und vergrub ihr Gesicht in meiner Brust.

„Reese", schluchzte sie, „meine Sachen sind mir egal, ehrlich. Ich besitze sowieso nicht viel. Aber dieses kleine Mädchen dort drüben klammert sich doch ohnehin schon nur noch mit Mühe ans Leben …" Sie richtete sich auf. „Warum? Gott weiß doch, was hier unten los ist. Er sieht das doch. Also warum das alles, kannst du mir das mal sagen?"

Ich versuchte nicht einmal, ihr eine Antwort zu geben.

Zehn Minuten später waren mein Hemd durchnässt und ihre Tränen versiegt. Sie richtete sich auf und schüttelte den Kopf. „Ich habe so lange versucht, stark zu sein. Zuerst meine Schwester, dann Annie. Jetzt das Haus. Ich weiß einfach nicht, wie viel mehr ich noch ertragen kann."

Bei Cindy traten allmählich die Anzeichen zutage, die typisch für alle Angehörigen von Patienten sind, die auf eine Transplantation warten. Ich hatte das bereits mehrfach erlebt. Der einzige Unterschied war, dass Cindy recht hatte. Sie hatte diese Last vollkommen alleine getragen, und das über einen langen Zeitraum hinweg. Sie hatte zwei Jobs gleichzeitig angenommen, zeitweise sogar einen dritten, hatte alle ihre eigenen Wünsche für Annie zurückgestellt, und jetzt, wo es auf das Ende zuging, hatte sie das Gefühl, versagt zu haben. Oder jetzt, auf den letzten Metern, zu versagen. Außerdem musste sie sich mit dem Gedanken auseinandersetzen, dass sie möglicherweise alleine zurückbleiben würde.

Wir liefen zum Steg hinunter und stießen dort auf Charlie, der klitschnass war und neben einer ebenso triefenden Georgia saß.

„Hey Kumpel", sagte ich.

Er winkte. „Tut mir leid, wenn ich hier einfach so auftauche, aber ich habe Geräusche gehört, die ich hier sonst nicht höre … oder zumindest schon lange nicht mehr gehört habe … und ich schätze, ich bin in Panik geraten."

Ich drehte mich zu Cindy um. „Wie lange ist es her, dass du dich mehr als dreißig Meter von Annie entfernt hast?"

Cindy sah mich etwas unsicher an. „Schon eine halbe Ewigkeit. Warum?"

„Wäre es okay für dich, wenn Charlie die nächste Stunde oder so auf sie aufpasst?"

Cindy schaute zum Haus hinauf, dann zu Charlie, und sah schließlich mich an. „Das soll keine Beleidigung sein, aber was ist, wenn –"

Ich unterbrach sie. „Es geht ihr gut. Ihr wird heute unter Garantie nichts zustoßen, und ich würde dir gern etwas zeigen. Wir sind auch bestimmt nicht lange weg und bleiben in der Nähe."

Cindys Blick wanderte erneut zum Haus hinauf und sagte schließlich: „Also …"

„Warte mal kurz", sagte ich. Ich ging nach oben, hob Annie, die wach war und las, von der Couch und brachte sie in meine Hängematte.

Während Charlie und Georgia Annie mit ihrer Zwei-Mann-Show unterhielten, ließ ich das Ruderboot zu Wasser und half Cindy hinein. Wir setzten aus der Bucht hinaus und fuhren den Tallulah entlang. Cindys Schultern verspannten sich, sobald das Bootshaus aus unserem Blickfeld verschwand. Ich tippte ihr auf die Schulter und sagte: „Hey, das ist keine Freifahrt."

Sie schnappte sich die Ruder, tauchte sie im gleichen Rhythmus wie ich ins Wasser, und so ruderten wir zwei flussaufwärts gegen die sanfte und langsam fließende Strömung. Zehn Minuten später hatte Cindys Anspannung nachgelassen. Nach weiteren fünf Minuten geriet sie ins Schwitzen. Noch einmal fünf Minuten später lächelte sie und begann, die Welt um sich herum wahrzunehmen.

Wir glitten unter der Brücke hindurch, bogen in einen der kleineren Flüsse ein, und eine gute halbe Stunde später drehte sie sich zu mir um, schaute umher und machte mit der Hand eine ausschweifende Kreisbewegung. „Ich hatte ja keine Ahnung."

„Du solltest das einmal bei Sonnenaufgang sehen."

Cindy starrte ins Wasser und betrachtete die perfekten Kreise, die auftauchten und dann hinter dem Boot verschwanden. „Das würde ich gern."

Nach etwa einer Stunde sagte sie: „Reese, es ist toll, wirklich, aber …"

Ich nickte. „Ich weiß." Nachdem ich das Boot gewendet hatte, sagte ich zu ihr: „Wenn du mithilfst, kommen wir sehr viel schneller voran."

Lächelnd tauchte sie die Ruder ein und ich beobachtete ihren Ruderstil. Als wir am Bootshaus ankamen, führte Charlie gerade seine beste Blinde-Mann-Nummer vor, und Annie hielt sich den Bauch vor Lachen.

Ich setzte eine Suppe auf, bereitete kalten Thunfischsalat zu und deckte den Tisch auf der Veranda, während Annie duschte.

Cindy rief von oben herunter. „Reese? Hast du etwas dagegen, wenn ich deine Badewanne benutze?"

Diese Frage ließ mich zusammenzucken. Charlie, der neben mir stand und langsam die Suppe umrührte, drehte sich zu mir um und nickte. Und während ich so darüber nachdachte, musste ich erkennen, dass er recht hatte. Emma hätte es so gewollt.

„Nur zu!", rief ich. „Handtücher liegen im Schrank."

Eine Stunde später, als Annie, Charlie und ich gerade mit dem Abendessen fertig waren, kam Cindy die Treppe herunter, mit wackeligen Beinen und runzliger Haut. Ihre Haare hatte sie hochgesteckt und ihre Wangen waren gerötet. „Das", sagte sie und deutete nach oben, „ist die beste Badewanne, in der ich je gesessen habe."

Charlie lächelte, und ich brachte Cindy einen Teller Suppe.

Wir beobachteten alle gemeinsam, wie die Sonne unterging, dann schwammen Charlie und Georgia nach Hause. Als Annie gegen zehn auf der Couch einschlief, trug ich sie nach oben. Cindy schlug die Decke von dem Bett in meinem Gästezimmer zurück, damit ich sie direkt hineinlegen konnte. Ich verließ den Raum, doch Cindy kam mir nach, bevor ich die Treppe erreichte, und hielt mich am Arm fest. „Reese."

Ich sah sie an.

„Danke für heute. Fürs Zuhören. Morgen geht es mir ganz bestimmt wieder besser."

Ich nickte. „Ich weiß. Ruh dich aus."

Ich setzte mich auf die Veranda, umklammerte eine Tasse kalten Tee und hörte zu, wie Cindy sich fertig machte und schließlich das Licht löschte.

Gegen Mitternacht schloss ich mein Büro auf, nahm den Brief aus der obersten Schublade meines Schreibtisches und trat damit hinaus in den Mondschein. Es war kühler geworden. Ein sanfter Wind wehte über das Grundstück und raschelte in den Blättern, die sich langsam rot und gelb verfärbten. Am Himmel funkelten unzählige Sterne, und der Mond warf meinen Schatten auf die Stufen, die zur Veranda des Bootshauses hinaufführten. Ich nahm eine Kerze vom Regal, kletterte in meine Hängematte und zündete den Docht an.

Ich hielt den Brief vor die Sterne, dann den Mond und schließlich über die Kerze. Da ich nichts erkennen konnte, steckte ich den Finger unter die Lasche und hielt ihn dort. Wieder einmal gefangen.

Durch das Fenster des Gästezimmers drang ein Husten zu mir nach draußen. Annie hustete einmal, dann zweimal, und schließlich fast zwanzigmal hintereinander. Ich sah, wie ein Licht anging, dann ertönte das Rauschen des Wasserhahns. Als Annie aufhörte zu husten, erlosch das Licht, und es war wieder still.

Kurz darauf erschienen Charlie und Georgia auf Charlies Bootssteg. Er lauschte und blickte dann in Richtung des Bootshauses, wo ich, wie er wusste, in meiner Hängematte lag.

Leise rief er: „Hörst du das?"

Ich schaute zum Haus hinauf, dann zu Charlie hinüber. „Ja."

Er wartete einen Augenblick und sprach dann weiter. „Tust du das, von dem ich denke, dass du es tust?"

Ich starrte den Brief an. Die Kerze neben mir flackerte, und Wachs tropfte auf die Holzdielen. „Ja."

Charlie nickte. Er wartete einen weiteren langen, emotionsgeladenen Augenblick. Gerade als ich dachte, er würde sich umdrehen und in seinem Haus verschwinden, blickte er erneut zu mir hoch und sagte: „Stitch?"

Ich antwortete nicht. Ich wusste, was er wollte.

Doch Charlie gab nicht auf, sondern versuchte es noch einmal. „Jonny?"

Es war viel Zeit vergangen, seit Charlie mich das letzte Mal so genannt hatte. Ich stand auf und trat an das Geländer. Das Wasser unter mir hatte sich in eine schwarz schimmernde Fläche verwandelt.

„Ja, Charlie?"

„Bitte … bitte lies den Brief." Charlie drehte sich um, tätschelte Georgia den Kopf und stieg dann die Treppe zu seinem Haus hoch. Seine Hand umfasste das Führungsseil.

Ich ließ mich wieder in die Hängematte sinken, schob meinen Finger zum wohl tausendsten Mal unter die Lasche und führte ihn erstmals ihre Ränder entlang, um den Kleber zu lösen, der sie so lange festgehalten hatte. Ich musste nur einen leichten Druck ausüben, und das Papier riss auf. Vorsichtig zog ich den Brief heraus. Als ich ihn in der Nähe der Kerze hielt, erhob sich eine sanfte Brise vom See und blies die Flamme aus. Ich machte mir nicht die Mühe, sie wieder anzuzünden. Der Mond schien hell genug.

Lieber Reese …

Nach Emmas Tod hatte ich angefangen, meinen mittleren Namen zu benutzen, zum einen, weil er mir ein gewisses Maß an Anonymität bot, und zum anderen, weil dies der Name war, den sie verwendet hatte, wenn wir allein waren.

Denk immer daran, dass ich nicht die Einzige bin. Es gibt noch andere. Und wir alle schreien: „Steh mir bei, wenn mein Lebenslicht flackert, wenn mein Blut sich verlangsamt und die Nerven prickeln und pieken; wenn mein Herz krank ist und all die Räder meines Seins ins Stocken geraten. Steh mir bei, wenn diese empfindliche Hülle von Schmerzen gequält wird, die das Vertrauen erschüttern; wenn Zeit zu Staub verrinnt und das Leben zornig aufflammt."
Tu das, Reese. Tu es für mich, aber wichtiger noch, tu es für all die anderen wie mich, die aus dem gleichen Grund schreien wie damals der Kardinalvogel auf deinem Fensterbrett. Ich liebe Dich. Ich werde dich immer lieben.
Deine Emma

Ich stand auf, ging nach unten und suchte mir in der Werkstatt die notwendigen Utensilien zusammen. Ich baute mein kleines Boot, steckte das Segel fest, tränkte es mit Flüssiggas und übergab es der Strömung. Es trieb sanft davon. Nach ein paar Metern richtete es sich unter dem Einfluss der Brise in Richtung Süden aus und steuerte zielstrebig auf den Mond zu. Einige hundert Meter weiter war die Kerze heruntergebrannt, und das Gas entzündete sich.

Das Segel fing Feuer. In der Ferne zuckten Flammen auf, tanzten mit dem Wind und verschwanden kurz darauf in der Finsternis. *Ich bin Asche, wo ich einst Feuer war.*

Ich stand mit gespreizten Beinen am Ufer und starrte auf diese kleine Bucht hinaus, an der ich mein Zuhause errichtet hatte. Schließlich drehte ich mich langsam um, ohne recht zu wissen, wohin ich gehen und was ich machen sollte, und entdeckte Cindy, die im Mondschein stand. Ihr zerschlissenes, knöchellanges Nachthemd war im Licht beinah durchsichtig. Sie sagte kein Wort, aber in ihrem Gesicht las ich Anteilnahme.

„Ich muss dir etwas zeigen", sagte ich.

Sie schluckte und nickte langsam.

„Du wirst garantiert böse, aber ich muss es dir trotzdem zeigen." Ich ergriff ihre Hand, führte sie die Treppe hinauf und schloss die Tür zu meinem Büro auf. Nachdem ich das Licht angeknipst hatte, trat ich zur Seite, damit sie hineingehen konnte.

An den Wänden hingen die Abschlusszeugnisse, Diplomurkunden und speziellen medizinischen Zertifikate von Jonathan Reese Mitchell. Überall im Raum verteilt auf sämtlichen Regalbrettern und Tischen standen Fotos von Dr. Jonny Mitchell. Sie zeigten ihn zusammen mit seinen Patienten – von denen jeder Einzelne lächelte und sehr lebendig war. Auf meinem Schreibtisch lagen ein Stethoskop, der Schlüssel zu einer Kleinstadt im Süden Georgias, den mir der Bürgermeister überreicht hatte, nachdem seine Bypass-Operation komplikationslos verlaufen war, und verschiedene überflüssig gewordene Schrittmacher oder mechanische Herzen, die ich als Briefbeschwerer benutzte. Vor dem Fenster stand das etwa handballgroße Lehrmodell eines Herzens. Zwischen all diesen Sachen befanden sich verteilt Fotos von Emma und mir. Auf vielen war auch Charlie zu sehen. Auf der Arbeitsplatte meines Schreibtisches lagen die medizinischen Akten und Aufnahmen von Annie Stephens, die ich mir ausgedruckt hatte.

Cindy lief mit offenem Mund durch den Raum, fuhr mit den Fingern über die Bilderrahmen und den Fenstersims und ließ sich schließlich auf meinen Schreibtischstuhl sinken. Ihr Blick fiel auf die Akten, die Arbeit, die sich im Entstehungsprozess befand, und auf einmal war ihr alles klar.

Ihre Gefühle gerieten ins Taumeln und blitzten wie Nordlichter über ihr Gesicht: Verwirrung, Zorn, Schmerz, Kränkung. Jedes erschien, verschwand wieder, ging nahtlos in das nächste über. „Wie konntest du nur?“, flüsterte sie.

„Das ist eine lange Geschichte.“

Cindy erhob sich von meinem Stuhl, ging zur gegenüberliegenden Wand und rutschte daran hinunter, die Knie gegen die Brust gedrückt. Sie sprach kein Wort, doch ihre steife Körperhaltung sagte mir alles, was ich wissen musste.

Ich atmete tief durch und begann bei den Bildern, die Emma, Charlie und mich als Kinder zeigten. Ich erzählte ihr von unserer Kindheit, Emmas Krankheit, dem Glaubensheiler, dem Kampf ihrer Eltern, der Highschool, unserer Liebe zueinander, dem College, unserer Hochzeit, dem Medizinstudium, Dr. Trainer, Nashville, meiner Faszination von Transplantationen, dem Umzug nach Atlanta, der Verschlechterung von Emmas Gesundheitszustand und unserem Abendessen mit Royer. Ich erzählte ihr von meiner Arbeit, wie ich das Team zusammengestellt hatte, und von unserem letzten Wochenende hier am See. Und als ich an diese Stelle kam, verriet ich ihr beinah alles.

Um vier Uhr morgens saßen wir erschöpft, ausgelaugt und innerlich wund auf dem Fußboden in meinem Büro und wussten nicht, was wir sagen sollten.

Nach einer langen Stille flüsterte Cindy mit brechender Stimme: „Reese, ich werde dich das jetzt nur ein einziges Mal fragen: Wenn du nein sagst, werde ich dich freundlich bitten, uns nach Hause zu fahren. Aber wenn du ja sagst, dann möchte ich, dass du es von ganzem Herzen tust. Eine Hälfte von dir genügt mir nicht, denn Annie braucht dich ganz. Ich möchte hier und jetzt von dir wissen: Wirst du Annie retten?“

Und während ich so auf diesem Fußboden saß, im Schatten von alledem, was ich einmal gewesen war, und all dessen, was ich einst gehofft hatte zu sein, sagte ich ja. Das Wort formte sich in der

Tiefe meiner Seele und erkämpfte sich bedächtig seinen Weg nach draußen, woraufhin die Nervenenden, die um mein Herz verliefen, zu prickeln begannen.

Cindy atmete tief durch, sah sich im Zimmer um und schüttelte fassungslos den Kopf. Lange Zeit saßen wir einfach nur da und ließen die Wahrheit einsinken, oder herausströmen, je nachdem. Fast eine Stunde lang sprach keiner von uns ein Wort.

Schließlich erhob ich mich und sagte: „Eins bleibt mir noch zu tun. Ich muss es Charlie sagen."

Sie sah mich verwirrt an. „Weiß er denn nicht schon alles?"

„Nicht alles."

„Weiß ich alles?"

„Nein, aber ich muss es ihm zuerst sagen."

Sie nickte. Als ich den Bootssteg erreicht hatte, drehte ich mich um und bemerkte, dass sie mir nach draußen gefolgt war und jetzt mit verschränkten Armen, aber entspannten Schultern auf der Veranda stand. Sie rief leise zu mir hinunter: „Hast du etwas dagegen, wenn ich Royer anrufe?"

„Nein, mach nur. Sag ihm, dass ich mich nachher bei ihm melde." Ich starrte gedankenversunken auf den See, dann wieder zu ihr hinauf. „Wahrscheinlich heute Nachmittag."

Ohne meine Kleidung abzulegen sprang ich ins Wasser, schwamm zu Charlies Bootssteg hinüber und zog mich hoch. Georgia erwartete mich bereits und leckte mir das Gesicht ab. Sie wedelte mit dem Schwanz und rannte zu Charlie hinüber, der auf den Stufen saß und leise auf seiner Mundharmonika spielte. Nachdem ich mein Hemd ausgewrungen hatte, setzte ich mich neben ihn.

Er sprach zuerst. „Hast du es ihr gesagt?"

„Ja."

„Wie hat sie es aufgenommen?"

Ich schaute zu meinem Haus hinüber und betrachtete sie dabei, wie sie langsam im Schaukelstuhl hin und her schaukelte und auf den See hinausblickte. „Ich weiß nicht genau … ich meine, sie ist schockiert und wütend, aber ich glaube, sie hat es ganz gut aufgenommen."

Charlie nickte und wirbelte die Mundharmonika in seinen Händen herum. „Und jetzt bist du gekommen, um mir endlich das zu erzählen, was dir seit fünf Jahren auf der Seele brennt, was zu erzählen du dich aber nicht getraut hast?"

Ich war sprachlos.

Charlie lehnte sich gegen das Geländer und drehte sich zu mir um. Er fuhr mit den Fingern über mein Gesicht und umfasste es mit seinen Händen. „Stitch … ich bin blind, nicht blöd." Nachdem er meinen Kopf sanft geschüttelt hatte, wie um seine Worte zu unterstreichen, ließ er die Hände sinken und wartete ab.

„Ich fing irgendwann während des Studiums an, sie zu nehmen", bekannte ich und starrte beschämt auf meine Hände. „Das soll mir nicht als Entschuldigung dienen, aber all die Tage und Nächte ohne Schlaf, der Druck und die Verantwortung … ich fand das, was ich brauchte, in verschiedenen Medikamenten. Durch sie konnte ich lange Zeit am Stück wach bleiben, konzentrierter arbeiten und brauchte zwischendurch viel weniger Schlaf." Ich hielt inne. „Mit ihrer Hilfe konnte ich, wenn ich vollkommen erschöpft nach Hause kam, neben Emma liegen und auf ihren Herzschlag hören." Ich schloss die Augen und fuhr mir mit den Fingern durch die Haare. „Ich wollte … wollte mich vergewissern, dass sie am Leben war. Die Drogen ließen mich über mich hinauswachsen, setzten meine körperliche Begrenztheit außer Kraft. Sie ließen mich …" Ich schüttelte den Kopf.

Charlie atmete tief ein und ließ den Atem langsam entweichen.

„Das ging während meiner Assistenzzeit und meiner Facharztausbildung zum Transplantationschirurgen so weiter. Ich redete mir ein, dass ich, wenn die Operation erst überstanden wäre, damit aufhören und irgendwo hinfahren würde, wo ich clean werden könnte, dass ich es nur für Emma täte, für uns. Aber dazu ist es nie gekommen. In der Nacht, in der Emma starb, hatte ich … hatte ich ziemlich viele Pillen genommen, mehr als jemals zuvor, um die Transplantation von Shirley durchzustehen. Als ich nach Hause kam, ließ die Wirkung nach und … ich hatte zu diesem Zeitpunkt seit mehr als vier Tagen nicht mehr geschlafen. Wir legten uns ins Bett, und ich konnte einfach nicht mehr. Ich brach zusammen.

Als ich erwachte und das Krachen in der Küche hörte, war ich so … nun, ich war lange nicht mehr so müde gewesen. In der Woche davor hatte ich versucht alles zu planen, das Team zusammenzustellen, vorauszudenken, sicherzustellen, dass ich alles hatte, was ich brauchte …" Ich schwieg. „Ich glaube, dass sie vermutlich fast eine halbe Stunde lang versucht hat, mich zu wecken. Zuerst ganz sanft, dann etwas … etwas rabiater, als die Schmerzen stärker wurden."

Charlie fuhr mit den Fingern über meinen Arm und spürte die Narben, die Emmas Fingernägel dort hinterlassen hatten.

„Charlie, wenn sie mich hätte aufwecken können … dann müssten wir dieses Gespräch jetzt nicht führen."

Charlie erhob sich, trat an den Rand des Bootsstegs, tauchte die Hände ins Wasser und spritzte sich das kühle Nass ins Gesicht. Dann ließ er sich an einem der Pfähle heruntersinken und zog die Knie an. Im Hintergrund kämpfte sich das erste Licht des anbrechenden Tages durch die dichte Wolkendecke.

„Stitch", sagte er, „ich habe nie damit gerechnet, dass meine große Schwester die Highschool abschließt, geschweige denn ihren einundzwanzigsten Geburtstag erlebt. Und wenn du mir früher, als wir noch Kinder waren, gesagt hättest, dass ich Trauzeuge bei ihrer Hochzeit sein würde, dann hätte ich erwidert, dass du wohl irgendwas geraucht hast. Emma wurde dreißig, weil du ihr die Hoffnung gegeben hast, dass sie noch älter werden könnte." Charlie schüttelte den Kopf.

„Dieses Mädchen hat dich geliebt, Bruder. Du bist in ihr Leben getreten, und sie hat zwanzig Jahre länger gelebt, als jeder für möglich gehalten hat. Niemand sonst auf diesem Planeten hätte ihr Leben derartig verlängern können. Das hatte wenig bis gar nichts mit deinen Fähigkeiten als Arzt zu tun, aber alles mit dir als Person. Du hast Emma vor sehr langer Zeit ein neues Herz eingesetzt, nur nicht so, wie du dir das vorgestellt hattest."

Er lachte kurz auf. „Hoffnung ist wirklich ein erstaunliches Phänomen. Ich habe es bei Emma miterlebt, es mit eigenen Augen beobachtet." Charlie erhob sich, kam zu mir zurück und hockte sich vor mich.

Ich schaute auf und sah, wie sein ausdrucksstarkes Gesicht das meine suchte.

„Vorhin erst habe ich an Helen Keller gedacht und den Tag, an dem ihre Lehrerin Annie Sullivan sie ins Pumpenhaus brachte, ihre eine Hand unter das fließende Wasser hielt und die Buchstabenfolge W-a-s-s-e-r in ihre andere Handfläche schrieb. Als Helen begriff, dass dieses kühle, flüssige Zeug, das durch ihre Finger floss, W-a-s-s-e-r war, geschah etwas Unfassbares. Sie schrieb später, dass dieses lebendige Wort ihre Seele erweckte, ihr Licht gab, Hoffnung, Freude und sie frei machte."

Charlie erhob sich und griff nach meiner Hand. Er führte mich zum Rand des Bootsstegs, kniete nieder, tauchte meine Hand ins Wasser und hielt sein Gesicht so nah vor meines, dass ich seinen Atem spürte. Die Anspannung auf seinem Gesicht blieb mir nicht verborgen. Tränen liefen ihm über die Wangen, und seine Worte klangen angestrengt. „Schließ die Augen."

Ich tat es.

Er fuhr mit meiner Hand durch das Wasser und sagte: „Du warst dieses Wasser für Emma." Dann rutschte er noch näher an mich heran. „Ich hätte gern mein Augenlicht wieder, Reese, aber ich sitze nicht herum und warte darauf. Ich lebe. Und genau darum geht es mir. Du lebst nicht. Ich freue mich meines Lebens, genieße jede Minute, und du bist eine wandelnde Leiche." Er umfasste mein Gesicht mit strenger Hand und drehte es zu meinem Haus hinüber.

„Emma ist gestorben. Du nicht. Aber wenn man dich so sieht, könnte man meinen, dass du es bist. Und jetzt liegt da oben ein kleines Mädchen, das meiner Schwester unglaublich ähnlich ist. Manche Menschen bekommen nie die Chance, ihre Fehler wiedergutzumachen, aber …" Er ließ mich los und schüttelte den Kopf. „Deine liegt da oben und schläft."

Ich ging ans Ende des Stegs, blieb einen Moment regungslos stehen und drehte mich schließlich wieder zu Charlie um. „Charlie … ich …“

„Du bist einer der klügsten Menschen, die ich je kennengelernt habe, aber manchmal stehst du wirklich auf der Leitung.“

„Wie meinst du das?“

„Ich habe dir bereits in der Nacht verziehen, in der es geschehen ist. Wie sonst, glaubst du, hätte ich die letzten Jahre als dein Nachbar an dieser Bucht leben können? Denkst du tatsächlich, ich könnte hier wohnen, und tagein, tagaus mit dir über diesen See rudern, wenn ich dir nicht vergeben hätte? Ich mag rudern noch nicht einmal.“

„Nicht?“

„Nein“, lachte Charlie. „Es ist so langweilig wie sonst nur etwas, und es ist ja nicht etwa so, als würde die Aussicht das wettmachen.“

„Wieso hast du mir das nie gesagt?“

Charlie zuckte die Achseln. „Du bist mein bester Freund. Außerdem komme ich auf diese Weise aus dem Haus, und mein Herz bleibt fit. Und das ist wichtig“, lachte er und klopfte sich auf die Brust, „denn Gott weiß, dass ich nicht will, dass du an mir herumschnippelst.“

Er deutete mit einer Hand zum Haus hinüber, während er mit der anderen Georgia den Kopf tätschelte. „Na los. Du hast noch einiges zu erklären, und das kleine Mädchen wird es mit Sicherheit nicht so leicht verstehen wie die Frau.“

„Ja“, sagte ich und blickte zum Haus hinüber, „das weiß ich.“

Kapitel 48

Annie lag in auf der Couch, umgeben von unzähligen Kissen und Decken, genau wie Emma vor zehn Jahren.

Als ich mich zu ihr setzte, richtete sie sich auf. „Annie, ich möchte dir eine Geschichte erzählen."

Cindy saß wenige Meter von uns entfernt, die Ellbogen auf ihre Knie gestützt, ihr Kinn in den Händen.

„Als ich in deinem Alter war, habe ich mich in ein Mädchen verliebt, dessen Herz deinem sehr ähnlich war."

„Was? Du meinst, es war krank?"

„Nein." Ich schüttelte lächelnd den Kopf. „Voller Liebe."

Annie begann ebenfalls zu lächeln. Ihr gefiel das Spiel, das wir zu spielen schienen.

„Als wir älter wurden, mussten wir erkennen, dass ihr Herz in anderer Hinsicht ebenfalls wie deins war. Es war auch krank. Sehr krank."

„So krank wie meines?"

„Einerseits noch schlimmer, aber andererseits auch nicht so schlimm. Auf einer Skala von eins bis zehn wäret ihr beide ganz unten angesiedelt."

Annie nickte, als wüsste sie das bereits, und so erzählte ich weiter.

„Weil ich davon überzeugt war, dass es mir gelingen würde, ihr zu helfen, verbrachte ich den größten Teil meines Lebens damit zu lernen, wie genau ich das bewerkstelligen könnte. Und schließlich … wurde ich Arzt … und zwar ein ziemlich guter Arzt, wenn es darum ging, kranke Herzen wieder gesund zu machen."

Annie sah verwirrt aus und hörte mir angespannt weiter zu.

Ich ergriff ihre Hand. „Ich nahm sogar gehirntoten Menschen ihre Herzen heraus und –"

Annie wurde blass.

„– setzte sie anderen Menschen ein, die sie brauchten."

Ungläubig starrte sie mich an.

Ich nickte. „Dr. Royer war mein Partner und –“

Annie unterbrach mich. „Du bist der Wundermacher?“ Sie sah sich im Zimmer um, während sie versuchte, das Gehörte zu verarbeiten.

„Ich möchte dir etwas zeigen.“ Ich streckte ihr die Hand hin und führte sie in mein Büro. Dort angekommen, drehte sie sich langsam um sich selbst und betrachtete alles ganz genau. Ich setzte zu sprechen an, doch sie schnitt mir das Wort ab.

„Wieso hast du … warum …“

Ich nahm ein Foto von Emma zur Hand, das ich nur wenige Wochen vor ihrem Tod gemacht hatte. „Weil ich einige Fehler gemacht habe, und … ich habe nie wirklich aufgehört, dafür zu zahlen.“

Annie betrachtete das Foto und sah dann zu mir auf. „Ist deine Frau wegen etwas gestorben, das du getan hast?“

Ich stand einen Moment lang regungslos da, während ich über die Frage nachdachte. „Ja.“

„Hast du was falsch gemacht?“

Ich nickte.

Annie setzte sich auf den Fußboden und ließ ihren Blick mehrere Minuten lang durch den Raum schweifen. Schließlich stand sie auf, umarmte mich und legte ihren Kopf an meine Schulter. Sie war blass und atmete schwerfällig.

Ich trug sie auf die Veranda und setzte sie in meinen Schaukelstuhl. Cindy umwickelte sie mit einer Decke. Schließlich öffnete Annie die Augen und schaute mich an. Ihr Blick war klar und tief, was mir einerseits Angst machte, mich andererseits aber auch beruhigte. Schließlich fragte sie: „Wirst du mein Doktor?“

Zum ersten Mal seit mehr als fünf Jahren atmete ich so tief ein, dass meine Lunge vollständig gefüllt war. „Ja.“

Kapitel 49

Ein Monat verging. Ein Monat, dessen Tage lang und dessen Nächte ruhig waren. Ein Monat, in dem wir permanent damit rechneten, dass die Pager losgingen und das Handy auf dem Küchentisch anfing zu vibrieren. Um unser Leben zu vereinfachen, blieben Cindy und Annie bei mir wohnen. Annies Zustand verbesserte sich ein wenig und sie kam sogar wieder etwas zu Kräften. Cindy tat der Tapetenwechsel ebenfalls gut. Sie lernte, sich zu entspannen, schlief mehr und bekam wieder etwas Farbe in ihr Gesicht – ein Gesicht, das mich immer mit einem Lächeln begrüßte. Charlie schien seine neuen Nachbarn zu mögen, denn er kam die meisten Abende herüber und unterhielt uns mit seinen lustigen Showeinlagen und seiner Mundharmonika.

Ich gab Termite einen Job. Er sollte das Holz in meinem Lagerhaus in den Bergen glatthobeln und Charlie und mir bei der Hacker helfen. Er war wirklich richtig gut. Und als Annie, die auf der Veranda des Bootshauses stand, ihm erzählte, dass ich ihr Arzt sein würde, zog er eine Zigarette aus der Packung, zündete sie an und klopfte sich mit dem Feuerzeug gegen den Oberschenkel. Nachdem er so tief inhaliert hatte, dass die Spitze rot aufglühte, ließ er den Rauch langsam seitwärts entweichen, damit Annie nicht getroffen wurde, und sah mich mit diesigen Augen an. „Das ist gut."

Manchmal denke ich, dass die Hölle nicht nur ein Ort ist, sondern zwei: Sie ist zum einen der Ort, an dem man möglicherweise die Ewigkeit verbringen muss, aber sie ist zum anderen auch ein Ort, an dem man lebt, bevor man dorthin kommt. Ich weiß nicht, ob der Teufel Hörner und einen Speer als Schwanz hat, aber ich glaube auch nicht, dass es darauf ankommt. Worauf es ankommt, ist vielmehr, dass die Hölle die vollständige Trennung von der Liebe ist. Falls Luzifer irgendetwas weiß, dann das. Und seit Emmas Tod wusste ich es ebenfalls. Die Hölle ist ein einsamer, trostloser Ort.

Dadurch, dass Annie und Cindy jetzt durch mein Haus stromerten, es verschönerten und sich um Dinge kümmerten, die mir vorher egal gewesen waren, erwachte etwas in mir zum Leben. Dieses Etwas hatte einen süßen Geruch und fühlte sich angenehm an. Und ich ging jeden Abend, wenn sie bereits in dem Zimmer neben meinem schliefen, zum Bootssteg hinunter und sonnte mich in seiner Wärme.

Da Cindy gelernt hatte, sehr sparsam zu haushalten, saß ich eines Nachmittags oben auf der Veranda des Bootshauses und bekam einen Haarschnitt verpasst. Einen richtigen. Sie schnitt mir die Haare so, dass mein Nacken und meine Ohren frei lagen. Ihr Schnitt hätte Emma gefallen.

Charlie fuhr mir mit den Fingern durch die Haare und meinte lächelnd: „Ich erinnere mich an dich. Irgendwie scheint es mir, als ob wir uns früher schon mal begegnet sind."

Ich hängte wieder einen Spiegel im Bad auf und rasierte mich. Und als ich nach unten zu den Mädchen kam, die gerade den Tisch für das Abendessen deckten, bemerkte ich, dass Cindy mich aus den Augenwinkeln heraus betrachtete.

Charlie wurde wieder ganz der Alte und wartete trotz seines Geständnisses bezüglich des Ruderns jeden Morgen am Bootssteg auf mich. Kein Tag verging, an dem er nicht unangemeldet und uneingeladen bei uns aufkreuzte. Trotzdem vernachlässigte er weder seine Bingo-Abende, noch seine Tanzstunden. Eines Nachmittags winkte er mir mit seinem Stock von seinem Bootssteg aus zu. Er trug seinen blau-weiß-gestreiften Seersucker-Anzug, einen Hut, seine schwarz-weißen Schuhe und hatte das Haar mit viel Pomade zurückgekämmt.

„Deine Haare sehen ziemlich geleckt aus", meinte ich. „Brauchst du Hilfe beim Ölwechsel?"

Er lächelte und drehte sich wie ein Model auf dem Laufsteg. „Nein, ich wechsle es alle fünftausend Kilometer, egal, ob es sein muss oder nicht."

Mehrmals die Woche fuhren wir alle zusammen ins *Wellspring.* Davis hatte ein neues Menü auf die Speisekarte gesetzt, das *Annie*

Special: Gegrilltes Hühnchen mit Senfsauce in einem Baguettebrötchen, dazu Krautsalat und zum Nachtisch eine Kugel Schokoladeneis.

Mein Büro ließ ich neuerdings unverschlossen, und den Pager und das Handy trug ich genauso selbstverständlich mit mir herum, als hätte ich sie niemals abgelegt.

Royer kam einmal die Woche zum Essen zu uns heraus, um nach Annie zu sehen und – was ihm vermutlich noch wichtiger war – um nach mir zu sehen. Nachdem ich mir das drei Wochen lang kommentarlos hatte gefallen lassen, begleitete ich ihn nach dem Essen zu seinem Wagen hinaus, sah ihn an und sagte: „Royer, ich bin es. Mir geht es gut."

Er fragte: „Bist du sicher?"

„Nun …", ich zuckte die Achseln. „Trotz all dessen, was hier vor sich geht, bin ich nicht auf Drogen, verspüre keinerlei Sehnsucht danach, und nachts stört, abgesehen von einem immer wiederkehrenden Traum, nichts meinen Schlaf."

Das reichte ihm.

Kapitel 50

Meine Patienten haben mich früher immer gefragt, warum die meisten Transplantationen nachts vorgenommen werden. Das ist eigentlich ziemlich einfach. Tagsüber warten die Angehörigen auf Ergebnisse von Tests, die vorrangig tagsüber durchgeführt werden. Erst wenn diese Ergebnisse eindeutig zeigen, dass sämtliche Hirnfunktionen des Patienten ausgefallen sind und es keine Möglichkeit gibt, diese zu reaktivieren, wird er für „hirntot" erklärt. Diese Diagnose ist häufig für die Angehörigen schwer zu akzeptieren, und sie brauchen eine Weile, bis sie sie wirklich begriffen haben.

Die Entscheidung fällt meistens in der Nacht, nachdem es im Krankenhaus still geworden ist und die Familie allein ist mit ihren Gedanken und den Aussichten auf die Zukunft. In solchen Augenblicken schließen sie oft ihren schmerzlichen Frieden mit dem Unabdingbaren, nehmen Kontakt zum Arzt auf und erklären sich mit der Organspende einverstanden. Dann werden im Krankenhaus eine Reihe von Tests vorgenommen, um zu entscheiden, ob der Patient ein möglicher Spender ist, und er oder sie wird gelistet.

Nur selten erreichte mich der Anruf, dass ein Organ zur Verfügung stehe, am Vor- oder Nachmittag. Das kam so gut wie nie vor. Deshalb war ich nicht erstaunt, als um Viertel vor zwei in der Nacht mein Pager losging und kurz darauf mein Handy zu läuten anfing.

„Möglicherweise haben wir ein Herz. In Texas. Eine sechsundzwanzigjährige Frau. Es war ein Autounfall. Sie trug keinen Sicherheitsgurt. Das EEG ist seit dem Morgen flach; das Team vor Ort möchte den Gehirntod feststellen, sobald die Familie darauf vorbereitet wurde. Der Koordinator hat mit dem Ehemann gesprochen. Er ist mit einer Organspende einverstanden."

„Die da unten wissen, was wir von ihnen erwarten?", fragte ich. „Niemand unternimmt etwas, bis du oder ich dort sind?"

Royer lachte leise. Es war, als wären die letzten fünf Jahre nicht ohne einen einzigen Telefonanruf zwischen uns vergangen, sondern als hätten wir erst vor wenigen Tagen unseren letzten mitternächtlichen Wettlauf vollführt. „Ja, aber ich glaube, es ist besser, wenn ich hinfliege. Annie braucht dich jetzt. Das letzte Gesicht, das sie vor dem Einschlafen sieht, sollte deines sein."

„Ja, da hast du recht."

„Ich habe ihnen gesagt, welche Antibiotika sie geben sollen und wie wir die Flüssigkeiten gehandhabt haben wollen. Ich warte momentan auf das Ergebnis der Urinuntersuchung und auf ein paar andere Testergebnisse. In fünf Minuten melde ich mich wieder."

Ich legte auf und holte meine alte OP-Kleidung aus dem Schrank. Sie saß jetzt ein wenig lockerer als das letzte Mal, als ich sie getragen hatte.

Cindy kam herein und ertappte mich dabei, wie ich mein Spiegelbild anstarrte. Ihr Flanellpyjama sah warm und bequem aus. Sie nahm erst das Handy, dann mich ins Visier.

„Das war Royer", erklärte ich, hob jedoch sogleich warnend die Hand. „Wir wissen noch nicht genug. Es könnte auch falscher Alarm sein. Bei jedem dieser Anrufe ist die Wahrscheinlichkeit, dass irgendetwas nicht stimmt, höher als die, dass alles glattgeht. Vergiss das nicht."

Cindy verschränkte die Arme vor der Brust und deutete mit dem Kopf auf meine OP-Kleidung. „Trägst du die deshalb?"

Achselzuckend erwiderte ich: „Es könnte ja auch alles in Ordnung sein." Ich starrte das Handy an, als könnte ich es dazu zwingen zu läuten. Fünf Sekunden später tat es mir den Gefallen.

Cindy schreckte zusammen, und ich nahm das Gespräch entgegen.

„Was wissen wir?"

„Leber- und Nierenfunktionen sind normal. Die serologischen Untersuchungen ergaben einen negativen Befund in Bezug auf Hepatitis und AIDS. Es ist soweit alles in Ordnung. Wir können loslegen."

„Dopamin?"

Dopamin ist ein großartiges Medikament. Es bewirkt, dass das Herz stärker pumpt, treibt den Blutdruck in die Höhe und verstärkt den Blutfluss. Aber eine zu hohe Dosis kann das Herz schädigen.

„Im Augenblick bekommt sie eine kleine Dosis, aber wenn sie sie in den kommenden Stunden rehydratisieren, wird das ausgespült."

„Ich habe …" Ich sah auf meine Uhr und zog die Krone heraus, um sie sekundengenau zu stellen. „1 Uhr 57 … genau jetzt." Die Krone von Royers Omega Seamaster rastete gleichzeitig mit meiner ein. In den kommenden sechs Stunden mussten wir mindestens alle dreißig Minuten miteinander in Kontakt treten, deshalb war dieses Prozedere extrem wichtig.

„Ich auch", bestätigte er.

„Kümmerst du dich darum, dass alles für unsere Ankunft vorbereitet wird? Ich möchte keinerlei Verzögerungen, wenn wir eintreffen. Nichts, was Annie auch nur im Geringsten stressen könnte. Ich will einen Rollstuhl und freie Bahn."

„Kein Problem", erwiderte Royer. „Ich stelle sicher, dass sie euch an der Tür erwarten."

„Blutbank?"

„Wir haben sechzehn Einheiten rote Blutkörperchen."

„Sechzehn? Mehr als sechs haben wir doch noch nie gebraucht."

„Ja." Royer lachte. „Ich wünschte, es wäre bei allen so einfach. Die Leute hier haben Annie wirklich ins Herz geschlossen. Sie wollen sicherstellen, dass sie die bestmöglichen Chancen hat. Vor einer Woche standen die Ärzte und Schwestern bis auf den Flur hinaus Schlange, um Blut zu spenden."

„Dieses kleine Mädchen hat wirklich viele Herzen angerührt", sagte ich.

„Das kannst du laut sagen", stimmte Royer mir zu und hielt einen Augenblick versonnen inne. Dann fuhr er energisch fort: „Ihr kommt alle her, aber du schneidest sie besser erst auf, nachdem ich mir das Herz in Texas angesehen habe."

„Einverstanden." In Gedanken war ich bereits bei unserer Fahrt nach Atlanta. „Was ist mit dem Rettungshubschrauber?"

„Ist bereits in der Luft. Vor sieben Minuten gestartet. Müsste in etwa achtunddreißig Minuten landen, je nach Windstärke."

„Derselbe Landeplatz wie zuvor?"

„Ja. Zieht euch an, nehmt euch ein paar Minuten, um euch an den Gedanken zu gewöhnen, und fahrt dann zum Landeplatz hinüber. Wir sprechen uns in dreißig Minuten wieder."

Mein Griff um das Handy verkrampfte sich, als mir plötzlich klar wurde, dass ich gerade das Gespräch geführt hatte, auf das ich mein ganzes Leben lang gewartet hatte. Freude und Traurigkeit überfielen mich zu gleichen Teilen.

Royer spürte an meinem Zögern, was in mir vorging. „Und Reese?"

„Ja."

„Ich wünschte, ich könnte die Zeit zurückdrehen, und jetzt wäre vor fünf Jahren."

Ich starrte durch das Fenster auf den See hinaus, der still und dunkel unter der Mondsichel dalag. Meine Stimme senkte sich zu einem Flüstern. „Ich auch."

Er atmete tief durch, und ich wusste noch bevor er es aussprach, was jetzt kommen würde. „Hey, Doc?"

„Ja", sagte ich.

„Es ist an der Zeit, deinen Kinnschutz anzulegen, die Ersatzbank zu verlassen und wieder ins Spiel zurückzukehren."

Der väterliche Tritt in den Hintern tat gut und holte mich in die Wirklichkeit zurück. „Wir sprechen uns in dreißig Minuten."

Ich legte auf. Und während Royer mit einer rot-weißen Kühlbox das krankenhauseigene Flugzeug bestieg, ging ich ins Nebenzimmer und weckte ein kleines Mädchen auf, das Limonade verkaufte, Grillen züchtete und fast die gesamte Kleinstadt beim Vornamen nannte.

Kapitel 51

Ich schnappte mir meine Notfalltasche und trug Annie in ihrem pinken Jogginganzug und ihren Schweinchen-Hausschuhen zum Wagen. Cindy folgte uns mit dem kleinen Koffer, den sie schon vor Wochen für Annie und sich gepackt hatte. Nachdem ich meine kostbare Fracht sicher im Wagen verstaut hatte, blickte ich über den See hinweg zu Charlies Bootssteg hinüber, weil ich mir sicher war, dass er das Läuten des Handys gehört hatte.

Und so überraschte es mich keineswegs, ihn auf ein Kanu-Paddel gestützt auf dem Steg stehen zu sehen, nur mit einer Pyjamahose bekleidet. Er streichelte Georgias Kopf und lauschte auf die Geräusche, die von uns zu ihm hinüberdrangen. Ich schritt langsam durch die Bäume zum See hinunter. Die Zweige strichen über mein Gesicht.

Charlie hörte meine Schritte und drehte den Kopf in meine Richtung.

„Hallo Kumpel", begrüßte ich ihn.

„Ist es so weit?"

„Vielleicht. Genau werden wir es erst in etwa einer Stunde wissen."

„Sag Bescheid, sobald du etwas weißt. Ich informiere dann die anderen." Er wartete darauf, dass sich meine Schritte entfernten. Als er nichts hörte, nickte er bedächtig, und wir blieben schweigend stehen, nur durch das Wasser voneinander getrennt. Schließlich flüsterte er: „Reese?"

„Ja?"

Charlie fuhr sich über die Augen und kratzte sich dann am Arm. „Kannst du sehen?"

Seine Worte hallten auf dem Wasser wider und trieben dann davon. Sie folgten der Spur meiner Segelboote auf den Tallulah hinaus, wo sie sich entzündeten, aufflammten und schließlich versanken.

Mir war klar, was er meinte. „Ich arbeite daran."

Charlie nickte, tätschelte Georgia auffordernd die Flanke und stieg die Stufen zu seinem Haus hinauf.

Ich ging zurück zum Wagen und stieg ein. Während wir über den Kiesweg zur geteerten Straße fuhren, die uns zum zehn Kilometer entfernten Hubschrauberlandeplatz bringen würde, kuschelten sich Annie und Cindy, die auf dem Rücksitz saßen, eng aneinander. Ihre Augen reflektierten die Lichter des Armaturenbrettes. In Gedanken ging ich die Operation Schritt für Schritt durch, durchdachte jeden Stich, jeden Schnitt und jede mögliche Komplikation. Jedes Detail, egal wie klein, war von Bedeutung, denn eine zweite Chance gab es nicht.

Dann sah ich auf meine Uhr. Royer saß jetzt im Flugzeug und sprach vermutlich gerade mit dem Koordinator. In einer Stunde stünde er vor unserem Spender. In zwei Stunden hätte er das Herz bereits herausgenommen und könnte sich auf den Rückweg machen. Zurück im Krankenhaus wäre er in vier Stunden. Kurz gesagt, wir hatten genügend Zeit, aber uns blieb nicht viel Spielraum. Sobald das Herz in dieser Kühlbox lag, begann die Uhr zu ticken. Wenn ein Herz länger als vier Stunden nicht durchblutet wurde, war es so stark geschädigt, dass man es nicht mehr verwenden konnte. Wir erreichten den Stadtrand von Clayton und bogen auf den Parkplatz des *Rabun County Hospitals* ein. Der Hubschrauber stand bereits auf dem hell erleuchteten Landeplatz. Die Rotoren drehten sich langsam. Der Pilot, Steve Ashdale, den ich früher einmal gut gekannt hatte, stand aufrecht und in frisch gestärkter Kleidung neben seinem Vogel.

Wir stellten den Wagen ab, und ich trug Annie zum Hubschrauber. Steve gab mir lächelnd die Hand. „Schön, Sie zu sehen. Royer hat mich informiert. Dann wollen wir mal."

Normalerweise ist in einem Rettungshubschrauber lediglich Platz für zwei medizinisch geschulte Personen, nämlich den Notarzt und den Piloten, der in der Regel außerdem Rettungssanitäter ist, und für bis zu zwei Patienten, je nach dem Grad ihrer Verletzung. Doch angesichts des riesigen Einzugsgebietes der Stadt

Atlanta und der Notwendigkeit, größere Strecken zu fliegen, war dieser Vogel etwas größer. Wir hatten ausreichend Platz.

Ich legte Annie auf die Liege in der Mitte des Hubschraubers, und Cindy und ich setzten uns links und rechts von ihr auf die Seitenplätze. Steve deutete auf unsere Sicherheitsgurte und die Kopfhörer. Nachdem wir beides angelegt hatten, hoben wir ohne große Verzögerung ab. Die Maschine schwankte ein wenig hin und her und flog dann mit hohem Tempo durch die Nacht. Innerhalb von wenigen Sekunden erstreckte sich unter uns der Lake Burton.

Steve meldete sich. „Der Anblick bei Nacht ist toll, nicht wahr?" Er deutete auf die Forellenbrutstätte und die grünen Wiesen, die jetzt im Dunkeln lagen. „Vor etwa drei Jahren bin ich mal dort runtergegangen. Ist auch ein guter Landeplatz."

Cindy umklammerte die Haltegriffe, beobachtete Annie, die aus dem Fenster schaute, und zwang sich, langsam und tief zu atmen.

„Erster Hubschrauberflug?", fragte ich.

Sie nickte. „Und hoffentlich auch der letzte."

Annie ergriff meine Hand. „Was macht Dr. Royer jetzt gerade?"

Ich überlegte mir, wie ich ihre Frage beantworten sollte. „Er fliegt nach Texas, um dein neues Herz zu holen."

Annie zog mich näher an sich heran und sprach leise in das Mikrofon, das am Kopfhörer befestigt war und dicht vor ihren Lippen hing. Die Motoren- und Rotorengeräusche waren so laut, dass wir uns ohne die Mikrofone nicht verständigen konnten.

„Nein", sagte sie, „erklär mir, was er macht."

Das Herz sollte ihr eingesetzt werden; sie hatte also das Recht, es zu erfahren.

„Bist du sicher?"

Sie dachte einen Augenblick nach und nickte dann langsam.

„Im Augenblick ist Dr. Royer unterwegs zu einem Krankenhaus in Texas. Sobald er da ist, schneidet er den Spender auf, spritzt eine Lösung in das Herz, damit es aufhört zu schlagen, und der Arzt, der ihm gegenübersteht, verkündet den Todeszeitpunkt."

Annie schluckte, und in ihrem Augenwinkel bildete sich eine Träne.

„Dann gießt er ganz viel eiskalte Flüssigkeit auf das Herz, damit es möglichst kalt wird. Etwa fünf Liter, und das Zeug muss wirklich richtig kalt sein. Er wird entweder Ringerlösung oder eine normale Kochsalzlösung verwenden."

Diese Einzelheiten schienen Annie zu helfen und den emotionalen Schock abzumildern. Das Gleiche galt für Cindy, die gar nicht anders konnte, als ebenfalls zuzuhören.

„Um das Herz herauszuschneiden, braucht er nur ein paar Minuten. Sobald es herausgeschnitten ist, beginnt die Uhr zu ticken – weil dann natürlich kein Blut mehr durch das Herz fließt. Von diesem Moment an zählt jede Sekunde. Royer wird das Herz in eine sterile Schale legen, das alte Blut sorgfältig herausspülen und es dann in eine Plastiktüte stecken. Dann kommt es in eine rot-weiße Kühlbox, die mit Eiswürfeln gefüllt ist – so eine, wie du sie vom Strand her kennst."

Annie zwang sich zu lächeln.

„Dann springt er wieder in das Flugzeug und kommt nach Atlanta zurück, wo du und ich ihn zu dem Zeitpunkt schon erwarten."

Annie schluckte. „Was wird mit mir gemacht?"

„Wir bringen dich jetzt erst einmal ins Krankenhaus. Sobald wir dort sind, schieben wir dich auf dein Zimmer, lassen dich einschlafen, und ein paar Stunden später wirst du mit einem neuen Herzen wieder aufwachen."

„Das habe ich nicht gemeint."

Ich dachte einen Augenblick lang nach. „Glaubst du an die Zahnfee?"

Annie schüttelte den Kopf.

„Erinnerst du dich noch an die Zeit, als du an sie geglaubt hast?"

Sie nickte.

„Nun, sagen wir einfach mal, ich glaube immer noch an die Zahnfee, und manchmal passieren die besten Dinge, während man schläft."

Annie schaute durch das Fenster hinaus in die Dunkelheit, die unter uns mit mehr als einhundertsiebzig Kilometern in der Stunde dahinraste. Ein paar Minuten später fragte sie: „Weißt du etwas über die Person in Texas?"

Ich nickte.

Annies Augen ruhten erwartungsvoll auf mir, und ihre Schultern verkrampften sich.

„Sie hat einen ganz schlimmen Autounfall gehabt und wird nie mehr aufwachen. Sie wird nur noch von den Maschinen am Leben gehalten, und deshalb möchten ihre Angehörigen, dass du ihr Herz bekommst."

Annie hustete und legte die Stirn in Falten. „Es ist ein Mädchen?", fragte sie. „Wie alt ist sie?"

Normalerweise erzählte ich den Empfängern erst von ihren Spendern, nachdem sie sich von der Operation erholt hatten, aber etwas in Annies Augen sagte mir, dass sie nicht ihretwillen fragte. Sie fragte um der Spenderin willen. „Mitte zwanzig."

Annies Blick glitt durch den Innenraum des Hubschraubers, betrachtete die Lichter und Anzeigen, die seltsame Mischung aus medizinischen Geräten und flugtechnischem Zubehör. „Denkst du, dass sie bereits im Himmel ist?"

Ich zuckte mit den Achseln. „Das weiß ich nicht, Annie. Ich schätze, das weiß im Augenblick nur sie."

Annie dachte kurz nach, rieb ihre Sandale und meinte: „Gott weiß es."

Ich nickte. „Du hast recht. Er weiß es auch."

Annie musterte erneut die Innenausstattung des Hubschraubers. Ihr Puls war leicht erhöht, aber ihre Gesichtsfarbe war gut und ihre Atmung, abgesehen davon, dass sie wie immer ein wenig mühsam war, tief und kontrolliert. Ihre Augen richteten sich wieder auf mich. „Reese?"

„Ja."

In diesem Augenblick meldete sich Steve vom Pilotensitz. „Jonny?"

Ich schaute zu ihm nach vorne und sah die Lichter von Atlanta immer näher kommen.

„Royer ruft aus Texas an. Ich stelle ihn durch."

Ich nickte, weil ich wusste, dass Steve ein Gespräch auch nur zu einem Kopfhörer durchstellen konnte und nur ich Royer würde hören können.

„Jonny?"

„Schieß los."

„Wir sind gelandet, und ich habe mir die Spenderin angeschaut. Ihr Blutdruck ist nicht abgesunken, was gut ist, gerade in Anbetracht dessen, dass sie das Dopamin mittlerweile aus ihr herausgespült haben. Das EKG sieht gut aus, der Herzschlag ist normal, und soweit ich sagen kann, ist der Herzmuskel selbst unbeschädigt. Aber ganz sicher weiß ich das natürlich erst, wenn ich sie aufgemacht habe. Das Röntgenbild von der Brust ist sauber, keiner der Lungenflügel ist kollabiert und sie hat auch keine Lungenentzündung. Wir können zu 90 Prozent loslegen."

Ich speicherte die Informationen auf meiner mentalen Festplatte und sagte: „Ruf mich an, wenn du es sicher weißt."

„Mach ich."

Royer legte auf und kehrte zweifellos sofort in den OP zurück, wo andere Ärzte ebenfalls ihre Tests durchführten, um festzustellen, welche Organe sich sonst noch als Spenderorgan eigneten. Die Entnahme erfolgt stets nach physiologischen Gesichtpunkten, nicht nach der Reihenfolge, in der die Ärzte im Krankenhaus eingetroffen sind. Zuerst das Herz, dann die Leber, die Nieren, die Hornhaut der Augen, die Knochen und zuletzt anderes Gewebe wie zum Beispiel die Haut. Somit war sichergestellt, dass niemand die Spenderin anrühren würde, bevor Royer fertig war.

Annie drückte erneut meine Hand und lenkte meine Gedanken damit fort von Texas und dem Küchenboden in unserer Hütte am See und zurück in den Helikopter. „Reese?"

„Ja?"

„Mach dir keine Sorgen, okay?"

Ich nickte und beobachtete über Steves Schultern hinweg, wie Atlanta immer näher kam.

Annie zupfte an meinem Arm und zog mich näher an sich heran. „Reese?"

Mein Gesicht war nur noch wenige Zentimeter von ihrem entfernt. Ich sagte kein Wort.

„Du brauchst dir keine Sorgen zu machen“, wiederholte sie.

Ich versuchte zu lächeln, zuckte mit den Achseln und tat so, als würde meine Aufmerksamkeit vorne gebraucht.

Sie tätschelte meine Hand und täuschte ein Lächeln vor. „Was würde Shakespeare über all das sagen?“

Ich dachte nach und verzog meine Lippen zu einem missglückten Lächeln, das ihrem verdächtig ähnelte. Meine Fähigkeit, mich an die Worte zu erinnern, die mir so viel Trost gespendet hatten, war mit einem Mal verschwunden. Ich hatte buchstäblich jede Passage, die ich je gelesen hatte, vergessen. Es war, als wüssten all die toten Schriftsteller, dass sie nicht mehr gebraucht würden, und als wären sie deshalb davongeflogen, um einer anderen Seele in Not beizustehen. Ich atmete tief ein und versuchte mich zu erinnern. Als mir nichts einfiel, fühlte ich mich einsam und kalt. Hilflos schüttelte ich den Kopf.

Annie zog mein Ohr an ihren Lippen, klopfte sich auf die Brust und flüsterte: „Ganz egal, ob ich nun wieder aufwache oder nicht … ich werde ein neues Herz haben.“

Cindy presste sich die Hand auf den Mund und blickte zum Fenster hinaus. Die Dunkelheit verbarg ihre Augen, aber der blaue Schimmer der Instrumentenanzeige erhellte einige glänzende Streifen, die ihr über das Gesicht liefen. Vor uns lag Atlanta, das auf den Trümmern der während des Bürgerkriegs niedergebrannten Stadt wieder aufgebaut worden war.

Unter uns erstreckte sich der Highway 400, zu erkennen an einigen Ampellichtern und den Scheinwerfern der Autos, die in Richtung Norden unterwegs waren oder in die Stadt hineinfuhren. Wir flogen einen Kreis und landeten dann mitten in einem Meer von Lichtern und hektisch herumeilendem Krankenhauspersonal, das mindestens genauso ungeduldig darauf wartete, mich wiederzusehen wie Annie. Die Nachricht hatte sich schnell verbreitet, und mir war bewusst, dass mein Leben in der Anonymität vorbei war.

Zuerst trauten sie sich nicht, auf mich zuzugehen, und so wandte ich mich, nachdem wir Annie in den Rollstuhl gesetzt und durch die beiden elektrischen Eingangstüren geschoben hatten, an Mike Ramirez und fragte: „Wie geht es Ihrer Familie?“

Er strahlte mich an. „Prima.“ Seine Brust schwoll ein wenig an, und sein Grinsen wurde noch breiter. „Die Jungs gehen bereits zur Schule, und wir haben noch zwei kleine Mädchen bekommen.“

Nach und nach kamen immer mehr Schwestern und Ärzte auf uns zu, um Annie viel Glück zu wünschen und mir die Hand zu schütteln, oder um mich stumm zu umarmen. Während sich die Türen des Aufzugs hinter uns schlossen, rief ich mir in Erinnerung, dass ich diese Umarmungen und das Händeschütteln zwar brauchte, dass es hier aber nicht um mich ging. Wir schnitten dem kleinen Mädchen schließlich heute Nacht nicht die Mandeln heraus. Sondern das Herz.

Kapitel 52

Der Aufzug kam zwei Stockwerke tiefer zum Stehen, und ich dachte an Royer. Er würde das Herz ganz genau unter die Lupe nehmen müssen, um absolut sicher zu sein. Ich wusste, er würde nach Anzeichen für Schädigungen suchen. Er würde auf ein Flattern achten, weil das bedeutete, dass das Herz nicht richtig funktionierte. Dann würde er mit dem Finger über jede der drei Herzkranzarterien fahren, die Gefäße, die das Herz mit Sauerstoff und Nährstoffen versorgen. Er würde nach Ablagerungen suchen, nach Hinweisen auf Verhärtungen, den ersten Anzeichen von Krankheit. Wie Charlie würde Royer das Herz mit seinen Händen lesen.

Wir schoben Annie in ihr Zimmer, das sich am Ende eines langen und stillen Flurs im kardiologischen Flügel des Krankenhauses befand. Kaum lag Annie im Bett, traten die zuständigen Schwestern auch schon in Aktion und begannen mit einer Reihe von Tests. Nach ein paar Minuten flüsterte eine Schwester, die ich nicht kannte: „Doktor?“ Als ich nicht reagierte, flüsterte sie erneut, dieses Mal etwas lauter: „Doktor.“

Schließlich stieß mich Cindy unauffällig an und bedeutete mir, dass die Schwester mich meinte.

Ich drehte mich um und las den Namen, der auf ihrem Krankenhauskittel stand. Sie hieß Jenny. Ihre Hand streckte mir drei Dinge entgegen: Einen weißen Kittel, auf dessen linker Brusttasche der Name *Jonny* aufgestickt war, und zwei Spritzen. Diese allerdings so, dass Annie sie nicht sehen konnte.

Mit den Spritzen hatte ich gerechnet, nicht aber mit dem Kittel.

Sie raunte mir zu: „Royer hatte den, solange ich hier arbeite, immer an seiner Tür hängen. Er sagte mir, ich solle Ihnen den Kittel geben, wenn Sie einträfen.“

Ich nickte, und sie hielt ihn mir so hin, dass ich hineinschlüpfen konnte. In der Tasche steckte ein Stethoskop. Ich nahm es heraus, und sie flüsterte erneut: „Er hat auch das für Sie aufbewahrt. Er sagte, er habe darauf gewartet, dass es Ihnen wieder passt." Lächelnd legte sie es mir um den Hals.

Dann hielt sie die Spritzen hoch, warf einen Blick auf Annie und fragte: „Sie oder ich?"

„Ich", erwiderte ich flüsternd. Es war eine nette Geste, und ich war ihr dankbar dafür. Diese Spritzen waren der erste Schritt, noch dazu ein sehr schmerzhafter, in eine lebenslange Notwendigkeit der Einnahme von Immunsuppressiva. Die Spritzen wurden in den Oberschenkel gespritzt, und das würde Annie nicht gefallen.

Jenny stand hinter mir, bereit, mir zu helfen, aber ohne mir im Weg zu sein. Ich sah Cindy an. „Vielleicht solltest du uns besser einen Augenblick allein lassen."

Cindy schüttelte den Kopf, drückte Annies Hand und biss die Zähne zusammen. Ich schaute Annie an, die mit weit aufgerissenen Augen auf die Nadeln starrte.

„Dr. Royer hat mir davon erzählt." Sie zog mutig ihr Krankenhaushemd hoch und wartete ab, bis ich die Haut desinfiziert hatte, dann ergriff sie meine Hand. Mit einem gezwungenen Lächeln flüsterte sie: „Ich halte über diesem, meinem Herzen wacht. Ich halte meine Augen offen – Tag und Nacht. Weil du zu mir gehörst, geb ich gut acht."

Der Vers erstaunte mich, und ich wusste, dass ich ihn schon mal irgendwo gehört hatte.

Annie legte den Kopf zur Seite. „Meine Mama war ein großer Fan von Johnny Cash."

Sie schloss die Augen, biss die Zähne aufeinander, und ich spritzte ihr schnell die Medikamente. Sie zuckte zusammen. Unter ihren zusammengekniffenen Augenlidern drangen Tränen hervor. Ich zog ihr Hemd herunter und küsste sie auf die Stirn. Annie schlug die Augen auf, sah mich an und presste zwischen ihren immer noch zusammengebissenen Zähnen hervor: „Ich schätze, manchmal muss es weh tun, bevor es besser werden kann."

Ich nickte. „Bei Herzen ist das so."

Jenny kehrte mit einem Glas Wasser und einer Beruhigungstablette in das Zimmer zurück. Annie würde dadurch nicht einschlafen, aber ihre Angst würde nachlassen.

Annie schluckte die Tablette gerade gehorsam hinunter, als eine Stimme durch die Gegensprechanlage erklang. „Dr. Mitchell? Dr. Morgan ist auf Leitung zwei."

Ich sah auf meine Uhr. Er war drei Sekunden zu früh.

Hastig trat ich hinaus auf den Flur und griff nach dem Telefon. „Schieß los."

„Ich bin so weit. Im Augenblick machen noch andere Ärzte ihre Untersuchungen, aber ich werde in etwa zehn Minuten loslegen können. Ich würde sagen, lasst Annie einschlafen und bereitet sie vor. Diese Frau sieht gesund aus. Ich rufe in zwanzig Minuten wieder an, wenn ich hundertprozentig sicher bin."

Ich legte auf und gab Jenny Bescheid, dass sie Annie die Infusion anlegen konnte. Die Medikamente flossen langsam durch den Schlauch und in Annie hinein. Uns blieben noch etwa fünf Minuten. Ich setzte mich auf den Stuhl neben ihrem Bett, und Annie schob ihre Hand unter meine. In den nächsten drei Minuten beobachtete ich ihren aussichtslosen Kampf gegen ihre immer schwerer werdenden Augenlider. Während dieser Zeit schwieg ihr Mund still, aber ihr Herz sprach Bände.

Eine weitere Minute später war sie eingeschlafen.

Cindy wartete im Zimmer, während ich zum Operationssaal lief, um mich mit dem Team bekannt, beziehungsweise wieder neu bekannt zu machen. Als ich OP 4 betrat, leuchtete das Licht am Telefon auf, und die Kardiotechnikerin, die am nächsten stand, nahm den Hörer ab. Sie drehte sich zu mir um. „Es ist Royer." Sein Anruf zum jetzigen Zeitpunkt bedeutete nichts Gutes. Ich ergriff den Hörer.

„Reese, das Herz zeigt erste Anzeichen von Krankheit. Es wird brüchig. Im Augenblick ist das kein Problem. Wir können es ihr einsetzen, aber dann müssen wir ihr sagen, dass sie das Ganze in etwa fünf Jahren noch einmal durchmachen muss. Was meinst du, wie sie das aufnehmen wird?"

„Vermutlich nicht besonders gut.“

„Du hast viel Zeit mit ihr verbracht. Warst tagaus, tagein mit ihr zusammen. Was denkst du?“

Ich lehnte mich an die Wand, schloss die Augen und dachte an Annie, die mir ihr Leben anvertraut hatte. Ich fragte mich, wie sie es verkraften würde, wenn sie aufwachte und hörte, dass sie doch kein neues Herz hatte. Und ich fragte mich, ob wir wohl noch genug Zeit hatten, auf ein anderes zu warten.

„Jonny“, sagte Royer, „dieses Herz hier wäre im besten Fall eine Übergangslösung. Kann sie noch ein wenig durchhalten?“

Einer der schwierigsten Aspekte daran, ein Transplantationschirurg zu sein, war, dass man Entscheidungen über das Leben anderer Menschen treffen musste, die diese umbringen konnten, wenn man sich irrte. Noch viel schlimmer und beinah unerträglich schmerzhaft wurde die Sache, wenn man denjenigen, für den man eine solche Entscheidung treffen musste, liebte.

„Ja.“

„Lass sie schlafen. Es reicht, wenn wir ihr diese schlechte Nachricht morgen überbringen. Die Ruhe wird ihr guttun.“

„Wir sehen uns in ein paar Stunden.“

„Und Jonny?“ Jetzt sprach mein Freund, nicht mein Partner. „Wir werden eins finden.“

„Bis später.“

Nach außen hin schien es, als verkraftete Cindy die Nachricht recht gut. Als ich vorschlug, ins *Varsity* zu fahren und dort ein Schokoladenmilchshake zu trinken, nickte sie und ging still mit mir zum Parkplatz hinunter. Erst nachdem das Krankenhaus außer Sicht und wir bereits den ersten Kilometer gefahren waren, brach sie zusammen. Mit einem Mal drangen die Tränen hervor. Sie begann lautstark zu weinen.

Ich fuhr von der Interstate herunter und an den Gebäuden der Universität vorbei. Als ich einen freien Parkplatz fand, parkte ich den Wagen und Cindy sank an meine Schulter. Sie zitterte, ballte die Fäuste, vergrub ihr Gesicht in meiner Brust und schrie so laut sie konnte. Die im Lauf der Jahre immer poröser gewordene Stützmauer ihrer Selbstbeherrschung löste sich nun endgültig in Staub auf. Sie konnte nicht mehr.

„Ich kann so nicht leben! Ich kann das einfach nicht! Bitte! Was für ein krankes Leben ist das denn?“ Cindy zog an ihrem T-Shirt. „Schneidet doch einfach mich auf. Nehmt meins. Ich will es nicht mehr, und wenn sie nicht leben kann, dann will ich es auch nicht.“ Sie weinte und schüttelte so heftig den Kopf, als würde sie von Bienen verfolgt.

Wortlos drückte ich sie an mich. Ich spürte die Erleichterung, die dieser Ausbruch ihr verschaffte, spürte ihre warmen Tränen an meiner Brust, das Empordringen und den anschließenden Untergang von Angst und Verzweiflung.

Wie oft hatte ich mich danach gesehnt, ebenso zu schreien? Um all den aufgestauten Druck herauszulassen und meiner schmerzerfüllten Seele Erleichterung zu verschaffen. Aber irgendwie hatte ich es nie getan. Doch vielleicht quälte diejenigen, die sich berechtigt fühlten, ihren Schmerz frei herauszuschreien, auch nicht die Tatsache, dass sie den Schmerz selbst verschuldet hatten.

Minuten vergingen. Schließlich wischte Cindy sich über die Augen, lehnte sich auf ihrem Sitz zurück und stützte die Füße auf dem Armaturenbrett ab. Ich fuhr los, und wir schlängelten uns langsam über den Campus und durch den Drive-in-Schalter des *Varsity*. Ich bestellte uns beiden ein Schokoshake. Als die Getränke kamen, tranken wir schweigend.

* * *

Eine Woche verging. Eine lange Woche. Seit sie aufgewacht war, war Annie sehr schweigsam, aber sie hatte die Nachricht insgesamt besser aufgenommen, als zu erwarten gewesen war. Während ich mich der Restaurierung der Hacker und der Restaurierung meines Herzens widmete, vertieften Cindy und Annie sich in meine Bücher und vergruben ihre Zehen im Sand.

Royer und ich hatten ohne ihr Wissen eine Herz-Lungen-Maschine ins *Rabun County Hospital* bringen lassen, zusammen mit der Hälfte der sechzehn Einheiten Blut, die gespendet worden waren. Es war eine reine Vorsichtsmaßnahme. Falls sich Annies Zustand plötzlich drastisch verschlechterte und es uns gelänge, sie lebend ins *Rabun* zu bringen, hätten wir mit der Maschine Möglichkeiten, die wir sonst nicht hätten. Wir gaben ihr auch, dies natürlich mit Annies Wissen, eine immer höher werdende Dosis an Antibiotika. Seitdem ich ihr die schmerzhaften Spritzen in den Oberschenkel gegeben hatte, überfluteten wir Annies Blut mit den besten und aggressivsten Antibiotika, die wir ihr verabreichen konnten, ohne sie umzubringen.

Eines Morgens, nachdem ich sie dazu gezwungen hatte, ihre riesigen Tabletten einzunehmen, schluckte sie, zog die Lippen kraus und zupfte schließlich am Bein meiner Jeans. Ich kniete mich vor ihr auf den Küchenboden, sodass mein Gesicht auf ihrer Höhe war. Sie griff sich in den Nacken, löste den Verschluss ihrer Sandale, warf mir einen langen Blick zu und winkte mich noch näher an sich heran. Als ich mich vorbeugte, legte sie mir die Kette um den Hals. „Die gehört jetzt dir."

Cindy lehnte im Türrahmen und beobachtete uns. Ihr Blick ruhte auf Annie.

Ich wehrte ab. „Annie, ich kann nicht …"

Annie schüttelte den Kopf und hob abwehrend die Hand, um mir zu signalisieren, dass ich still sein sollte. Sie atmete tief durch und sagte: „Doch, wir haben schon darüber gesprochen." Ihr Blick wanderte zu Cindy hinüber, die mich ansah, und dann wieder zu mir zurück. „Außerdem, ich habe es dir doch schon gesagt … ich werde sie nicht brauchen."

Ich starrte hinunter auf die abgegriffenen Buchstaben, die in die Rückseite der Sandale eingraviert waren.

Annie sprach weiter: „Aber eine Bedingung habe ich."

Ich sah sie an. „Welche?"

Sie kletterte auf ihren Stuhl und zog mich zu sich empor. „Du musst immer daran denken …" Ihre Hand klopfte zart gegen mein Herz.

Mein Herz wusste, was kommen würde, und es kostete mich

all meine Kraft, sie die Worte aussprechen zu lassen. In meinen Augenwinkeln sammelten sich Tränen, aber sie wischte sie weg, bevor sie fallen konnten.

„Egal, ob ich nun wieder aufwache oder nicht …", flüsterte sie, „ich werde ein neues Herz haben."

Ich hob sie vom Stuhl, umschlang sie mit meinen Armen und begriff endlich, dass sie recht hatte.

* * *

Es war mittlerweile Ende September, und wir befanden uns mitten in der Zeit, die Charlie und ich immer als „nass und eklig" bezeichneten. Wenn die spätsommerlichen Hurrikans ihre Wanderung durch Florida antraten, demolierten sie sämtliche Städte, die ihnen im Weg lagen. Sie ließen ihrer Tobsucht freien Lauf und wandten sich dann nach Nordosten, um in Georgia und den dahinter liegenden Staaten auch noch die letzten Überreste ihrer Wut loszuwerden, bevor sie sich schließlich über dem nördlichen Atlantik auflösten.

Bis die Stürme Atlanta erreichten, war ihr Zorn meistens weitgehend verpufft, aber gelegentlich traf ein Sturm auf die Überreste eines anderen Sturms, der aus Kanada in Richtung Süden unterwegs war. Und wenn diese beiden Systeme aufeinanderprallten, die kalte Luft aus Kanada also auf die warme Luft vom Golfstrom stieß, wurde die Lage brenzlig. Hin und wieder kam es unvorhergesehen zu solchen Zusammenstößen. Der Palmsonntagskiller hatte damals alle überrascht, zum einen wegen der Jahreszeit und zum anderen, weil es nach der Wettervorhersage gar nicht zu einem Aufeinanderprall dieser zwei Systeme hätte kommen dürfen.

Bei Hurrikans wussten wir zumindest, dass Vorsicht geboten war. Das Problem war, dass wir am Samstagnachmittag alle gespannt auf das Läuten oder Vibrieren unserer Handys und Pager warteten, nicht auf das Stampfen eines Güterzugs, der geradewegs über den See auf uns zuraste.

Im näheren Umkreis des Lake Burton gibt es keine Eisenbahnstrecke. Manchmal, wenn die Luft klar ist, kann man in der Ferne ein leises Pfeifen hören, aber niemals tagsüber. Deshalb veranlasste mich das Geräusch eines herannahenden Zuges dazu, alles stehen und liegen zu lassen und aus der Werkstatt zu rennen. Ich sah die Windhose hinter den Bäumen auftauchen. Die Luft war so aufgeladen, dass sie beinah vibrierte. Als ich Annie erreichte, hatte sie den Tornado bereits bemerkt und war vor Furcht erstarrt. Ich riss sie hoch und rannte mit ihr auf dem Arm und Cindy im Gefolge zur Werkstatt zurück. Wir erreichten die Tür in dem Augenblick, als die Bäume wie Streichhölzer umknickten und zu Boden stürzten. Ich drehte mich um. Die Windhose stand jetzt über dem See und schwankte ebenso unkontrolliert hin und her wie eine Fahne, die im Wind flattert.

Ich lehnte mich gegen eine der rollenden Werkzeugkisten und schob sie aus dem Weg. Das Dach begann zu zittern. Während das Blech langsam, aber sicher zurückgerollt wurde und die Fenster anfingen zu klappern, kippte ich den neuen Tisch um, den ich für sie gebaut hatte, schob ihn halb vor die Felsöffnung und rollte die Werkzeugkiste davor, um ihn festzuklemmen. Die Mädchen scheuchte ich hastig weiter nach hinten in die L-förmige Höhle mit den beiden Bänken.

Im Innern des Felsens war es still, feucht und sehr dunkel. Wir ließen uns auf meiner Bank nieder, unfähig, auch nur unsere Hände vor unseren Gesichtern zu erkennen. Cindy wiegte Annie auf ihrem Schoß sanft hin und her, während ich nach einer Decke tastete, um sie den beiden umzuhängen. Der Lärm und das gelegentlich um die Ecke flackernde Licht sagten mir, dass die Werkstatt gerade in ihre Einzelteile zerlegt wurde.

Annie flüsterte die ganze Zeit über vor sich hin. Allerdings verstand ich nur Bruchstücke von dem, was sie sagte.

„ … die zerbrochenen Herzen zu verbinden … Schmuck statt Asche … Lobgesang statt eines betrübten Geistes …“

Ungefähr dreißig Sekunden lang warteten wir auf den Schlag, der den Fels über uns zum Einsturz bringen würde, und dann war genauso schnell alles wieder vorbei, wie es begonnen hatte. Blaues

Licht und Stille krochen um die Ecke. Wir saßen in dem dunklen Felsloch und lauschten dem Geräusch unseres Atems. Und da bemerkte ich es.

Annie hatte aufgehört zu flüstern.

Ich ergriff ihr Handgelenk und tastete nach ihrem Puls, doch ich konnte ihn nicht finden. Als ich meine Hand an ihren Hals legte, spürte ich ein Flimmern.

Cindy konnte wegen der Dunkelheit nicht sehen, was vorging, aber das brauchte sie auch nicht. „Reese?“, fragte sie, während Panik in ihr aufstieg.

Ich schnappte mir Annie, schob den Tisch und die Werkzeugkiste zur Seite und trat hinaus auf die Fläche, wo früher die Werkstatt gestanden hatte. Sie war nicht mehr da. Werkzeugteile, Kabelstücke und Holzsplitter übersäten den Boden, als hätte jemand einen Häcksler genommen und jedes Werkzeug, das ich besaß, hindurchgejagt. Von der Werkstatt war nur der Betonfußboden übrig geblieben. Die Wände, das Dach, alles war verschwunden.

Vor mir lag der See, mit Trümmern übersät, die früher einmal Häuser gewesen waren. Ich suchte nach dem Bootshaus, aber das Einzige, was davon übrig geblieben war, waren die vierundzwanzig Pfosten, auf denen es früher gestanden hatte. Keine Wände, keine Veranda, keine Hängematte. Wenn ich raten sollte, würde ich vermuten, dass die Hacker gar nicht erst mit dem Wasser in Berührung gekommen war, bevor der Tornado ihr Flügel verliehen und sie in den Himmel geschickt hatte.

Ich blickte auf Annie herab. Ihr Gesicht war aschfahl, ihre Lippen blau, ihre Augen verdreht und ihr Körper eine zuckende Kombination aus Schlaffheit und krampfartiger Steifheit. Sie hatte vielleicht noch drei Minuten. Falls ich es zum Haus schaffte, könnte ich uns vielleicht etwas Zeit verschaffen. Ich drehte mich um, aber das Haus war, abgesehen von dem Schornstein, ebenfalls verschwunden. Und mit ihm alles, was ich brauchte.

Ich legte Annie auf den Boden, riss die Schubladen der Werkzeugkiste auf und verteilte den gesamten Inhalt auf dem Boden. Dabei fiel mir auch Charlies Tasche mit den Grillutensilien in die

Hände. Darin lag unter anderem die Injektionsnadel. Ich zog sie heraus, holte das Feuerzeug aus meiner Tasche und hielt die Nadel in die Flamme.

Cindy sah mir zu. Ich sprach langsam und nickte, ohne sie anzusehen, zur Höhle hinüber. „Die Kiste unter der Bank." Ich hatte dort vor Ewigkeiten einen kleinen Erste-Hilfe-Kasten verstaut, nur für den Fall, dass Charlie oder ich uns in der Werkstatt verletzten.

Cindy rannte in die Höhle und war in null Komma nichts wieder da. Sie stellte den Kasten auf den Boden und kniete mir gegenüber nieder, um auf weitere Anweisungen zu warten.

Ich sah sie an. „Vertraust du mir?"

Sie nickte und legte ihre Hände auf Annies Schultern, als bereite sie sich auf das vor, was immer ich jetzt vorhatte. Ich dachte an Annies Körper und daran, dass das, was ich jetzt tun würde, mit hoher Wahrscheinlichkeit Infektionen in ihrem Körper auslösen würde. Meine einzige Hoffnung war, dass die hohe Dosis an Antibiotika, die wir ihr verabreicht hatten, das, was in ihren Körper gelangte, in Schach halten würde, bis wir sie in eine sterile Umgebung geschafft hatten.

Ich zog das Oberteil von Annies Badeanzug herunter, fuhr mit den Fingern über ihr Brustbein, fand den Punkt, nach dem ich gesucht hatte, und rammte die Nadel in ihre Brust. Sie durchstach den Herzbeutel, und Annies Blut spritzte in einer Fontäne heraus. Der Druck wurde abgebaut. Ich deutete auf die Werkzeugkiste und sagte so ruhig ich konnte: „Zweite Schublade, Schere mit blauem Griff."

Cindy riss die Schublade auf und wühlte hektisch darin herum, bis sie die gebogene Drahtschere fand, die ich brauchte. Ich drehte Annie auf die Seite und schnitt die Haut an ihrer Rippe entlang auf. Ungefähr zu der Zeit kämpfte Charlie sich durch die Trümmer hindurch und stieg aus dem See. Er hatte einen Schnitt im Gesicht, einen anderen irgendwo an seinem Kopf, und sein linker Arm hing schlaff und leblos herunter.

Leise fragte er: „Stitch, was brauchst du?"

Ein kurzer Blick auf meine Einfahrt machte mir klar, dass es mir auf keinen Fall gelingen würde, Annie mit dem Wagen hier herauszubringen. „Ich brauche eine Fahrgelegenheit." In der Ferne hörte ich das kreischende Jammern eines Jetskis, das über den See brauste. „Geh zum Seeufer hinunter und winke mit den Armen. Falls das Termite ist, sag ihm, dass wir seine Hilfe brauchen."

Charlie verschwand, und die Angst, die Cindy ins Gesicht geschrieben stand, sagte mir alles, was ich wissen musste. Annie hatte wieder angefangen zu atmen, aber mit blieb nur noch etwa eine Minute, um das Loch in ihrem Herzen zuzunähen. Danach hätte ich keine Chance mehr, es am Pumpen zu halten. Ich deutete auf die Flasche mit der Desinfektionslösung und nickte Cindy zu. „Gieß das über meine Hände."

Das Motorengeräusch des Jetskis kam näher, brach ab und entfernte sich ebenso schnell wieder, wie es gekommen war. Innerhalb von zehn Sekunden war es verklungen. Aller Wahrscheinlichkeit nach raste Termite gerade mit ungefähr hundertvierzig Kilometern in der Stunde über den mit Trümmern übersäten See. Cindy übergoss meine Hände so lange mit der Desinfektionslösung, bis sie mit einer hässlichen, gelbbraunen Schicht überzogen waren. Ich verrieb die Flüssigkeit und schaute sie an. Sie hielt mir nickend die Schere hin.

Nachdem ich ein Päckchen mit sterilem Nahtmaterial aufgerissen und den Faden wie eine Schneiderin durchgebissen hatte, nahm ich die Schere in die Hand. Ich durchtrennte die Rippe, spreizte die Brusthöhle, schnitt den Herzbeutel auf und betrachtete Annies leidgeplagtes, krankes und sterbendes Herz. Der Himmel war wieder blau und wolkenlos, und da weder Dach noch Äste das Licht verdeckten, war die Helligkeit kein Problem.

Ich fand das kleine Loch, was nicht schwierig war, machte fünf schnelle Stiche und zog den Faden stramm. Im Gegensatz zu Emmas Herz war Annies nicht brüchig. Sie war noch jung, und deshalb könnte sie es bis ins Krankenhaus schaffen.

Annies Herz flimmerte, zuckte heftig und machte einen Satz. Es pumpte schwach, aber es pumpte. Die Naht hielt. Angesichts all des Blutes um uns herum hatten wir höchstens fünfzehn Minuten.

Danach würde Annie vermutlich verbluten, falls ihr Herz nicht bereits vorher den Dienst quittierte.

Ich deutete auf das Handy an meinem Gürtel. Cindy zog es aus der Hülle und wählte, ohne dass ich es ihr sagen musste, Royers Nummer. Drei Sekunden später hatte sie ihn in der Leitung. Sie nickte und hielt mir das Telefon ans Ohr. Mein Tonfall verriet ihm so gut wie alles.

„Royer, transmurale Ruptur mit Perikardtamponade." In der Ferne hörte ich ein Boot herannahen. „Wir haben keine Flüssigkeit und höchstens noch zehn Minuten. Sag dem Rettungshubschrauber, ich warte auf der Wiese neben der Brutstation."

„Der was?!"

„Sag es einfach! Sie wissen dann schon Bescheid. Und gib im *Rabun* Bescheid. Sie sollen die Maschine schon mal anwerfen."

Annies Flüssigkeitsverlust wurde langsam zum Problem, und ich hatte keine Infusionslösung. Ratlos sah ich mich um. *Denk nach, Reese! Denk nach!*

Charlie tauchte wieder in meinem Blickfeld auf. Sein linker Arm hing nach wie vor schlaff herab. Sein Anblick brachte mich auf eine Idee, und so deutete ich erneut auf den Inhalt des Erste-Hilfe-Kastens, der mittlerweile auf dem Boden verteilt lag. „Diese Plastiktüte dort."

Cindy hob sie auf, biss eine Ecke ab und zog den Infusionsschlauch heraus.

„Gut", sagte ich. „Jetzt steck diese beiden Nadeln in die Enden."

Cindy steckte die Infusionskanülen auf die beiden Enden des Schlauchs. Ich tauchte die eine Nadel in die Desinfektionslösung und bohrte sie dann in meinen rechten Arm. Sofort füllte sich der Schlauch mit Blut. Als es am anderen Ende herauszufließen begann, tauchte ich auch die zweite Nadel in die Lösung und schob sie in die große Vene in Annies rechter Leiste. Der Vorteil daran, diese so große Vene zu nutzen, war, dass sie große Mengen meines Blutes direkt zu Annies Herzen bringen würde.

Ich löste meine Uhr von meinem Handgelenk und reichte sie Cindy. „Sag mir in acht Minuten Bescheid." Ich hob Annie vom

Boden auf, wobei ich darauf achtete, dass der Schlauch nicht abgeknickt wurde, und lief mit ihr so schnell ich konnte zum Strand hinunter. Als ich dort ankam, vertaute Termite gerade ein Boot, das wie eine Zigarette aussah, am vordersten der vierundzwanzig Pfosten. Das Boot war ungefähr neun Meter lang, hatte zwei Motoren und sah so aus, als könne es locker hundertsechzig Kilometer in der Stunde schaffen. Nach Termites Gesichtsfarbe und dem Zustand seiner Haare zu urteilen, hatte er sich gerade persönlich davon überzeugt.

Ich stieg mit Annie in das Boot, dicht gefolgt von Cindy und Charlie. Ungläubig und panisch starrte Termite mich an.

„Termite", sagte ich, „du musst uns zu der Bootsrampe bei der Brutstation bringen."

Er blickte auf Annie und nickte. Ich legte Annie so in das Boot, dass ihr Kopf zu den Motoren zeigte, und kniete mich über sie. Der Neigungswinkel des Bootes während der Fahrt und die Schwerkraft würden sicherstellen, dass die maximale Menge an Blut in ihre Brusthöhle gedrückt wurde – und in ihr Gehirn.

„Termite", sagte ich und schaute ihn eindringlich an, *„sofort."*

Er löste das Tau, warf den Rückwärtsgang ein, setzte rückwärts aus der Bucht heraus und raste los, den Schalthebel so weit es ging nach vorne gerammt. Cindy und Charlie klammerten sich an den Sitzen neben mir fest, und ich kniete schützend über Annie. Das Boot schoss kreischend über den glasklaren See. Als ich auf den Tachometer sah, hatten wir bereits auf hundertvierzig Kilometer in der Stunde beschleunigt.

Drei Minuten später fuhr Termite um eine Kurve, drosselte die Geschwindigkeit auf etwa fünfzig Kilometer in der Stunde, schaltete die Motoren aus und zog sie ein. Sie waren kaum in Sicherheit, da schossen wir auch schon mittig die Bootsrampe hoch. Die Rampe katapultierte uns über den ausgelegten Schutzteppich hinweg in die Wiese neben dem Spielplatz an der Brutstation. Das Boot schlitterte noch ein paar Meter über das Gras und kam schließlich im weichen Sand des Spielplatzes zum Stehen.

Ich legte Annie ins Gras und wartete ungeduldig auf das Geräusch des Helikopters. Cindy tippte mir auf die Schulter, biss sich auf die Lippen und hielt mir meine Uhr hin. Es waren jetzt achteinhalb Minuten vergangen. Charlie kniete neben mir und strich mit der Hand beruhigend über Annies Beine. Als er den Infusionsschlauch bemerkte, ließ er seine andere Hand über meinen Arm gleiten. Schließlich berührten seine Finger das Pflaster. Er deutete mit dem Kinn in meine Richtung.

„Wie lange machst du das schon?", fragte er.

Mir wurde allmählich schwindelig. „Knapp zehn Minuten."

Charlie riss sich sein Hemd vom Leib und streckte mir seinen Arm hin. Er hatte recht. Wenn Annie überhaupt eine Chance haben sollte, dann musste ich jetzt diesen Schlauch aus meinem Arm ziehen. Ich drückte ihn zusammen, zog die Nadel aus meiner Vene und bohrte sie tief in Charlies Arm. Er gab keinen Laut von sich.

Annies Augen suchten den Himmel ab, als würde das Licht um sie herum dämmrig.

„Annie, Schatz. Halt durch." Ich beugte mich über sie und versuchte ihre Augen dazu zu zwingen, die meinen zu fokussieren. „Du musst noch ein paar Minuten durchhalten. Verstehst du mich?"

Sie schluckte und versuchte zu nicken, doch dann verdrehten sich ihre Augen und sie hustete. Ich zog die Tablettendose von ihrem Hals, leerte sie auf ihrer Brust aus und nickte Cindy auffordernd zu. Sie führte eine der Tabletten an ihren Mund, um sie durchzubeißen, doch ich schüttelte den Kopf.

„Nein, dieses Mal nicht. Diesmal brauchen wir eine ganze."

Sie legte die Nitroglycerintablette unter Annies Zunge, und innerhalb von zehn Sekunden kehrte die Farbe in Annies Gesicht zurück. In der Ferne hörte ich den Hubschrauber. Ich sah Termite an, der mit weit aufgerissenen Augen und sprachlos geöffnetem Mund neben mir stand. Um ihn abzulenken, deutete ich auf den Getränkeautomat, der einige hundert Meter entfernt stand.

„Meinst du, du kannst ein paar Dosen Cola besorgen?"

Termite verschwand. Als er kurz darauf mit zwei Dosen Mountain Dew zurückkam, setzte neben uns gerade der Hubschrauber auf. Charlie hatte Annie jetzt auch etwa acht Minuten lang mit seinem Blut versorgt. Ich hob Annie in den Vogel, drückte den Infusionsschlauch zusammen und schloss ihn an den Beutel mit der Ringerlösung an, der bereits in der dafür vorgesehenen Vorrichtung hing. Die Notärztin machte sich sofort daran, die Flüssigkeit in Annies Körper zu pressen.

Die Tür schlug hinter uns zu, und als der Pilot die Maschine hochzog, blickte ich zurück auf die drei, die zurückgeblieben waren, Charlie, Cindy und Termite. Sie standen vor einer Kulisse aus grünem Gras, den Spuren von Annies Blut und dem einhunderttausend Dollar teuren Spielzeug eines Fremden, das jetzt wie ein sterbender Wal am Ufer lag. Kurz bevor wir über die Baumwipfel hinwegflogen, presste sich Cindy die Hand auf den Mund und vergrub ihr Gesicht in Charlies Schulter.

Kapitel 53

Wir landeten auf dem Hubschrauberlandeplatz des *Rabun County Hospitals* und befanden uns unmittelbar inmitten einer Woge von wohlmeinenden Ärzten und Schwestern, die allesamt wenig bis gar keine Ahnung hatten, wie Notfälle diesen Ausmaßes zu behandeln waren. Die Einzige mit ein wenig Erfahrung schien die Notärztin zu sein, die uns gerade abgeholt hatte.

Ich schaute sie an. „Wie viel Erfahrung haben Sie mit Notfallpatienten?"

„Grady Memorial, vier Jahre, Wochenendschicht."

„Das reicht. Kommen Sie mit."

Wir schoben Annie ins Gebäude, wo eine Vielzahl von Menschen in weißen Kitteln und bunter Operationskleidung aufgeregt durcheinanderlief. Sie erinnerten an Ameisen, deren Ameisenhügel gerade mit Benzin geflutet worden war. Mitten im Flur stand Sal Cohen, der wie ein Drillsergeant seine Befehle brüllte.

Er zeigte mir den Weg zum einzigen Operationssaal des Krankenhauses. Ich nickte, schob Annie hinein und sah, dass die Kardiotechnikerin gerade die Herz-Lungen-Maschine vorbereitete. Als ich mich umdrehte, rammte Sal bereits seine Hände in Gummihandschuhe und warf mir einen fragenden Blick zu.

Ich schaute erst ihn, dann die Ärztin aus dem Rettungshubschrauber an. „Ich brauche eine Sternumsäge."

Die Ärztin drehte sich zur Kardiotechnikerin um, die einen Finger hob, verschwand und schließlich mit einer antiquierten Säge zurückkehrte. Sal legte Annie auf den OP-Tisch und rieb ihre Brust mit Desinfektionslösung ein. Ich konnte Annies radialen Puls nicht finden, und der Puls an ihrer Halsschlagader war bestenfalls schwach.

Uns lief die Zeit davon.

Wie aus dem Nichts tauchte ein Anästhesist auf. Annie war bereits mehr oder weniger bewusstlos, aber er injizierte ihr trotzdem schnell ein Narkosemittel, um sicherzustellen, dass sie in der nächsten Zeit nicht aufwachen würde. Er schob einen Schlauch an Annies Stimmbändern vorbei in ihre Luftröhre und befestigte das freie Ende an einem Beatmungsgerät.

Sobald Annies Atmung gesichert war und sie mit ausreichend Sauerstoff versorgt wurde, wusch ich mich und schnitt ihre Brust entlang der alten Narbe auf, durchtrennte das Brustbein der Länge nach bis zum Halsansatz und trat zur Seite. Die Notärztin führte den Brustspreizer ein und drückte Annies Brustkorb auseinander. Ich schob den durchstochenen Herzbeutel zur Seite und machte mich sofort daran, das ihn umgebende Narbengewebe zu entfernen. Bei jedem Ruck fürchtete ich, dass meine Naht reißen könnte. Doch sie hielt.

Annies vorherige Herzoperation hatte sehr viel Narbengewebe hinterlassen, das mir jetzt die Arbeit erschwerte. Ich setzte eine Naht an der aufsteigenden Aorta, dann zwei weitere am rechten Vorhof. Nachdem ich Annie ein Medikament namens Heparin direkt ins Herz injiziert hatte, damit ihr Blut auf dem Weg durch die Herz-Lungen-Maschine nicht gerann, steckte ich Kanülen durch die drei neuen, taschenartigen Nähte und nähte sie fest. Als ich das tat, hörte Annies Herz auf zu schlagen. Ich nickte der Kardiotechnikerin zu. „Sie sind dran."

Sie nickte, öffnete die Schläuche, und sofort strömte das Plasma in Annies stark strapazierten Körper. Innerhalb von wenigen Sekunden floss wieder ausreichend Blut durch ihre Arterien und Venen. Sauerstoff wurde bis in die hintersten Ecken ihres Körpers transportiert, und zumindest für den Augenblick war Annie am Leben.

Was ich nicht wusste – und auch erst erfahren würde, wenn sie aufwachte, falls sie denn aufwachte – war, wie lange sie tot gewesen war, ob oder wie massiv ihr Gehirn geschädigt worden war. Ich strich Annie das schweißnasse Haar aus dem Gesicht, trat zurück und geriet ins Taumeln. Mit einem Mal war mir unglaublich schwindelig. Über eine eventuelle Schädigung ihres Gehirns würde ich mir später Sorgen machen können. Im Augenblick musste ich ein Herz für sie finden.

Sal wies ein Team von Schwestern und Ärzten an, Annies Körper vollständig, von der offenen Brust natürlich abgesehen, zu desinfizieren. Ich starrte auf die Maschinen, die Annies Vitalfunktionen aufzeichneten, und mir wurde bewusst, dass sie, auch wenn sie schlief, im Augenblick so lebendig war wie seit Jahren nicht mehr. Während ich noch darüber nachdachte, wie ich Annie und mich aus dem Schlamassel herausholen könnte, in den ich uns gebracht hatte, tippte mir eine Schwester auf die Schulter.

„Doktor?", flüsterte sie.

„Ja?"

Sie deutete auf ein Telefon, das vor dem OP an der Wand hing. „Leitung eins."

Mein Blick wanderte zu Sal hinüber. „Denken Sie, Sie können hier alles unter Kontrolle behalten, bis ich wieder da bin?"

Er nickte und rief den Ärzten und Schwestern weitere Anweisungen zu, die mich anstarrten, als hätte ich den Verstand verloren.

Ich trat in den Flur hinaus, wusch mir die Hände und griff dann nach dem Hörer. „Was gibt's?"

„Wie geht es unserem Mädchen?" Es war Royer.

„Sie lebt."

„Wie viel Zeit bleibt uns deiner Meinung nach noch?"

Ich überlegte. „Ein wenig. Ich habe sie vor ein paar Minuten erst an die Maschine angeschlossen."

Ich sah förmlich, wie Royer auf seine Uhr blickte und diesen Zeitpunkt verinnerlichte.

„Gut, lass sie so. Ich bin unterwegs nach Nashville. Möglicherweise haben wir ein Herz."

Seine Worte, das unverhoffte „möglicherweise haben wir ein Herz", belebten mich wie Annie das Plasma, das gerade durch ihren Körper floss. Ich sah sie vor meinem geistigen Auge, wie sie auf Zehenspitzen stand, den Rücken durchgedrückt, und so laut, dass die ganze Welt es hörte, rief: „Limonaaaaade!" Ihr gelbes Hutband flatterte im Wind.

„Was weißt du?"

„Noch nicht viel, aber ich rufe dich an, sobald wir gelandet sind und ich mir einen Eindruck verschaffen konnte … sagen wir in etwa siebenundzwanzig Minuten."

Ich drehte mich um und betrachtete das beinah unkontrollierte Chaos im OP und auf dem Gang. „Ich gehe nirgendwohin, sondern warte hier, bis du mit dem Herz hier bist oder –", ich hielt inne und durchdachte zum ersten Mal alle Eventualitäten, „bis du nicht kommst."

Royer schwieg einen Moment. Dann sagte er: „Sechsundzwanzig Minuten. Halt die Leitung frei. Und warte auf unser Team. Unsere Leute sollten jeden Augenblick bei euch eintreffen. Sie werden sich um alles kümmern. Du musst sie nur zu Annie führen."

„Mach ich."

Ich legte den Hörer auf und schaute einen Pfleger an, der gerade in einer Patientenakte herumkritzelte. „Sind Sie beschäftigt?"

„Nein, Sir, nicht wirklich."

„Gut. Ich möchte, dass Sie dafür sorgen, dass niemand, und ich meine wirklich niemand, nicht einmal der Präsident selbst, an dieses Telefon geht. Klar?"

Er erhob sich, stellte sich vor das Telefon, verschränkte die Arme wie ein Türsteher und antwortete: „Ja, Sir."

Im selben Augenblick erklang aus dem Wartebereich der Notaufnahme ein hysterisches Schreien. Ich hörte etwas, das verdächtig nach einer Rauferei klang, dann knallte etwas gegen die Wand, und schließlich stürmte Cindy durch die Doppeltür und den Flur entlang. Sie wollte gerade in den Operationssaal rennen, als ich mich ihr in den Weg stellte. Wir prallten zusammen und stürzten beide mit voller Wucht zu Boden.

Sie presste ihre Finger auf meine Wangen. „Reese! Sag mir jetzt sofort, was los ist! Sofort!"

Ich zog sie an mich, umarmte sie und legte meine Hand auf ihren nassen Hinterkopf. „Sie ist am Leben."

Cindy trommelte verzweifelt gegen meinen Rücken, umklammerte mein Hemd und drückte mich fest an sich.

Ich merkte, dass meine Worte nicht zu ihr durchgedrungen waren, und so deutete ich auf den OP und wiederholte: „Sie ist am Leben."

„Wie?", fragte sie.

Ich schüttelte den Kopf. „Nicht jetzt. Royer hat gerade angerufen. Er hat ein Herz. Er ist jetzt unterwegs und meldet sich in …" Ich wollte auf meine Uhr schauen, doch wie mir bei der Gelegenheit auffiel, befand sie sich nicht an meinem Handgelenk. „In etwa zwanzig Minuten."

Cindy vergrub ihr Gesicht in ihre Hände, atmete ein paarmal tief durch, um sich zu beruhigen, und ich sah, dass meine Omega um ihr Handgelenk baumelte. Vorsichtig nahm ich sie ihr ab und befestigte sie an meinem Arm.

Sie hob den Kopf und schaute mich an. „Was brauchst du?"

Einen kurzen Augenblick dachte ich an mich. Ich versuchte zu lächeln. „Ich brauche einen Becher Limonade."

Cindy nickte. „Ich auch."

Wir blieben auf dem Boden sitzen, und ich wiegte sie in meinen Armen, während Ärzte und Krankenschwestern um uns herumliefen. Nachdem sie sich ein wenig beruhigt hatte, sagte ich: „Ich brauche eine Infusion, um all die Flüssigkeit auszugleichen, die ich beim Blutaustausch verloren habe, und dann muss ich etwas essen. Es liegen lange Stunden vor uns, und ich brauche dafür mehr Energie, als ich im Moment habe."

Cindy wischte sich über die Augen und machte sich auf den Weg in die Cafeteria.

Ich ging zu Charlie und Termite, die im Wartezimmer saßen, und brachte sie in die Notaufnahme, wo die Notärztin aus dem Hubschrauber Charlie und mir eine Infusion anlegte. Während sie uns beide untersuchte, verschlang ich einen Schokoriegel. Nachdem sie Charlies Schnitte gesäubert hatte, die sehr tief waren und zum Teil immer noch bluteten, sah sie mich an.

„Das sollten Sie sich besser einmal ansehen."

Ich untersuchte Charlies Gesicht und seinen Kopf. Er schien einen ziemlich heftigen Schlag abbekommen zu haben. Die Notärztin brachte mir Nadel und Faden, und ich nähte die Schnitte mit insgesamt siebenundzwanzig Stichen. Die Wunden würden verheilen, aber er würde noch eine Weile Schmerzen haben – seine ausgerenkte Schulter einmal völlig außer Acht gelassen.

Nachdem Charlie versorgt und unsere Flüssigkeitshaushalte aufgefüllt waren, kehrte Cindy mit einem Teller Spaghetti Bolognese zurück. Ich aß langsam, starrte auf das Telefon im Gang und flehte Gott an, es klingeln zu lassen.

Minuten später tat es mir den Gefallen. Mein Telefonwächter steckte den Kopf zur Tür herein und deutete auf das Telefon, das auf der Fensterbank stand. „Leitung zwei."

Ich nahm den Hörer ab, und Royer sprach, noch bevor ich ein Wort gesagt hatte. „Wir können loslegen. Ich schneide in zehn Minuten, sitze in zwanzig Minuten wieder im Flugzeug und lande in weniger als neunzig Minuten. Sorg dafür, dass der Hubschrauber dann bereitsteht."

„Mach ich."

„Denkst du, sie kann durchhalten, bis ich die Pepsi bringe?"

Ich blickte in Richtung OP, wo Sal in der Zwischenzeit, wie ich wusste, den Schnitt an Annies Brustkorb genäht hatte. „Ja, sie wird durchhalten." Ein paar Sekunden vergingen. „Royer?"

„Ja", erwiderte Royer. Seine Stimme war kaum lauter als ein Flüstern.

Ich drehte mich von Cindy weg, damit sie meine nächsten Worte nicht hören konnte. „Jetzt oder nie."

Er atmete tief durch. „Sorg einfach dafür, dass der Hubschrauber abflugbereit auf mich wartet."

Ich legte auf, wandte mich um und sah, wie die ersten Mitglieder von Royers Team die Türen aufstießen und in den OP stürmten. Annies goldene Sandale brannte heiß auf meiner Brust.

Ich nahm eine lange, heiße Dusche, zog saubere OP-Kleidung an und aß noch ein paar Spaghetti. Im Geist ging ich die Operation noch einmal Schritt für Schritt durch, durchdachte jeden Stich und jede mögliche Komplikation. Die Tatsache, dass wir gezwungen waren, diese Transplantation in einem Krankenhaus durchzuführen, das eigentlich nicht für einen solchen Eingriff ausgestattet war, würde uns die Arbeit nicht erleichtern. Ich schüttelte den Kopf. Die Chancen standen nicht gut. Überhaupt nicht gut.

Royers Team hatte mittlerweile den Operationssaal in einen topmodernen Operationsschauplatz verwandelt. Ruhe und Besonnenheit hatten die Hektik und das Chaos verdrängt. Erfahrene Fachleute behielten jetzt Annies Monitore im Auge. Sal saß im Flur, seine kalte Pfeife in der Hand, und lächelte so zufrieden, als sei er für die Verwandlung verantwortlich.

Der Raum war taghell erleuchtet, vollkommen steril und unpersönlich. Nirgendwo hing ein Bild, die Stahltische waren mit blassblauen Laken abgedeckt, die Instrumente lagen griffbereit auf einem sterilen Tuch. Alle Maschinen waren eingeschaltet und lieferten uns unterschiedliche, aber gleichwichtige Informationen über Annies Zustand.

Eine Schwester schob einen kleinen Katheter in Annies Blase, damit wir ihre Urinausscheidung beobachten konnten. Dann begann sie, sie zu waschen.

In meinem früheren Leben hätte ich mich hingesetzt und zugeschaut und damit der Grenze Rechnung getragen, die zwischen Ärzten und Schwestern besteht. Doch nun trat ich zum ersten Mal seit meiner Assistenzzeit an die Seite der OP-Schwester und stellte meine Beziehung zu der Patientin über alles andere. Ich fragte: „Darf ich?"

Ein wenig verblüfft nickte sie und trat zur Seite, damit ich Geschwindigkeit und Ton angeben konnte. Als wir Annie mit der Desinfektionslösung einrieben, fiel mir auf, wie dünn ihre Arme geworden waren, wie ausgezehrt und knochig ihre Hüften waren. Annies Haut war beinah durchsichtig geworden, genau wie Emmas in jenen letzten Tagen am See.

Die Leute wundern sich oft, wie ein Transplantationschirurg inmitten von so viel Angst, so viel Schmerz und Elend so hoffnungsvoll bleiben kann. So positiv. Wann immer mich jemand darauf ansprach, dachte ich an den Ausdruck in Emmas Augen und fragte zurück, wie wir das nicht sein könnten.

Wir breiteten zwei sterile Tücher so über Annie aus, dass nur ein kleiner Streifen, nämlich ihre Brust und ihr Oberbauch, frei blieb. Während des Medizinstudiums lernen wir Chirurgen, diese freie Fläche als das Operationsfeld zu bezeichnen und unsere gesamte Energie darauf zu konzentrieren. Für gewöhnlich hilft uns das, uns innerlich von der Person zu distanzieren, zu der dieses Operationsfeld gehört.

Vielleicht war das der Grund dafür, dass ich diesmal an den OP-Tisch trat und Annie selbst desinfizierte. Ich wollte diese Distanz nicht.

Als ich Annies kalte Zehen bemerkte, wandte ich mich an eine Schwester. „Denken Sie, Sie könnten ein paar Socken auftreiben?"

Lächelnd verschwand sie.

Das Herz von Transplantationspatienten ist meist nur noch ein großer, schwabbeliger, geschwollener Sack. Annies bildete da keine Ausnahme. Ich hoffte, das Herz, das Royer mitbrachte, würde in den Raum passen, der uns zur Verfügung stand, denn ich wollte es nicht zurechtstutzen müssen. Herzen sind sehr eigen, sie mögen es nicht, wenn man sie zu sehr zurechtstutzt. Ich hoffte außerdem, dass Royer sich beeilen würde, denn Tausende und Abertausende Zellen starben jede Minute, die sich das Spenderherz außerhalb eines Körpers befand. Jede Sekunde, in der es nicht pumpte, entfernte uns weiter von der Möglichkeit, es wieder zum Schlagen zu bringen.

Als ich draußen in der Halle den Anästhesisten erblickte, ging ich zur Tür und passte ihn ab. „Darf ich Sie um einen Gefallen bitten?"

Da er eine scharfe Anweisung erwartet hatte, verblüffte ihn meine Frage. Er sah mich neugierig an und zuckte mit den Achseln. „Sicher."

„Bei ihrer letzten OP ist sie aufgewacht."

Er schluckte, schüttelte angewidert den Kopf und nickte dann. Ich musste nicht weitersprechen.

„Keine Sorge. Ich habe ein paar süße Träume für dieses Mädchen geplant."

Da ich mit einem langen Tag rechnete und wusste, dass die Ärzte ihre Patienten üblicherweise kurz vor Mittag übergaben, fragte ich ihn: „Wann haben Sie Dienstschluss?"

Er schüttelte den Kopf. „Meine Kollegin ist vor einer Stunde gekommen. Sie kümmert sich um die anderen Patienten in meiner Obhut." Er blickte auf Annie. „Aber … nicht um sie. Ich bin hier, solange Sie mich brauchen."

Ich legte ihm die Hand auf die Schulter. „Danke."

Ich lief den Flur entlang und passierte das Spiegelglasfenster, das es dem Krankenhauspersonal ermöglichte, einen Blick in den Wartebereich zu werfen. Charlie, der blutverschmiert, aber ansonsten in Ordnung war, saß auf einem der Stühle und erschloss sich lauschend seine Umgebung, während Cindy an einem der Fenster stand, in die Ferne starrte und sich auch noch die letzten Reste ihrer Fingernägel abkaute. Termite lehnte an einem Getränkeautomat und studierte die Auswahl, schien aber nicht die Absicht zu haben, sich etwas zu ziehen. Gedankenverloren spielte er mit seinem Feuerzeug. Und hinten in der Ecke, ganz allein, kniete Davis mit geschlossenen Augen vor einem Stuhl, die Ellbogen auf eine zerlesene Bibel gestützt, und bewegte die Lippen.

Ich schloss die Tür zum Aufenthaltsraum der Ärzte und blickte hinaus auf eine Wiese, auf der etwa ein Dutzend Milchkühe standen. Ihre Euter waren dick wie Ballons, und ihre Kiefer mahlten im einheitlichen Rhythmus. Ein leichter, sanfter Regen hatte eingesetzt.

Ich lehnte mich ans Fenster, schloss die Augen und dachte an Emma. Wie sie mir gesagt hatte, ich solle ein wenig schlafen, an den müden Ausdruck in ihren Augen, das beruhigende Lächeln, das sie mir zugeworfen hatte, als wir zu Bett gingen. Und ich dachte daran, wie ich mich nicht mehr gegen den Schlaf hatte wehren können. Ich starrte auf meine Arme und fuhr mit den Fingerspitzen über die verblassenden Mahnmale ihrer Panik. Und zuletzt dachte ich an den Schmerz, den sie in der halben Stunde, in der ich nicht aufgewacht war, durchlitten haben musste.

Mein ganzes Leben lang hatte ich ein außergewöhnlich gutes, beinah fotografisches Gedächtnis gehabt. Aber während ich durch dieses Fenster nach draußen starrte und an Annie dachte, die nur von einer Maschine am Leben gehalten wurde, und an Cindy, die vor Angst beinah verrückt wurde, und an Royer, der auf dem Weg zu uns war, konnte ich mich nicht an ein einziges Zitat erinnern. Selbst wenn mein Leben davon abgehängt hätte, wäre mir keine einzige Zeile eingefallen, die Shakespeare, Tennyson, Milton oder Coleridge zu Papier gebracht hatten. Meine Gefährten waren fort und hatten ihren Trost mitgenommen.

Ich tastete nach Annies Sandale, die nun ständig um meinen Hals hing, direkt über Emmas Medaillon. Ich war eingehüllt in Erinnerungen und hatte doch keine eigenen. Mein Geist fühlte sich so leer an, als wäre jemand an die Tafel gegangen und hätte alles ausgewischt, was im Laufe der Jahrzehnte darauf geschrieben worden war. Ich fuhr mit dem Zeigefinger über die Sandale, spürte die abgegriffenen Buchstaben, schloss die Augen und versuchte es erneut. Doch ich sah immer nur Emmas Gesicht vor mir, kurz bevor der Notarzt seine Hand auf ihr Gesicht legte und ihre Augen schloss.

Über mir wurde der Lautsprecher lebendig. „Dr. Jonathan Mitchell, Leitung eins. Dr. Jonathan Mitchell, Leitung eins."

Royer.

Ich griff nach dem Telefon – ein letztes Mal. Im Hintergrund hörte ich den Helikopter.

„Jonny? Zwölf Minuten."

„Wir warten auf dich." Ich legte auf und blieb regungslos stehen. Ich wusste, wenn ich auf einen Augenblick hingelebt hatte, dann auf diesen.

Nachdem ich dem Oberarzt mitgeteilt hatte, dass Royer in zwölf Minuten eintreffen würde, ging ich in den Warteraum, wo die anderen beisammensaßen. Cindy sah mein Gesicht, den erschöpften, müden Widerschein des abgeklungenen Schmerzes, und erhob sich. Sie fröstelte, und ihr Gesichtsausdruck ähnelte meinem. Charlie hörte, dass sie sich erhob, und stand ebenfalls auf.

„Es geht gleich los", erklärte ich ruhig. „Ich werde euch so gut es geht auf dem Laufenden halten." Cindy wollte etwas sagen, aber ich schüttelte den Kopf und legte meine Hand auf Charlies Schulter. „Leiste ihr Gesellschaft, ja?"

Charlie hakte Cindy unter und nickte. Ich kehrte in den OP-Bereich zurück und betätigte die Stoppuhr über dem Waschbecken. Neun Minuten später betrat ich mit erhobenen Händen den OP. Eine Schwester hielt mir die Handschuhe auf, und ich schob meine Hände hinein. Dann half sie mir in den sterilen Kittel, band meine Maske am Hinterkopf fest und schaltete meine Stirnlampe ein. Ich spähte unter das Laken, um mich davon zu überzeugen, dass Annies Augen geschlossen waren. Der Anästhesist saß hinter dem Laken und notierte die Messwerte, die die sechs Maschinen anzeigten, auf einem Klemmbrett.

Draußen setzte der Hubschrauber auf. Sofort ging der Alarm, und auf dem Flur begann eine Reihe roter Lichter hektisch zu blinken. Kurz darauf stürmte Royer mit einer rot-weißen Kühlbox durch die Tür. Er war ruhig und gefasst, als würde er eine Pizza liefern.

„Tut mir leid, dass ich euch habe warten lassen", entschuldigte er sich. „In der Gegend war der Bär los und …" Er zuckte mit den Achseln. „Wir haben die Orientierung verloren." Er trat ans Waschbecken und drückte den Knopf an der Stoppuhr. Nachdem er sich gewaschen hatte, steckte er seine Hände in ein Paar OP-Handschuhe, schlüpfte in den sterilen grünen Kittel und bat die Schwester, ihm die Maske festzubinden und seine Lampe richtig einzustellen. Dann sah er mich an. „Sie sind dran, Doktor."

Um uns herum hatten sich die Mitglieder unseres Teams mittlerweile auf ihre Plätze begeben: Zu meiner Linken stand ein Assistenzarzt, hinter Royer die Kardiotechnikerin, eine OP-Schwester neben ihm und einige andere am Fuß des OP-Tisches, der Anästhesist an Annies Kopf. Alle Augen waren auf mich gerichtet.

Ich hatte mich nie um die Aufmerksamkeit gerissen, die einem Transplantationschirurgen entgegengebracht wird. Aus diesem Grund hatte ich mir diesen Job nicht ausgesucht. Aber die Aufmerksamkeit war da, ob man sie nun wollte oder nicht. Wie bei einem Quarterback. Wenn man patzte, merkten es alle, und wenn man punktete, bekam das ebenfalls jeder mit.

Ich streckte die Hand aus und flüsterte: „Skalpell … bitte.“

Kurz darauf griff ich in Annies Brusthöhle und schob meine Hand unter ihr regloses Herz. Ich machte sechs präzise Schnitte, wobei ich darauf achtete, die in ihr steckenden Schläuche nicht zu beschädigen, und nahm dann ihr Herz heraus.

Royer hielt mir eine Schale hin, blickte mich über seine Maske hinweg an und flüsterte: „Da steckt so unglaublich viel Liebe drin.“

Ich hatte das Herz kaum in die Schale gelegt, als er die Naht bemerkte, die ich inmitten der Trümmer meiner früheren Werkstatt gesetzt hatte. Er fuhr mit den Fingern über die Naht und schaute mich an. „Auf diese Weise hast du sie herbekommen?“

Ich nickte.

„Und sie hat es mit schlagendem Herzen bis auf diesen Tisch geschafft?“

Ich nickte erneut.

Royer drehte sich zu der Schwester an seiner Seite um. „Sorgen Sie dafür, dass es aufgehoben wird.“ Sein Blick wanderte zu mir zurück. „Viele Leute in unserem Beruf haben daran gezweifelt, dass das möglich ist. Das könnte einige von ihren Zweifeln kurieren. In den kommenden Jahren wird eine Vielzahl von Kardiopathologen diesen Stich studieren, und wer weiß? Er könnte einigen Menschen das Leben retten.“

Auch wenn es tot war, trat Annies Herz jetzt eine Reise an, an deren Ende sich Türen für andere Annies öffnen würden.

Royer griff in die Kühlbox, tauchte seine Hände tief in das Eis ein, nahm das grau-rosa Spenderherz heraus und reichte es mir. Ich fuhr mit den Fingern vorsichtig über die Arterien, um nach Anzeichen für eine Erkrankung zu suchen. Ich betastete die Muskeln, die Klappen und schätzte die Abmessungen des Herzens ab. Es war größer als normal, aber seine Färbung verriet mir, dass es auf Grund von sportlicher Aktivität vergrößert war, nicht wegen einer Erkrankung. Jemand hatte dieses Herz trainiert, und deshalb würde es passen. Eigentlich war es nahezu perfekt.

Royer ergriff das Wort. „Was deine Finger dir nicht sagen, ist, dass es einer Highschoolschülerin gehörte. Sie war Hürdenläuferin. Die Eltern sagten, sie sei sogar ziemlich gut gewesen."

Er saugte das überschüssige Blut aus Annies Brusthöhle und setzte den ersten Stich, während ich das neue Herz in Annies Brust legte. Herzen sind sehr schlüpfrig, deshalb darf man sie nicht zu fest packen. Aber auch nicht zu locker. Es ist ungefähr so, als hielte man einen Welpen. Es bedarf eines guten, festen Griffes, aber es gibt eine Grenze.

Ich hielt das Symbol des Lebens in meinen Händen und staunte genauso sehr darüber wie damals beim ersten Mal im Anatomieunterricht. *Das ist es. Die Quelle des Lebens.*

Royer legte eine Hand auf meine, und seine Augen lächelten mich an. „Denk daran, die rechte Seite nach oben."

Eine Herztransplantation ist kein besonders komplizierter chirurgischer Eingriff. Sie besteht im Wesentlichen aus vier Anastomosen – ein Fachbegriff, der sich von einem griechischen Wort ableitet und im Grunde so viel wie „von Mund zu Mund verbinden" bedeutet. Zuerst verbanden wir den linken Vorhof des Spenderherzens mit dem, was von Annies linkem Vorhof noch übrig war, und schufen damit einen vollkommen neuen Vorhof. Als Nächstes nähten wir die beiden rechten Vorhöfe zusammen. Dann verbanden wir die Aorta des Spenders mit Annies Aorta. Und zuletzt fügten wir die Lungenarterien aneinander.

Ich setzte die Nähte, während Royer das Herz festhielt und auf die richtige Spannung des Nahtmaterials achtete, um ein gutes Anwachsen des Gewebes zu gewährleisten. Auch wenn er stets mein chirurgisches Talent rühmte, so war eine erfolgreiche Transplantation doch immer Teamarbeit.

Royer goss einen Eimer eiskalte kardioplegische Lösung auf das Herz, um es trotz der Hitze erzeugenden OP-Lampen so kalt wie möglich zu halten. Er warf einen Blick auf die Uhr an der Wand. „Wir liegen gut in der Zeit. Es ist jetzt 10 Uhr 07."

„Verbleibende Ischämiezeit?", fragte ich.

„Wir haben noch fast eine Stunde."

Royer überprüfte mit großer Sorgfalt die Schläuche und meinte, ohne mich anzuschauen: „Ich habe gehört, du hast heute Blut gespendet."

Ich nickte, ohne aufzublicken.

Die bei einer Transplantation vorzunehmenden Nähte erfordern tiefe Einstiche in das Gewebe, da sie sowohl die dicke Herzwand als auch das sie umgebende Fettgewebe erfassen müssen. Im Vergleich zu den bei einer routinemäßigen Bypassoperation benötigten Stichen, für die ein Vergrößerungsglas hilfreich sein kann, erscheinen diese Stiche riesig.

Royer goss einen weiteren Eimer kalte kardioplegische Lösung auf das Herz, und ich machte noch größere Stiche, um weitere Blutungen zu verhindern. Dann zog er an einem der Schläuche, um zu überprüfen, ob die Nähte so fest waren, dass sie dem Druck eines mehr als einhunderttausend Mal am Tag schlagenden Herzens in den kommenden fünfzig Jahren standhalten konnten. Ganz der Lehrer, wandte er sich dem Assistenzarzt zu meiner Linken zu. „Tiefe Stiche wie diese garantieren eine sichere Anastomose und ermöglichen es uns, wieder einen geschlossenen Blutkreislauf herzustellen."

Der Assistenzarzt nickte.

Kurz darauf beendete ich die Arbeit am linken Vorhof und machte einen Schnitt in den rechten. Ich erinnerte mich selbst daran, wie wichtig es war, diesen Einschnitt in sicherer Entfernung vom Sinusknoten vorzunehmen, da dort die gesamte elektrische Aktivität des Herzens erzeugt wurde. Jedes Herz hat seinen eigenen Rhythmus, und der Sinusknoten gibt den Takt vor.

Ich beendete die Anastomose des rechten Vorhofs. Jetzt mussten noch die beiden Aorten und die Lungenarterien miteinander verbunden werden. Das bedeutete, es würde noch etwa eine Stunde dauern, bis wir Annie von der Maschine nehmen könnten. Ich wandte mich an eine der Schwestern.

„Würden Sie Cindy bitte sagen, dass alles gut läuft?" Ich warf einen prüfenden Blick auf die Anzeigen der Maschinen. „Annie geht es gut. Ich bin bald fertig."

Sie nickte und verschwand.

Ich stutzte die Aorta des Spenderherzens zurecht – des neuen Herzens von Annie. Wenn Gott mir ein besonderes Talent gegeben hatte, dann zeigte sich das vor allem hierbei. Bei diesen Schnitten. Es war lebenswichtig, nicht nur in diesem Moment, sondern auch im Hinblick auf die kommenden Jahrzehnte, dass sie perfekt zusammenpassten. So etwas lernt man nicht in den Lehrbüchern. Es ist wie bei der Bildhauerei; entweder kann ein Arzt die beiden ineinanderpassen, oder er kann es nicht.

Als ich die Hauptschlagader des Spenderherzens an Annies hielt, schüttelte Royer lächelnd den Kopf. Ich nähte die beiden Aorten zusammen und wandte mich dann den Lungenarterien zu. Schließlich drehte ich mich zu der Kardiotechnikerin um.

„Dann wollen wir sie einmal aufwärmen."

Ich tat dies nicht, um ihr Herz wieder zum Schlagen zu bringen, sondern um meine Nähte zu überprüfen und zu sehen, ob irgendwo ein Leck war. Es war sozusagen ein Probelauf.

Während der Operation hatten wir das Blut in der Herz-Lungen-Maschine um etwa zwanzig Grad abgekühlt, damit sich Annies Stoffwechsel verlangsamte. Auf diese Weise brauchte der Körper weniger Sauerstoff und die Vitalität der Herzmuskelzellen blieb erhalten. Nun erwärmten wir das mit Sauerstoff angereicherte Blut wieder, und das Herz erwärmte sich langsam. Dabei veränderte sich seine Farbe – ein lebendiges Rot verdrängte das tote Grau. Ich legte meine Finger vorsichtig um das Organ und spürte, wie sich die Kammern ausdehnten und Leben die Leere verdrängte.

Das warme Blut floss in das neue Herz und versorgte seine Millionen Zellen, die drei Stunden und achtundvierzig Minuten lang gehungert hatten, mit Nährstoffen. Behutsam zog ich an dem Herz und bemerkte eine Verbindungsnaht, die nicht so hielt, wie sie sollte. Ich wandte mich an die Kardiotechnikerin und bat: „Nehmen Sie sie wieder an die Maschine, und geben Sie mir noch fünf Minuten."

Ich besserte die Naht aus und nickte der Kardiotechnikerin zu. Und wieder füllte sich das Herz und begann wie ein dampfender

Kessel kurz vor dem Überkochen zu zucken. Ich hielt den Atem an.

Nachdem ich mir sicher war, dass die Naht halten würde, massierte ich das Herz einmal mit der Hand, um es daran zu erinnern, dass es einst einen Rhythmus hatte. Herzen vergessen das, können aber bis zu einem gewissen Punkt erinnert werden.

Es schlug einmal, ein kräftiger, zuckender Schlag. Es zog sich zusammen, pumpte sich leer und füllte sich neu. Die schreiend flache Linie über mir piepte einmal. Wir standen um den Tisch herum und warteten auf den zweiten Schlag, den dritten und den …

Er kam nicht.

Royer verzog besorgt das Gesicht. Ich griff nach den Paddles und sagte ruhig: „Aufladen auf 100."

Die Schwester wartete, bis das Licht grün wurde, und nickte mir dann zu. Ich legte die Paddles an Annies Herz und sagte: „Weg." Das Herz zuckte, verkrampfte sich und lag schließlich wieder reglos da.

Ich wiederholte den Vorgang. „Aufladen auf 200."

Royer musterte mich, während ich auf Annies Herz starrte. Es zuckte erneut und sank dann wieder still, schlaff und ohne Reaktion in sich zusammen. Ich hielt inne, überdachte die gesamte Prozedur noch einmal. *Alles ist wunderbar gelaufen. Warum will es nicht schlagen?*

Ich schüttelte den Kopf und flüsterte, da ich wusste, dass dies das letzte Mal sein würde: „Aufladen auf 300."

Das Licht wurde grün, und ich versetzte Annies neuem Herz einen letzten Stromstoß. Es bebte und zog sich mit einem kräftigen Ruck an den Nähten, die es hielten, zusammen. Ich nahm die Paddles heraus und wartete, aber Annies Herz zuckte nicht einmal. Ich steckte die Hand in ihren Brustkorb, legte sie um das Herz und massierte es. Verzweifelt begann ich für sie zu pumpen und versuchte, durch meine Hand etwas von meinem Leben an ihr Herz weiterzugeben. Ich spürte, wie es sich mit jedem Druck leerte und füllte. Und jedes Mal wurde es anschließend wieder schlaff und sank in meiner schmerzenden Hand zusammen. Ich massierte mehrere Minuten, bis meine Hand zu krampfen begann. Nach zehn Minuten blockierte sie vollständig.

Royer legte seine Hand auf meinen Arm und schüttelte den Kopf. Die Schwestern um uns herum begannen zu weinen. Der Oberarzt wandte sich vom OP-Tisch ab, die Kardiotechnikerin barg ihr Gesicht in den Händen. Royer blickte auf die Uhr. Seine Stimme brach. „Zeitpunkt des Todes: 11 Uhr 11."

Die Tränen kamen langsam, zuerst als Rinnsal, dann als Tallulah. Zum ersten Mal seit Emmas Tod setzte ich Segel und überließ mich dem Strom. Der jahrelang verdrängte Schmerz, der aufgestaute Kummer und die unterdrückte Trauer rissen mich mit und trieben mich gegen den Damm. Dort angekommen, floss das Wasser über, sprengte den Beton und überflutete das darunter liegende Tal.

Ich taumelte zurück und fegte mit einer ungeschickten Handbewegung meine Instrumente vom Tisch und quer durch den Raum. Ich stieß gegen den sterilen OP-Tisch, sank zu Boden, zog die Knie an meine Brust und versuchte zu atmen. Ich öffnete meine geistigen Augen, kämpfte mit aller Kraft, konnte jedoch nicht an die Oberfläche kommen. Unter mir streckte sich die alte Stadt Burton nach mir aus, packte meine Knöchel und zog mich hinab in die Dunkelheit. Während ich verzweifelt um mein Leben kämpfte, schrie ich Charlie an, befahl dem Notarzt eine „Aufladung auf 300!" und flehte Emma an, aufzuwachen. Dann dachte ich an ein gelbes Kleid, ein gelbes, flatterndes Hutband, an ein kleines Mädchen, das so laut es konnte „Limonaaaaaade!" rief, und daran, wie in dem Augenblick, als ich es zum ersten Mal gesehen hatte, etwas in mir erwacht war.

Mein ganzer Körper bebte. Ich weinte hemmungslos, völlig außer mir vor Schmerz. Mit jedem Schluchzen zahlte ich die Strafe für die Schuld meiner Seele, für den Kummer, der kein Ende kannte, und die Schande, die ich darstellte.

Tief unten in der grünen, trüben Kälte unweit des Grundes entdeckte ich Emma. Sie schwamm auf mich zu, und ihre Brust war vollkommen narbenfrei. Sie berührte mein Kinn, küsste meine Wange und zog mich hinauf zu Annie, die reglos, kalt und tot auf dem Tisch lag. Genauso schnell wie Emma aufgetaucht war, war sie auch wieder verschwunden.

Annie lag still da, ihre Brust eine kalte, offene Wunde, in deren Mitte ein lebloses Herz ruhte. Auf dem Tisch neben mir stand der Krug mit Wasser. Er hatte wie immer mehrere Risse und Löcher, aus denen Wasser spritzte. Es lief über den Tisch und floss auf den Boden. Ich versuchte, den Krug mit einer Hand hochzuheben, aber er war zu schwer. Ich beugte mich vor, hob ihn mit beiden Händen an und goss das Wasser über Annie. Das verschmierte Blut wurde fortgewaschen. Je mehr und länger ich goss, desto sauberer wurde sie, aber desto schwerer wurde auch der Krug. Mit jeder verstreichenden Sekunde füllte sich Annies Herz mehr mit Blut, und ihre Brust begann sich zu schließen, ohne Narbe.

Der Krug drückte mich beinah zu Boden. Ich rutschte aus, fand im letzten Moment mein Gleichgewicht wieder und hielt den Strom auf Annie gerichtet. Als sich mein Griff lockerte, begann ich zu schreien. Die Last war mir einfach zu schwer – die Last von alledem. Mit einem letzten Aufbäumen meiner Kraft stieß ich den Krug in die Höhe, drehte ihn auf den Kopf und goss das Wasser über uns beide. Ich badete in dem Wasserfall. Und wurde für eine kurze Sekunde sauber. Dann hielten meine Finger der Belastung nicht länger stand, und der Krug krachte herunter. Er zersplitterte auf dem Steinfußboden in tausend kleine Teile.

Das Geräusch holte mich in die Realität zurück. Ich öffnete die Augen, riss mir die Maske vom Gesicht und ließ die feuchte Luft in meine Lunge eindringen. Ich keuchte, hustete und bemerkte, dass der Raum lichtdurchflutet war. Aus der Ferne flüsterte Emma mir etwas zu. Ihre Stimme überbrückte die Distanz zwischen uns und verschaffte sich Gehör. Das Echo füllte die Leere in meinem Innern aus. Und plötzlich, in genau diesem Augenblick, kehrten die Worte zurück. Ich beugte mich über Annie, und meine Tränen tropften auf ihr kaltes, graues Herz. Ich flüsterte ihm etwas zu – denn das war die eine Sache, die ich bisher nicht getan hatte.

Wenn Leben da ist, wo das Blut fließt, dann ist der Tod dort, wo es nicht fließt.

Kapitel 54

Sechs Wochen vergingen. Der große Sommeransturm war längst abgeflaut, die Urlauber waren erholt nach Hause zurückgekehrt. Und so öffneten die Ingenieure den Damm einen Spalt breit und senkten den Wasserpegel um mehrere Zentimeter ab. Im Laufe des Winters würde der Wasserstand aufgrund des gestiegenen Wasserbedarfs im gesamten Gebiet von Burton bis Atlanta immer weiter absinken. Erst im nächsten Frühjahr würde der Regen den See wieder auffüllen.

Mein Heim war vollkommen zerstört, und das Leben, das ich geführt hatte, hatte sich für immer verändert. Ich kehrte zurück in ein Trümmerfeld. Ich kletterte in den Überresten dessen herum, was einmal mein Zuhause gewesen war, und durchwühlte die Trümmer auf der Suche nach etwas, das noch zu gebrauchen war. Mir war nicht viel geblieben. Kaum etwas von Wert. Ich fand ein paar Fotos und eine Reihe von Küchenutensilien, aber wenig anderes. Der Sturm hatte alles, was ich einst mein Eigen genannt hatte, gepackt und in die umliegenden Bezirke verstreut oder im See versenkt. Die Zerstörung meines gesamten Besitzes, alles, was mir einst lieb und teuer gewesen war, machte mich sprachlos vor Entsetzen.

In der Hoffnung, noch ein paar der Dinge, die mir einmal gehört hatten, zu finden, streifte ich drei Tage lang suchend durch den Wald. Die meisten Bäume waren gespalten, und ihre Wipfel lagen wie Mikado-Stäbe auf dem Boden und erschwerten das Vorwärtskommen. Ein paar hundert Meter vom Haus entfernt fand ich Emmas Badewanne. Sie lag auf der Seite, und drei der vier Füße waren abgebrochen. Ich fuhr mit der Hand über ihren Rand, erinnerte mich daran, wie Emma ihren Kopf dagegengelegt und mich angelächelt hatte, während der Wasserdampf aufgestiegen war und ihr Gesicht eingehüllt hatte. Ich ließ die Wanne liegen.

Nach einem weiteren Tag gab ich die Suche auf. Die Holzkiste hatte ich nicht gefunden.

Nach einer Woche schaute ich auf den See hinaus, der mittlerweile wieder frei von Trümmern war, und sog seinen Anblick in mich auf. Vielleicht wollte er mir etwas sagen. Ich starrte ins Wasser, betrachtete mein Spiegelbild und entschied, dass es so war.

Ich fuhr zu meinem Lagerhaus in den Bergen, zog die Planen zurück, versuchte erfolglos, der riesigen Staubwolke auszuweichen, und belud den Anhänger. Am Ende des Tages hatte ich mehrere Fahrten hinter mir und Blasen an den Händen.

Termite bot mir seine Hilfe an und kam jeden Nachmittag, wenn er am Jachthafen Feierabend hatte, mit seinem Jetski über den See gebraust, um sich in die Arbeit zu stürzen. Am ersten Tag hatte er mir mehrere Zeitschriften überreicht. Er hatte kopfschüttelnd den Blick abgewandt. „Ich brauche sie nicht mehr. Ich habe genug gesehen."

An den meisten Abenden arbeitete er bis Mitternacht. Er war unermüdlich, und Charlie lehrte ihn, wie er es mich einst gelehrt hatte, Holz in etwas Unvergleichliches zu verwandeln. Ein Endprodukt, das die Summe seiner Einzelteile eindeutig in den Schatten stellte.

Während Charlie und Termite die Werkstatt wieder aufbauten und ein neues Bootshaus errichteten, widmete ich mich der Beseitigung der Trümmer. Ich brauchte fast einen ganzen Monat. Schließlich bestellte ich einen Bulldozer und ließ die noch verbleibenden Überreste zu einem großen Haufen zusammenschieben. Ich beantragte eine Verbrennungsgenehmigung, benachrichtigte die Feuerwehr, die zur Sicherheit einen Löschwagen schickte, und dann entzündete Termite den Haufen mit seinem Feuerzeug.

Das Feuer brannte drei volle Tage lang. Das Einzige, was mir von meiner Vergangenheit geblieben war, war das Hemd, das ich am Leib trug, und das Medaillon, das um meinen Hals hing.

Die Hacker blieb verschwunden. Den Motor und einen Teil der Lenkung entdeckten wir auf dem Grund des Sees, unweit der Stelle, wo früher der Bootssteg gestanden hatte, aber Rumpf, Kiel und fast alles andere waren vom Tornado fortgetragen worden. Genauso der Großteil unseres Werkzeugs. Wir fanden einige Kabel, ein paar Schraubenzieher, und uns blieb natürlich der Inhalt der Werkzeugkiste, aber insgesamt hatte der Wind Ausrüstung im Wert von 15.000 Dollar mit sich gerissen.

Seltsamerweise war der Doppelzweier, den ich für Emma instand gesetzt hatte, und in dem zuerst sie und ich und dann Charlie und ich unzählige Stunden verbracht hatten, in den Zweigen eines Hartriegels etwas den Hügel hinauf gelandet. Termite half mir, das Boot herunterzuholen. Ich flickte das Loch in seinem Rumpf, schmirgelte es ab und trug mehrere Schichten Bootslack auf.

Charlies Haus hatte kaum etwas abbekommen, da es in den Hügel hineingebaut war. Es hatte dem Tornado kaum Angriffsfläche geboten, und so war er an ihm vorbeigefegt und hatte sich mit ganzer Kraft auf mein Anwesen gestürzt. Charlie war nur deshalb verletzt worden, weil er aus dem Haus stürmen wollte, um uns zu warnen. Der Wind hatte ihn ins Innere seines Hauses zurückgeschleudert.

Seit dem Tag, an dem Annies Herz starb, schlief ich in der Felshöhle, die früher den hinteren Teil der Werkstatt gebildet hatte. Meistens tauchte nachts, kaum dass ich die Laterne gelöscht hatte, die meine kleine Welt erhellte, Georgia bei mir auf. Sie beschnüffelte mich und verschwand dann wieder zu Charlie. Ich habe gehört, dass U-Boote in der Tiefe des Ozeans Signale aussenden, um den anderen ihre Position mitzuteilen. Zwischen Charlie und mir ist Georgia dieses Signal.

Die Beutelnaht, mit der ich Annies Herz zusammengeflickt hatte, verursachte einen ziemlichen Wirbel in der medizinischen Fachwelt. Royers Telefon stand nicht mehr still, aber ich bat ihn, meine Nummer nicht weiterzugeben. Er meinte dazu nur: „Es ist an der Zeit, dass du wieder in den Sattel steigst und das Pferd bezwingst, das dich abgeworfen hat."

* * *

Es war Freitag. Ich rollte mich aus meinem Schlafsack und trat aus der Höhle. Die Morgensonne durchbrach die Dunkelheit und schickte ihre ersten Strahlen auf die Erde. Ich ging zum neu errichteten Bootssteg hinunter, starrte ins Wasser und sah zu, wie sich mein Schatten auf der Wasseroberfläche ausbreitete.

Ohne zu zögern sprang ich in den kalten See und wusch mich. Ich war gerade dabei mich abzutrocknen, als Sal die Stufen zum Steg hinunterkam. In aller Eile zog ich mich an.

Er sah mich nicht an, sondern starrte nachdenklich auf den See hinaus, während er routiniert seine Pfeife stopfte. Nachdem er sie angezündet hatte, begann er schließlich zu sprechen. „Nun, da Ihr Geheimnis bekannt ist, habe ich Ihnen einen Vorschlag zu machen."

Ich zog die Augenbrauen in die Höhe und wartete.

„Ich bin der einzige Arzt hier in der Gegend, und das schon seit … na ja, schon sehr lange. Vermutlich zu lange." Er sah mich an. „Es ist an der Zeit, den Stab weiterzugeben. Aber –", er nickte streng und deutete mit der Spitze seiner Pfeife auf mich. „Ich will ihn nur jemandem überreichen, der in der Lage ist, damit weiterzurennen. Jemandem, der etwas von moderner Medizin versteht und die Menschen hier angemessen versorgen kann."

Mit seiner Pfeife in der Hand machte er eine ausschweifende Kreisbewegung über den See. „Ich meine dieses hochmoderne Zeug, mit dem sich sonst nur die Ärzte in Städten wie Atlanta, Nashville oder New York auskennen." Er hielt inne. „Ich werde Ihnen dasselbe zahlen, das ich verdiene. Sechzigtausend. Royer sagt, das sei etwa ein Zehntel dessen, was Sie in Atlanta verdient haben, aber das ist dann eben so. Ich habe nie mehr als sechzigtausend verdient, und außerdem haben die Leute hier in der Gegend nicht so viel Geld. Und so weit ich das beurteilen kann, geht es Ihnen ohnehin nicht ums Geld."

Er wandte sich um und stieg die Stufen wieder hinauf. Auf halber Höhe blieb er stehen, drehte sich um und suchte meinen

Blick. „Die Menschen hier brauchen einen guten Arzt, und Sie, mein Junge, sind ein guter Arzt. Einer der Besten, die ich je kennengelernt habe. Ich werde auf Ihre Antwort warten. Mein Angebot gilt so lange, bis Sie es ausschlagen." Er zog sein Taschentuch aus seiner Hosentasche und fuhr sich damit über die Augen. „Ich habe gesehen, was Sie mit Annie gemacht haben. Ich stand in der Ecke und habe alles genau beobachtet." Er schüttelte bedächtig den Kopf. „Lassen Sie die Zweifel nicht die Oberhand gewinnen. Mich hätten sie beinah überwältigt, aber … Wissen Sie, wenn Sie ein Arzt sein wollen, und ich meine, wirklich ein Arzt *sein*, dann müssen Sie sich dem jetzt stellen. Denn es wird nicht einfacher." Er hielt lange genug inne, um Luft zu holen. „Aber das ist ja gerade die Sache am Arztberuf. Es geht nicht um Sie. Es geht um sie."

Er ließ seinen Blick über das Haus meines Nachbarn und Charlies Hütte auf der anderen Seite der Bucht schweifen. „Und sie", flüsterte er, „sind es wert."

Sal erklomm die restlichen Stufen, stieg in seinen Cadillac und fuhr davon.

Ich setzte mich auf den Steg, hängte meine Füße ins Wasser und sah zu Georgia hinüber, die vor Charlies Haustür lag. Wenn sie sich so auf der Fußmatte ausstreckte, dann war das gleichbedeutend mit einem Bitte-nicht-stören-Schild an einer Hotelzimmertür. Georgia war für Charlie ein wahrer Gewinn, aber nicht unbedingt so, wie ich mir das vorgestellt hatte. Ich hatte mich immer noch nicht an seinen neuen Schlafrhythmus gewöhnt, der uns das Training für die Burton Rallye, die in der kommenden Woche stattfand, ungeheuer erschwerte. An manchen Tagen konnten wir froh sein, wenn wir gegen Mittag auf dem See waren. Gelegentlich ruderte ich auch allein los. Obwohl, ich bin mir nicht sicher, ob ich auf dem See jemals wirklich allein bin.

Gegen zehn kam Cindy auf Zehenspitzen zum See hinunter und setzte sich neben mich. Sie wohnte zurzeit im Nachbarhaus. Mein Nachbar, ein Broker aus New York, hatte es mir für die kommenden Monate vermietet. So hatte Cindy zumindest ein Dach über dem Kopf, bis wir jemanden fanden, der ihr ein Darlehen gab, damit sie sich etwas Neues kaufen konnte. Dieser Prozess war erst richtig in Gang gekommen, nachdem ich bei der Bank angerufen und dem zuständigen Sachbearbeiter mitgeteilt hatte, dass ich für Cindy bürgen würde.

Seit der Operation war kein Tag vergangen, an dem sie nicht zu mir heruntergekommen war, um nach mir zu sehen. In gewisser Weise maß sie mir den Puls – sie vergewisserte sich, dass ich noch einen hatte. Meistens sprach sie nicht viel, genau wie ich. Sie blieb stets ein paar Minuten neben mir sitzen, streckte ihr Gesicht in die Sonne, atmete tief durch und verschwand dann wieder. Wir hatten jetzt etwas gemeinsam, das nur wenige hatten oder miteinander teilen konnten. Ich hatte sie schon häufig nachts hier unten am See entlanglaufen sehen. Vermutlich beruhigte die Ruhe sie. Wir hatten sie momentan beide nötig.

Nach ein paar Minuten sah sie mich an und fragte: „Bist du dran oder ich?"

„Ich", erwiderte ich lächelnd, denn ich wusste ganz genau, dass sie wusste, wer an der Reihe war.

Sie nickte, versuchte ihr Lächeln zu verbergen und legte den Kopf in den Nacken. Ich lief den Kiesweg hoch und über den Trampelpfad, der von der Stelle, an der mein Haus einmal gestanden hatte und eines Tages wieder stehen würde, zum Nachbarhaus führte.

Als ich an der Haustür meines Nachbarn ankam, zog ich die Schuhe aus und schlich leise zur Tür des großen Schlafzimmers im ersten Stock. Cindy hatte alle Fenster im Haus geöffnet, und eine Brise wehte frische Luft herein. Ich öffnete vorsichtig die Schlafzimmertür und warf einen Blick auf das Bett. Da lag sie. Annie hatte die Augen geschlossen. Ihr Gesicht war von der Wärme der dicken Decke gerötet.

Ich kniete neben dem Bett nieder, und ihre Augen öffneten sich. „Ist es wieder so weit?", fragte sie.

Ich nickte.

Sie öffnete den Mund, woraufhin ich ihr schnell die beiden Tabletten auf die Zunge legte und ihr das Wasserglas an die Lippen hielt, damit sie trinken konnte. Sie blinzelte schläfrig und flüsterte: „Ich hatte einen Traum."

Ich beugte mich weiter zu ihr hinunter.

„Ich habe deine Frau getroffen. Sie ist spazieren gegangen."

Ich nickte. „Sie hat den See geliebt."

„Aber dann hat sie etwas ganz Seltsames gemacht."

„Was denn?" Ich maß ihre Temperatur und zählte ihren Puls.

„Sie kniete am Wasser nieder, nahm ein kleines Boot heraus und gab es mir."

„So seltsam ist das doch nicht."

„Nein, das war ja auch nicht das Merkwürdige. Es war das Segel. Es bestand aus einem Brief. Einem Brief, den sie dir geschrieben hatte."

Ich hatte Annie nie von Emmas Briefen erzählt. Außer Charlie wusste niemand davon.

Ich kontrollierte Annies Verbände, zog die Bettdecke wieder hoch und stopfte sie um sie herum fest. Dann gab ich ihr einen Kuss auf die Stirn, schlich mich hinaus und zog die Tür hinter mir zu. Auf der Verandatreppe traf ich Charlie, der kam, um Annie etwas vorzulesen. Er hatte *Eloise* in der einen Hand und tastete sich mit der anderen am Treppengeländer nach oben.

Als er mich hörte, trat er zur Seite und sagte: „Ich habe dich gesucht."

„Ach ja?", fragte ich zweifelnd, denn sein Haarschopf verriet mir, dass er gerade erst aufgewacht war.

„Ja", erwiderte er. Er fuhr mir mit seinen Fingern über das Gesicht, ließ seine Hände einen Augenblick dort liegen und presste meine Wangen schließlich leicht zusammen, um sicherzustellen, dass ich ihn auch wirklich ansah. Als er sich meiner Aufmerksamkeit gewiss war, klappte er das Buch in seiner Hand auf und zog einen Umschlag heraus. „Sie sagte, ich wüsste schon, wann ich ihn dir geben müsste. Soweit ich das beurteilen kann, ist jetzt der richtige Zeitpunkt gekommen."

Emmas Handschrift war unverkennbar. Ich riss ihm den Brief aus der Hand. „Sie hat ihn dir gegeben?", fragte ich ungläubig.

Charlie nickte.

„Wann?"

„Etwa zur selben Zeit, als wir beide in die Stadt gefahren sind und dieses Schließfach eröffnet haben."

„Du wusstest die ganze Zeit davon?"

„Ja."

„Und wann wolltest du mir das erzählen?"

Charlie zuckte mit den Achseln. „Gar nicht."

Ich starrte den Umschlag an. „Hast du noch mehr Geheimnisse, von denen ich wissen sollte?"

Charlie grinste. „Im Augenblick nicht, aber ich halte dich auf dem Laufenden."

Ich riss den Umschlag auf und faltete den Brief auseinander.

Lieber Reese,
wenn Charlie Dir diesen Brief gibt, dann hast Du jemanden kennengelernt.

Ich starrte Charlie ungläubig an.

Ich habe ihn gebeten, ihn Dir erst zu geben, wenn er den Eindruck hat, dass Du Dein sanftes Herz gerne einer anderen Frau schenken würdest. Mach Dir keine Sorgen. In Deinem Herzen ist genügend Liebe für zwei Frauen, und wenn Du hierherkommst, dann kann Gott das auseinanderdividieren. Wer immer sie ist, sie kann sich glücklich schätzen. Reese, vergiss nie, dass Du geboren und ausgesandt wurdest … um zerbrochene Herzen zu verbinden. Ich weiß das. Ich habe es immer gewusst.

Ich blickte über den See hinweg und hörte Emmas Flüstern.

Reese, unterdrücke das nicht. Bitte lebe nicht länger in Verzweiflung und Trauer. Vergiss nicht, mir geht es jetzt besser. Ich bin heil. Wenn Du herkommst, wirst Du das sehen. Aber zwischen jetzt und dann gib das Geschenk weiter, das Du bist.

Gestern habe ich daran gedacht, wie das Wasser aussieht, wenn wir rudern gehen. Das Kielwasser glättet sich, die Wellen vom Rudern schwinden in Richtung Ufer dahin und sind für immer ausgelöscht. Auf dem Wasser gibt es keine Vergangenheit. Nur die Zukunft.

Ich liebe Dich. Ich werde Dich immer lieben. Der Tod kann mir das nicht nehmen. Und jetzt geh. Und lebe dort, wo das Leben fließt.

Für immer die Deine,

Emma

Charlie schaute mich an. „Und?" Er zog die Augenbrauen in die Höhe und suchte den Himmel nach Lichtblitzen ab. „Was steht drin?"

Ich lächelte, steckte den Brief in mein Hemd und legte seine Hand auf mein Gesicht, damit seine Finger die Linien meines Lächelns nachziehen und die feuchten Spuren meiner Tränen ertasten konnten. Ich flüsterte: „Charlie ... ich kann sehen."

Ich sprang von der Veranda, landete in einem Haufen immergrüner Nadeln und rannte los. Ich flog durch den Wald, wich behände den Ästen aus, die sich nach mir ausstreckten, und übersprang die umgestürzten Bäume wie Hürden. Ich rutschte einen kleinen Hügel hinunter und löste dadurch eine mittelschwere Geröllawine aus. Keuchend erreichte ich schließlich die Stelle, wo das alte Bootshaus gestanden hatte, und ließ das Ruderboot zu Wasser. Ich zog den Reißverschluss meiner Jacke so hoch, dass Emmas Brief gegen meine Brust gepresst wurde, schob meine Füße in die Riemen und begann mit aller Kraft zu rudern.

Der Doppelzweier schoss vorwärts. Nach vier kräftigen Zügen hatte ich den Tallulah erreicht. Ich tauchte die Ruder immer wieder ein, drückte meinen Rücken durch und stemmte mich gegen das Wasser. Das Wasser drückte zurück, aber ich tauchte die Ruder noch tiefer ein und setzte meine Beinkraft ein. Innerhalb von wenigen Minuten klebte der Brief an meiner schweißnassen Brust.

Ich zog mich zusammen wie eine Feder, die Knie gegen meine

Brust gepresst und die Arme ausgestreckt, meine Lunge mit so viel Luft gefüllt, wie sie fassen konnte, und tauchte die Ruder ein. Dann streckte ich die Beine und zog die Arme an, während ich gleichzeitig ausatmete. Als mein Körper gestreckt war, atmete ich so tief wie möglich ein. Anschließend hob ich die Ruder an und zog meine Knie wieder an die Brust. Mit jedem Zug entleerte ich mich selbst, wieder und wieder und wieder.

Gemeinsam mit Emma auf dem Wasser, ein allerletztes Mal.

Durch unser Dahingleiten malten wir Kreise auf das Wasser. Sie wurden größer, überlappten sich und verschwanden dann vollständig. Die Sonne wärmte unsere Rücken, der Schweiß brannte mir in den Augen und der Wind beschleunigte unsere Fahrt. Hinter mir erstreckte sich das Wasser wie poliertes Ebenholz. Ich sah die Zukunft und eine verblassende, und vergebene, Vergangenheit. In meinen Ohren erklang der Widerhall von Emmas Gelächter, und ich spürte die sanfte Berührung ihrer Finger auf meinem Gesicht.

Am Damm wendete ich. Schweißtropfen standen mir auf der Stirn, liefen mir über die Wangen und hinterließen einen salzigen Geschmack auf meinen Lippen. Die Sonne stand tief und war beinah unangenehm grell. *Kein Mensch ist eine Insel.* Ich ruderte gegen den Strom und drückte meinen Rücken in den Wind, der mich aufhalten wollte. Drei Stunden später kam ich wieder an meinem Grundstück an, ausgelaugt und rein.

Annie war mit Charlies Hilfe zum See hinuntergekommen. Sie trug ihren Hut, und das gelbe Band tanzte im Wind. Die beiden standen nahe der Uferböschung und beugten sich über Annies Grillenkiste. Charlie und Termite hatten sie nach der Operation geholt und unter ihr Fenster gestellt. In Anbetracht ihrer Schmerzen infolge des schwierigen Eingriffs und der Tatsache, dass sie sich jetzt an ein neues Haus und ein neues Bett gewöhnen musste, dachten wir, die Grillen könnten ihr helfen, besser zu schlafen.

Jetzt hatten Cindy und Charlie die Kiste auf Annies Bitte hin zum Ufer hinuntergeschleppt. Annie trat zur Seite, und Charlie kippte die Kiste um. Zuerst langsam, dann immer schneller kletterten und hüpften die Grillen heraus. Schon bald war die Kiste leer, und um uns herum bewegte sich die Erde wie Wassertropfen auf einer heißen Herdplatte. Etwa fünfzigtausend Grillen flüchteten sich in die Sicherheit der Bäume.

Ich hörte aufmerksam hin, genau wie Annie. Sie schaute mich lächelnd an und flüsterte: „Pssst!"

Innerhalb weniger Sekunden waren die Grillen auf die Bäume geklettert. Sie fingen an zu zirpen. Annie schloss die Augen, lächelte, setzte vorsichtig einen Fuß vor den anderen und begann wie eine Ballerina zu tanzen. Als ich den Strand entlangblickte, bemerkte ich die Spuren ihrer kleinen Füße neben meinen.

Charlie erhob sich und setzte sich in Bewegung. „Wer zuletzt beim Wagen ist, bezahlt das Essen!"

Annie hakte sich bei Cindy unter, und die drei machten sich auf den Weg zum Auto. Ich würde also das Abendessen bezahlen müssen – fünf Transplantate. Fünf deshalb, weil ich ziemlich sicher war, dass sich Termite spätestens dann zu uns gesellen würde, wenn wir unsere Bestellung aufgaben.

Charlie rief aus dem Fahrerfenster hinaus: „Komm schon, Stitch! Beeil dich, sonst fahre ich!"

Ich stand wie festgewurzelt da und blickte auf den See hinaus. Ich wollte mich nicht verabschieden. Einen Augenblick später berührte mich jemand am Arm. Es war Annie. „Reese? Kommst du?"

Ich nickte. Eine Zeit lang standen wir gemeinsam am Seeufer und beobachteten, wie der Wind das Wasser kräuselte.

Dann drückte sie den Rücken durch, stellte sich auf die Zehenspitzen und flüsterte mir zu: „Du hast gesagt, dass du es mir heute erzählst. Du hast es mir versprochen."

Ich nickte erneut und rief Charlie und Cindy zu, dass wir noch einen Moment brauchten.

Annie zog an meiner Hand, und wir setzten uns hin.

„Der schwierigste Teil bei der Transplantation eines Herzens ist", erklärte ich, „es wieder zum Schlagen zu bringen." Ich hielt inne und überlegte, wie ich das, was ich ihr sagen musste, ausdrücken sollte.

Annie tätschelte meinen Oberschenkel. „Ist schon gut, du kannst es mir ruhig sagen. Ich bin jetzt ein großes Mädchen. Nächste Woche werde ich acht."

Das Herz eines Tigers im Körper einer Porzellanpuppe.

„Es ist ganz egal, wie intensiv ich das menschliche Herz studiert, wie sehr ich mich auf jeden Eingriff vorbereitet habe oder welch hohe Meinung die Leute von mir als Arzt haben. Denn das alles ändert nichts an der schwer einzugestehenden Tatsache, dass ich in Wahrheit nicht die Macht habe, ein Herz wieder zum Schlagen zu bringen. Es ist … ein Wunder … das ich nicht verstehe."

Annie lehnte sich gegen mich und hörte zu. Die Sonne spiegelte sich auf dem Wasser, schien auf ihre Beine herab und erhellte das Lächeln auf ihrem Gesicht.

Ich deutete in die Richtung, in der das *Rabun County Hospital* lag. „In jener Nacht … konnte ich dein Herz nicht dazu bringen, wieder zu schlagen. Medizinisch gesehen hatten wir alles getan, was wir konnten. Royer, dieser große, weinende Teddybär, schüttelte den Kopf und hielt den Todeszeitpunkt fest. 11 Uhr 11."

Annie nickte. Sie erinnerte sich an den Traum ihrer Mutter.

„Er wartete darauf, dass ich ihm zustimmte. Das machen Ärzte so, wenn jemand stirbt. Aber ich konnte nicht. Oder wollte nicht. Ich wusste einfach, dass du nicht auf diesem Tisch sterben solltest. Ich würde zuerst sterben." Ich tippte Annie vorsichtig gegen die Brust. „Ich beugte mich vor und flüsterte deinem Herz etwas zu. Ich sprach laut das eine aus, was ich schon seit langer, langer Zeit nicht mehr gesagt hatte. Und als ich das tat, hörte dein Herz mich."

Annie lächelte und drückte ihre Hände auf ihr Herz.

„Es war, als hätte es die ganze Zeit darauf gewartet, dass ich die Worte aussprach und es erinnerte. Denn als ich es tat, füllte es sich aus Gründen, die ich niemals werde erklären können, wie ein Ballon, schwoll in einem leuchtenden, gesunden Rot an und begann zu schlagen, als hätte es nie damit aufgehört. Fest, kräftig und rhythmisch."

Annie schaute auf den See hinaus. Sie hatte ihr ganzes Leben noch vor sich. „Denkst du, dass es wieder aufhören wird zu schlagen?"

Ich nickte. „Ja … aber erst, wenn deine Zeit hier unten abgelaufen ist. Jedes Herz hört einmal auf zu schlagen, Annie. Das wirklich Wichtige ist, was du damit tust, solange es schlägt."

Annie legte ihre Arme um meine Taille und drückte ihre Wange an meine Brust. Ihre Arme waren kräftiger geworden und konnten dem, was in ihr vorging, besser Ausdruck verleihen.

„Wie viel Zeit bleibt mir noch?"

Ich sah sie an, betrachtete ihre großen, runden Augen, ihr bezauberndes Lächeln, die zarten Triebe der Hoffnung, die sich unter der Oberfläche zeigten. Ich strich ihr das jetzt gesund nachwachsende Haar aus dem Gesicht und erwiderte: „So viel, dass deine Haare grau werden können."

Annie warf einen Blick über die Schulter und schaute zum Wagen hinüber, dann zupfte sie mich am Arm. „Reese? Was hast du geflüstert?"

Der Moment war gekommen. Ich nahm Emmas Medaillon vom Hals und beobachtete es einen Augenblick lang dabei, wie es sich drehte, hin und her schwang und die Sonnenstrahlen reflektierte. Dann fing ich es mit der Hand ein und fuhr mit den Fingern über die abgegriffene Gravur. Als schließlich eine einzelne Träne aus meinem Augenwinkel tropfte und über meine Wange lief, entwirrte ich die Kette, legte sie Annie um den Hals und beobachtete, wie das Medaillon knapp über der Narbe auf ihrer Brust zum Liegen kam.

Weitere Taschenbücher bei FRANCKE

Linda Nichols
Sehnsucht nach Eden
ISBN 978-3-86827-399-1
512 Seiten, kartoniert

Miranda DeSpain ist eine richtige Weltenbummlerin. Spanien, Italien, Frankreich – diese Länder lassen ihr Herz höherschlagen. Doch was niemand weiß: Ihre permanente Sehnsucht nach dem Neuen wurzelt in einer furchtbaren Tragödie. Mit 16 schwanger geworden, hatte ihre Mutter sie gezwungen, ihr Kind zur Adoption freizugeben. Nicht einmal sein Geschlecht durfte sie erfahren. Noch heute, Jahre später, treibt dieser Verlust Miranda um und lässt sie nirgendwo langfristig Fuß fassen.

Als Miranda unverhofft auf einen Hinweis stößt, der sie zu ihrem Kind bringen könnte, gibt es für sie kein Halten mehr. Ihre Spur führt sie direkt in das kleine Städtchen Abingdon. Die schrulligen Einwohner und die quirlige kleine Eden machen es ihr leicht, sich dort heimisch zu fühlen. Doch mit ihrer Suche kommt sie nur mühsam voran. Außerdem hat es der örtliche Polizeichef auf sie abgesehen. Er macht ihr das Leben schwer und verfolgt sie auf Schritt und Tritt.

Trotzdem gibt Miranda nicht auf. Sie weiß: Dies ist ihre letzte Chance. Dies ist ihre Gelegenheit, die Puzzleteile ihres Lebens zu einem vollständigen Bild zusammenzufügen und endlich nach Hause zu kommen.

Eine zu Herzen gehende Geschichte über Liebe und Gnade, Vergebung und die immerwährende Chance auf einen Neuanfang.

Lynn Austin
Rhapsodie der Freundschaft
ISBN 978-3-86827-400-4
512 Seiten, kartoniert

Michigan 1941.
Vier Frauen, die unterschiedlicher kaum sein könnten: Virginia ist mit Leib und Seele Hausfrau und Mutter. Doch sie sehnt sich nach Anerkennung ihrer Arbeit durch die Familie. Helen leidet unter ihrer Einsamkeit als alleinstehende, ältere Frau. Ihr Reichtum kann ihr nicht das geben, wonach sie sich sehnt. Die frisch verheiratete Rosa will der Missbilligung ihrer Schwiegereltern entkommen. Doch was soll die lebenslustige New Yorkerin ohne ihren Mann in der Einöde des Westens mit sich anfangen? Jean, die Jüngste, träumt davon, zu studieren und mehr aus ihrem Leben zu machen. Muss sie dafür auf eine eigene Familie verzichten? Der Angriff auf Pearl Harbor erschüttert die Lebensentwürfe der Frauen. Ihre Arbeit in einer Schiffswerft führt sie zusammen. Mit der Zeit wird dem ungleichen Quartett bewusst, dass sie trotz aller Unterschiede einander so viel Kraft und Hoffnung zu schenken haben – als Freundinnen. So gewinnen sie wertvolle Erkenntnisse über sich selbst, das Leben, die Liebe und den Glauben ... und das Geschenk der Freundschaft.

Dee Henderson
Der Beschützer
ISBN 978-3-86827-402-8
352 Seiten, kartoniert

Shari Hanford war zur falschen Zeit am falschen Ort. Unfreiwillig wurde sie Zeugin eines brutalen Mordes. Sie hat den Killer gesehen, er hat sie gesehen – und nur einer von beiden kann überleben.
US-Marshall Marcus O'Malley bekommt den Auftrag, Shari zu beschützen. Er glaubt, die Risiken abschätzen zu können, doch da liegt er falsch.
Wie hätte er aber auch ahnen können, dass sein Leben durch die Begegnung mit Shari – und die Jagd nach dem Mörder – derart aus den Fugen geraten würde? Als Marcus herausfindet, wer wirklich hinter dem Mordkomplott steht, beginnt ein verzweifelter Wettlauf gegen die Zeit ...